Holly Chamberlin

Was ewig währt

Deutsch von Karin Dufner

Weltbild

Originaltitel: *The Friends We Keep*
Originalverlag: Kensington Books, New York

Besuchen Sie uns im Internet:
www.weltbild.de

Die Autorin

Holly Chamberlin ist in New York geboren und aufgewachsen. Nach einem Anglistik-Studium an der New York University hat sie jahrelang als Lektorin gearbeitet. 2002 veröffentlichte sie ihren ersten Roman, der auf Anhieb ein Bestseller wurde und dem mehrere weitere Erfolgstitel folgten. Holly Chamberlin lebt mit ihrem Mann und ihren zwei Katzen in Portland.

Weltbild Taschenbuch

Wie immer für Stephen.
Und diesmal auch für Peggy.

Wieder einmal möchte ich meinem Lektor John Scognamiglio meinen tief empfundenen Dank aussprechen. Ich danke Joan Donner, die meinem wie auch immer geratenen Talent in einer frühen und schwierigen Phase dieses Buches mit ihren Anregungen auf die Sprünge geholfen hat. Und nicht zuletzt gebührt meinem Mann Dank für unser gemütliches Zuhause.

1

Es ist lebenswichtig, dass Männer und Frauen Geheimnisse voreinander haben. Die gesamte Dynamik zwischen den Geschlechtern beruht auf Fehldeutungen und Missverständnissen. Warum also an einer guten Sache etwas ändern?

– Es ist eine gute Sache, dass Männer und Frauen Geheimnisse voreinander haben.

EVA

Ich heiße Eva Fitzpatrick. Meine Eltern haben mich zwar Eve getauft, doch im Alter von etwa dreißig habe ich meinen Namen geändert, weil ich fand, dass er so besser zu mir passte.

Aufgewachsen bin ich in einer nicht sehr frommen katholischen Familie irisch-deutscher Herkunft und wurde ziemlich amerikanisch – man kann auch sagen: wenig durch die Abstammung geprägt – erzogen. Von den europäischen Wurzeln meiner Eltern weiß ich nichts. Sie sprachen kein Wort Deutsch, und trotz unseres Familiennamens wurde der St.-Patrick's-Day nie gefeiert. In die Kirche gingen wir nur, wenn Verwandte heirateten oder beerdigt wurden.

Meine Eltern waren beide nicht sehr fürsorglich. Von mir als der Älteren – meine Schwester Maura war zehn Jahre jünger – erwartete man, dass ich mich quasi von Anfang an wie eine Erwachsene verhielt. Ab meinem vierzehnten Lebensjahr besserte ich durch Arbeiten mein Taschengeld auf – bis ich mit dem Zeitungsaustragen beginnen konnte, jobbte ich als Babysitterin. Außerdem war ich stets eine gute Schülerin. Die Schule machte mir Spaß, ich lernte gern, vermutlich auch, weil es von mir erwartet wurde und ich meine Eltern nicht enttäuschen wollte.

Meine Eltern starben beide an Krebs, als ich gerade den College-Abschluss in der Tasche hatte und mich eigentlich an der Universität einschreiben wollte – zuerst mein Vater und einige Monate später meine Mutter. Ich plante, in englischer Literatur zu promovieren, um dann zu lehren und selbst Bücher zu schreiben. Doch da meine Eltern ihren Kindern nichts hinterlassen hatten als ein Haus und ein wenig Geld von der Versicherung, gab ich dieses Vorhaben auf, verkaufte das Haus und suchte mir Arbeit, um meine kleine Schwester zu ernähren.

Trotz meines Drängens – oder vielleicht gerade deshalb – brach Maura das College schon im zweiten Jahr ab. Zwei Jahre später heiratete sie einen fünfundzwanzig Jahre älteren Mann. Nach einiger Zeit hatte seine Kokainabhängigkeit die beiden in den finanziellen Ruin getrieben, und sie ließ sich wieder scheiden. Heute lebt Maura mit ihrem zweiten Mann, der mit Mühe und Not die Highschool abgeschlossen hat, und ihren vier Kindern in einer Kleinstadt in Michigan. Es sind alles Mädchen: Brooke, Britney, Angelina und Jessica.

Hin und wieder macht Maura Andeutungen, sie brauche Geld. Ihr Mann Trevor ist Automechaniker in einer Tankstelle, sie arbeitet abends als Kassiererin bei einer Supermarktkette. Ich schicke dann einen Scheck an eine Postfachadresse, weil Trevor »Almosen« ablehnt. Keine Ahnung, wie Maura ihm die Herkunft des Geldes erklärt.

Trotz der jahrelangen finanziellen Unterstützung stehen meine Schwester und ich uns nicht sehr nah. Gelegentlich lädt Maura, die wirklich sehr nett ist, mich zu sich nach Hause ein, aber ich finde stets eine Ausrede. Allein die Vorstellung, in dem engen, nach kindlichen Bedürfnissen eingerichteten Haus meiner Schwester (sie hat mir Fotos geschickt, auf denen überall Plastikspielzeug herumliegt) zu übernachten, spricht mich nicht sehr an, und es gibt nirgendwo in der Nähe ein anständiges Hotel. Also verbringe ich meine Zeit, abgesehen von meinen einsamen jährlichen Reisen zu den Inseln, an der Ostküste.

Ich denke kaum an meine Nichten und ertappe mich dabei, dass ich manchmal sogar ihre Namen vergesse.

Ich bin stellvertretende Geschäftsführerin der bedeutendsten Werbeagentur im Nordosten der USA und brauche mich vor niemandem zu verstecken. Als Sekretärin habe ich dort angefangen und mich hochgearbeitet. Ich ging durch eine harte Schule und lernte viel auf dem Weg nach oben. Deshalb bin ich erfolgreich und stolz darauf und sehe keinen Grund, mein Licht unter den Scheffel zu stellen.

Wie jede Managerin trage ich Kostüme und elegante Kombinationen. Ich liebe hohe Absätze und habe nicht das geringste Problem damit, einen Mann zu überragen, was bei meiner Größe von eins fünfundsiebzig häufig vorkommt.

Mein Kleidungsstil steht mir gut, insbesondere die fließenden, auf Figur geschnittenen Stücke, die ich bevorzuge. Farblich halte ich mich eher bedeckt: schwarz, grau, braun, beige und weiß. Seit meiner Collegezeit, in der ich einfach anzog, was gerade verfügbar und sauber war, habe ich keine Jeans mehr besessen. Inzwischen kann ich mit dem Freizeit-Look nichts mehr anfangen. Meine Mutter hätte mich als »aufgedonnert« bezeichnet. Doch die Menschen erinnern sich besser an eine Frau, die durch ihr Äußeres hervortritt. Sie hinterlässt einen bleibenden Eindruck.

Mein Haar ist professionell hellblond gefärbt. Ich trage einen Kurzhaarschnitt, der meinem Gesicht schmeichelt. Das helle Haar bildet einen auffälligen Kontrast zu meinen dunklen Augen.

Anstelle eines traditionellen Aktenkoffers benutze ich lieber eine überdimensionale Ledertasche, die die folgenden Gegenstände beherbergt: meinen elektronischen Terminplaner, mein Mobiltelefon, ein Ersatzpaar Strümpfe (im Falle einer Laufmasche), ein Schminketui, eine Schmonzette, die zu lesen ich niemals öffentlich zugeben würde, einen iPod, meinen Laptop, die neuesten Ausgaben von *W* und *Vogue* sowie Fachzeitschriften, die *New York Times* – das *Wall Street Journal* und die Bostoner

Zeitungen lese ich im Internet – und eine Flasche Mineralwasser. Man kann nie zu viel trinken.

Fünfmal wöchentlich gehe ich ins Fitnessstudio. Nachdem ich jahrelang mit einem Trainer gearbeitet habe, kenne ich mich inzwischen gut genug aus, um allein zu üben. Inzwischen bin ich zweiundvierzig und so gut in Form wie nie zuvor.

Ich bin weder verheiratet noch befinde ich mich in einer festen Beziehung. Ich bin auch nicht auf der Partnersuche. Allerdings habe ich einen Liebhaber, mit dem ich regelmäßig schlafe. Sonst sind wir nicht befreundet; der Begriff »Liebhaber« ist vielleicht sogar zu intim, um das Verhältnis zwischen mir und Sam zu beschreiben. Gelegentlich gehe ich auch mit einem anderen Mann ins Bett. Aber keiner von ihnen hat je meine Wohnung betreten.

In meiner augenblicklichen Situation bin ich vollkommen von anderen Menschen unabhängig und kann zu meiner Zufriedenheit melden, dass alles so passt, wie es ist.

2

Liebe Kummerkastentante!

Ich bin siebzehn Jahre alt und habe meinem Freund bei unserem Kennenlernen vorgelogen, dass ich noch Jungfrau sei. In Wahrheit aber habe ich schon Sex (immer mit Kondom), seit ich vierzehn bin. Nun frage ich mich, ob ich ihm meine Vergangenheit beichten soll. Ist unsere Beziehung wegen meiner anfänglichen Lüge zum Scheitern verurteilt?

Liebes armes Lämmchen!

Sie sind nicht verpflichtet, Ihrem Freund etwas über Ihre sexuelle Vergangenheit zu erzählen. Hat er Ihnen denn etwas über seine verraten? Woher wissen Sie, ob er nicht auch etwas weggelassen hat, wie zum Beispiel ein minderjähriges Mädchen, das von ihm ein Kind erwartet? Sind Sie wirklich sicher, dass er Ihnen keine frühere Geschlechtskrankheit verschweigt? Jeder Mensch flunkert oder hält Informationen zurück, wenn es um sein Geschlechtsleben geht. Das ist ganz normal. Also behalten Sie Ihre Vergangenheit für sich und benutzen Sie weiter Kondome.

JOHN

Ich heiße John Alfredo Felitti. Meine Eltern kamen beide als Jugendliche aus einer Kleinstadt nördlich von Neapel in die Vereinigten Staaten. Allerdings kannten sie einander damals noch nicht. Sie zogen zu ihrer Verwandtschaft, die bereits in Windhill wohnte, einem Vorort von Boston. Ein Jahr nach ihrer Ankunft waren sie verheiratet, und fünf Jahre später wurde ich geboren. In der Zeit dazwischen eröffnete mein Vater eine erfolgreiche Schneiderei.

Zwei Jahre nach mir kam meine Schwester Theresa auf die Welt. Wir nennen sie Teri. Heute ist sie Filialleiterin eines umsatzstarken Bekleidungsgeschäfts im Prudential-Einkaufszentrum und mit einem Burschen namens Frank verheiratet. Frank arbeitet im mittleren Management bei den Elektrizitätswerken. Sie haben drei Kinder: Jean Marie, vier, und die zwölfjährigen Zwillinge Andrew und Scott. Jeden Sommer verbringen sie eine Woche in Cape Cod. In den letzten Jahren haben sie meine Eltern eingeladen, doch mitzufahren, aber Mom und Dad mögen den Strand nicht.

Ein Jahr nach Teri wurde meine kleinste Schwester Christina geboren. Chrissys Ehemann heißt Mike und ist in der Baubranche. Chrissy arbeitet in Teilzeit als Verkäuferin. Den Rest ihrer Tage und Nächte widmet sie sich der zehnjährigen Lucy (benannt nach unserer Mutter Lucia) und dem achtjährigen Paul (nach unserem Vater Paolo). Teri und Chrissy sind sehr aktiv in unserer Kirchengemeinde St. Boniface. Zum großen Bedauern unserer Eltern habe ich seit meinem Schulabschluss keinen Fuß mehr in eine Kirche gesetzt, außer die Familienpflichten erforderten es.

Teri, Chrissy, ihre Familien und unsere Eltern wohnen alle noch in Windhill, nur wenige Minuten voneinander entfernt. Unsere Familie hält fest zusammen. Es herrscht kein Groll zwischen uns, und es gibt auch nur selten Streit, solange sich niemand »danebenbenimmt«. In diesen Fällen ringt meine Mutter theatralisch die Hände und fleht den lieben Gott an, sie doch bitte zu sich zu nehmen, bis der Übeltäter sich wortreich entschuldigt. Dann bekreuzigt sich Mutter und verstummt wieder. Das klappt immer. Nun, wir alle kennen unsere Stärken und wissen sie zu nutzen.

Man hat mir oft gesagt, ich hätte eine dominante Ausstrahlung. Ich bin eins sechsundachtzig groß und breitschultrig. Dank des fast täglichen Trainings habe ich eine gute Figur. Mein noch jungenhaftes Gesicht wirkt durch die Brille ein wenig ernster – ich besitze verschiedene Modelle, alles moderne

Designergestelle – Kontaktlinsen trage ich nur beim Sport. Mein Haar hat sich nur ein bisschen gelichtet.

In meiner Familie falle ich aus der Rolle, denn meine Eltern und Schwestern sind klein und viel dunkelhäutiger als ich. Mein Vater pflegte zu witzeln, ich sei bestimmt vom Milchmann. Dann kicherte meine Mutter und versetzte ihm einen Klaps auf den Arm. In Wahrheit bin ich nach dem schon vor vielen Jahren verstorbenen älteren Bruder meines Vaters geraten (ich kenne ihn nur von Fotos), der ebenfalls den Rest der Familie überragte. Vielleicht war er ja vom Milchmann.

Von frühester Kindheit an kam ich mir als Erstgeborener und einziger Sohn sehr traditionsbewusster Leute ziemlich wichtig vor. Anfangs war es ein Kampf, doch irgendwann wurde es zur Gewohnheit. Ich durfte mich nicht auf meinen Lorbeeren ausruhen, sondern musste daran glauben, dass mein Dasein einen Sinn hat, nämlich den, anderen Menschen Gutes zu tun. Solange ich mich erinnern kann, war ich derjenige, an den sich fast alle mit ihren Sorgen wandten.

Wenn ich schon Aufmerksamkeit errege, möchte ich diese Macht positiv nutzen. Es kommt überhaupt nicht infrage, dass jemand mich als aufgeblasen, herablassend oder arrogant einstuft. Deshalb arbeite ich hart daran, bescheiden zu sein. Das ist nicht immer leicht, wenn alle einen auf ein Podest heben wollen.

Ich Armer, nun klinge ich, als wollte ich mich selbst bemitleiden. Und Jammerlappen sind ebenso unbeliebt wie Angeber.

3

Möglicherweise kann sie sich dieses Wochenende nicht mit Ihnen treffen, weil ihre Mutter tatsächlich wegen einer Tagung der Liebhaber antiker Puppen in die Stadt kommt. Vielleicht wird es bei ihm dienstags nach dem Büro wirklich wegen eines Abendkurses immer so spät. Manchmal geschehen nun einmal unwahrscheinliche oder merkwürdige Dinge. Also misstrauen Sie einer Begründung nicht allein deshalb, weil sie »kreativ« klingt.

– Das Erkennen einer Lüge ist nicht so leicht, wie Sie glauben.

SOPHIE

Ich wurde als Sophie Jiminez geboren und bin Einzelkind. Meine Mutter spricht nicht gern über »solche Dinge«. Doch im Laufe der Jahre fand ich heraus, dass einfach kein zweites Baby kam, obwohl meine Eltern sich sehr (wie sehr, weiß ich nicht) darum bemühten.

In meiner Kindheit störte es mich nicht, keine Geschwister zu haben, und es macht mir noch immer nichts aus. Aber wie es so schön heißt, kann man nicht vermissen, was man nie kennengelernt hat.

Meine Großeltern väterlicherseits stammten aus Kuba und zogen in die Vereinigten Staaten, als mein Vater vier Jahre alt war. Sie waren streng katholisch. Allerdings beschloss mein Vater, eine Frau aus der episkopalischen Gemeinde zu heiraten, was meinen Großeltern einiges Unbehagen verursachte, bis meine Mutter zustimmte, ihre Kinder im katholischen Glauben zu erziehen. Dagegen, dass sie keine Kubanerin war, konnten sie leider nichts tun. Doch meiner Mutter gelang es, sie für sich einzunehmen, denn sie ist ein sehr warmherziger Mensch, den die meisten sofort sympathisch finden. Da ihre eigene Familie nicht gerade gefühlvoll ist, war sie froh über Schwiegereltern, die sich so sehr für sie interessierten – mehr als ihre eigenen Eltern es je getan hatten.

Meine Kindheit verlief ereignislos. Ich war gut in der Schule und hatte viele Spielgefährten. Als ich das College besuchte, starb mein Großvater, was der erste schwere Einschnitt in meinem Leben war. Meine Großmutter überlebte ihn um zehn Jahre. Obwohl sie die letzten drei davon in einem Pflegeheim verbrachte, beklagte sie sich nie.

In meinem zweiten Jahr am College lernte ich Eve Fitzpatrick und John Felitti kennen. Eve wurde meine erste enge Freundin. An der Highschool hatte ich zwar zu einer Mädchenclique gehört, aber keine wahre Vertraute gefunden.

John war der erste Mann, mit dem ich mich anfreundete. Im dritten Studienjahr gingen wir ein paar Wochen miteinander, doch das erwies sich als ein Fehler, entstanden daraus, dass wir uns auf einer Fete ein paar Biere zu viel genehmigt hatten. Wir beide waren erleichtert, als der »Beziehung« irgendwann der Dampf ausging (nicht, dass sie je sehr viel Dampf gehabt hätte), sodass wir wieder einfach nur Freunde sein konnten.

Eve erzählten wir nichts davon; sie war nicht auf besagter Fete gewesen. Es war eben eine typische Geschichte unter Studenten, in die John und ich irgendwie hineingeraten waren. Ich weiß zwar nicht warum, aber wir hatten das Gefühl, dass diese »Beziehung« unser kleines Geheimnis bleiben sollte.

Im letzten Studienjahr begegnete ich Brad Holmes, dessen zielstrebigen Pläne für die Zeit danach mich sehr beeindruckten: Er wollte Geld verdienen. Brad war ein Wirtschafts- und Mathematikgenie – Fächer, die mich kaltließen, selbst wenn ich einigermaßen verstand, worum es ging. Er war nett zu mir, hielt mir Türen auf und lud mich zum Essen ein, all die altmodischen Dinge also, die meine Eltern mich zu schätzen gelehrt hatten. Als er mich an Weihnachten fragte, ob ich ihn nach dem Abschluss heiraten wollte, sagte ich sofort ja. Meine Eltern waren begeistert. Die von Brad weniger, denn sie wollten, dass er erst die Universität besuchte, bevor er sich auf eine Ehe einließ. Doch ich schaffte es, sie zu überzeugen, so wie es meiner Mutter bei ihren potenziellen Schwiegereltern gelungen war.

Im Sommer nach dem Abschluss heirateten Brad und ich. Eve und John blieben der Trauung fern, denn sie fand auf einer karibischen Insel statt – Brads Entscheidung –, und meine Freunde konnten sich den Flug und das Hotel nicht leisten. Ich verspürte Enttäuschung, dass sie an meinem »großen Tag« nicht dabei sein konnten, war aber so aufgeregt wegen des Kleides, des Rings, des Empfangs und des exotischen Schauplatzes, dass ich sie kaum vermisste, sobald die Feierlichkeiten begannen.

Bald darauf wurde ich schwanger. Jacob Michael Holmes wog bei seiner Geburt fast viereinhalb Kilo und musste per Kaiserschnitt entbunden werden. Jake war ein gesundes und fröhliches Baby. Ich vergötterte ihn, und auch Brad tat sein Bestes. Er wusste zwar genau, wie man sich richtig verhielt, ist aber bis heute kein sehr gefühlvoller Mann.

Als Jake drei wurde, zogen wir nach Los Angeles. Brad hatte von einem der großen Studios ein Angebot bekommen, das er – selbstverständlich seiner Frau und seinem Sohn zuliebe – einfach nicht ablehnen konnte.

Mit Brads Karriere ging es steil bergauf, sodass wir drei ein Leben in Wohlstand führten. In den ersten fünf Jahren hatte ich großes Heimweh nach Boston, aber nach einer Weile gewöhnte ich mich ein. Zweimal jährlich flog ich mit Jake an die Ostküste; manchmal begleitete Brad uns. Seine Eltern, die ziemlich gut betucht waren, besuchten uns, wenn ihr voller Terminkalender es gestattete, schliefen jedoch nie bei uns, sondern in einem Luxushotel. Meine Eltern, Angehörige der unteren Mittelschicht (ja, damals gab es so etwas noch), übernachteten bei uns, wenn sie – meist im Februar oder März, wenn es in Neuengland ganz besonders trist und trostlos ist – bei uns vorbeischauten.

Im Laufe der Jahre reisten unsere Eltern immer weniger. Das Alter forderte seinen Tribut und schränkte sie in ihrer Beweglichkeit ein, sodass sie nicht mehr gern das Haus verließen. Als Jake zwölf war, starb sein Großvater väterlicherseits. Nach seinem Tod zog seine Großmutter zu Brads älterem Bruder Gary, der in einer Vorstadt von Chicago wohnte. Ihre letzte Reise nach L.A. machte sie vor einem knappen Jahr in Garys Begleitung, um Jakes Abschlussfeier am College beizuwohnen. Sie wirkte sehr gebrechlich. Ich möchte den Teufel nicht an die Wand malen, habe jedoch den Verdacht, dass ich sie erst bei ihrer Beerdigung wiedersehen werde. Gary vertraute mir an, dass Mrs Holmes an Krebs leidet und beschlossen hat, sich die langwierige und schmerzhafte Behandlung zu ersparen.

Währenddessen pendeln meine Eltern zwischen ihrem bescheidenen Häuschen in Freeham, Massachusetts, und ihrer ebenfalls bescheidenen Eigentumswohnung in einer Seniorenwohnanlage in New Smyrna Beach, Florida, hin und her. Sie machen einen zufriedenen Eindruck und erfreuen sich, abgesehen von ein paar lästigen Alterszipperlein, guter Gesundheit.

Und was mein eigenes Leben in L.A. angeht? Als Jake in die Highschool kam, hatte ich plötzlich zu viel freie Zeit und beschloss spontan, eine Ausbildung zur Immobilienmaklerin zu machen und eine Maklerlizenz zu erwerben. Offen gestanden handelte es sich eher um ein Hobby als um einen richtigen Beruf. Obwohl wir nicht auf mein Einkommen angewiesen waren, hatte ich Freude an der geselligen Seite meiner Tätigkeit, bei der ich täglich neue Leute kennenlernte und Termine hatte. Sie vermittelte mir das Gefühl, gebraucht zu werden.

Da ich keine engen Freunde besaß, dafür aber einen Sohn, der sich mit jedem Tag mehr von mir abnabelte, und einen Mann, der den Großteil seiner Zeit mit seinen Kollegen verbrachte, hatte ich dieses Gefühl bitter nötig – bis ich eines Tages aus unerklärlichen Gründen plötzlich das Interesse daran verlor und den ganzen Krempel einfach hinwarf.

Wo war Eve in all den Jahren geblieben? An der Ostküste,

und ich hatte keinen Kontakt mehr zu ihr. In den letzten zwanzig Jahren hatten Eve und ich einander trotz unserer früher so engen Freundschaft allmählich aus den Augen verloren. Wir hatten uns nicht zerstritten, sondern uns eben auseinandergelebt. Ein Grund dafür war, dass Eve nie geheiratet hat. Eigentlich wollte sie das ursprünglich, und sie wünschte sich zwei oder drei Kinder.

Ich werde den Verdacht nicht los, dass Eves Ehe- und Kinderlosigkeit zu unserer Entfremdung beigetragen hat. Mit ein wenig mehr Interesse an Jake ihrerseits hätte unsere Freundschaft vielleicht gehalten. Eve hätte so eine Art Tante für ihn werden können, was mir sehr gut gefallen hätte. Aber sie wehrte alle meine Versuche ab, sie in meine neue Familie einzubinden. Mir ist klar, dass sie um ihre Eltern trauerte und sehr darunter litt, nun nicht die Universität besuchen zu können. Allerdings gab sie nie zu, dass sie sich bedrückt, wütend oder niedergeschlagen fühlte, obwohl sie sicher so empfand. Möglicherweise wollte sie ja deshalb nichts von Jake wissen – das könnte ein weiterer Grund für das Ende unserer Freundschaft sein.

Obwohl das alles nicht sehr logisch klingt, sind das die einzigen Erklärungen, die mir einfallen. Ich bin nicht sicher, ob ich je den Mut aufbringen werde, Eve zu fragen, warum sie keine Lust hatte, mit Jake und mir zusammen zu sein. Ich bin nämlich ziemlich konfliktscheu. Vielleicht erzählt sie es mir eines Tages freiwillig und vertraut mir an, was in den Jahren nach dem Tod ihrer Eltern geschehen ist, der ihr Leben so völlig verändert hat.

Hoffentlich.

4

Liebe Kummerkastentante!

Vor ein paar Monaten habe ich einen echt tollen Typen kennengelernt. Jetzt gehen wir miteinander und haben sogar schon von Hochzeit gesprochen. Meine Freundinnen finden ihn süß. Jedenfalls haben wir am vergangenen Wochenende seine Mutter besucht. (Sein Vater ist tot.) Als ich gerade aus dem Bad kam, habe ich ein Gespräch zwischen seiner Mutter und seiner Tante belauscht. »Sollen wir ihr sagen, was mit ihm los ist?« – »Nein, er hat sich inzwischen verändert, und jetzt wird alles gut.« Sobald ich die Küche betrat, verstummten sie. Seitdem frage ich mich, ob sie über mich geredet haben, ob mit »er« mein Freund gemeint war und ob sie mir etwas verschweigen. Soll ich meinen Freund zur Rede stellen? Was, wenn er mir etwas Schreckliches aus seiner Vergangenheit verheimlicht?

Oder soll ich einfach vergessen, was ich gehört habe, und die Beziehung weiterleben, die einfach traumhaft ist, wie ich schon sagte?

Liebe allzu Ahnungslose!

Für gewöhnlich rate ich davon ab, auf einer Beichte zu bestehen, denn schließlich hat jeder Mensch ein Recht auf seine Vergangenheit. In Ihrem Fall jedoch würde ich empfehlen, der Sache auf den Grund zu gehen, bevor Sie als zerstückelte Leiche enden. Ihr angeblich so toller Freund könnte nämlich tatsächlich vorbestraft sein und alles Mögliche von Unterschlagung bis hin zu Mord auf dem Kerbholz haben. Nehmen Sie sich zu diesem klärenden Gespräch mit ihrem Traummann unbedingt Verstärkung mit. Ein Gorilla mit einem Maschinengewehr wäre empfehlenswert.

Wo zum Teufel steckte bloß meine Sekretärin? Beim fünften Läuten hob ich ab.

»Eva Fitzpatrick.«

»Oh, spreche ich mit Eve Fitzpatrick?«

»Ich bin Eva Fitzpatrick. Und wer sind Sie?«

»Verzeihung«, sagte die Stimme. »Ich bin auf der Suche nach einer alten Freundin aus dem Colllege, die Eve Fitzpatrick heißt.«

»Ich habe Ihren Namen nicht verstanden.«

»Ach, tut mir leid. Ich bin Sophie Holmes, geborene Jimenez.«

Am liebsten hätte ich sofort aufgelegt, unterdrückte dieses Bedürfnis aber.

»Sophie, ich bin es, Eve«, erwiderte ich. »Aber ich nenne mich inzwischen Eva.«

Sophies Stimme war die Erleichterung anzuhören, als sie auflachte.

»Ach, du meine Güte, du bist es wirklich. Hallo!«

Ich lehnte mich in meinem Bürostuhl zurück.

»Na, hallo. Lange her.«

»Ich weiß, viel zu lange.«

»Und warum – äh, wo wohnst du inzwischen?«

»Deshalb rufe ich an. Ich bin wieder in Boston. Brad und ich haben uns scheiden lassen.«

Ich konnte Brad noch nie leiden. Ein aufgeblasener Fatzke.

»Oh«, meinte ich.

»Ja. Und da mein Sohn hier studiert, habe ich beschlossen, zurück an die Ostküste zu ziehen. Außerdem bin ich dann in der Nähe meiner Eltern und wollte mich wieder bei meinen alten Freunden melden.«

»Aha.«

Daher wehte also der Wind. Ich beschloss, meiner Sekretärin den Hals umzudrehen. Jemanden einfach nicht zurückzurufen, war längst nicht so schwer, wie ihm ins Gesicht zu sagen, dass man ihn nicht sehen wollte.

»Also«, fuhr Sophie fort, »könnten wir uns doch irgendwann treffen, findest du nicht?«

Warum, dachte ich mir, können die Leute die Vergangenheit nicht einfach ruhen lassen? Das Wort »Vergangenheit« bedeutete doch, dass eine Sache aus und vorbei war.

»Eve? Ich meine, Eva?«

»Ja«, sagte ich schicksalsergeben. »Gut, wir könnten ein Gläschen trinken gehen.«

Ich schlug eines meiner Lieblingslokale vor. Wenn ich mich schon auf die Straße der Erinnerungen entführen lassen musste, konnte ich mir dazu wenigstens ein paar Austern gönnen.

5

Wer den Ruf genießt, ein Geheimnis hüten zu können, steigt im gesellschaftlichen Ansehen. Jeder wünscht sich einen Freund, dem er sein schwarzes Herz ausschütten kann, ohne dass die schmutzige Wäsche anschließend öffentlich gewaschen wird. Hinzu kommt, dass ein Freund, um den sich alle reißen, sich vor Essenseinladungen nicht mehr retten kann.

– Verschwiegenheit besitzt durchaus ein paar gesellschaftliche Vorzüge.

JOHN

Meine Türhüterin, meine rechte Hand und – obwohl das ungewöhnlich klingt – meine Freundin ist eine Frau namens Ellen Mara. Seit fast fünf Jahren arbeitet sie in meiner Kanzlei, und ich hoffe, dass sie mir in den nächsten fünfzehn dorthin folgen wird, wohin das Schicksal mich führt. Warum Ellen nicht selbst Jura studiert hat, werde ich nie begreifen, denn sie gehört zu den klügsten Menschen, die ich kenne. Sie behauptet, es wäre aus Faulheit gewesen, aber das nehme ich ihr nicht ab.

Ellen ist fünfzig. Das weiß ich, weil sie es mir gesagt hat. Hoffentlich klinge ich nicht unprofessionell, wenn ich feststelle, dass sie eine traumhafte Figur hat – natürlich spreche ich nur von den Körperteilen, die ich kenne. Sie trägt häufig schmal geschnittene Röcke. Das sieht mit dem Designerschmuck, den sie trägt und sich auf Messen kauft, stets elegant aus.

Ellens Mann, ein Bursche namens Austin, dem ich ein paarmal begegnet bin, arbeitet in der Finanzabteilung einer der größten Kanzleien in der Stadt. Die beiden besitzen ein Ferienhaus irgendwo an einem See in Maine, dessen Lage sie geheim halten, um von Überraschungsbesuchen verschont zu bleiben. Sie laden auch nie Freunde oder Verwandte dorthin ein. Ellen hat mir erzählt, ein Paar brauche unbedingt einen Ort, der nur ihm allein gehört. Vermutlich hat sie recht. Für mich ist es unvorstellbar, wie ich verhindern sollte, dass meine Familie in mein Ferienhaus einfällt – falls ich je gesetzt genug sein werde, mir eines zuzulegen. Sie würden Spürhunde auf mich hetzen. Außerdem brächte das schlechte Gewissen mich um. In meiner Familie gehört allen (potenziell) alles. Deshalb bin ich ja in die Stadt gezogen, anstatt wie Teri, Chrissy, meine Eltern und die restliche Verwandtschaft in Windhill zu wohnen. Wenn ich mein eigenes Leben führen möchte, ist eine Pufferzone zwischen uns unverzichtbar.

Ich war gerade bei der zweiten Tasse Kaffee, also muss es gegen halb elf gewesen sein, als Ellen sich über die Gegensprechanlage meldete. (Ich weiß, dass man das heutzutage nicht mehr so nennt, aber mir gefällt das Wort.)

»John«, verkündete Ellen. »Eine Sophie Holmes will dich sprechen.«

Im ersten Moment sagte mir der Name nichts. Ich höre jede Woche Tausende von Namen, von denen ich nicht alle wiedererkenne. Dann stand mir plötzlich das Bild einer jungen lachenden Frau mit langem dunklen Haar und einem Kassengestell vor Augen. War sie es wirklich?

»Danke, Ellen«, erwiderte ich. »Stell sie durch.«

6

Liebe Kummerkastentante!

Ich bin in der Obst- und Gemüseabteilung eines Supermarkts beschäftigt. Ich verdiene zwar nicht viel, aber die Arbeitszeiten sind in Ordnung. Nebenbei mache ich an der Abendschule meinen Highschool-Abschluss nach, um meine beruflichen Aussichten zu verbessern. Mein Problem ist, dass fast alle meine Kollegen in der Abteilung Obst und Gemüse mit nach Hause nehmen, ohne dafür zu bezahlen. Es sind immer nur Kleinigkeiten, zwei Bananen oder vielleicht ein Kopf Salat. Aber sie tun es schon seit Jahren. Bis letzte Woche habe ich mich geweigert mitzumachen. Doch dann hat einer der Jungs angefangen, mich aufzuziehen, ich sei ein Feigling. Also habe ich ein paar Trauben eingesteckt. Da niemand mich erwischt hat, habe ich noch einmal Trauben stibitzt und überlege mir, ob ich es nächstens mit einem Beutel Tomaten versuchen soll. Ich schade doch niemandem damit, oder?

Lieber Dieb!

Wenn mich nicht alles täuscht, kann man seinen Highschool-Abschluss auch im Gefängnis nachmachen. Ich wette sogar, dass es hilft, die Zeit totzuschlagen. Sind Sie religiös? Wenn ja, erinnern Sie sich vielleicht an das Gebot mit dem Wortlaut: »Du sollst nicht stehlen.« Falls Sie also keine hungernde Frau und Kinder zu Hause haben, die nur dank der Trauben (oder Tomaten) überleben können, hören Sie auf, das Unternehmen zu BESTEHLEN, das Sie beschäftigt.

SOPHIE

John schien sich wirklich zu freuen, von mir zu hören. Ganz im Gegensatz zu Eve – Eva.

Aber vielleicht hatte ich sie in einem ungünstigen Moment erwischt.

Na und?, dachte ich mir. Was geschehen ist, lässt sich nicht rückgängig machen.

Ich war mit Eve – Eva (ich werde einige Zeit brauchen, um mich daran zu gewöhnen) in einem Lokal verabredet. John war die ganze kommende Woche ausgebucht, versprach aber, sich zu melden.

Eva hatte mich gebeten – nun, es war eher ein Befehl – mich im *Churchill* in der Tremont Street gegenüber vom *Common* mit ihr zu treffen. Wie ich der Zeitung entnommen hatte, handelt es sich um ein beliebtes neues Lokal für »Leute, die Karriere gemacht haben«.

Mit diesen einschüchternden Worten im Sinn durchsuchte ich meinen Kleiderschrank und kam bald zu dem Schluss, dass ich nichts Passendes anzuziehen hatte.

Im Laufe der Jahre hatte ich mein Äußeres immer mehr vernachlässigt. Ich unternahm nichts gegen die grauen Haare, und was die Klamotten anging – nun, ich hatte seit dem College zwar kaum zugenommen, trug inzwischen aber meistens Sachen, die meine Figur verhüllten. Weite Oberteile und lange Röcke waren bequem und pflegeleicht. Doch für eine Begegnung mit einer Frau, die ich seit zwanzig Jahren nicht gesehen hatte, erschienen sie mir zu langweilig.

Also machte ich die Schranktür wieder zu und beschloss, mir einen nachmittäglichen Einkaufsbummel in der Prudential Mall zu gönnen. Ich war zwar nicht sicher, was ich kaufen wollte, doch die Aussicht auf neue Kleider begeisterte mich zum ersten Mal seit Jahren. Neue Kleider, ein neues Leben und erneuerte Freundschaften.

Was konnte es Schöneres geben?

7

Für wenige Auserwählte ist das Lügen nicht nur ein gelegentlicher Genuss, sondern eine Lebensweise, die ihre Sehnsüchte und Bedürfnisse erfüllt. Ein Mensch, der dazu geboren wurde, anderen und auch sich selbst etwas vorzumachen, muss das, was er sagt, auch wirklich glauben. Sobald der ambitionierte Lügner anfängt, an seinen eigenen Worten zu zweifeln, ist es vorbei mit seinem Seelenfrieden. Und wer möchte bestreiten, dass der geborene Lügner ebenso ein Recht auf Glück hat wie der wahrheitsliebende Mensch?

– Es ist wahr, wenn du es selbst glaubst. Oder: Bleib stets aufrichtig bei deinem Lügenleben.

EVA

Ich war überrascht, von Sophie Holmes zu hören. Bei unserer letzten Begegnung, kurz vor Sophies Umzug an die Westküste, war ihr Sohn Jake ein Krabbelkind gewesen. Brad hatte einen gehobenen Posten bei einem der großen Studios ergattern können.

Ihre Eltern veranstalteten eine Abschiedsparty für die »Kinder«, und ich ging hin, obwohl ich mir dafür einen Abend in der Kneipe freinehmen musste, in der ich kellnerte – einer von vielen Jobs, die ich damals hatte, um mich und meine Schwester durchzubringen.

Damals hatten Sophie und ich uns schon nicht mehr viel zu sagen. Unsere Leben hatten sich in völlig verschiedene Richtungen entwickelt.

Undeutlich erinnere ich mich an eine verlegene Umarmung, als ich mich verabschiedete, um die letzte Bahn zurück in die

Stadt zu erwischen. Jake habe ich völlig vergessen. Vielleicht schlief er bereits.

Ich weiß noch, wie John, seine neueste Flamme im Schlepptau, hereingerauscht kam. Ich glaube, wir wechselten den ganzen Abend kaum ein Wort miteinander. John hatte sein Jurastudium abgeschlossen, Sophie war verheiratet und Mutter. Ich war die Einzige, die mit vierundzwanzig nicht so lebte, wie sie es sich eigentlich vorgestellt hatte.

Nach Sophies Umzug an die Westküste schickten wir einander noch eine Weile Geburtstags- und Weihnachtskarten. Hin und wieder schrieben wir auch ein paar Zeilen darüber, was sich in unserem Leben so tat. Sophie legte häufig kleine Fotos von Jake bei. Keine Ahnung, wo diese Fotos abgeblieben sind. Vermutlich habe ich sie irgendwann weggeworfen, als keine Karten mehr kamen – oder als ich aufhörte, welche zu schreiben.

Wer hat wessen Geburtstag zuerst vergessen? Wer war zu erschöpft von den Weihnachtseinkäufen, um eine Karte zu schicken? Ich weiß es nicht mehr.

Ich erinnere mich auch kaum noch an unsere Freundschaft während der vierjährigen Collegezeit. Das ist nicht weiter verwunderlich, denn ich habe bereits in jungen Jahren gelernt, kurz nach dem frühen Tod meiner Eltern, dass es nichts bringt, der Vergangenheit nachzutrauern. Und ich möchte jeden Moment meines Lebens nutzen. Wenn man die Vergangenheit loslassen muss, um die Zukunft zu sichern, nur zu! Verdrängung und absichtliches Vergessen sind wichtige Waffen auf dem Weg zum Erfolg. Erinnerungen wieder zutage zu fördern, kommt für mich nicht infrage. Wenn ich etwas vergessen habe, dann meiner Ansicht nach aus gutem Grund: Weil es unwichtig war.

Und dennoch musste ich mich zwingen, mich mit Sophie auf ein Glas zu treffen. Auf ein Abendessen wollte ich mich nicht einlassen, da ich keine Lust hatte, den ganzen Abend mit ihr zu verbringen.

Doch ich war bereit, der Sache eine Chance zu geben, vielleicht einfach nur aus Neugier. Wie war es ihr wohl seit unserer letzten Begegnung ergangen? Sah sie älter oder jünger aus als zweiundvierzig? Wie würde ich im Vergleich mit ihr abschneiden?

Noch merkwürdiger fand ich, dass ich mich bei der Frage ertappte, ob das, was uns im College zueinander hingezogen und uns zu Freundinnen gemacht hatte, nach all den Jahren noch vorhanden war.

Und ob es mich kümmern würde, falls es sich so verhielt.

8

Liebe Kummerkastentante!
Meine Frau hat sich kürzlich das Haar in einem Rotton gefärbt, den ich einfach scheußlich finde. Soll ich ihr sagen, dass ich am liebsten jedes Mal kotzen würde, wenn sie ins Zimmer kommt?

Lieber abgrundtief dämlicher Ehemann!
Halten Sie Ihren abgrundtief dämlichen Mund.

JOHN

Ich hatte schon vor Sophies Anruf viel über meine persönlichen Beziehungen nachgedacht und war zu dem Schluss gekommen, dass ich außer meinem Vater und meinen Schwagern keine männlichen Freunde hatte – und dabei kann man Verwandte genau genommen gar nicht als Freunde bezeichnen. Klar, es gab da ein paar Kollegen, mit denen ich gelegentlich einen trinken oder zu einem Football-Spiel ging, wenn jemand an kostenlose Karten herankam. Doch obwohl ich fast jeden Tag im Fitnessstudio bin, meide ich Gespräche in der Umkleide. Ich bin zum Trainieren da und um zu verhindern, dass ich aus dem Leim gehe, wenn das erledigt ist, verschwinde ich wieder.

Vielleicht war es ja nicht so schlimm, keine männlichen Freunde zu haben, überlegte ich weiter.

Ein Bursche in meiner Kanzlei verdient es jedoch, dass ich ihn in diesem Zusammenhang erwähne. Er heißt Gene Patton, ist dreiunddreißig Jahre alt und eine Ratte und ein Schmierlappen, wie er im Buche steht. Er betrügt seine Frau, die ihn vergöttert, gewohnheitsmäßig. Sie heißt Marie und ist Hausfrau. Ich habe sie bei der letzten Weihnachtsfeier der Kanzlei kennengelernt, und da Gene ihr den ganzen Abend die kalte Schulter zeigte, sah ich mich verpflichtet, eine geschlagene halbe Stunde Konversation mit ihr zu betreiben. Sie ist zwar keine sehr anregende Gesprächspartnerin, aber ich konnte ihren Widerling von einem Ehemann ja schlecht am Ohr packen und zu ihr schleppen. Und dass sie mutterseelenallein in ihrem schlecht sitzenden Abendkleid herumstand und dabei ein Gesicht wie ein verschrecktes Kaninchen machte, kam nicht infrage.

In meinem Beruf lerne ich so viele Frauen kennen, die an widerwärtige Vertreter meines Geschlechts geraten sind, und frage mich ständig, wie das bloß hat geschehen können. Natürlich gibt es eine ganze Reihe von Antworten darauf: wirtschaftliche oder persönliche Gründe, gesellschaftlicher Druck oder der Einfluss der Familie. Doch selbst wenn ich die jeweiligen Hintergründe kenne, bleibt stets ein Rest von Ratlosigkeit.

Aber zurück zu Gene. Der Kerl ist nicht nur im Privatleben ein Schleimer, sondern auch ein Pickel am Hintern der Gesellschaft, weil er im großen Stil Steuern hinterzieht. Verständlicherweise gefällt es mir gar nicht, davon zu wissen, doch meine moralischen Grundsätze verbieten es mir, einen Kollegen anzuschwärzen. Auch wenn Gene nicht mein Freund ist, arbeiten wir dennoch zusammen. Ich kann ihm zwar raten, seine illegalen Machenschaften nie in meiner Gegenwart zu erwähnen, da ich als Anwalt schließlich dem Gesetz verpflichtet bin. Doch ich schaffe es nicht, ihn beim Finanzamt anzuzeigen. Also verklagen Sie mich.

Und als ob es nicht schon schlimm genug wäre, den Staat zu betrügen, gibt Gene nie einen aus, wenn wir nach der Arbeit mit den Kollegen ein Glas trinken gehen. Da wir diese Eigenheit inzwischen kennen, haben wir einige Tricks auf Lager, damit Gene immer dann auf der Rechnung sitzen bleibt, wenn sie besonders hoch ist.

Dennoch dulde ich diesen Menschen in meiner Nähe. Und manchmal liege ich nachts wach und frage mich nach dem Grund.

Mir ist ziemlich klar, dass Gene so oft in meinem Büro herumhängt, weil er sich unbedingt bei einem der Partner der Kanzlei beliebt machen will. Aber ich bin nicht auf den Kopf gefallen und werde Gene auch nicht unverdientermaßen bevorzugen. Die Wahrheit lautet jedoch, dass ich in letzter Zeit ein wenig einsam bin. Ich bin nicht stolz darauf, doch manchmal verbringe ich lieber eine Stunde mit einem Widerling als ganz allein herumzusitzen. Außerdem hat Gene Verständnis dafür, unter welchem beruflichen Druck ich stehe, denn er ist trotz seiner schweren Charakterfehler ein recht guter Anwalt. Man könnte sogar sagen, dass seine fachlichen Fähigkeiten das unmittelbare Ergebnis seiner Defizite als Mensch sind. Ansichtssache.

Da ich schon einmal beim Beichten bin, werde ich noch weitergehen und gestehen, dass mich Genes Marotten manchmal sogar amüsieren – natürlich nur die, mit denen er ausschließlich sich selbst schadet; zum Beispiel, wenn er mit einem Mordskater einen Vortrag bei einer Mitarbeiterversammlung halten muss.

So weit, so gut. Ich habe versucht, Gene wegen seines empörenden Verhaltens als Ehemann zur Rede zu stellen, doch ich weiß, dass meine Worte stets auf taube Ohren stoßen. Falls Gene irgendwann einmal eine Erleuchtung haben sollte, liegt das sicher nicht an mir. Ich bin nicht so von mir selbst eingenommen, dass ich glaubte, ich könnte das Leben meiner Mitmenschen positiv beeinflussen.

Ach, ich wollte noch etwas über meinen lästigen Kollegen loswerden. Wenn ich in Eile bin – oder besser: in großer Eile –, wünschte ich, ich würde mich weniger um die Probleme anderer Leute und dafür mehr um mein eigenes Glück kümmern. Ich frage mich, wie es wäre, ein wenig wie Gene zu sein, ein Egoist also, kein Menschenfreund.

Natürlich ist es unmöglich, dass ich mich in einen Gene verwandle, und wäre es nur für eine Stunde. Es liegt mir einfach nicht im Blut – anders zu sein, als ich eben bin. Ich will nicht prahlen. Ich weiß genau, dass ich kein Heiliger bin. Und ich brauche kein Mitleid. Ich führe nämlich ein verdammt schönes Leben.

Eigentlich stand mein ganzes bisheriges Dasein unter einem Glücksstern.

In der Schule flog mir von Anfang an alles zu. Meine Mutter sagt, ich hätte schon vor dem Kindergarten lesen können. Weil ich mich nicht an eine Zeit ohne Bücher erinnere, hat sie vermutlich recht und übertreibt nicht, wie sie es sonst tut, wenn sie über die Talente ihrer Kinder spricht.

Wegen meiner guten Noten bekam ich ein Stipendium und konnte eine private Highschool besuchen. Den College-Abschluss machte ich als Bester meines Jahrgangs. Anschließend studierte ich Jura und durfte – eine Auszeichnung für besonders begabte Studenten – bei der Fakultätszeitung mitarbeiten, und das, obwohl ich nachts meistens recht lang um die Häuser zog.

Es heißt, dass ich ziemlich attraktiv bin, und ich gelte auch als sehr sympathisch – dafür danke ich meinem Vater, dessen Charme sogar einer Leiche ein Lächeln entlocken würde. Ja, ich nutze diese beiden Vorzüge aus, um die Bekanntschaft von Frauen zu machen – warum auch nicht? Aber das wäre es dann auch schon gewesen. Ich lüge Frauen nicht an und verspreche ihnen nichts, was ich nicht halten kann. Allerdings hat das nicht verhindert, dass einige Frauen mir vorwarfen, ich hätte sie getäuscht und mit ihren Gefühlen gespielt. Niemals habe ich einer Frau ewige Liebe und Treue geschworen. Doch manche Menschen hören eben nur das, was sie hören wollen.

Mit fünfunddreißig wurde ich Partner in der Kanzlei und fühlte mich eine Weile, als wäre ich ganz oben angekommen. Dann aber schlich sich die Einsamkeit durch die Lücken in meinem vollkommenen Leben ein. Mit der Vollkommenheit schwingt stets eine gewisse Brüchigkeit mit. Sie erzeugt Druck, und dieser wiederum führt mit der Zeit zu Rissen, durch die die grausame Wahrheit eindringen kann.

Dennoch unternahm ich nichts gegen diese Einsamkeit und ließ zu, dass sie immer weiter einsickerte und Besitz von mir ergriff. Ich war beschäftigt. Darin bestand meine Ausrede dafür, dass ich die letztlich viel wichtigeren Lebensbereiche einfach vernachlässigte.

Als ich schließlich vierzig wurde, fiel mir auf, dass ich unter meinen Freunden und Kollegen der einzige männliche Single war. Selbst die Geschiedenen bemühten sich aktiv um eine neue Ehefrau, während sie sich an den Wochenenden mit den Kindern ihrer Ex amüsierten. Kein Mann in der Kanzlei, ganz gleich ob schwul oder hetero, kam abends in eine leere Wohnung nach Hause.

Nur ich.

Inzwischen machte sich die Einsamkeit laut und beharrlich bemerkbar und erinnerte eher an eine Flutwelle als an ein Einsickern. Etwas musste passieren. Aber was?

Also entwickelte ich einen Schlachtplan. Schritt eins: Schluss mit den Bettgeschichten für eine Nacht. Mir war nämlich allmählich klar geworden, dass ich beiläufige sexuelle Begegnungen nicht mehr so aufregend fand. Selbstverständlich meine ich damit nicht das gesamte Procedere, denn meine Libido ist ganz normal entwickelt. Es schien eher, dass mir der – zugegeben geringe – Aufwand einfach zu lästig erschien. Meistens wenigstens. Zugegeben, ich rechnete damit, dass mir der Belohnungsaufschub anfangs schwerfallen würde. Allerdings hielt ich mich für lernfähig.

Schritt zwei kam in Form eines Anrufs von Sophie Holmes, die ich damals auf dem College als Sophie Jiminez kannte. Nach vielen Jahren in Los Angeles war sie zurück nach Boston gezogen und hoffte, wieder an unsere Freundschaft anknüpfen zu können. Sie hatte auch eine andere Freundin aus dem College angerufen, eine Frau namens Eve Fitzpatrick.

Schritt zwei wäre Schritt drei gewesen, wenn Sophie nicht

aus der Vergangenheit aufgetaucht wäre. Denn Schritt drei bedeutete, sich ernsthaft nach der Richtigen umzusehen.

Als typischer Mann definiere ich ein Problem und mache mich dann systematisch daran, es abzuarbeiten. Das heißt natürlich nicht, dass nicht auch Liebe im Spiel sein musste. Ich kenne mich selbst gut genug, um zu wissen, dass ich den Weg zum Altar ohne wahre Liebe niemals schaffen würde.

Wie ich zugeben muss, fragte ich mich, ob die frisch geschiedene Sophie möglicherweise einen Ehemann suchte. Es könnte ja durchaus sein, dass es einfacher wäre, eine alte Freundschaft wiederaufleben zu lassen und sie zu einer romantischen Beziehung auszubauen, als noch einmal ganz von vorne anzufangen. Ich bin zwar kein Faulpelz, aber die Vorstellung, mich mit Hintergedanken im Kopf mit fremden Frauen zu verabreden, schreckte mich etwas.

Und was war mit Eve als Kandidatin für die Rolle der liebenden Lebenspartnerin? Die Antwort war ein großes, dickes *Nein.*

Damals auf dem College hatte ich für Eve geschwärmt, allerdings nie etwas daraus gemacht. Ich bin nämlich weder blöd noch masochistisch veranlagt. Eve hatte niemals die kleinste Andeutung fallen lassen, sie könnte Interesse an mir haben. Stattdessen lag sie mir ständig in den Ohren, ich sei eingebildet und hätte eine übertriebene Schwäche für hübsche, aber geistig unterbelichtete Frauen.

Außerdem verspürte ich nach der gescheiterten Beziehung mit Sophie, die unserer Freundschaft zum Glück nicht geschadet hatte, Hemmungen, eine weitere Freundschaft mit einer Frau, die ich bewunderte, aufs Spiel zu setzen. Also, Eve hielt mich zwar für moralisch verkommen, betrachtete mich jedoch weiterhin als Freund. Das verstehe, wer will.

Vor einigen Jahren traf ich Eve zufällig bei einer großen Wohltätigkeitsveranstaltung. Zunächst erkannte sie mich nicht, was mich ein wenig wunderte, da man mir häufig sagt, dass ich mich seit dem College kaum verändert hätte. Vielleicht sollte ich meiner Mutter doch nicht alles glauben.

Also stellte ich mich vor. Und von diesem Moment an drehte sich das Gespräch – wenn man es denn so nennen will – nur noch um den Typen, mit dem sie gerade ging, und wie toll er sei. Ich weiß noch, dass mir an der Sache etwas faul zu sein schien. Meiner Erfahrung nach steht eine Beziehung nämlich kurz vor dem Ende, wenn ein Partner (oder noch schlimmer, alle beide) beteuert, wie fantastisch es ihnen geht.

Ich erinnere mich auch daran, dass ich erschrocken darüber war, wie sehr Eve sich verändert hatte. Was sollte das mit dem Namenswechsel? Die hochgewachsene, elegante Blondine, die ich bei der Wohltätigkeitsveranstaltung traf, sah aus wie das Abziehbild der Frauen, mit denen ich normalerweise ausging und die ich inzwischen satt hatte: Sie sprach schnell und nur über sich selbst. Die Eve, die ich damals auf dem College gekannt hatte, war das genaue Gegenteil gewesen – bedächtig in der Ausdrucksweise und stark an ihrem Gegenüber interessiert.

Das soll nicht heißen, dass Eve – Eva – nicht toll aussah, wirklich nicht. Doch mir gefiel die Verwandlung nicht, und ich fragte mich, ob sie diese Persönlichkeitsveränderung ihrem geheimnisvollen Lebensgefährten zu verdanken hatte. Dann überlegte ich, ob es tatsächlich eine so tief greifende Veränderung war und ob mein Erstaunen seinen Grund vielleicht nur in unserem Zufallstreffen hatte. Zu guter Letzt sagte ich mir, dass Eva zu Hause bestimmt noch dieselbe war wie früher. Draußen in der Welt spielen wir schließlich alle Theater – und vielleicht hatte Eve einfach die Rolle der Eva übernommen.

Jedenfalls freute ich mich auf ein Wiedersehen mit Eva und Sophie. Ich war neugierig, was die Zeit aus uns dreien gemacht hatte.

Und es interessierte mich brennend, ob wir eine gemeinsame Zukunft hatten.

9

Trotz aller Bemühungen von Religionsgemeinschaften, ihren feigen und abergläubischen Schäfchen das Gegenteil weiszumachen, ist die Scham ein überkommenes Konzept, dem man sich keinesfalls verpflichtet fühlen muss. (Wie zum Beispiel in dem Ausspruch: »Ich schäme mich ja so für meine Tat.«). Außerdem hat niemand das Recht, anderen dieses Gefühl einzuimpfen. (Wie zum Beispiel: »Du solltest dich schämen.«)

– Schäm dich!

EVA

Sie hat sich kein bisschen verändert.

Das war mein erster Eindruck, als Sophie ins *Churchill* kam. Die Vertrautheit schien übermächtig zu sein und viel stärker, als ich gedacht hatte. Dasselbe dichte, dunkle Haar. Dieselbe Brille mit Goldrand. Erst als sie sich näherte, fielen mir kleine Unterschiede auf: eine deutlich sichtbare graue Strähne; die Brille moderner als damals auf dem College. Und da war noch etwas: Ihre Kleidung wirkte eindeutig matronenhaft und provinziell.

Ich muss sie dazu bringen, sich altersgemäß anzuziehen, dachte ich mir. Sie ist mindestens zehn bis fünfzehn Jahre zu jung für wadenlange Röcke und Tunikas, auch wenn sie teuer gewesen sein mögen. Wie will sie so einen Mann kennenlernen? Ich werde sie außerdem mit meiner Friseurin bekannt machen und mich über Kontaktlinsen informieren.

Als Sophie mit leicht erwartungsvoller Miene auf den Tresen zukam, stand ich auf.

»Eva?«, fragte sie. »Ach, herrje, mit den kurzen Haaren hätte ich dich kaum erkannt! Du bist so blond geworden.«

»Tja«, erwiderte ich. Ich hielt ihr die Hand in demselben Moment hin, als sie versuchte, mich zu umarmen. Verlegenheit machte sich zwischen uns breit. Ich neige eben nicht zu emotionalen Gesten.

Wir setzten uns an den Tresen. Nachdem die Barfrau Sophies Bestellung – einen Cosmo – entgegengenommen hatte, begann unser Wiedersehen.

»Na, was hast du in den letzten zwanzig Jahren so getrieben?«, erkundigte ich mich in scherzhaftem Ton und rechnete eigentlich mit einer Antwort wie: »Vor mich hingegammelt, und du?«

»Nun, natürlich habe ich mich um Jake gekümmert«, meinte Sophie ernst. »Ihn großzuziehen hat fast meine ganze Zeit in Anspruch genommen, vor allem, weil Brad beruflich so stark eingespannt war. Doch das hat mich nicht gestört. Ehrlich gesagt habe ich jede Minute als Hausfrau und Mutter genossen.«

Als ich in Sophies Augen Anzeichen von stummer Verzweiflung suchte, konnte ich keine entdecken.

Vielleicht habe ich ja nicht gründlich genug hingeschaut, dachte ich.

»War dir denn nie ... langweilig?«, hakte ich nach.

Sophie lachte.

»Oh, nein, langweilig ganz bestimmt nicht. Es passiert ständig etwas Aufregendes. Allerdings habe ich mich manchmal ein wenig – einsam gefühlt.«

Ich nickte.

»Weißt du«, fuhr sie fort, als hätte ich sie um eine Erklärung gebeten, »wenn Jake schlief und Brad Überstunden machte. Eigentlich war ich in diesen Jahren viel allein.«

»Ein zweites Baby hätte dir Gesellschaft geleistet. Zum Teufel mit den Schwangerschaftsstreifen.«

Sophies Gesichtsausdruck in diesem Moment kann ich schwer beschreiben und nur sagen, dass sich Trauer und Wut auf eine höchst unangenehme Weise darin mischten.

Mist, dachte ich. Welcher Teufel hatte mich geritten, diesen Satz von mir zu geben?

Ich beobachtete, wie Sophie um eine freundliche Miene rang.

»Die Erinnerung bedrückt mich immer noch«, erwiderte sie nach einer Weile.

»Ich hätte nicht …«

Sophie machte eine wegwerfende Handbewegung.

»Nein, nein, schon gut. Die Sache ist nur, dass Brad nicht begeistert war, als ich nach Jake wieder schwanger werden wollte. Keine Ahnung, warum, aber er hatte keine Lust auf weitere Kinder. Als Jake drei wurde, konnte ich ihm schließlich klarmachen, dass ein Geschwisterchen ihm sicher guttun würde und dass ich mir sehnlichst ein zweites Baby wünschte.«

»Aber Jake ist trotzdem Einzelkind?«

»Ja, die Sache war die, dass ich einfach nicht mehr schwanger wurde. Nachdem wir es ein Jahr lang selbst versucht hatten, ging ich zum Arzt – und erfuhr, dass ich gesundheitliche Probleme habe, die eine erneute Schwangerschaft stark erschwerten.«

»Oh«, antwortete ich. Ich kenne mich nicht gut mit den weiblichen Fortpflanzungsorganen aus und weiß nur das, was zu tun ist, um nicht schwanger zu werden.

»Wie dem auch sei«, fuhr Sophie fort. »Es war ein schwerer Schock, das zu hören. Man erklärte mir, es gäbe eine Reihe von Fruchtbarkeitsbehandlungen, und Brad war einverstanden. Inzwischen hatte er sich damit abgefunden, dass ich unbedingt noch ein Kind wollte. Aber ich habe mich letztlich dagegen entschieden. Die Therapien wären langwierig und teuer gewesen, ohne dass mir jemand eine Schwangerschaft hätte garantieren können.«

Brad hat sicher Luftsprünge gemacht, dachte ich.

»Außerdem«, sprach Sophie leicht verlegen weiter, »habe ich ein Problem mit diesen Fruchtbarkeitsbehandlungen. Vielleicht liegt es an meiner katholischen Kindheit, keine Ahnung. Natürlich würde ich niemals einer anderen Frau Vorschriften machen, wie sie mit ihrem Körper umgehen soll.«

»Natürlich nicht«, stimmte ich zu, obwohl ich Sophie eigentlich gar nicht mehr kannte. Offenbar erwartete sie, dass ich noch etwas zu dem Thema beitrug, das ich dummerweise angeschnitten hatte. »Aber was ist mit deinem Kinderwunsch?«

»Oh, den habe ich nicht sofort aufgegeben, sondern angefangen, mich mit dem Thema Adoption zu beschäftigen, insbesondere von Kindern aus dem Ausland.«

»Das ist sehr beliebt. In meiner Firma kenne ich drei Kollegen, die Babys aus Asien adoptiert haben.«

»Ja«, meinte Sophie. »Ich glaubte, wenn ich Brad meine Rechercheergebnisse und das Infomaterial der verschiedenen Agenturen vorlegen würde, wäre er damit einverstanden, ein Baby zu adoptieren, vielleicht aus Osteuropa. Schließlich stammen Brads Urgroßeltern aus Polen.«

»Aber es hat nicht geklappt?«

Sophie zog die Augenbrauen hoch. Offenbar hatte ich den Nagel auf den Kopf getroffen.

»Er hat abgelehnt, ohne auch nur einen Blick auf die Broschüren zu werfen. Wenn wir noch ein Kind bekämen, müsste es unser leibliches sein. Er hat mir sogar vorgeschlagen, es doch mit einer Fruchtbarkeitsbehandlung zu versuchen.«

»Nun«, meinte ich. »Hast du ihm deine – moralischen Vorbehalte erklärt?«

»Ich habe es versucht. Aber Brad fand, ich sei einfach nur dickköpfig. Er verstand mich nicht, und ich habe den Verdacht, er hat es nicht einmal versuchte.«

»Moment«, wunderte ich mich. »Warum war Brad in Sachen Fruchtbarkeitsbehandlung plötzlich Feuer und Flamme? Ich dachte, er wäre gegen ein zweites Kind gewesen.«

Sophie lachte wehmütig.

»Wahrscheinlich war er das immer noch und wollte nur das Thema Adoption vom Tisch kriegen. Außerdem hätte er seine Ruhe gehabt, wenn ich den ganzen Tag von Arzt zu Arzt gelaufen wäre. Wenn ich mit einem zweiten Baby so beschäftigt bin, dass ich ihm nicht mehr auf die Nerven falle, gut, dann eben ein zweites Baby.«

Ich hatte seit Jahren nicht mehr mit Sophie gesprochen und wusste deshalb nicht, wie weit ich gehen durfte.

»Gestattest du mir eine abfällige Bemerkung über deinen Ex?«, fragte ich deshalb.

Sophie überlegte eine Weile.

»Ja, nimm nur kein Blatt vor den Mund«, sagte sie schließlich.

»Brad scheint ein ziemlicher Idiot zu sein. Ich war noch nie ein großer Fan von ihm, schon damals nicht, als du im Abschlussjahr angefangen hast, mit ihm zu gehen. Allerdings erinnere ich mich dunkel daran, dass dieses Gefühl auf Gegenseitigkeit beruhte. John konnte er auch nicht leiden.«

»Brad war eifersüchtig auf John und dachte, dass etwas zwischen uns lief.« Sophie hielt inne und fügte rasch hinzu: »Aber diesen Verdacht hatte er bei jedem Typen, der auch nur in meine Richtung schaute.«

»Aha, ein eifersüchtiger Idiot. Du Arme.«

»Er war nicht immer ein Idiot«, verbesserte mich Sophie. »Er hatte auch seine liebenswerten Seiten. Außerdem ließ die Eifersucht nach, als Jake auf der Welt war.«

Klar, weil du ab diesem Moment nicht mehr so wichtig für ihn warst, dachte ich.

»Nach der Sache mit dem zweiten Baby«, sagte Sophie, fast als spräche sie mit sich selbst, »war ich lange sehr wütend auf ihn. Als er schließlich verkündete, er werde ausziehen, wurde mir klar, dass unsere Ehe seit Jahren kriselte. Dass ich nicht schwanger werden konnte und kein Kind adoptieren durfte, hat einen Keil zwischen Brad und mich getrieben. Und so haben wir uns irgendwann getrennt.«

So viele vergeudete Jahre, dachte ich.

»Wenn wir zu einer Eheberatung gegangen wären«, fuhr sie fort, »um über Brads Widerstände gegen eine Adoption und meine Ablehnung einer Fruchtbarkeitsbehandlung zu reden, wären wir vielleicht glücklicher miteinander geworden.«

Möglich, aber ich bezweifelte das. Meiner Ansicht nach hing ein glückliches Leben in den meisten Fällen von einem selbst ab. Ein weiterer meiner Grundsätze lautet, dass es die Mühe meist nicht wert ist, etwas zu opfern, das wichtiger ist als der letzte Keks auf dem Teller.

»Du hast einen Herzenswunsch aufgegeben«, sagte ich schonungslos, »damit dein Mann seinen Willen durchsetzen konnte.«

»Ich weiß. Manchmal frage ich mich, warum es mir nicht gelungen ist, einen Weg zu finden, um ihn mir zu erfüllen.«

»Vielleicht ist es nicht zu spät. Wenn du der Möglichkeit, dass die Wissenschaft eine Rolle bei der Empfängnis spielt, offener gegenüberständest, könntest du noch ein Baby bekommen.«

»Nein«, beteuerte Sophie. »Nein, es ist viel zu spät.«

Ich hätte Sophie um eine Erklärung bitten können, warum sie fühlte, dass der Zug für sie abgefahren war. Gewiss hätte sie es mir erzählt. Aber ich hakte nicht nach, sondern fragte mich stattdessen, warum ich mit einer Frau, die ich seit fast zwanzig Jahren nicht gesehen hatte, ein so persönliches Gespräch führte.

Ich war mir nicht sicher, ob ich eine Freundschaft – zumindest diese hier – brauchte oder wollte. So viele Jahre lang war ich allein gewesen und hatte mich einzig auf mich selbst verlassen, weshalb es mich ziemlich beunruhigte, mit meiner ehemaligen Freundin Sophie hier zu sitzen. Schließlich hatte ich meine Vergangenheit und mein altes Ich abgelegt und sogar meinen Namen geändert, um mich ohne fremde Hilfe durchzuschlagen und letztlich Erfolg zu haben. Und genau das tat ich doch derzeit, oder? Ich hatte Erfolg, ohne dass sich alte Freunde in mein Leben einmischten.

»Also warst du nicht berufstätig, als Jake ein Kind war?«, fragte ich, ein wenig gehässig. »Ich meine eine Arbeitsstelle mit Bezahlung, Krankenversicherung, Geschäftsreisen und einer Betriebsrente?«

Sophie schien das nicht zu kränken.

»Nun«, meinte sie. »Als Jake in die Highschool kam, hatte ich zu Hause nicht mehr viel zu tun. Brad bestand darauf, dass wir eine Haushälterin beschäftigten. Und so habe ich beschlossen, eine Maklerlizenz zu erwerben.«

»Interessant«, sagte ich, obwohl mich Immobilien nicht im Geringsten interessieren. Abgesehen von meiner eigenen Wohnung, die ich auf Empfehlung meines Steuerberaters als Geldanlage gekauft habe, ist mir der Handel mit Wohneigentum herzlich gleichgültig. Allerdings finde ich es ausgesprochen wichtig, dass eine Frau ihr eigenes Geld hat.

»Es hat mir Spaß gemacht«, erwiderte Sophie. »Auch wenn ich nicht lange dabei geblieben bin. Wahrscheinlich fehlte mir der finanzielle Anreiz, um mich richtig zu engagieren. Brad hat sehr gut verdient.«

Sophie schüttelte den Kopf, als wolle sie eine unangenehme Erkenntnis loswerden. Vielleicht, dass sie faul war?

Obwohl es mich eigentlich nichts anging, fragte ich Sophie, wie es um ihre Finanzen bestellt sei. In anderen Worten, ob Brad sie anständig abgefunden hatte.

»Es war eine Scheidung in beiderseitigem Einvernehmen«, entgegnete sie ein wenig rechtfertigend. »Also brauchten wir keine Anwälte und haben uns privat geeinigt.«

Ich wusste nicht, was ich mit dieser Äußerung anfangen sollte, und sagte deshalb nur: »Oh.« Es kostete mich viel Selbstbeherrschung, mir den Satz »Hast du noch alle Tassen im Schrank?« zu verkneifen.

»Ja«, antwortete sie und nestelte an ihrer Serviette herum. »Ich bin gut abgesichert. Brad ist ein ehrlicher Mensch.«

Unzählige Fragen gingen mir im Kopf herum. Zum Beispiel die, was ihr die Gewissheit gab, dass Brad nicht Hunderttausende von Dollar unter der sprichwörtlichen Matratze versteckt hatte.

»Und was treibst du so den ganzen Tag?«, erkundigte ich mich stattdessen. »Also, ich wüsste nicht, was ich tun sollte, wenn ich nicht jeden Morgen ins Büro müsste. Vermutlich würde ich mir den Strick nehmen.«

»Ach, Eve – Eva, sag doch nicht so etwas!«

Ich machte ein Gesicht, das »Schwamm drüber« ausdrücken sollte. Seit ich vierzig bin, versuche ich, diese Phrase zu meiden, was mich jedoch nicht daran hindert, sie mimisch zu vermitteln.

»Also«, wiederholte ich. »Was treibst du so?«

»Nun, das Auspacken und das Einräumen der Wohnung hat eine Weile gedauert. Aber jetzt bin ich fast fertig. Wie es weitergehen soll, weiß ich noch nicht. Möglicherweise besorge ich mir eine Maklerlizenz für Massachusetts. In der Immobilienbranche lernt man sicher viele Leute kennen.«

»Ja«, sagte ich. »Meinst du mit Leute auch Männer?«

Sophie lachte.

»Ich meinte eigentlich Leute im Allgemeinen, aber Männer natürlich auch.«

»Also stürzt du dich wieder ins Getümmel?«

»Ja, ich denke schon. Warum?«, erkundigte Sophie sich aufgeregt. »Kennst du vielleicht jemand Passenden?«

Der Konkurrenz unter die Arme greifen? Nicht, dass ich Sophie als Konkurrentin gesehen hätte.

»Nein«, erwiderte ich. »Ich fürchte, du wirst dich selbst umschauen müssen.«

»Oh.« Sophie machte ein enttäuschtes Gesicht. »Ich hatte gehofft … Es wäre nett, jemanden durch eine Freundin kennenzulernen. Jemanden, bei dem man weiß, woran man ist. Verstehst du?«

Also betrachtete Sophie mich als Freundin und nicht nur als alte angestaubte Bekanntschaft. Sie glaubte, mir vertrauen zu können. Konnte ich Sophie vertrauen? Wie sollte ich das herausfinden? Außerdem war ich nicht auf der Suche nach einer Busenfreundin.

Ich nickte nichtssagend.

»Ich möchte wieder heiraten«, erklärte Sophie. »Doch ich werde die Sache langsam angehen. Schließlich will ich keinen Fehler machen, und es ist so lange her, dass ich gar nicht mehr weiß, wie das funktioniert.«

»Dass du dir Zeit lassen willst, ist sinnvoll. Allerdings solltest du nicht zu lange warten. Heutzutage ist eine Frau zwar mit vierzig so jung wie früher mit dreißig, doch leider haben viele Männer das nicht ganz begriffen.«

»Schon gut. Als ob mir nicht mulmig genug wäre.«

»Und trotzdem willst du es wieder wagen? Trotz deiner Scheidung glaubst du an die Ehe?«

Wie mir bereits vor einiger Zeit klar geworden ist, gibt es geborene Opferlämmer.

»Ja, das tue ich. Immerhin hat meine Ehe lange gehalten. Eine neue Ehe wäre natürlich ganz anders. Nun, das ist ja wohl offensichtlich.«

»Klar.«

»Zum Beispiel hätte ich gern …« Sophie zögerte.

»Was hättest du denn gern?«, hakte ich nach.

»Nun«, erwiderte sie nach einem raschen Blick nach links, um sicherzugehen, dass wir keine Zuhörer hatten. »Ich hätte gern eine leidenschaftlichere Ehe und möchte erfahren, wie es ist, wenn man jemanden wirklich … wirklich begehrt.«

»Eine leidenschaftliche Ehe? Ist das nicht ein Widerspruch an sich?«

»Selbst am Anfang«, fuhr sie fort, ohne auf meinen Einwand einzugehen, »ging es bei Brad und mir nie – wie soll ich es ausdrücken? – wild zu. Wir waren verliebt, aber haben uns eher wie Freunde gefühlt, die einander lieben. Ich möchte nicht sagen, dass das ein Nachteil war. Schließlich waren wir lange miteinander verheiratet. Aber …«

»Und jetzt wünschst du dir Orgasmen, dass die Nachbarn an die Wände klopfen.«

Sophie riss die Augen auf.

»Na, auf eine Geldstrafe wegen Ruhestörung kann ich verzichten. Doch ein bisschen Feuerwerk wäre nicht schlecht. Und ich weiß, oder zumindest habe ich es gelesen, dass man wahre Leidenschaft nicht erzwingen kann. Man muss warten, bis sie einen findet.«

»Also hast du seit deinem Hochzeitstag mit keinem anderen Mann geschlafen als mit Brad?«

»Selbstverständlich nicht.«

»Und Brad?«, erkundigte ich mich beiläufig. »War er dir immer treu?«

»Natürlich«, entgegnete sie leicht gekränkt.

Ich glaubte ihr zwar kein Wort, aber schließlich hat jeder Mensch seinen Stolz.

»Was war nach der Scheidung? Erzähl mir bitte nicht, du wärst die ganze Zeit keusch gewesen.«

»Ich hatte eine unbedeutende sexuelle – Begegnung«, vertraute Sophie mir an, nachdem sie sich noch einmal nach möglichen Lauschern umgeschaut hatte. »Kurz bevor ich wieder an die Ostküste gezogen bin. Ich habe in einem Museum einen Mann kennengelernt, der mich für den nächsten Abend zum Essen eingeladen hat. Anschließend sind wir zu ihm und haben ein bisschen herumgeknutscht. Doch … ich konnte es einfach nicht tun. Es war zu früh nach der Scheidung.«

»Und dann hast du nie wieder von ihm gehört.«

»Natürlich nicht. Aber es macht mir nichts aus, dass es nicht geklappt hat. Er war nicht wirklich mein Typ, für eine feste Beziehung, meine ich. Allerdings bedauere ich, dass mir der Mut gefehlt hat – bis zum Äußersten zu gehen.«

Zum Äußersten? Ich musste ein Lachen unterdrücken, als ich diesen altmodischen Ausdruck hörte.

»Nun«, sagte ich so anteilnehmend wie möglich. »Die Welt wimmelt von Männern. Du bekommst bestimmt deine Chance.«

Sophie verzog zweifelnd das Gesicht.

»Hoffentlich. In dieser Stadt gibt es so viele attraktive Frauen, die außerdem jünger sind als ich. In Südkalifornien war es mit all den Möchtegern-Filmsternchen jedoch schlimmer.«

»Du wirst es schaffen«, beteuerte ich. »Du musst nur an deiner Kleidung arbeiten und die grauen Haare loswerden. Aber du hast einen guten Teint und offenbar auch deine Figur gehalten – soweit ich es trotz der Schlabberjacke beurteilen kann. Hast du dir überlegt, ob du nicht lieber Kontaktlinsen tragen solltest?«

Sophie schüttelte den Kopf.

»Nun, denk darüber nach. Außerdem gebe ich dir den Namen meiner Friseurin.«

»Oh. Danke.« Sophie wischte mit ihrer Serviette unsichtbaren Schmutz vom Tresen.

Da mir klar war, dass ich nicht sehr ermutigend geklungen hatte, schnitt ich ein Thema an, das Sophie sicher interessieren würde. Sehen Sie, ich bin nicht gänzlich frei von Taktgefühl!

»Dein Sohn heißt Jake, richtig?«

Sophies Kopf fuhr hoch, und sie lächelte.

»Ja. Jacob Michael. Michael ist der Name meines Vaters.«

»Wie hübsch«, erwiderte ich. Was jetzt?

Da fiel mir ein, dass Mütter und Großmütter immer Fotos in ihren Geldbörsen herumtragen. Jedenfalls hatte meine das getan. Ich dachte an die Fotos, die Sophie mir früher geschickt hatte – Jake auf dem Schoß eines Kaufhaus-Weihnachtsmanns. Jake bei der Abschlussfeier des Kindergartens. Jake in einer Schultheateraufführung.

»Hast du ein aktuelles Foto dabei?«, fragte ich.

Sophie griff in ihre Handtasche, eher eine Art Rucksack, wie man sie, so hat man mir wenigstens erzählt, zum Bergwandern benutzt.

»Es ist mir richtig peinlich, aber ich habe keins mit«, meinte sie. »Früher war ich besser in diesen Dingen. Ich könnte dir eins zeigen, auf dem er in der dritten Klasse ist.«

»Nein, nein, schon in Ordnung«, erwiderte ich. »Beim nächsten Mal.«

Sophie stellte ihre unhandliche Tasche auf den Boden. Ich war erleichtert, denn obwohl ich sie um das Foto gebeten hatte, bin ich nicht sehr begabt im Ausstoßen von Begeisterungsschreien.

»Weißt du«, sagte Sophie. »Mir ist gerade etwas eingefallen. Im College wolltest du doch immer Kinderbücher schreiben.«

»Wirklich?«, wunderte ich mich. »Du machst Witze.«

»Nein, im Ernst. Doch das beantwortet meine Frage. Offenbar hast du kein Buch geschrieben.«

Ein Funken der Erinnerung flammte auf.

»Nein«, entgegnete ich mit Nachdruck. »Und wenn es so wäre, dann sicher nicht für Kinder.«

»Ich sehe es vor mir, als ob es gestern gewesen wäre. Du wolltest einen Roman schreiben, einen Klassiker für Kinder.«

Ein wenig übertriebener Ehrgeiz meinerseits, dachte ich.

»Nun«, erwiderte ich mit einem Anflug von Gereiztheit. »Wir alle haben damals Dinge gesagt und getan, die uns heute unverständlich sind. Die Welt ändert sich, die Menschen ändern sich, man kann nicht mehr zurückkehren zum Ausgangspunkt, und die Vergangenheit ist Schnee von gestern.«

Und dennoch sitze ich hier zusammen mit Sophie, der besten Freundin, die ich je hatte, sagte ich mir.

Meine Einwände klangen selbst in meinen eigenen Ohren lahm. Etwas hatte mich bewogen, Sophies Einladung zu einem Treffen anzunehmen, und zwar nicht nur die Neugier. Wenn ich nicht zugab, dass auch Nostalgie im Spiel gewesen war, machte ich mir etwas vor.

»Ich bestelle ein paar Austern«, verkündete ich.

10

Liebe Kummerkastentante!

Ich leide entsetzlich unter Seekrankheit. Schon beim Anblick eines Gewässers überkommt mich Brechreiz. Meine Freundin liegt mir jedoch ständig damit in den Ohren, dass sie mit mir eine Kreuzfahrt machen will. Sie weiß nichts von meinem Problem, und es ist mir peinlich, es ihr zu sagen. Was soll ich tun?

Lieber Blödmann!

Schenken Sie ihr reinen Wein ein. Keine Frau möchte sieben Tage auf hoher See in der Gesellschaft eines Mannes verbringen, der nur über der Kloschüssel hängt.

SOPHIE

»Jetzt habe ich die ganze Zeit nur über mich geredet! Entschuldige, Eva. Wahrscheinlich liegt es daran, dass ich so aufgeregt bin, dich nach all den Jahren wiederzusehen.«

Eva lächelte.

»Ach, das macht nichts. Über mich gibt es nicht viel zu erzählen.«

Ich glaubte ihr kein Wort.

Eine Frau, die eine Handtasche von Gucci besitzt, führt sicher kein langweiliges Leben. (Da die Barfrau sich so darüber begeistert hatte, wusste ich, dass es sich um eine echte Gucci-Tasche handelte.)

»Los, raus mit der Sprache«, bohrte ich. »Ich bin sicher, dass du, zumindest verglichen mit mir, viel erlebt hast. Also erzähl: Hast du einen festen Freund?«

»Nein«, entgegnete sie barsch.

»Und bist du auf der Suche?« Ich ließ mich nicht so leicht abwimmeln.

Eva bedachte mich mit einem bewusst ausdruckslosen Blick. »Warum?«, gab sie zurück. »Sollte ich das?«

»Nein, nein«, antwortete ich rasch, da ich befürchtete, sie gekränkt zu haben. »Natürlich nicht, wenn du keine Lust dazu hast.«

Eva regte keine Miene.

»Momentan fehlt mir die Zeit für eine Beziehung.«

»Aha, ich verstehe«, sagte ich mit einem Nicken. »Bestimmt bist du beruflich sehr eingespannt.«

»Ja, der Beruf.«

Eva wandte sich ab und beschäftigte sich mit den Austern, die sie bestellt hatte – ich mag keine Austern.

»Warst du je in festen Händen, seit wir den Kontakt verloren haben?«, erkundigte ich mich.

Eva legte die zierliche Austerngabel weg und schien zu überlegen, was sie antworten sollte.

»Nun«, meinte sie schließlich. »Natürlich habe ich mich mit Männern getroffen, aber keiner gefiel mir gut genug, um ihn zu heiraten, wenn das deine Frage war.«

»Oh«, erwiderte ich. »Tut mir leid. Vielleicht …«

»Offen gestanden gab es vor ein paar Jahren eine Ausnahme. Eine Weile glaubte ich, er sei die Mühe wert, mich ernsthaft auf ihn einzulassen.«

Eva trank einen Schluck von ihrem Martini und fügte nichts hinzu, was mir dieses verlockende Stück Information besser erläutert hätte.

»Was ist passiert?«, hakte ich deshalb nach.

Langsam stellte Eva ihr Glas ab, ehe sie antwortete.

»Er hat mich verlassen. Das ist passiert«, verkündete sie.

»Oh, Eva, wie schrecklich.«

Als ich nach ihrer linken Hand greifen wollte, die auf dem Tresen lag, zog Eva sie weg. Ich erinnerte mich, wie sehr mein Begrüßungskuss sie in Verlegenheit gebracht hatte, und beschloss, unnötigen Körperkontakt zu vermeiden, bis wir uns näher gekommen waren.

»Er hatte eine andere«, fuhr sie fort. »Er stritt es zwar ab, aber ich wusste Bescheid.«

Ich nickte. Betrogen denn nicht die meisten Männer ihre Ehefrauen und Freundinnen? Zumindest war es meiner begrenzten Erfahrung nach so. Mein Sohn, da war ich sicher, war nicht wie die meisten Männer, denn ich hatte mir große Mühe gegeben, ihm einzuschärfen, wie wichtig Treue ist.

»Hör zu«, sprach Eva weiter, und ihre Züge verhärteten sich. »Was hätte sonst der Grund sein sollen als eine andere Frau? Ich bin erfolgreich, ich bin klug, ich bin attraktiv. Warum also sollte mich ein Mann verlassen, der noch bei Verstand ist, wenn keine andere Frau im Spiel ist?«

Im ersten Moment glaubte ich, dass Eva scherzte und selbstironisch über ihre eigenen Fehler in der Beziehung sprach. Doch als ich ihr Gesicht sorgfältig musterte, wurde mir klar, dass sie es todernst meinte.

»Natürlich«, meinte ich beschwichtigend. »Du bist eine tolle Frau. Ein Mann muss verrückt sein, dich sitzen zu lassen.«

»Ich weiß. Jedenfalls lief es zwischen uns prima. Wir verbrachten einen Teil des Wochenendes miteinander und schrieben uns unter der Woche SMS. Alles klappte wie am Schnürchen. Keine Probleme.«

»Ach, er wohnte also in einer anderen Stadt?«, fragte ich.

»Nein, in Boston.«

»Aber du sagtest doch, ihr hättet euch während der Woche nicht gesehen. War er viel auf Geschäftsreise?«

»Nein. Weißt du überhaupt, wie voll mein Terminkalender ist?«

»Nein, offenbar nicht.«

»Glaube mir«, sagte sie und winkte die Barfrau heran, um noch einen Drink zu bestellen – ich lehnte ab. »Ich habe kaum Freizeit. Anfangs hat er sich beklagt und wollte fast jede Nacht mit mir verbringen. Er wollte sogar täglich mit mir telefonieren. Doch ich habe keine Zeit für leeres Gerede. Mein Beruf fordert mich sehr, weshalb ich einfach nicht immer und für jeden verfügbar sein kann. Das hat er zu Beginn nicht verstanden.«

»Zu Beginn«, wiederholte ich. »Aber irgendwann hat er kapiert?«

Eva zuckte die Achseln. »Er hat. Von diesem Moment an klappte es wunderbar, bis er die andere Frau kennenlernte. Nachdem er sich von mir getrennt hatte, habe ich wochenlang seine Wohnung beobachtet, weil ich ihn unbedingt in flagranti erwischen wollte.«

Ich trank einen kleinen Schluck von meinem Cosmo.

Du hattest also Zeit, den Mann zu beschatten, als die Beziehung vorbei war, dachte ich mir. Aber vorher hattest du keine Zeit, ihn zu treffen.

Doch ich wollte keinen Streit anfangen.

»Und?«, meinte ich deshalb. »Hast du ihn je mit einer anderen Frau ertappt?«

»Nein, leider nicht. Er war immer allein.«

Was hat es eigentlich gebracht, ihn zu beobachten?, fragte ich mich.

Auch wenn er immer allein nach Hause kam und seine Wohnung wieder allein verließ, bedeutete das nicht, dass er Eva während ihrer Beziehung nicht betrogen hatte. Außerdem war er jetzt wieder Single, also durchaus berechtigt, sich mit anderen Frauen zu treffen. Die arme Eva. Sie musste sehr unter der Trennung gelitten haben, um sich so merkwürdig zu verhalten.

»Und was geschah dann?«, erkundigte ich mich voller Anteilnahme.

»Natürlich habe ich ihn angerufen. Sogar mehrere Male. Ich habe eine Erklärung von ihm verlangt, warum er sich von mir getrennt hat.«

»Er hat es dir nie erklärt?« Nun, das war sicher recht frustrierend gewesen.

»Oh, doch«, erwiderte Eva in wegwerfendem Ton. »Irgend so ein Unsinn, wir würden auf lange Sicht nicht zusammenpassen, weil wir unterschiedliche Erwartungen an die Beziehung hätten. Alles nur dämliche Ausreden.«

Nun, Brad hatte mir ganz ähnliche Dinge gesagt – und damit recht gehabt.

»Und wie hat er auf deine Anrufe reagiert?«

Eva nahm einen Schluck, bevor sie antwortete.

»Er hat hauptsächlich geschwiegen und sich nicht verteidigt, was heißt, dass er ein schlechtes Gewissen hatte. Er hörte einfach nur zu, wenn ich ihn Lügner oder Schlimmeres nannte. Dann meinte er ganz ruhig: ›Tschüss, Eva‹, und legte auf.«

»Aha«, entgegnete ich.

»Ich habe versucht, ihn zu einem persönlichen Treffen zu überreden, aber aus irgendeinem Grund hat er sich geweigert.«

Weil er Angst vor dir hatte, und das vielleicht zu Recht, dachte ich und bekam im nächsten Moment Schuldgefühle wegen meiner mangelnden Loyalität. Schließlich war Eva meine Freundin. Also konnte ich schlecht Partei für einen Mann ergreifen, den ich nicht einmal kannte.

»Er sagte«, fuhr Eva fort, »es sei das Beste, einen endgültigen Schlussstrich zu ziehen und sich nicht mehr zu sehen. Ich fand das sehr ärgerlich.«

»Oh, das kann ich mir vorstellen. Es ist besser, eine Sache sauber zu beenden.«

Ich überlegte, ob Brad und ich das je schaffen würden, denn schließlich hatten wir ein gemeinsames Kind.

»Genau. Und das hat er mir nicht gegönnt.«

»Und seitdem?«, fragte ich zögernd.

»Niemand«, erwiderte sie. »Seit ein paar Jahren bin ich ein Wrack.«

Wenn die Frau, die da neben mir am Tresen saß, ein Wrack war, wollte ich auch gern eines sein.

Eva sah hinreißend aus. Ihre Haut strahlte. Sie war elegant gekleidet und machte einen durchtrainierten Eindruck. Plötzlich wurde ich mir meines eigenen schlampigen Erscheinungsbildes und der wabbeligen Oberarme bewusst und beschloss spontan, Hanteln anzuschaffen und eine dieser Fitness-Zeitschriften zu abonnieren.

Vielleicht, überlegte ich weiter, ist Eva innerlich ein Wrack und verbirgt nur geschickt ihre wahren Gefühle. Ob ich Mitleid mit ihr haben sollte?

»Natürlich«, sprach Eva weiter, »habe ich Sex, wann immer ich will. Ich bin also nicht einsam.«

»Oh«, gab ich mit vor Erstaunen seltsam hoher Stimme zurück.

Vielleicht bildete ich es mir ja nur ein, doch ich empfand Evas Tonfall als herausfordernd, weshalb mein Mitgefühl von vorhin rasch nachließ.

Als Eva mich ansah, spürte ich diese Herausforderung wieder.

»Schockiert es dich, dass ich mit Männern schlafe, mit denen ich keine Beziehung habe?«

»Nein«, erwiderte ich rasch. »Es schockiert mich nicht.«

Aber dein Ton schockiert mich, genau wie du es auch beabsichtigt hast, fügte ich im Geiste hinzu.

»Allerdings bin ich es nicht gewöhnt, so etwas von einer Frau zu hören.«

»Vermutlich sind deine Freundinnen alle verheiratet.«

»Ja«, gab ich zu und erinnerte mich an die Bekannten, die ich in Kalifornien zurückgelassen hatte. »Mit Ausnahme von denen, die geschieden sind, und die verabreden sich mit Männern, weil sie wieder heiraten wollen, und vögeln nicht herum. Das soll nicht heißen, dass ich dir so etwas unterstelle.«

Eva lachte.

»Arme Sophie, ich bin nicht schnell zu beleidigen. Außerdem ist es ja nicht so, dass ich durch die Kneipen ziehe und irgendwelche wildfremden Kerle aufreiße. Das wäre leichtsinnig, um nicht zu sagen gefährlich.«

»Natürlich«, erwiderte ich.

»Ich habe da einen Freund«, fuhr Eva fröhlich fort. »Gut, eigentlich ist er gar kein richtiger Freund. Wir schlafen miteinander und gehen sonst getrennte Wege. Hin und wieder gönne ich mir auch ein kleines Abenteuer, selbstverständlich nie mit jemandem, der in meiner Branche arbeitet, weil mir das beruflich schaden könnte. Jedenfalls bin ich zu dem Schluss gekommen, dass Beziehungen einfach zu riskant sind. Schau dir nur dich selbst und Brad an. Das Traumpaar, so dachten wenigstens alle.«

Wer waren alle? Außerdem wusste Eva nichts über die letzten Jahre meiner Ehe. Ob sie sich wohl dafür interessiert hätte? Vielleicht, überlegte ich, hätte ich ihr nicht von dem Baby erzählen sollen, das ich nie bekommen habe. Vielleicht hätte ich ihr verbieten müssen, Brad als Idioten zu bezeichnen.

»Das ganze Leben ist ein Risiko, Eva«, widersprach ich. »Beruflich gehst du doch sicher auch Risiken ein.«

»Die sind berechenbar. Und da sich Herzensdinge nun einmal nicht berechnen lassen, ist die Katastrophe vorprogrammiert.«

»Nicht unbedingt«, protestierte ich. »Auch wenn eine Beziehung nicht ewig dauert, kann man dennoch von ihren positiven Seiten profitieren.«

Eva schüttelte den Kopf. »Kein Interesse. Ich bleibe lieber bei Sex ohne Verpflichtungen und will nur Spaß haben. *Meinen* Spaß, um es genauer auszudrücken.«

Die Barfrau räumte Evas Vorspeisenteller ab. An dem Lächeln, das um ihre Lippen spielte, erkannte ich, dass sie diese letzte Bemerkung gehört hatte.

»Magst du deinen – Freund?«, flüsterte ich. »Den, mit dem du schläfst?«

»Klar«, antwortete Eva. »Er ist recht nett, ein wenig jünger als ich und in vieler Hinsicht ziemlich naiv. Aber er ist gut im Bett und gibt mir, was ich brauche.«

So sehr ich mich auch bemühte, verstand ich beim besten Willen nicht, wie das funktionieren sollte.

»Worüber redet ihr denn, wenn ihr zusammen seid?«, erkundigte ich mich. »Ich meine, es muss doch irgendeine Art von Gespräch stattfinden.«

»Warum? Ich interessiere mich nicht für sein Leben außerhalb des Zimmers, in dem wir uns zu diesem Zeitpunkt befinden. Und er sich auch nicht für meines. Nein, das stimmt nicht ganz. Er stellt mir ständig Fragen, zum Beispiel, wie es in der Arbeit läuft oder ob ich in letzter Zeit einen guten Film gesehen hätte.«

Freundliches Geplauder war etwas, das ich nachvollziehen konnte. So erschien mir die Angelegenheit schon viel – menschlicher.

»Und antwortest du auf seine Fragen?«

»Natürlich. Auf die erste mit ›prima‹ und auf die zweite mit ›nein‹.«

»Eva«, sagte ich kopfschüttelnd. »Du bist einfach schrecklich. Im Ernst – du willst mich doch sicherlich auf den Arm nehmen?«

»Warum sollte ich? Schau, wenn meine Lebensweise dich schockiert …«

»Nein, nein«, log ich. »Diese Art von Verhältnis ist mir eben sehr fremd. Mehr steckt nicht dahinter. Ich verurteile dich nicht deswegen.«

»Schön«, meinte Eva gedehnt. »Wie großzügig von dir.«

Ich wollte ihr schon den Arm tätscheln, zog die Hand aber rasch wieder zurück.

»Oh, Eva«, seufzte ich. »Du weißt doch, was ich sagen will. Sex ohne eine feste Beziehung ist kein Problem. Vielleicht sollte ich das auch einmal probieren, bevor ich mich ernsthaft nach einem Partner umsehe.«

»Das ist nichts für dich, Sophie«, erwiderte Eva im Brustton der Überzeugung. »Damals auf dem College nicht und auch nicht heute.«

Ich empfand Evas Bemerkung beinahe als beleidigend. Gerade hatte ich ihr Verhalten kritisiert, und nun wäre ich gern selbst fähig zur selben Sache gewesen. Mir wurde klar, dass man in Evas Gesellschaft auf der Hut sein musste.

»Wie kannst du sicher sein, dass es heute nichts für mich ist?«, fragte ich. »Du warst früher auf dem College ja auch ganz anders, so ernst und aufrichtig, und du hast dich verändert. Möglicherweise gilt das für mich ebenfalls. Genau genommen, bin ich sogar überzeugt davon.«

»Soll das heißen, dass ich heute nicht mehr aufrichtig bin?« Eva lächelte verkniffen.

»Nein, nein«, antwortete ich hastig. »Ich meinte nur, dass du damals ein sehr ernsthafter Mensch warst. Ständig hast du dich für etwas eingesetzt, und es war dir sehr wichtig, stets das Richtige zu tun. Menschen, die in deinen Augen – wie soll ich es ausdrücken? – oberflächlich und desinteressiert waren, konnten dir den Buckel runterrutschen.«

Ich lächelte.

»Ich erinnere mich, wie du John die Hölle heißgemacht hast, weil er später einmal viel Geld verdienen wollte und sich nicht in der Studentenpolitik engagiert hat – und noch wegen vieler anderer Dinge.«

Eva zuckte die Achseln.

»Manchmal war er ein ziemlicher Blödmann.«

»Ich habe ihn nie für einen Blödmann gehalten«, widersprach ich, »sondern fand, dass du ihm gegenüber ein bisschen unfair warst.«

»Jeder hat das Recht auf seine eigene Meinung. Wie dem auch sei, ich habe das meiste aus unserer College-Zeit vergessen. Es ist schon lange her. Seitdem ist eine Menge mit mir passiert.«

»Mit uns allen.«

»Natürlich«, entgegnete sie. »Und wie ich bereits sagte, kann ich es nicht ausstehen, wenn man die Vergangenheit durchhechelt und darüber nachgrübelt, was alles hätte sein können. Ich denke nur daran, wie mein heutiges Handeln den morgigen oder übermorgigen Tag beeinflusst. Dabei schaue ich nach vorne und lasse mich nicht ablenken. Nostalgie ist nicht meine Sache.«

»Auch kein ganz kleines bisschen? Dann bin ich neugierig, warum du dich nach all den Jahren mit mir treffen wolltest«, fügte ich mutig hinzu.

Eva antwortete nicht.

Stattdessen bat sie um die Rechnung.

Unsere erste Begegnung hatte Zweifel in mir geweckt, ob es klug war, eine alte Freundschaft wieder aufleben lassen zu wollen. Mein angeborener Optimismus hatte zwar einen Dämpfer erhalten, war aber noch intakt. Am nächsten Morgen schon freute ich mich darauf, Eva wiederzusehen. Die Frage war nur, ob es sich umgekehrt genauso verhielt.

11

Anders als allgemein angenommen hat eine Lüge nicht zur Folge, dass einem die Hose Feuer fängt oder die Nase übermäßig an Länge gewinnt. Dabei handelt es sich nur um Ammenmärchen mit dem Zweck, Kindern Angst zu machen, damit sie auf den hauptsächlich den Erwachsenen vorbehaltenen Genuss verzichten, den es bedeutet, Unwahrheiten zu verbreiten. Was rät die Verfasserin dieser Zeilen? Lügen Sie, dass sich die Balken biegen; viel Spaß dabei.

– Lügen haben kurze Beine. Das und Ähnliches sind gemeingefährliche Phrasen.

EVA

Ich hatte noch nie jemandem von Ben erzählt. Wem auch? Ich war zweiundvierzig Jahre alt und hatte keine engen Freunde, vielleicht sogar überhaupt keine, bis Sophie wieder in mein Leben trat. Allerdings war ich nicht sicher, ob ich sie wirklich als Freundin bezeichnen konnte.

Und dennoch plapperte ich los und schilderte ihr meine gescheiterte Beziehung mit Ben. Noch schlimmer war, dass ich weder die Geschehnisse zwischen mir und Ben noch meine Bestürzung über mein Verlassenwerden wahrheitsgemäß dargestellt hatte.

In Wirklichkeit war ich längst nicht so traurig gewesen, wie ich behauptete. Warum also die Übertreibung?

Eines habe ich dabei herausgefunden: Wenn man so lange nur auf sich allein gestellt ist, verliert man die Fähigkeit, über Persönliches zu sprechen. Bietet sich dann die seltene Gelegenheit, es doch zu tun, sagt man entweder zu wenig oder zu viel, sodass das Gegenüber in jedem Fall einen falschen Eindruck von einem gewinnt.

Menschen mit einem aktiven sozialen Netzwerk, mit Freunden und Bekannten, haben dieses Problem mit der Ausgewogenheit nicht. Ganz im Gegensatz zu jemandem wir mir.

Wie lernt man als Erwachsener eigentlich Freunde kennen? Es ist meine Überzeugung, dass man unmöglich mit einem Untergebenen befreundet sein kann. Außerdem löst Bürogeplauder in mir Beklommenheit aus, selbst wenn es sich zwischen Personen auf derselben Hierarchieebene abspielt. Ich habe keine Lust, meine Zeit damit zu vergeuden, an der Kaffeemaschine herumzulungern und Anekdoten über meinen Hund oder mein Kind auszutauschen. Ganz davon abgesehen, dass ich es gar nicht könnte. Mich langweilen die häuslichen Begebenheiten der Menschen, mit denen ich eine berufliche Beziehung habe. Außerdem darf meine Fassade auf keinen Fall Risse bekommen. Die Konkurrenz schläft nicht.

Einige Menschen betrachten ihre Familienmitglieder als Freunde. Ich hatte meine Schwester Maura seit Monaten nicht mehr angerufen. Sie mich auch nicht, doch diese Nachlässigkeit war zu erwarten. Schließlich hatte ich die Regeln für unseren Umgang als Erwachsene vor Jahren festgelegt, als sie in den Mittleren Westen gezogen war und Mutter wurde.

Selbst in unserer Jugend standen wir uns nie sehr nah. Der Altersunterschied von zehn Jahren war anfangs zu groß, um ihn einfach zu überbrücken. Ich konnte einer Fünfjährigen schlecht von meinem ersten Zungenkuss erzählen. Als kleines Mädchen wandte sich Maura mit ihren Problemen an mich – schließlich hatte ich diese Zeit schon hinter mir, kannte mich aus und hatte nichts dagegen, die große Schwester zu spielen. Es war eine weitere Rolle, mit der ich mich identifizieren konnte: große Schwester, Erstgeborene, gute Schülerin.

Nein, erst im College machte ich die Erfahrung, wie es war, eine beste Freundin zu haben und selbst eine zu sein. Aber dann …

Ich fragte mich, wie Sophie mich wohl beurteilte, ein bemitleidenswertes Wrack von einer Frau, gestrandet an den felsigen Klippen der Liebe.

Mir war klar, dass ich diesen falschen Eindruck unbedingt korrigieren musste. In Wahrheit hatte ich die schmerzhafte Trennung von Ben schon beinahe vergessen gehabt. Doch die vergrabenen Erinnerungen an gekränkte Gefühle existierten immer noch und waren durch die unerwartete Begegnung mit einer mitfühlenden Zuhörerin an die Oberfläche gelockt worden. Allerdings würde es ein Leichtes sein, sie zurückzudrängen.

Bei meinem nächsten Treffen mit Sophie – denn ich wollte sie wirklich wiedersehen – würde ich besser auf meine Worte achten.

12

Liebe Kummerkastentante!

Mein schlechtes Gewissen bringt mich noch um. Vor Kurzem habe ich mich mit einem wundervollen Mann verlobt. Doch seit er mir den Verlobungsring seiner Großmutter (!) geschenkt hat, werden die Schuldgefühle von Tag zu Tag schlimmer. Manchmal möchte ich ihm am liebsten meine ganze Vergangenheit beichten. Dann wieder versuche ich, mir einzureden, dass es besser ist, wenn meine erste Ehe ein gut gehütetes dunkles Geheimnis bleibt. Ich bin geschieden, wir hatten keine Kinder, und ich weiß nicht einmal, ob der Kerl überhaupt noch lebt. Wegen seiner Drogenabhängigkeit war das Ende ziemlich unschön. Niemand weiß von meiner katastrophalen Jugendsünde (ich war neunzehn), nur meine Schwester, und die hat geschworen, zu schweigen wie ein Grab. Trotzdem widerstrebt es mir, Geheimnisse vor meinem zukünftigen Ehemann zu haben. Bitte helfen Sie mir!

Liebe Grüblerin!

Zuerst möchte ich Ihnen dazu gratulieren, dass Sie ehrlich zu Ihrem Zukünftigen sein wollen. Allerdings füge ich hinzu, dass sie angesichts der Umstände Ihrer ersten Ehe nicht moralisch verpflichtet sind, diese längst vergangenen schmerzhaften Ereignisse ans Licht zu zerren und sie Ihrem Verlobten zu gestehen. Falls das Geheimnis Sie jedoch belastet, machen Sie den Mund auf. Wenn Ihr Verlobter wirklich so wundervoll ist, wie Sie sagen, wird er Verständnis dafür haben, wie unangenehm es Ihnen war, dieses peinliche Detail aus Ihrer Vergangenheit preiszugeben. Er wird ihre Entscheidung zu schätzen wissen, offen zu dem Menschen zu sein, mit dem Sie den Rest Ihres Lebens verbringen wollen. Vergessen Sie jedoch nicht, dass ehemalige

Liebhaber, ganz zu schweigen von Ehegatten, für einige Männer ein rotes Tuch sind. Also überlegen Sie sich Ihre Vorgehensweise genau. Denken Sie nicht an sich, sondern an die Gefühle Ihres Verlobten. Ihre Situation ist nicht einfach, da nur Sie allein diesen Mann kennen und die richtige Entscheidung fällen können. (Ich erwarte Ihre Rückmeldung und eine Einladung zur Hochzeit, wenn alles klappt.)

SOPHIE

Was hielt mich noch in Kalifornien, nachdem Jake zum Studium an die Ostküste gezogen war? Brad ganz bestimmt nicht. Ganz im Gegenteil war die räumliche Nähe zu meinem Ehemann ein gewaltiger Minuspunkt, insbesondere als er anfing, mit Frauen auszugehen, die seine Töchter hätten sein können.

Was Freunde betraf, hatte ich eigentlich keine echten, die ich zurückließ, sondern bloß ein paar Bekannte, die mich wenige Wochen nach meinem Umzug vergessen haben würden. Bekanntschaften halten sich nur, wenn man einander regelmäßig sieht, während Freundschaften meiner Ansicht nach auch große Entfernungen überstehen.

Ich glaube, mir wurde erst nach der Scheidung so richtig klar, dass ich in all den Jahren in Kalifornien keine einzige enge Freundschaft geschlossen hatte.

Gut, ich traf mich mit den Müttern von Jakes Schulkameraden, doch eigentlich waren es nur unsere Kinder, die uns zusammenhielten. Wir plauderten über die Schul-Fußballmannschaft, Yogakurse, den nächsten Kuchenbasar, Geländewagen und welche Filme für Kinder geeignet beziehungsweise ungeeignet waren. Als unsere Kinder verschiedene Oberschulen besuchten und uns immer weniger brauchten, lebten wir Mütter uns auseinander. Damals fehlten die anderen mir nicht sehr. Der monatliche Mädchenabend gab meinem Leben zwar eine Struktur, doch die Mädchen selbst bedeuteten mir nicht viel.

Vielleicht lag es an mir, weil ich mir nicht genug Mühe gab, sie besser kennenzulernen. Möglicherweise war ich einfach zu faul dazu. Ganz ähnlich wie bei meinem halbherzigen Versuch, als Immobilienmaklerin Fuß zu fassen, verspürte ich keinen Anreiz dazu. Wozu brauchte ich Freundinnen, wenn ich meinen Mann und meinen Sohn hatte?

Nach dem ersten, ein wenig enttäuschenden Abend mit Eva machte ich mir ein wenig Sorgen, ob es nicht ein Riesenfehler gewesen war, an die Ostküste zurückzukehren.

Schließlich hatte ich vorher gewusst, dass ich meine Eltern nicht allzu oft sehen würde. Einige Monate im Jahr verbrachten sie in ihrer Eigentumswohnung in New Smyrna Beach, und wenn sie in Freeham waren, eilten sie von einer Verabredung zur anderen. Und dass ich als frisch geschiedenes fünftes Rad am Wagen hinter meinen Eltern hertrottete und mich von selbstgerechten Ehefrauen bemitleiden und von unzufriedenen Ehemännern mit Blicken ausziehen ließ, kam überhaupt nicht infrage.

Meine Eltern waren nicht auf meine Unterstützung angewiesen. Sie schienen gesund zu sein, bezogen eine gute Rente und hatten eine Krankenversicherung. Natürlich war ich sehr froh darüber.

Eines Tages, wenn das Ende nahte, würden sie mich vielleicht brauchen.

Aber nicht jetzt.

Jake hingegen brauchte mich, obwohl er das vehement abstritt. Schließlich kenne ich meinen Sohn. Er hatte sich bereits angewöhnt, mich einmal pro Woche zum Abendessen zu besuchen, und das hat sicher etwas zu bedeuten.

Ja, Jake würde mir noch einige Jahre erhalten bleiben, zumindest bis er sein Studium abgeschlossen hatte. Ich tröstete mich mit dem Gedanken, dass er möglicherweise erst mit dreißig oder noch später heiraten könnte. Dass er irgendwann häuslich werden und eine Familie gründen würde, stand für mich fest.

Doch ich hoffte aus ganz egoistischen Gründen, dass dieser Tag in weiter Ferne lag.

Allerdings hätte ich nichts gegen Enkelkinder einzuwenden gehabt. Dann würde ich Jake und seiner Frau helfen und für sie da sein, wenn sie mich brauchten.

Denn wer ist man schon, wenn niemand einen braucht? Was für einen Sinn hat dann das Leben?

Erschrocken wurde mir klar, dass ich meine Trägheit abschütteln und mich unentbehrlich machen musste. Zumindest musste ich eine Freundin finden. Vielleicht würde Eva diese Freundin sein.

13

Nehmen wir einmal an, Sie hätten ihrer Freundin ein paar Zwanziger aus der Handtasche stibitzt, während sie gerade auf der Toilette war. Tun Sie entsetzt, wenn sie Ihnen sagt, sie sei bestohlen worden. Versprechen Sie ihr, den Übeltäter zu stellen und Wiedergutmachung von ihm zu fordern. Über kurz oder lang werden Sie völlig vergessen haben, dass Sie selbst die Schuldige sind.

– Vergessen Sie, was passiert ist. So verdrängen Sie unangenehme Wahrheiten.

EVA

»Hast du Lust, etwas essen zu gehen? Ich verhungere.«

Ich wandte mich vom Spiegel ab und sah Sam verärgert an. Warum musste er nach dem Sex immer alles verderben?

»Was«, fragte er mit, zugegeben, nur leicht zitternder Stimme, »soll dieser Blick?«

»Du bist unmöglich. Schließlich kennst du unsere Vereinbarung: Sex und keine darüber hinausgehenden Kontakte.«

Seufzend knöpfte Sam sein Hemd zu.

»Eva, das war kein Heiratsantrag. Ich habe nur von einem Sandwich gesprochen.«

Ich drehte mich wieder zum Spiegel um.

»Das ist Kontakt.«

»Du musst aber irgendwann essen.«

»Ich besorge mir etwas auf dem Weg zum Büro«, entgegnete ich, denn ich wollte in Ruhe meine Mittagspause genießen.

»Warum essen wir nicht zusammen? Gleich an der Ecke ist ein nettes Café. Die Panini dort sind klasse.«

»Sam, nein!« Erneut wirbelte ich zu ihm herum. Inzwischen war er vollständig bekleidet und trug einen eleganten Anzug. »Wie oft muss ich es noch wiederholen, bis du es verstehst? Kein Mittagessen. Kein Abendessen. Kein Kaffee. Und ganz bestimmt keinen Drink. Niemals. Das ist unsere Verabredung, das wissen wir beide. Hör zu, falls du damit Probleme haben solltest …«

Sam wandte den Blick ab. »Nein, nein, schon in Ordnung. Dreh nicht gleich durch. Alles ist gut. Also nächste Woche um dieselbe Zeit?«

»Können wir stattdessen den Dienstag nehmen? Ich habe am Mittwoch eine Sitzung, und es könnte zeitlich ein bisschen eng werden.«

Wir griffen beide nach unseren BlackBerrys.

»Dienstag passt es bei mir nicht«, sagte Sam nach einer Weile. »Was hältst du von Donnerstag?«

»Nein. Entweder am Freitag, oder wir lassen eine Woche ausfallen. Ist nicht weiter schlimm.«

»Verdammt, am Freitag bin ich zum Mittagessen verabredet … das kann ich aber absagen.« Sam steckte den BlackBerry in die Brusttasche seines Sakkos. Als er mich ansah, standen Schicksalsergebenheit und leichter Spott in seinem Blick. »Ich bin nicht auf den Kopf gefallen und weiß, wie gut ich es mit dir getroffen habe. Sex ohne Verpflichtungen, also das, wovon jeder Mann träumt.«

»Ich verrate dir etwas«, meinte ich und nahm meine Tasche. »Es ist auch der Traum jeder berufstätigen Frau. Ich muss los. Dann also bis Freitag. Heute bist du mit der Zimmerrechnung dran.«

Ich hatte die Hand schon am Türknauf, als Sam wieder das Wort ergriff.

»Ich verstehe nicht, warum wir nicht einfach zu dir gehen können. Du wohnst doch ganz in der Nähe unserer Büros. Aus welchem Grund muss einer von uns beiden jede Woche so viel Geld ausgeben?«

Ich seufzte auf. Allmählich fragte ich mich, ob der Sex wirklich diese quälenden Debatten wert war.

»Weißt du, Sam«, begann ich, immer noch mit dem Gesicht zur Tür. »Ich habe fast dein Eindruck, dass sich bei dir Alzheimer einschleicht. Habe ich dir nicht x-mal erklärt, warum ich dich nicht in meiner Wohnung haben möchte? Sie ist mein Territorium, mein Rückzugsort. Außerdem will ich keine falschen Hoffnungen in dir wecken. Wenn ich dich mit zu mir nehme, wirst du mich als Nächstes um den Schlüssel bitten und ständig unangemeldet bei mir hereinschneien.«

»Nein, würde ich nicht. Ich achte deine Privatsphäre, Ehrenwort. Könntest du dich bitte zu mir umdrehen, während wir miteinander sprechen?«

Ich warf Sam über die Schulter einen Blick zu.

»Entweder treffen wir uns im Hotel oder gar nicht. Und wenn du dir das Hotel nicht leisten kannst …«

Sam machte eine wegwerfende Handbewegung.

»Nein, nein, das ist nicht das Problem. Außerdem ist Sex mit dir das Geld wert, das weißt du doch.«

»Ja, das weiß ich«, erwiderte ich gedehnt. »Also vergiss es nicht.«

Mit diesen Worten ging ich. Gemäß unserer Abmachung wartete Sam fünf Minuten, bevor er mir folgte.

14

Liebe Kummerkastentante!

Vor einigen Wochen habe ich beobachtet, wie ein Mitschüler meines Sohnes auf dem Parkplatz vor dem Einkaufszentrum einen Joint rauchte. (Er ist so alt wie mein Sohn, also zwölf.) Ich weiß, dass ich eigentlich moralisch verpflichtet wäre, seiner Mutter zu sagen, was ich gesehen habe, damit sie die Möglichkeit hat, zu verhindern, dass er in die Sucht abrutscht. (Sein Vater hat sich schon vor Jahren aus dem Staub gemacht.) Das Problem ist nur, dass ich diese Frau auf den Tod nicht ausstehen kann. Sie ist hinter jedem verheirateten Mann in der Stadt her, einschließlich meinem, zwängt sich in hautenge Kleider und trägt ihr Haar, als wäre sie ein Filmstar. Habe ich schon erwähnt, dass sie ein Fitnessstudio besitzt? Es würde mich also diebisch freuen, wenn es mit ihrem wundervollen Leben aus und vorbei wäre, weil ihr Sohn bei etwas Schlimmerem erwischt wurde als beim Rauchen eines Joints. (Ich habe gelesen, das Marihuana schreckliche Folgen haben und einen Menschen zum Heroinsüchtigen oder Serienmörder machen kann.) Gesetzlich kann mir doch niemand einen Strick daraus drehen, wenn ich es ihr verschweige, oder? Natürlich könnte ich zur Polizei gehen und den Jungen anzeigen, aber wegen eines so geringen Vergehens würde er als Minderjähriger sicher mit einer geringen Strafe davonkommen.

Liebe schwer Gestörte!

Sie erwarten doch nicht im Ernst von mir, dass ich Ihr eifersüchtiges, engstirniges und darüber hinaus auch noch verantwortungsloses Verhalten billige? Also rate ich Ihnen Folgendes: Wegen Ihrer böswilligen Neigungen sollten Sie einen Therapeuten aufsuchen. Auch ihr Sohn wäre bei einem Kinderpsycholo-

gen gut aufgehoben, da er von einer Mutter wie Ihnen sicher nicht die Spur von Moral mitbekommen hat. Außerdem sollten Sie abnehmen und zum Friseur gehen, damit Ihr Mann nicht jedes Mal zusammenzuckt, wenn er zur Tür hereinkommt und Sie sieht. Zu guter Letzt empfehle ich Ihnen, sich ein Hobby oder, noch besser, einen Arbeitsplatz zu suchen, damit Sie nicht mehr die Zeit haben, wegen eingebildeter Vergehen Rachepläne gegen andere Menschen zu schmieden. Ach, und noch etwas: Ich habe mich mit der Besitzerin des Fitnessstudios in Verbindung gesetzt und ihr von ihrem Sohn erzählt. Sie war mir für meinen Einsatz sehr dankbar und hat mir sogar ein Jahr kostenlose Mitgliedschaft geschenkt. Wir sehen uns dort!

EVA

Ich saß neben Sophie in ihrem nagelneuen Wagen, als wir durch die Vorstädte rasten, um uns das Baseballspiel ihres Sohnes anzusehen. Anschließend wollten wir uns in der Stadt mit John zum Abendessen treffen. »Rasen« ist der richtige Ausdruck, denn Sophie fuhr trotz ihres sanftmütigen Naturells mit Bleifuß. Die Jahre im Dauerstau von L.A. müssen die Hölle für sie gewesen sein.

Eigentlich wusste ich gar nicht, was ich überhaupt hier wollte. Baseball – oder Sport überhaupt – interessiert mich kein bisschen. Ich hätte die Zeit nutzen können, um mein Buch zu Ende zu lesen: eine spannende Abenteuergeschichte aus der Feder eines Bestsellerautors. (Der Name bleibt mein Geheimnis.) Ich hätte auch zu Armani gehen und mir die Jacke kaufen können, um die ich schon so lange herumschleiche.

Ich seufzte.

»Was ist?«, fragte Sophie und warf mir einen kurzen Blick zu.

»Nichts. Schau auf die Straße.«

»Ich bin eine ausgezeichnete Autofahrerin«, erwiderte sie. »Und habe noch nie einen Strafzettel bekommen.«

»Wahrscheinlich deshalb, weil die Polizei dich nicht einholen kann«, murmelte ich, als wir an unzähligen Kettenrestaurants vorbeisausten, die so klangvolle Namen wie *Toms Schmalztopf* und *Dannys dolle Donuts* trugen.

Schließlich erreichten wir den Sportplatz, ein großes, aus Gras und Erde bestehendes Feld, nur von einem hohen Zaun umgeben und ausgestattet mit einer wackeligen, Holztribüne.

Reizend, dachte ich mir. Bestimmt bleibe ich mit meiner Hose an einem Splitter hängen, und dann ist sie ruiniert. Zweihundert Dollar im Dienste der Nächstenliebe und der sogenannten Freundschaft zum Fenster hinausgeworfen.

Sophie und ich nahmen auf halber Höhe der Tribüne Platz. Sie schien sich wirklich sehr über das Spiel zu freuen, während ich mich bereits zu Tode langweilte. Außerdem bemerkte ich sehr wohl, wie die anderen Zuschauer auf der altersschwachen Tribüne mich anstarrten.

Gut, lass sie nur glotzen, dachte ich mir. Menschen, die in Jogginganzügen herumlaufen, sind unter meinem Niveau, und ich würde lieber sterben, bevor ich mir eine grellrosa Sonnenblende ins Haar stecke.

Allerdings legte sich die Langeweile bald. Aus irgendeinem Grund hatte ich gedacht, dass wir ein paar pickelige Schuljungen zu sehen bekommen würden. Doch die Spieler, die aufs Feld gelaufen kamen, waren Männer. Junge Männer.

Aber natürlich. Der dreijährige Junge, an den ich mich dunkel erinnerte, war inzwischen erwachsen. An den Kindern merkt man, wie die Zeit vergeht.

Ich ließ den Blick über die Spieler schweifen, die ihre Positionen einnahmen und zweifellos wichtige Spielzüge erörterten. Es war wirklich ein beeindruckendes Bild. Einer der Spieler fiel mir besonders auf, ein hochgewachsener, gut gebauter Bursche mit einem dichten Lockenschopf und einem Hintern, für den eine Frau einen Mord begehen würde. Der Junge drehte sich um, als hätte er meine lüsternen Gedanken gelesen, und sah mich an. Da war er wieder, der Funke, der knisterte und brannte. Die Begierde war so überwältigend, dass mir fast übel wurde.

Plötzlich packte Sophie mich am Arm. Ich war so abgelenkt, dass ich mich nicht einmal losriss.

»Eva, schau«, sagte sie aufgeregt. »Da drüben ist Jake!«

Sophie ließ meinen Arm los und winkte wild über das Spielfeld.

»Jake, hier sind wir!«

Daraufhin schlenderte der Typ mit dem Traumhintern zu uns herüber. Ein Grinsen breitete sich auf seinem bildschönen Gesicht aus.

»Oh, Mist.« Ich konnte nicht verhindern, dass mir diese Worte entfuhren. Sophie drehte sich stirnrunzelnd zu mir um.

»Fehlt dir etwas?«, fragte sie.

»Alles in Ordnung«, stieß ich hervor. »Nur – ein Splitter von der Bank.«

Als Jake die Tribüne heraufstieg, zeichneten sich seine muskulösen Schenkel hübsch unter der eng anliegenden Hose ab.

»Hallo, Mom«, meinte er. Während Sophie aufsprang und ihm um den Hals fiel, saß ich da wie erstarrt. Jake zwinkerte mir über ihre Schulter hinweg zu.

»Freust du dich, dass ich gekommen bin?«, fragte Sophie, nachdem sie ihn wieder freigegeben hatte.

Jake lächelte.

»Mehr als du ahnst, Mom.«

Oh, Mist, sagte ich – diesmal jedoch lautlos.

»Ach, wo habe ich meine Manieren!« Sophie drehte sich zu mir um. »Das ist meine Freundin Eva«, verkündete sie. »Du erinnerst dich an Jake, Eva? Obwohl er sich seit unserem Umzug an die Westküste sehr verändert hat.«

Jake hielt mir die Hand hin, und auch ich streckte meine aus, während ich mir das Hirn nach einer passenden Begrüßung zermarterte.

»Ich will auf der Stelle mit dir ins Bett«, wäre wohl nicht sehr passend gewesen.

»Hallo«, meinte Jake. »Schön, dich wiederzusehen.«

Er verschlang mich mit Blicken. Ja, ich weiß, wie abgedroschen der Ausdruck ist, aber anders kann ich den Moment nicht beschreiben.

»Hallo«, erwiderte ich. »Das Vergnügen ist ganz auf meiner Seite.«

Sobald ich diese Worte ausgesprochen hatte, war ich sicher, alles verdorben zu haben. Hatte Sophie die Andeutung verstanden? Rasch, wenn auch widerstrebend, ließ ich Jakes Hand los, doch das glückliche Lächeln meiner Freundin beruhigte mich wieder.

Sophie erzählte Jake, wir würden nach dem Spiel mit unserem Collegefreund John in Boston zu Abend essen.

Jake legte Sophie den Arm um die Schulter.

»Was dagegen, wenn ich mitkomme? Aber zuerst muss ich duschen.«

Ich stellte mir Jake in der Dusche vor. Er sah mich an und wusste sicher genau, was ich dachte.

Sophie versetzte ihrem Sohn einen spielerischen Klaps auf die Brust. Sie ahnte nicht, wie sehr sie mich damit quälte.

»Sei nicht albern«, meinte sie. »Du würdest dich nur langweilen, wenn wir den ganzen Abend über alte Zeiten sprechen.«

Jake tätschelte ihr die Schulter.

»Gut, dann eben ein andermal. Ich muss zurück aufs Feld, das Spiel fängt gleich an.«

Ich lächelte zwar freundlich, doch in meinem Herzen – oder besser im Sitz meiner Libido – machte sich Enttäuschung breit. Mit einem Winken und einem lodernden Blick (ja, lodernd und außerdem sehr herausfordernd) lief Jake zu seinen Mannschaftskameraden hinüber.

Strahlend nahm Sophie neben mir Platz.

»Ist er nicht wundervoll?«, fragte sie.

»Ja«, erwiderte ich mit schwacher Stimme. »Wundervoll.«

15

Die besten Lügen sind die, die völlig alltäglich und plausibel klingen. Sie befürchten, nach dem Parfüm einer anderen Frau zu riechen? Also beklagen Sie sich beim Nachhausekommen zuallererst wortreich über die viel zu stark parfümierte Dame, die in der U-Bahn so dicht neben Ihnen saß. Dann wird Ihre Frau keinen Verdacht schöpfen, dass daran etwas faul sein könnte.

– Überzeugend zu lügen ist einfacher, als Sie glauben.

EVA

Gott, was für ein schöner Mann.

Das waren exakt die Worte, die mir in den Sinn kamen, als John an jenem Abend das Restaurant betrat. Es handelte sich dabei um eine rein sachliche Feststellung, denn zwischen uns fehlte das erotische Knistern, das ich heute Nachmittag bei Jake empfunden hatte. Mein Interesse an John war völlig anderer Natur. Dennoch unterdrückte ich es geschickt.

John hatte das *Marino's* vorgeschlagen, ein italienisches Restaurant in Familienbesitz im North End. Für meinen Geschmack ging es dort ein wenig zu schlicht zu, aber Sophie war begeistert und bezeichnete es als »freundlich und gemütlich«. John sagte, er äße einmal pro Woche hier und empfahl die Puttanescasauce.

Sophie sprang auf und fiel John um den Hals. Er erwiderte die Umarmung begeistert. Ich blieb sitzen und hielt ihm die Hand hin, die er kurz und kräftig schüttelte.

»Es ist so schön, dich zu treffen«, sprudelte Sophie hervor. »Du siehst wundervoll aus!«

Die beiden setzten sich und fuhren fort, einander zu bewundern, während ich abwartete. Endlich wandte John sich an mich.

»Du siehst gut aus, Eve«, sagte er.

»Eva.«

»Natürlich. Du hast dich kein bisschen verändert, seit wir uns vor ein paar Jahren zufällig bei dieser Veranstaltung getroffen haben.«

Ich konnte mich dunkel an diesen Abend erinnern. Ben. Ich wusste noch, dass ich die ganze Zeit über Ben geredet hatte, und musste einen Schauder unterdrücken.

»Ja«, erwiderte ich, in der Hoffnung, dass John sich nicht nach meinem Ex-Freund erkundigen würde. »Ich achte eben auf mich.«

John lächelte schief und fragte nicht weiter.

Als der Wein serviert wurde – ein kräftiger Roter, den John ausgesucht hatte –, brachte er einen Trinkspruch aus.

»Auf uns«, verkündete er. »Die alte Bande.«

Mit strahlender Miene hob Sophie ihr Glas.

»Es wäre toll, wenn wir wieder Freunde sein könnten wie in den alten Zeiten!«

Wie konnte sie von mir erwarten, dass ich meine angeborene Skepsis über Bord warf?

»Es heißt doch immer, es gäbe kein Zurück.«

John warf mir einen finsteren Blick zu.

»Lass uns abwarten, was passiert«, meinte er beschwichtigend. »Ich bin froh, dass Sophie uns wieder zusammengebracht hat.«

Ich trank einen Schluck Wein – er war tatsächlich sehr gut –, damit ich nicht aussprechen musste, was wirklich in mir vorging: Ich war mir nicht sicher, ob ich mich wirklich darüber freute, dass Sophie uns aufgespürt hatte.

Vor dem ersten Gang sprachen wir über unsere Berufe. Sophie wollte wissen, ob ich gern bei Caldwell und Company arbeitete.

»Meine Karriere bedeutet mir alles«, antwortete ich und fragte mich im nächsten Moment, was ich eigentlich genau damit meinte. Dass meine Karriere mir alles bedeutete, weil ich sonst nichts hatte? Dass ich sonst nichts hatte, weil meine Karriere mir alles bedeutete? Ich trank ein paar Schlucke. Was machte es schon, wenn ich einen Schwips bekam? Schließlich würde mich zu Hause niemand dafür zur Rechenschaft ziehen.

»Ich habe genau den richtigen Beruf erwischt«, sagte John gerade, als ich mich wieder einschaltete. »Etwas anderes als die Juristerei kann ich mir gar nicht vorstellen. Aber wer weiß? Vielleicht brauche ich in fünf oder zehn Jahren einen Tapetenwechsel. Es kommt nicht selten vor, dass Menschen sich irgendwann ausgebrannt fühlen. Oder gelangweilt. Wenn mir die Herausforderung fehlt, suche ich mir etwas Neues.«

Sophie lächelte.

»Du hast Glück gehabt. Wie viele Leute können das von ihrem Beruf behaupten?«

»Nicht viele«, wandte ich ein – nicht, wenn man meine Mitarbeiter so reden hörte.

»Das heißt nicht, dass ich eine ruhige Kugel schiebe«, sprach John weiter. »Manchmal bin ich abends so fertig, dass ich es kaum schaffe, mich zur U-Bahn zu schleppen. Außerdem habe ich an den meisten Tagen nur mit Idioten, Widerlingen und Bürokraten zu tun. Doch im Großen und Ganzen bin ich glücklich.«

»Zumindest musst du keine Gräben ausheben«, meinte ich aus keinem besonderen Grund.

John musterte mich erstaunt.

»Woher weißt du das?«

»Was?«

»Dass ich einen Sommer als freiwilliger Helfer in Afrika verbracht habe. Die meiste Zeit haben wir Bewässerungsgräben ausgehoben.«

»Wirklich«, erwiderte ich. »Wie engagiert von dir.«

Sophie musste lachen.

»John«, meinte sie. »Ich verstehe nicht, warum du nicht verheiratet bist. Du bist ein richtiger Traummann!«

Ich hatte den Eindruck, dass John zusammenzuckte, aber vielleicht war das auch nur Einbildung. Für John schien Bescheidenheit schon immer ein Fremdwort gewesen zu sein. Er spielte sie nur vor, weil ihm das die Bewunderung hohlköpfiger Mädchen einbrachte.

»Du übertreibst«, erwiderte er vergnügt. »Aber trotzdem danke, Sophie. Es ist nett, wenn man Fans hat.«

»Du hast deine Leistungen nie an die große Glocke gehängt«, fuhr Sophie fort. »Ich weiß noch, als du im zweiten Jahr zum Vorsitzenden von Phi Beta Kappa gewählt wurdest. Damals hast du nur die Achseln gezuckt und ›Glück gehabt‹ gesagt.«

Aha, nun täuschte John ein Erröten vor! Mich wunderte es wirklich, warum er nicht Politiker, sondern Jurist geworden war und seine beachtlichen Talente vergeudete.

Als ich leise hüstelte, sah John mich an. Ich lächelte. »Findest du nicht, dass die Luft ein bisschen stickig ist?«

»Ich bin überrascht, dass du keine Kinder hast, Eva«, meinte John plötzlich.

»Warum?«, entgegnete ich mit einem nonchalanten Achselzucken. »Viele Menschen sind kinderlos. Du zum Beispiel, sofern du nicht irgendwo außerehelichen Nachwuchs versteckt hast.«

»Soweit ich weiß, habe ich keine Kinder«, antwortete er. »Gibt es wirklich noch Leute, die das Wort ›außerehelich‹ benutzen?«

»Mich erstaunt es auch, Eva«, wandte sich Sophie an mich. »Früher auf dem College hast du immer gesagt, dass du dir ein oder zwei Kinder wünschst. Du wolltest unbedingt einen Künstler heiraten, einen Bildhauer, und in einem riesigen Loft mit handgemachten Möbeln und einem großen Hund wohnen. Erinnerst du dich?«

Ein Hund? War ich damals auf LSD?

»Nein«, gab ich mit Nachdruck zurück. »Ich erinnere mich nicht.«

»Hast du vor, irgendwann Kinder zu haben?«, erkundigte Sophie sich bei John. »Du wärst bestimmt ein wundervoller Vater.«

»Ich hätte nichts dagegen«, meinte er zögernd.

»Ach, ich kann es mir bildlich vorstellen«, merkte ich an. »Er wird sich amüsieren, bis er sechzig ist, und dann eine Dreißigjährige heiraten, die die Kinder zur Welt bringt, deren College-Abschluss er nicht mehr erleben wird. Vermutlich nimmst du an, dass die Jugend dir das Alter versüßen wird.«

Sophie machte ein verlegenes Gesicht, trank einen großen Schluck Wein, griff nach ihrer Serviette und hüstelte höflich hinein.

»Wie geht es deiner Schwester, Eve?«, fragte John, ohne auf meine Äußerung einzugehen.

»Eva.«

»Eva«, wiederholte er, und ich glaubte, an seinem Tonfall zu erkennen, dass er sich über mich lustig machte.

»Maura wohnt in Michigan. Sie ist zum zweiten Mal verheiratet, hat vier Kinder, ein winziges Haus und einen miserablen Job als Kassiererin. Aber sie ist glücklich. Zumindest behauptet sie das.«

Sophie, die sich inzwischen wieder erholt hatte, sah mich verdattert an.

»Warum zweifelst du daran?«

Weil ich niemals ein solches Leben führen wollte, dachte ich.

Meinetwegen mag man mir vorwerfen, dass ich mich selbst für den Nabel der Welt hielt, doch für mich war es unvorstellbar, dass meine Schwester mit einem so eingeschränkten Dasein zufrieden sein konnte. Manchmal erfüllte es mich mit Wut, dass sie so wenig Ehrgeiz hatte und völlig anders war als ich. Allerdings konnte ich nicht sagen, weshalb ich von ihr verlangte, ihr Naturell abzulegen.

Also zuckte ich auf Sophies Frage nur die Achseln.

»Siehst du sie oft?«, wollte Sophie wissen. »Nein«, entgegnete ich und rechnete nach, wann ich zuletzt in Michigan gewesen war.

Vor drei Jahren? Aber nur für eine Nacht.

Ich hatte einen potenziellen Kunden in Ann Arbor besucht und in den *Hampton Suites* übernachtet. Maura, die in die Stadt gefahren war, um sich zum Abendessen mit mir zu treffen, war beim Anblick der kleinen Küchenzeile in Verzückung geraten. »Ich glaube, ihr Jüngstes habe ich noch gar nicht kennengelernt. Sie müsste jetzt zwei sein.«

»Oh«, sagte Sophie. »Das ist aber schade.«

»Da draußen in der Einöde gibt es nichts zu tun«, erklärte ich. »Also reizt es mich nicht, sie zu besuchen. Hierher zu kommen, könnten sie sich nur leisten, wenn ich die Hotelrechnung übernehme, und Mauras Mann will nichts davon hören. Männlicher Stolz oder so.«

Ich zuckte die Schultern.

»Es ist nicht weiter wichtig. Wir standen uns nie sehr nah. Vermutlich liegt es am Altersunterschied.«

»Der spielt doch bei Erwachsenen keine große Rolle mehr«, wandte Sophie ein. »Ich habe zwar keine Geschwister, aber ich stelle es mir wenigstens so vor.«

»Mich wundert, dass du nicht mehr Kontakt zu den Kindern deiner Schwester hast«, meinte John. »Ich kann von meinen Nichten und Neffen nicht genug bekommen und bemühe mich, sie jedes Wochenende zu besuchen. Schließlich will ich nicht der Typ sein, der sich erst bei der Abschlussfeier mit einem Scheck blicken lässt.«

»Tja«, entgegnete ich knapp und etwas schnippisch. »Ich bin da eben anders.«

Sophie legte John die Hand auf den Arm.

»John, Eva erinnert sich nicht mehr daran, dass sie einmal Kinderbücher schreiben wollte. Ist das zu glauben?«

»Ich glaube fast alles«, erwiderte John mit einem Grinsen. »Ich weiß noch, dass du Notizbücher mit Entwürfen für Geschichten gefüllt hast«, sagte er zu mir. »Und mit Skizzen, die im Übrigen unterirdisch schlecht waren.«

»Hast du etwa meine privaten Notizbücher gelesen?«, empörte ich mich.

Plötzlich stand mir das Bild meines abgewetzten Beutels mit Paisleymuster vor Augen, in dem ich meine Bücher und Hefte aufbewahrt hatte. Nur über meine Leiche hätte ich heute so einen Beutel benutzt.

»Ich habe dir hin und wieder über die Schulter geschaut«, antwortete John ohne eine Spur von Verlegenheit. »Wenn ich es mir genauer überlege, da fällt mir doch einer deiner Entwürfe ein. Es ging um eine Bildhauerin, gewissermaßen eine Abwandlung des Pygmalion-Themas.«

Ich konnte mich überhaupt weder an diese noch eine der anderen Geschichten erinnern.

Wo, so fragte ich mich, waren diese Notizbücher? Ich hatte wirklich keine Ahnung.

Vermutlich hatte ich sie irgendwann weggeworfen. Da mir der Keller meiner Eltern fehlte – natürlich verkaufte ich das Haus nach ihrem Tod sofort –, hatte ich keinen Platz gehabt, um Souvenirs aus meiner Kindheit zu horten. Also waren Puppen und Brettspiele zum Großteil in den Müll gewandert. Was einen Wert besaß, wie der kleine, mit gelben Gänseblümchen bemalte Schreibtisch, landete in der Gebrauchtwarenhandlung.

Aber die Notizbücher?

»Du wärst sicher eine gute Schriftstellerin geworden«, sagte Sophie.

Wirklich?

»Die Dinge ändern sich«, entgegnete ich wegwerfend. »Damals waren wir Jugendliche, jung und ziemlich naiv.«

»Jung vielleicht«, widersprach John. »Aber nicht naiv. Zumindest nicht, wenn es um unsere berufliche Zukunft ging. Ich wusste seit der Highschool, dass ich Anwalt werden wollte, und habe diese Entscheidung nie bedauert.«

»Und ich wünschte mir eine Familie«, meinte Sophie. »Ich habe nie bereut, dass ich meinen Sohn zur Welt gebracht habe.«

»Was ist mit der Ehe mit Brad?«, fragte ich. »Hast du die je bereut?«

Mir erschien diese Anmerkung vernünftig, doch John zog die Augenbraue hoch.

Sophie ließ sich mit ihrer Antwort Zeit.

»Nein«, erwiderte sie schließlich. »Ich habe nie bereut, dass ich Brad geheiratet habe. Er ist der Vater meines Kindes und im Grunde seines Herzens ein guter Mensch. Es hat eben einfach – nicht geklappt. Außerdem verstehe ich nicht, wie eine Frau bereuen kann, dass sie den Vater ihres Kindes geheiratet hat!«

John trank bedächtig einen Schluck Wein.

»Wenn du so vielen misshandelten Frauen begegnet wärst wie ich, würdest du wahrscheinlich anders denken«, wandte er ein. »Insbesondere denen mit gebrochenem Kiefer, die vergeblich auf Unterhalt warten, weil ihr Ex sein ganzes Geld für Drogen ausgibt. Diese Frauen bereuen ganz sicher, dass sie den Vater ihres Kindes getroffen haben.«

»Du hattest einfach Glück, Sophie«, ergänzte ich.

»Ich bin sicher, dass Sophie sich ihre positiven Erfahrungen im Leben ehrlich verdient hat«, sagte John mit einem strafenden Blick in meine Richtung.

Ich lachte nervös.

»Dann stand mein Leben vermutlich unter einem schlechten Stern. Erst verliere ich kurz nacheinander beide Eltern. Dann muss ich auf ein Graduiertenstudium verzichten, um meine Schwester zu ernähren, bis diese mit einem fünfundzwanzig Jahre älteren Schwachkopf durchbrennt. Nach der Scheidung ist sie natürlich pleite, und ich unterstütze sie wieder, bis sie ihren derzeitigen Mann kennenlernt, der in einer Tankstelle arbeitet.«

»Auch ich habe schlimme Dinge mitgemacht«, protestierte Sophie. »Ich war nicht immer auf Rosen gebettet. Ich bin geschieden. Ich wohne zum ersten Mal im Leben allein. Und ich büffle für die Maklerprüfung, was kein Kinderspiel ist, denn der Stoff ist ziemlich umfangreich.«

»Natürlich«, meinte John beschwichtigend. »Eve wollte damit sicher nicht andeuten, dass dir alles in den Schoß gefallen ist. Oder, Eve? Ich meine Eva.«

Ich betrachtete meine beiden Freunde, die sich offenbar gegen mich verbündet hatten.

»Möchte jemand einen Kaffee?«, fragte ich und wünschte mir plötzlich nichts sehnlicher, als so schnell wie möglich verschwinden zu können.

16

Liebe Kummerkastentante!

Ich heirate im nächsten Frühling. Es ist eine Trauung im großen Stil geplant, gefolgt von einer rauschenden Hochzeitsfeier. Das Ganze wird meinen Vater Tausende von Dollar kosten, das können Sie mir glauben. Ich selbst gebe auch viel Geld für einen persönlichen Trainer, Besuche im Sonnenstudio und bei der Modeberaterin und für eine traumhafte neue Flitterwochengarderobe aus. Ich habe da nur ein Problem, und zwar ein ziemlich kompliziertes. Wissen Sie, drei ehemalige Mitschülerinnen aus der Highschool sind noch immer meine besten Freundinnen. Natürlich gehen sie davon aus, dass sie meine Brautjungfern werden, und bei zweien sehe ich da auch keine Schwierigkeiten. Wie ich sind sie durchtrainiert, groß und blond und werden neben mir ein beeindruckendes Bild abgeben! (Ich hatte an frühlingsgrüne Kleider gedacht. Beziehungsweise meine Modeberaterin, die einfach wundervoll ist.) Das dritte Mädchen hingegen ist etwas pummelig und viel kleiner als wir und hat außerdem dunkelbraunes Haar. Bisher hat mich das nie gestört. Sie ist sehr humorvoll und, wenn wir ehrlich sind, war sie für mich (und meine beiden anderen Freundinnen) nie eine Konkurrenz. Aber wenn sie Brautjungfer ist, wird sie alles verderben! Was soll ich tun, damit sie nicht den traumhaftesten Tag meines Lebens ruiniert?

Liebe oberflächliche Zicke!

Sie müssen das tun, was sich gehört, und Ihre drei Freundinnen bitten, Ihre Brautjungfern zu werden. Unter gar keinen Umständen dürfen Sie gegenüber Ihrer klein geratenen und pummeligen Freundin Andeutungen fallen lassen, sie solle doch fünfzehn Zentimeter hohe Absätze tragen, eine Diät machen und sich die Haare färben. Doch ehe Sie sich weiter mit dieser abstoßenden und selbstbeweihräuchernden Veranstaltung befassen, die Sie als Hochzeit bezeichnen, zücken Sie Ihr Scheckbuch und spenden einer der unten stehenden Wohltätigkeitsorganisationen eine ordentliche Summe. Versuchen Sie, zur Abwechslung einmal nicht nur an sich zu denken. Dann wird vielleicht sogar ein verwöhntes Persönchen wie Sie feststellen, dass es traumhaft ist, einfach nur ein Mensch zu sein.

SOPHIE

Jake saß am Küchentresen, während ich den Salat machte. Ich hatte das Himbeerdressing gekauft, das er so mag.

Jake behauptet zwar, dass er sich gesund ernährt, aber ich kenne meinen Sohn. Er kann nicht einmal ein Ei kochen, ohne dass es zu einer Katastrophe kommt. Vielleicht trage ich die Schuld daran, dass er so ein miserabler Koch ist. Schließlich hat er sich nie im Leben selbst ein Brot schmieren müssen. Ich war immer für ihn da.

Jedenfalls hatte ich ihn gebeten, zu mir zu kommen – unter dem Vorwand, ich hätte eine Packung neuer Socken für ihn. Wenn er erst einmal mein berühmtes Brathuhn mit Kartoffelpüree roch, würde er sicher zum Essen bleiben.

»Ich habe gestern mit Dad telefoniert«, verkündete Jake, als sei es ihm gerade erst eingefallen.

Ich blickte von der Zwiebel auf, die ich gerade hackte.

»Oh? Wie geht es ihm?« Ich fragte mich, ob ich das wirklich wissen wollte. Schwer zu sagen.

»Gut«, antwortete Jake.

Warum müssen Frauen Männern alles aus der Nase ziehen?

»Trifft er sich noch mit diesem Flittchen? Wie hieß sie doch – Kara?«, erkundigte ich mich.

»Carly. Ja, er ist noch mit ihr zusammen.« Jake musterte mich forschend. »Mom, wann hast du zuletzt mit Dad gesprochen?«

»Ach, vor etwa zwei Wochen. Warum? Ist etwas passiert?« Jake nahm eine Tomate vom Tresen und warf sie zwischen den Händen hin und her.

»Alles bestens.«

»Und weiter?«, bohrte ich nach und fing die Tomate im Flug auf. Hatte ich Jake nicht beigebracht, dass man nicht mit Lebensmitteln spielt? »Du verschweigst mir etwas, Jake. Was ist los?«

»Nichts.«

»Jacob Michael, ich bin deine Mutter. Ich merke es dir an, wenn du lügst.«

Jake seufzte.

»Mom«, meinte er, »ich bin nicht sicher, ob es richtig ist, wenn ich es dir erzähle, okay? Ich will mich nicht in die Sache einmischen.«

»In welche Sache?«, fragte ich nicht sehr einfallsreich. »Ich möchte dich nicht gegen deinen Vater ausspielen, Jake. Und wenn du versprochen hast, nichts zu sagen, gut. Aber …«

»Dad überlegt, ob er Carly einen Heiratsantrag machen soll«, platzte Jake heraus. »Okay? Das ist das große Geheimnis, obwohl er mich nicht ausdrücklich gebeten hat, dir nichts zu erzählen.«

Ich legte das Messer weg. Meine Hand zitterte leicht.

»Oh«, meinte ich. »Aber er kennt sie doch erst seit einem knappen Jahr.«

»Ich weiß. Es sind höchstens sechs Monate. Schau, das letzte Wort ist noch nicht gesprochen, er ist sich nicht hundertprozentig sicher. Er spielt nur mit dem Gedanken. Ich hätte es nicht erwähnen sollen.«

»Nein, schon in Ordnung«, erwiderte ich. »Ich habe es ja mehr oder weniger aus dir herausgekitzelt.«

Ich stellte den fertigen Salat auf den Tisch.

»Wie geht es dir damit?«, erkundigte ich mich.

Jake lachte höhnisch.

»Mit einer Stiefmutter, die nur vier Jahre älter ist als ich? Das ist zwar ein wenig ungewöhnlich, aber kein Weltuntergang. Eigentlich ist es mir egal. Dad kann tun und lassen, was er will.«

»Das hat er schon immer gemacht.« Mein gehässiger Tonfall überraschte mich selbst.

»Es ist sein Leben!«

Vermutlich wirkte ich ein wenig schockiert. Jake und ich streiten uns nämlich selten.

»Entschuldige, Mom«, sagte Jake. »Ich möchte nur nicht, dass du schlecht über Dad redest – oder er über dich.«

»Ich wollte deinen Vater nicht kritisieren«, erwiderte ich reumütig. »Tut mir leid, Jake.«

Jake lächelte.

»Schon gut, Mom. Ich muss mich eben um meine eigenen Interessen kümmern und Grenzen setzen.«

»Themenwechsel?«

»Gern. Bin gleich zurück.«

Während Jake im Bad verschwand, deckte ich den Tisch.

Als ich Gabel, Messer und Löffel verteilte, legte sich allmählich der Schock, den Jakes Mitteilung in mir ausgelöst hatte. Stattdessen wurde ich verlegen. Als ob Brads Entscheidung für eine viel jüngere und schönere Frau – ganz bestimmt war sie viel schöner als ich – mich in den Augen meines Sohnes abwertete. Ich empfand das jedenfalls so.

Allerdings ist es nicht meine Art, mich in Selbstmitleid zu suhlen. Noch ehe die Teller an ihrem Platz standen, spürte ich, wie ich von dem Wunsch beseelt wurde, es Brad zu zeigen. Derselbe Mut hatte mich beflügelt, als ich den Vorsitz des Elternbeirats an eine ausgesprochen unangenehme Person verlor, die Mutter eines Jungen, der Jake schon das ganze Schuljahr lang piesackte. Drücken wir es einmal so aus, dass ein kleiner Wahlbetrug aufgedeckt wurde. (Wenn ich will, kann ich sehr beharrlich sein.) Und schon wenige Wochen später war ich die wiedergewählte Vorsitzende dieses würdigen Gremiums.

Ich werde mich ins Getümmel stürzen, schwor ich mir, während ich Salz und Pfeffer auf den Tisch stellte. Ich werde mir einen Mann suchen, dem Brad niemals auch nur das Wasser reichen könnte, ihn heiraten und bis ans Ende meiner Tage glücklich mit ihm zusammenleben.

Na und, dann war ich eben eine alleinstehende Frau an der Schwelle zum mittleren Alter. Irgendwo da draußen gab es sicher einen Mann für mich. Es musste einfach so sein.

Jake kam zurück in die Küche.

»Also«, sagte er ohne Überleitung. »Wie hieß deine Freundin? Eva?«

»Meinst du die Frau, die du beim Baseballspiel kennengelernt hast?«

»Genau die.«

»Oh. Nun, eigentlich hieß sie früher Eve, aber sie hat irgendwann ihren Namen geändert. Keine Ahnung, warum. Ich finde, dass Eve ein hübscher Name ist.«

»Arbeitet sie hier in der Stadt?«

»Äh«, erwiderte ich. »Ja, das tut sie. Sie ist stellvertretende Geschäftsführerin von *Caldwell & Company*, der größten Werbeagentur in Neuengland. Das waren wenigstens ihre Worte.«

»Wart ihr auf dem College sehr eng befreundet, du, Eva und dieser Typ?«

»John«, antwortete ich. »Ja, waren wir. Unter den Stipendiaten hatte sich eine lockere Clique gebildet, doch aus irgendeinem Grund sind John, Eve und ich einander nähergekommen. So wie es eben bei Studenten und anderen jungen Leuten ist. Damals dachte ich, wir würden für immer Freunde bleiben. Nie wäre ich auf die Idee gekommen, dass wir uns aus den Augen verlieren könnten.«

»Freust du dich, wieder Kontakt mit Eva zu haben?«, fragte Jake. »Und mit John?«

»Oh, ja«, sagte ich und schenkte mir ein Glas guten Sauvignon Blanc ein. »Selbstverständlich hat sich seitdem vieles verändert. Wir auch. Insbesondere Eva. Ich weiß nicht, ob ich seit dem College sehr anders geworden bin. Und John – der ist noch mehr von sich selbst überzeugt als früher, falls das überhaupt möglich ist.«

»Also wart ihr nicht wild und ausgeflippt?«

Ich lachte.

»Ganz und gar nicht. Wir hatten alle aufgrund unserer guten Noten ein Stipendium bekommen. Sonst hätten unsere Eltern es sich nicht leisten können, uns studieren zu lassen. Wenn unsere Leistungen schlechter geworden wären, hätte man uns das Geld gestrichen. Einige Studenten sind aus dem Programm geflogen und mussten vermutlich vom College abgehen. Aber wir nicht.«

»Du musst doch auch ein bisschen Spaß gehabt haben, Mom«, bohrte Jake nach. »Frühlingsferien? Sommerurlaub? Irgendwas?«

»Na klar«, antwortete ich spontan, geriet dann jedoch ins Grübeln. »Nun, in den Frühlingsferien habe ich normalerweise meine Großeltern besucht. Ich hatte sie sehr lieb und war gern bei ihnen. Aber dann wurde Opa krank, und das würde ich nicht als Spaß bezeichnen.«

»Und im Sommer?«

»Im Sommer habe ich gejobbt, um Geld fürs Semester zu sparen. Aber Eve – Eva – und ich haben es ein paarmal geschafft, nach Cape Cod zu fahren. Ich weiß noch, dass wir einmal in einem schauderhaften Motel übernachtet haben. Der Boden in der Dusche wimmelte von Ameisen, und die Laken hatten winzige Löcher, als hätte jemand hineingebissen.«

Jake verzog das Gesicht.

»Ich kann mir gar nicht vorstellen, dass meine putzwütige Mutter in einem Drecksloch gewohnt haben soll.«

»Es war wirklich scheußlich. Aber Eva schien es nicht so zu stören. Damals war sie viel lockerer.«

»Und was habt ihr gemacht, wenn ihr in Boston wart?«, erkundigte sich Jake. »Seid ihr in Discos herumgehangen und habt zu dieser dämlichen New-Wave-Musik die Nächte durchgetanzt?«

Warum interessierte er sich plötzlich so für meine Vergangenheit?

»Sie war nicht dämlich«, protestierte ich, obwohl ich mich erinnerte, das Eva noch schlimmere Ausdrücke dafür gefunden hatte, einer der Gründe, warum wir nie in Discos gingen.

»Am Samstagabend«, erwiderte ich, »waren Eva und ich manchmal im Kino. John hatte normalerweise eine Verabredung. Wenn ich mich recht entsinne, haben wir ihn im Sommer nur selten zu Gesicht bekommen. Einmal war er mit seinen Schwestern in Italien, um die Verwandtschaft zu besuchen.«

»Aha. Und was war mit Eva? Hat sie sich oft mit Jungs verabredet?«

»Oh, nein!« Beim bloßen Gedanken musste ich lachen. »Sie fand diese ganzen Verabredungsrituale bescheuert. Wenn sie mit jemandem ging, war es normalerweise eher – organisch könnte man vielleicht sagen. Zuerst freundete sie sich mit dem Typen an, und dann erst wurde eine Beziehung daraus. Offen gestanden erinnere ich mich nur an zwei feste Freunde während der vier College-Jahre, obwohl Eva sie niemals so bezeichnet hätte.«

»Was meinst du damit?«, erkundigte sich Jake und beugte sich über den Küchenblock.

»Ich weiß nicht, wie ich es erklären soll«, antwortete ich. »Da musst du Eva schon selbst fragen. Sie war immer sehr unabhängig.«

»Eine Eigenbrötlerin?«, sagte Jake.

»Nein, so würde ich es nicht ausdrücken. Vielleicht trifft eigensinnig es am besten. Sie vertrat stets eine klare Meinung, allerdings ohne dabei exaltiert oder verschroben zu sein. Nein, eine Eigenbrötlerin war sie nicht.«

Jake ging zum Kühlschrank und holte sich ein Bier. Er ist ein Anhänger kleiner, aber feiner Brauereien und gibt mir wöchentlich eine Einkaufsliste mit seinen aktuellen Lieblingsbiersorten. Ich war noch nie eine Biertrinkerin, und Brad bevorzugte Wodka.

Wer, so fragte ich mich, hat Jake mit guten Bieren bekannt gemacht?

Es störte mich, dass ich nicht über jede Einzelheit im Leben meines Sohnes informiert war.

»Hattest du einen festen Freund, bevor du Dad kennengelernt hast?«, wollte Jake wissen, während er das Bier in ein besonderes Glas goss. Ich habe es für ihn gekauft, da das Bier angeblich daraus besser schmeckt.

»Nein, nichts Ernstes. Nun, bis vielleicht auf – ach, nein.«

»Was wolltest du gerade sagen?«

»Nichts«, wehrte ich ab.

»Weißt du, wie sehr es nervt, wenn jemand einen Satz anfängt und es sich dann anders überlegt?«

»Ja«, gab ich zu.

»Also heraus mit der Sprache.«

Was konnte es schaden, wenn Jake davon erfuhr?

»Nun«, begann ich, »wenn es dich so brennend interessiert: John und ich sind kurz miteinander gegangen. Sehr kurz«, fügte ich hinzu, als ob das an der Tatsache einer Beziehung etwas geändert hätte.

Jake grinste hämisch. »Details, Details.«

Ich schlug mit dem Geschirrtuch nach ihm. »Die wirst du nicht kriegen. Offen gestanden erinnere ich mich nicht mehr sehr gut an unsere kleine … was auch immer es war.«

Allerdings erinnerte ich mich noch ausgezeichnet daran, dass ich mich bei meinem abendlichen Treffen mit Eva beinahe verplappert und ihr gesagt hätte, dass John und ich zusammengewesen waren. Keine Ahnung, warum es mir so wichtig war, dass sie nichts davon erfuhr. Jedenfalls hatte ich – nun, ich hatte zwar nicht gelogen, aber etwas verschwiegen.

»Bitte sprich mit niemandem darüber, Jake? Schwöre.«

»Wem sollte ich denn davon erzählen?«, gab Jake zurück. »Ich habe mich doch nur nach Freunden erkundigt, und ich muss zugeben, dass mir der Gedanke nicht gefällt, du könntest mit jemand anderem als Dad gegangen sein.«

»Aber dass Dad eine neue Freundin hat, stört dich nicht?«, fragte ich.

Jake lachte.

»Nun, das kann ich leichter verkraften.«

»Jake, das ist ja schrecklich altmodisch!«

»Ich weiß«, erwiderte er. »Es ist bescheuert, doch so empfinde ich nun einmal. Und Gefühle kann man nicht verurteilen, nur Taten.«

»Du Schlaumeier«, neckte ich ihn. »Eifersüchtig auf die Männer in meinem Leben, aber klug genug, es zuzugeben.«

»Eifersüchtig? Ich bin nicht eifersüchtig. Mom, das ist doch – pervers.«

»Oh, ich habe nichts damit andeuten wollen, das weißt du genau. Es ist nur so, und bestimmt ist dir das klar, dass du für mich immer vor deinem Vater gekommen bist. Wie kannst du dann jetzt sicher sein, dass nicht eines Tages ein anderer Mann deinen Platz einnehmen wird?«

»Liest du seit Neuestem in deiner Freizeit Freud?«

»Den habe ich seit dem College nicht mehr angerührt. Jedenfalls kann ich mit Stolz behaupten, nie eifersüchtig auf deine Freundinnen gewesen zu sein.«

Jake zog die Augenbraue hoch. »Aha.«

»Nein, wirklich«, beteuerte ich. »Das stimmt.«

»Vielleicht nicht richtig eifersüchtig, aber du fandest keines der Mädchen sympathisch, die ich mit nach Hause gebracht habe, Mom. Und zu den meisten warst du nicht gerade freundlich.«

»Weil keine Frau jemals gut genug für meinen Sohn sein wird.«

»Oh, Mann, da haben wir es wieder. Könnten wir bitte das Thema wechseln?«

»Gut, meinetwegen«, erwiderte ich. »Wenn du darauf bestehst. Außerdem ist das Essen fertig.«

»Prima, ich bin nämlich am Verhungern. Ich habe nichts zum Mittagessen gekriegt.«

»Siehst du«, sagte ich. »Ich wusste ja, dass du dich nicht richtig ernährst.«

»Mom!«

»Setz dich. Zum Nachtisch habe ich Schokokekse gebacken. Die mit den Walnüssen.«

Jake zog sich einen Stuhl an den Küchentisch und ließ sich darauffallen.

»Willst du, dass ich einen Herzinfarkt habe, bevor ich fünfundzwanzig bin?«

»Du bestehst nur aus Haut und Knochen und könntest ruhig ein paar Kilo zulegen.«

»Mein Body-Mass-Index ist genau richtig, Mom. Und ich tue etwas dafür, dass das auch so bleibt.«

Ich stellte das Brathuhn auf den Tisch.

»Heißt das, du verkneifst dir die Schokokekse?«

»Nein, Mom, ein kleiner Keks wird mich schon nicht umbringen.« Jake grinste. »Oder vielleicht zwei.«

Ich strahlte übers ganze Gesicht. Sollte Brad doch seine vierundzwanzigjährige Freundin haben. Ich hatte Jake.

17

Halten Sie sich stets vor Augen, dass der Geist heilig ist. Kein Gedanke oder Gefühl ist falsch. Hüten Sie Ihre Gedanken sorgsam; achten Sie Ihre Gefühle. Überlegen Sie sich genau, welche davon Sie mit Ihren Freunden teilen (zum Beispiel, dass Sie gern Vanilleeis essen) und was Sie lieber für sich behalten (zum Beispiel, dass Sie davon träumen, Ihre frühere Lehrerin aus der zweiten Klasse zu ermorden).

– Der Geist ist heilig.

JOHN

»Bilde ich es mir nur ein, oder läutet heute ungewöhnlich oft das Telefon?«, fragte ich Ellen.

»Nein, es ist keine Einbildung. Irgendwann habe ich Eric gebeten, nur noch männliche Anrufer durchzustellen. Meine Zeit ist zu kostbar.«

»Was?«, gab ich zurück.

Ellen saß auf der Kante meines Schreibtischs.

»Herr Anwalt«, sagte sie, »in der Stadt verbreitet sich das Gerücht wie ein Lauffeuer, dass einer der begehrtesten Junggesellen in Boston endlich sesshaft werden will.«

»Was?«, wiederholte ich. Offenbar ging es mit meinem Wortschatz steil bergab.

»Oh ja, es stimmt. Die Leute haben offenbar nichts Besseres zu tun, als über die bevorstehenden Veränderungen deiner Lebensverhältnisse zu reden.«

»Die Leute«, erwiderte ich, »sind Idioten.«

»Mag durchaus sein. Allerdings hat man mir heute mehr als einmal einen Gutschein für eine Schönheitsfarm angeboten, wenn ich vertrauliche Informationen über deinen Geschmack und deine Vorlieben preisgebe.« Ellen hielt mir eine rosafarbene Telefonnotiz hin.

»In den meisten Fällen«, fügte sie hinzu, »spare ich mir die Mühe, mir Namen und Telefonnummer aufzuschreiben. Doch ich dachte, dieser Fall könnte dich amüsieren.«

Ich verzog das Gesicht, denn ich bezweifelte, dass ich dieser Situation je etwas Amüsantes würde abgewinnen können, und nahm den Zettel entgegen.

»Diese Frau kenne ich«, sagte ich und sah Ellen ungläubig an. »Sie ist mindestens sechzig. Soll das ein Scherz sein?«

»Oh, ich glaube, Sie meinte es ziemlich ernst. Es würde mich nicht wundern, wenn wir irgendwann heute Nachmittag eine Lieferung Iris erhalten.«

»Iris?«, wiederholte ich verdattert.

»Ja, ich habe ihr erzählt, das seien deine Lieblingsblumen.«

»Sind sie nicht. Ich habe keine Lieblingsblume.«

Ellen zuckte die Achseln.

»Nun, sie wollte dir unbedingt etwas schenken. Und mir gefallen sie.«

»Gut, dann kannst du sie heute Abend mit nach Hause nehmen. Das ist ja Wahnsinn.«

»Stimmt.«

»Moment«, sagte ich. »Wie hat sich überhaupt herumgesprochen, dass ich – mein Leben verändern möchte? Ich habe niemandem gegenüber ein Wort darüber verloren, dass ich …«, plötzlich war mir die Situation schrecklich peinlich, »… vielleicht, du weißt schon, heiraten möchte.«

Ellen betrachtete mich mitleidig.

»Frauen haben eine rasche Auffassungsgabe, John. Und die Frauen, die nun zur Jagd auf dich geblasen haben, beobachten dich seit Jahren. Wenn du zu einer Party nicht erscheinst oder ein Lokal vorzeitig verlässt, wittern sie Morgenluft. Und sobald sich herausstellt, dass der Grund keine leidenschaftliche Liebesnacht mit einer Dame der besseren Gesellschaft im Ritz ist, erklärt sich dein ungewöhnliches Verhalten dadurch, dass John Felitti das Lotterleben satt hat. Endlich kann frau ihn einsacken.«

»Einsacken?«

»Ihn sich krallen und zum Altar schleppen.«

»Oh, Gott.« Ich rieb mir die Stirn. »Wer hat sonst noch angerufen?«

Ellen betete die Namen dreier weiterer Frauen herunter, die meines Wissens das Singleleben bisher genauso genossen hatten wie ich.

»Und plötzlich wollen sie heiraten«, murmelte ich wie betäubt.

»Sie wollen einen gut aussehenden, einflussreichen und vor allem wohlhabenden Anwalt heiraten.«

Am liebsten wäre ich im Erdboden versunken.

»Also geht es ihnen gar nicht um mich persönlich. Willst du das damit sagen?«

»Genau.«

»Eigentlich müsste ich gekränkt sein. Bin ich aber nicht. Ich finde es nur erbärmlich.«

Allerdings nicht erbärmlich genug, um eine Verabredung mit Vanessa Lambert auszuschlagen, einer sehr erfolgreichen und verhältnismäßig attraktiven Steuerberaterin, der ich einige Male begegnet war. An unsere kurzen Gespräche erinnerte ich mich zwar nicht, hatte sie jedoch auch nicht als langweilig im Gedächtnis.

Ich zögerte eine Weile, bevor ich mich mit einem Treffen einverstanden erklärte, denn ich hatte bereits gehört, wie Vanessa mit Männern umzuspringen pflegte. Sie suchte den Mann und das Restaurant aus. Aber wenn es an der Zeit war, die Rechnung zu bezahlen, machte sie sich aus dem Staub und rauschte ab zur Damentoilette, um sich die Nase zu pudern.

Ach was, dachte ich mir. Dann hat sie eben die Marotte, kostenlose Abendessen zu ergattern. Schließlich bezahlte ich sowieso immer, wenn ich mit einer Frau ausging. Außerdem war ich absolut sicher, dass Vanessa, eine Frau, die dem Vernehmen nach in Geld erstickte, kein großes Interesse an einer Ehe hatte. Ich würde ein paar angenehme Stunden mit ihr verbringen, vielleicht ein paar Steuertipps aufschnappen und um zehn – allein – nach Hause gehen.

Der Mensch denkt, Gott lenkt. Kaum saßen wir an unserem Tisch, als Vanessa schon das Wort ergriff.

»Du erwartest doch keine Kinder von mir, oder?«

»Verzeihung?«

»Nun«, meinte sie und sah mich unverwandt an. »Ich würde die wichtigen Punkte gern im Voraus klären. Das ist bei Verhandlungen immer das Beste, findest du nicht?«

»Äh«, stammelte ich, »ja, schon, aber …«

»Gut. Also muss ich keine Kinder bekommen, wenn wir heiraten, richtig? Das gehört nicht zur Abmachung. Denn anderenfalls …«

Ich hob die Hand, als könnte man diesem Wahnsinn nur körperlich Einhalt gebieten.

»Welcher Abmachung, Vanessa?«, fragte ich. »Wovon redest du?«

Vanessas Blick sollte wohl »Zier dich nicht so, das nervt« besagen.

»Pass auf, John«, erwiderte sie. »Es ist allgemein bekannt, dass du auf der Suche nach einer Frau bist. Die ganze Stadt spricht davon.«

»Wirklich?«, gab ich zurück, obwohl ich es längst wusste.

»Ja«, antwortete Vanessa wie aus der Pistole geschossen. »Und natürlich steht fest, dass für dich nur eine Frau infrage kommt, die dir finanziell und bildungsmäßig ebenbürtig ist und nicht einen ebenso miserablen Job wie Haarschnitt hat.«

»Aha.«

»Also«, fuhr sie in sachlichem Ton fort, »stelle ich dir als Frau, die genau deinem Anforderungsprofil entspricht, die folgende Frage: Kinder gehören nicht zur Abmachung, korrekt?

Denn ich hatte noch nie Interesse daran, Mutti zu spielen, und werde mit fünfunddreißig sicher nichts mehr an meiner Absicht ändern.«

Liebe? Hatte eine Ehe nicht etwas mit Liebe zu tun? Für Vanessa offenbar nicht. Ich saß gerade in einem Vorstellungsgespräch für den Posten eines Ehemannes, während sie annahm, dass sie als zukünftige Ehefrau unter die Lupe genommen wurde. Anscheinend war ich zum unfreiwilligen Beteiligten eines sehr seltsamen Firmenzusammenschlusses geworden.

Ich räusperte mich, obwohl das gar nicht nötig war. Vanessa hatte die Hände auf dem Tisch verschränkt und sah mich abwartend an.

»Also, Vanessa«, sagte ich. »Es tut mir leid, aber ich denke, diese Besprechung, ich meine Verabredung, ist damit vorbei, denn weißt du, ich wünsche mir Kinder. Und zwar eine ganze Menge. Ich habe mich bereits informiert, ob es Vorteile bringt, sie zu Hause zu unterrichten. Das wäre natürlich Aufgabe der Mutter. Außerdem müsste das Essen für die Kinder um sechs auf dem Tisch stehen.«

Vanessas Miene war nicht einmal der kleinste Hauch von Enttäuschung anzusehen.

»Verhandelbar?«, fragte sie.

»Nein«, antwortete ich. »Ich fürchte, diese Bedingung ist eine hundertprozentige Voraussetzung.«

Vanessa ließ das eine Weile auf sich wirken, nahm dann die Hände auseinander und lehnte sich zurück.

»Nun«, meinte sie. »Also gut. Wirklich schade. Ich hätte mir eine Ehe mit dir durchaus vorstellen können. Wir würden ein hübsches Paar abgeben, findest du nicht?«

Pfui Spinne, dachte ich. Diese Frau bringt das Wort Oberflächlichkeit auf ein völlig neues Niveau.

»Das spielt jetzt keine Rolle mehr, Vanessa.«

»Ja, ich denke, du hast recht.« Vanessa griff zur Speisekarte. »Lass uns bestellen. Ich wollte schon seit einer Ewigkeit einmal in dieses Lokal. Das Essen soll fantastisch sein.«

»Du möchtest bleiben und gemeinsam zu Abend essen?« Vanessa zuckte die Achseln.

»Klar, warum nicht? Oder bist du mir etwa böse? Es war rein geschäftlich.«

Ich betrachtete ihr mit Botox behandeltes Gesicht und ihre gelifteten Augen.

Ich empfinde gar nichts, schoss es mir durch den Kopf. Allerdings hatte ich seit dem Frühstück nichts mehr in den Magen gekriegt.

»Gut«, erwiderte ich. »Ich bin dir nicht böse.«

Wenn es wirklich rein geschäftlich war, gab es vielleicht eine Möglichkeit, das Essen von der Steuer abzusetzen.

18

Liebe Kummerkastentante!

Mein Sohn wird sich bald bei einigen angesehenen privaten Highschools bewerben. Er schreibt zwar anständige Noten, doch sie reichen nicht für eine dieser Elite-Lehranstalten. Mein Mann und ich haben alle möglichen Druckmittel ausprobiert, um die Schulnoten unseres Sohnes zu verbessern, aber nicht einmal intensiver Nachhilfeunterricht und körperliche Bestrafung haben gewirkt.

Vor Kurzem jedoch habe ich als freiwillige Helferin an der Schule meines Sohnes angefangen und herausgefunden – es spielt keine Rolle wodurch –, dass ich mir vor den Prüfungen Zugriff auf die Prüfungsfragen verschaffen kann. Die Bogen zu kopieren ist ebenso leicht wie sie aus der Schule zu schmuggeln, denn die Sicherheitsvorkehrungen sind, wie ich leider sagen muss, miserabel.

Aus irgendeinem Grund aber zögere ich, die Prüfungsfragen meinem Sohn auszuhändigen.

Mir ist nämlich der Gedanke gekommen, dass man es als Betrug auslegen könnte, wenn ich ihm einen Vorteil gegenüber seinen Mitbewerbern an den Eliteschulen in unserer näheren Umgebung verschaffe.

Bitte beruhigen Sie mein Gewissen und bestätigen Sie mir, dass ich als Mutter das Recht habe, alles für die Zukunft meines Kindes zu tun.

Liebes verabscheuungswürdiges Weibsstück!

Sicher kennen Sie den Ausspruch, dass manche Leute keine Kinder haben sollten. Nun, Sie – und vermutlich auch Ihr Mann – gehören eindeutig dazu. Zerreißen Sie die Prüfungs-

bogen und setzen Sie die Nachhilfelehrer vor die Tür. Ach, und Sie sollten sich auf einen Besuch des Jugendamtes einrichten. Die Mühe, die blauen Flecken Ihres Sohnes zu überschminken, können Sie sich sparen. Die Sozialarbeiter kennen sämtliche Tricks.

JOHN

Ich starrte an die weiße Zimmerdecke. Dann schlug ich die Hände vors Gesicht, raufte mir die Haare und starrte wieder zur weißen Decke empor.

Ich hatte das Gefühl, mich auf etwas beinahe Schäbiges eingelassen zu haben, und widerte mich selbst ein wenig an.

Man achte auf die Wortwahl: *beinahe schäbig, ein wenig angewidert.* Warum war ich nicht ehrlich und verdammte mich für meine Hirnlosigkeit.

Die Wahrheit lautet nämlich wie folgt: Indem ich mit einer Fremden namens Cat – der Frau neben mir im Bett – nach Hause gegangen bin, hatte ich bewiesen, dass ich nicht Herr meiner Sinne war.

Und wenn mir sogar ein grundlegendes Attribut des Erwachsenseins fehlte, nämlich den eigenen Appetit – sexuell und anderweitig – im Griff zu haben, wie sollte ich dann jemals eine Ehe führen? Dieses ultimative Sich-Einlassen auf etwas, das größer ist als man selbst: die Zweisamkeit?

Ich warf einen raschen Blick auf die Frau neben mir. Die Bettdecke war zerwühlt. Ihr Mund stand offen. Ihr Haar war zerzaust. Die kleine tätowierte Rose auf ihrer Schulter wirkte im fahlen Morgenlicht verschwommen.

Sie hieß Cat. Ihren vollen Namen kannte ich nicht.

»Meine Freunde nennen mich Cat«, hatte sie gesagt. Als ob ich ein Freund sei oder bald einer werden würde. Als ob es Freunde gäbe wie Sand am Meer.

Catherine. Kathleen. Oder etwas Exotisches wie Catalina. Vermutlich war ich es ihr schuldig, ihren vollen Namen in Erfahrung zu bringen. Immerhin war ich mit ihr im Bett gewesen. Aber ich schaffte es einfach nicht, sie zu wecken und sie danach zu fragen.

Stattdessen schlüpfte ich aus dem Bett und in die Kleider und ging.

Bis zum Mittagessen hatte ich mich entschieden. Nach dem katastrophalen Abendessen mit Vanessa (das ich mühelos hätte vermeiden können) und meiner dämlichen Bettgeschichte (dito), vertraute ich nicht mehr auf mein Urteilsvermögen, was Frauen anging. Offenbar brauchte ich Hilfe. Und ich wusste, an wen ich mich wenden musste, auch wenn mir davor ein wenig bange war.

19

Stellen Sie es sich einmal folgendermaßen vor: Wenn es wirklich so schlimm wäre, zu lügen, gäbe es nicht so viele blumige Redewendungen, die diese Tätigkeit beschreiben. Also haben Sie Spaß beim Lügen – und genießen Sie es »falsches Zeugnis abzulegen«.

– Unter falscher Flagge zu segeln: Das ist die kreative Kunst des Lügens.

JOHN

»Weißt du, wie lange ich schon darauf warte, dass du mich bittest, dich zu verkuppeln?«, meinte Teri.

»Wahrscheinlich ziemlich lange«, mutmaßte ich.

»Seit du dreißig bist. Mom kann es kaum erwarten, dass du endlich heiratest. Sie wird ausflippen, wenn sie es erfährt.«

»Sie wird gar nichts erfahren«, erwiderte ich mit Nachdruck. »Nicht, solange es keine Frau gibt, die meinen Ring am Finger trägt, was vielleicht niemals geschehen wird.«

Teri überlegte.

»Es könnte schon sein, dass sie sich unnötig aufregt. Aber das Wissen, dass du dich mit Heiratsplänen trägst, würde ihrem Leben einen Sinn geben.«

»Dad gibt ihrem Leben einen Sinn«, wandte ich ein. »Und ihre Enkel. Sei kein Frosch, Teri. Mach es mir nicht schwerer, als es ohnehin schon ist.«

Teri seufzte theatralisch.

»Gut, meinetwegen. Ich werde schweigen wie ein Grab. Aber Chrissy darf ich es sagen, oder? Vielleicht kennt sie ja jemanden.«

»Okay«, stimmte ich widerstrebend zu. »Aber mach ihr klar, was für eine Art Frau ich suche. Sie muss intelligent, gebildet und, du weißt schon, hübsch sein.« Genau so eine Frau, wie sie auch Vanessa und ihresgleichen für mich vorschwebte. Vorausgesetzt, dass ich überhaupt eine fand, die mich nahm.

»Hältst du uns für verblödet? Traust du uns etwa zu, dich mit einer Idiotin zu verkuppeln?«

»Nein, aber ...«

Vielleicht war es ja doch keine so gute Idee gewesen, dachte ich.

»Macht euch nicht zu viel Mühe«, sagte ich deshalb. »So wichtig ist es nicht. Nur falls dir zufällig eine Frau begegnet, die mir vielleicht gefallen könnte. Überanstreng dich nicht.«

»Keine Sorge«, erwiderte Teri spöttisch. »Ich habe nämlich auch noch ein Leben und kann deshalb nicht den ganzen Tag damit verbringen, eine Freundin für meinen Bruder zu suchen.«

»Danke, Teri. Ich weiß deine Hilfe zu schätzen. Außerdem ist es nett von dir, dass du mich nicht damit aufziehst, was für ein armes Würstchen ich bin. Zweiundvierzig Jahre alt und muss sich von seiner kleinen Schwester verkuppeln lassen.«

Teri lachte.

»Alles nur Selbstbeherrschung. Pass auf, ich muss los. Aber ich melde mich. Wir kriegen dich schon vor den Altar.«

»Okay«, stieß ich hervor und malte mir aus, wie der steife weiße Kragen eines Bräutigams mir die Luft abschnürte. »Okay.«

20

Liebe Kummerkastentante!

Ich habe ein ungutes Gefühl, und zwar wegen einer Sache, die kürzlich passiert ist. Meine Frau und unsere Nachbarin, die alleinerziehend ist, wollten einmal einen Nachmittag ohne Kinder verbringen. Also habe ich mich erboten, unseren Sohn, zwei, und ihren Kleinen, achtzehn Monate, zu beaufsichtigen. Alles klappte wie am Schnürchen, bis Brooklyn, mein Sohn, Bradley, den Nachbarsjungen, die Kellertreppe hinuntergeschubst hat. Die Stufen bestehen aus Beton. Also hat Bradley sich ziemlich schwer verletzt und liegt seit einer knappen Woche im Koma. Ich weiß, ich hätte nicht lügen sollen, aber Brooklyn war wirklich traurig, und ich befürchtete, unsere Nachbarin könnte uns verklagen, weil wir kein Schutzgitter angebracht hatten. Deshalb habe ich allen erzählt, Bradley habe nicht auf meine Anweisung gehört, von der Treppe wegzubleiben, und sei von selbst hinuntergestürzt. Seine Mutter hat mir geglaubt, weil Bradley oft nicht gehorcht und manchmal recht tollpatschig sein kann. Nun habe ich heute Morgen erfahren, dass die Krankenkasse unserer Nachbarin die Reha-Behandlung nicht bezahlen will, die Bradley nach Auffassung der Ärzte braucht. Ich habe ein schlechtes Gewissen. Soll ich ihr Geld anbieten? Allerdings würde sie sich dann vielleicht nach dem Grund fragen.

Lieber moralisch verkommener Feigling!

Ich habe mir die Freiheit genommen, Ihre Frau von Ihrer Heimtücke in Kenntnis zu setzen, und ihr einen Therapeuten empfohlen, der mit ihrem Sohn an seinen Aggressionsproblemen arbeiten wird. Außerdem wird der Therapeut versuchen, die falsche Lektion rückgängig zu machen, die Sie Ihrem Kind vermit-

telt haben, indem Sie seine und Ihre Schuld an diesem tragischen Vorfall zu vertuschen versuchten. Weiterhin habe ich Ihre Nachbarin an einen mit harten Bandagen kämpfenden Anwalt verwiesen, der bisher jeden Prozess gewonnen hat und Sie in Kürze kontaktieren wird. Also richten Sie sich darauf ein, im Laufe dieses Jahres geschieden und mittellos zu sein. Bis dahin sollten Sie die Zeit nutzen, um Ihr Haus kindersicher einzurichten und einen Psychiater aufzusuchen.

EVA

Etwa eine Woche nach dem Baseballspiel und dem Abendessen mit Sophie und John trat ich aus dem Aufzug in die Vorhalle des Gebäudes, in dem Caldwell und Company residiert. Plötzlich sah ich Sophies Sohn vor mir, der, die Beine an den Knöcheln überkreuzt, an der Marmorwand lehnte. Seine Hände steckten in den Taschen seiner schlabbernden Jeans.

Mich kann nur wenig überraschen – manchmal frage ich mich, ob ich diese Fähigkeit vielleicht verloren habe –, aber das unerwartete Erscheinen des anziehenden Sohnes meiner Freundin brachte mich aus dem Konzept. Also steuerte ich, wenn auch ein wenig zögernden Schrittes, weiter auf die großen Glastüren zu.

»Hallo«, sagte er, als ich in Hörweite war. »Erinnerst du dich noch an mich?«

Ich blieb stehen.

»Oh«, meinte ich, als ob mir unsere erste Begegnung gerade erst eingefallen wäre. »Du bist Sophies Sohn, richtig?«

Natürlich glaubte Jake keine Minute, dass ich ihn vergessen haben könnte.

»Richtig, Jake.«

»Was machst du denn hier?«, erkundigte ich mich mit Unschuldsmiene. »Hast du einen Vorstellungstermin?«

Jake löste sich von der Wand und nahm die Hände aus den Taschen.

»In gewisser Weise«, meinte er. »Ich bin gekommen, um dich zu treffen.« Mannomann. Der Junge hatte es drauf.

»Ganz schön frech«, erwiderte ich.

Jake grinste. »Das ist einer meiner größten Vorzüge. Lust auf einen Drink?«

»Ja«, antwortete ich. Dann: »Nein.«

»Also vielleicht?«

Wieder musterte ich seine Kleidung: Jeans, T-Shirt und ein locker sitzendes Jackett. An den Füßen hatte er Turnschuhe. Bis auf die Schuhe stammten seine Sachen vermutlich von Old Navy.

»Wohin?«, fragte ich.

»Wohin du willst.«

»Für den *Oak Room* bist du nicht elegant genug«, stellte ich fest.

»Mein Geld ist genau so gut wie das dieser Anzugtypen«, entgegnete er lässig.

»Geld ist ein großer Gleichmacher«, stimmte ich zu. Dennoch war es möglich, dass uns im *Oak Room* jemand sah, den ich kannte. Was würde derjenige denken?

»Was ist mit *J.P. Moran's?*«, schlug ich vor.

Jake betrachtete mich von Kopf bis Fuß. Ganz langsam. Verdammt.

»Ich fürchte, für einen Pub bist du zu gut angezogen«, stellte er fest.

»Ich bin immer die am besten angezogene Frau im Raum. Also bin ich die Aufmerksamkeit gewöhnt.«

»Das glaube ich dir gern.«

Mehr gab es nicht zu sagen. Wir verließen gemeinsam das Gebäude und machten uns wortlos – allerdings begleitet von gelegentlichen Seitenblicken und einem geheimnisvollen Lächeln – auf den Weg zum *J.P. Moran's.*

»Ist es am Tresen okay?«, fragte Jake, als wir in den gemütlich dämmrigen traditionell irischen Pub kamen.

»Ja«, antwortete ich. »Ganz ans Ende.«

Ich ging voran zu den Hockern in der abgelegensten und dunkelsten Ecke. Besser auf Nummer sicher gehen, dachte ich. Soweit ich wusste, war dieses Lokal zwar nicht die Stammkneipe unserer Mitarbeiter, aber vielleicht hatten sie in letzter Zeit ihre Gewohnheiten geändert.

Der Barmann war ein vierschrötiger Kerl mit viktorianischen Koteletten.

»Kann ich Ihren Ausweis sehen?«, meinte er zu Jake, nachdem ich meinen Martini bestellt hatte.

»Klar.« Jake zog seine Brieftasche aus der Gesäßtasche.

Ich wäre am liebsten im Erdboden versunken. Sicher nahm der Barmann an, dass Jake mit seiner Mutter, seiner Tante oder gar seiner Vorgesetzten unterwegs war. Ganz sicher nicht mit – was war ich eigentlich? Keine Freundin. Keine Geliebte. Noch nicht.

»Ich überlege langsam, ob ich mir einen Bart wachsen lassen soll, damit ich so alt aussehe, wie ich bin.«

Wann war ich das letzte Mal für minderjährig gehalten worden? Meine Eltern und Lehrer pflegten zu sagen, ich sähe für mein Alter sehr »reif« aus. Lange Zeit betrachtete ich das als Kompliment.

»Und, was meinst du?«

»Wozu?«, gab ich zurück.

»Soll ich mir einen Bart wachsen lassen?«

»Ach, das.« Hatte er über Bärte gesprochen? »Ich bin keine Freundin von Gesichtsbehaarung. Selbstverständlich«, fügte ich mit einer hektischen Handbewegung hinzu, »ist es dein Gesicht, mit dem du machen kannst, was du willst. Es geht mich nichts an.«

Der Barmann servierte unsere Getränke. Jake musterte mich forschend.

»Macht es dich verlegen, hier mit mir zu sitzen?«, fragte er.

Ich stärkte mich mit einem Schluck Martini, bevor ich antwortete.

»Ich gebe es ungern zu«, erwiderte ich, »und ich ärgere mich über mich selbst, weil ich so denke, aber ja, es ist mir ein wenig unangenehm. Warum bist du gekommen, Jake? Was wollen wir hier?«

»Du warst einverstanden, mit mir einen trinken zu gehen«, stellte Jake sachlich fest.

»Und du hast einfach beschlossen, unangemeldet in der Vorhalle meines Bürogebäudes aufzutauchen. Und genau das ist der springende Punkt. Warum? Warum verfolgst du mich?«

Jake drehte sich ein Stück weiter zu mir herum, sodass unsere Knie sich berührten. Ein Schauder überlief mich.

»Mir wäre es lieber, wenn du es als Besuch bezeichnest. Ich verfolge keine anderen Leute.«

Oh, Mann!

»Also gut«, sagte ich zögernd. »Du hast mich besucht, weil du dich für mich interessierst. Richtig?«

Jake nickte. Sein Knie berührte noch immer meines.

»Gut ausgedrückt«, antwortete er.

In diesem Moment wurde es klar, dass es mich all meine Kraft kosten würde, der Versuchung zu widerstehen, mit diesem erotischen und vorwitzigen Jungmann eine Beziehung anzufangen. Auch wenn ich in Sachen Freundschaft nicht sehr begabt war, war ich mit den grundlegenden Regeln und Vorschriften vertraut. Falls ich mich auf Jake einließ, riskierte ich damit meine neu entdeckte Freundschaft zu Sophie. Natürlich bestand die Möglichkeit, unser Verhältnis als unser dunkles Geheimnis zu bewahren, um keinen Schaden anzurichten. Doch wenn Sophie jemals dahinterkam, was ich da trieb, konnte ich mich von unserer Freundschaft verabschieden.

»Du bist ein ausgesprochen charmanter Mann, Jake Holmes«, sagte ich, wobei ich mich fragte, ob meine Stimme verriet, wie sehr seine Berührung meinen Körper in Wallungen versetzte.

Jake ließ den Finger meinen Oberschenkel entlanggleiten.

»Ich weiß«, entgegnete er.

21

Wenn es Sie nach grauenhaften Anflügen von Reue, unablässigem Verfolgungswahn und abgrundtiefem Selbsthass gelüstet, dann nur zu – lügen, betrügen und stehlen Sie. Die Suppe, die Sie sich damit einbrocken, müssen Sie selbst auslöffeln.

– Ein schlechtes Gewissen braucht keinen Ankläger. Oder: Unwahrheiten können grauenhafte Folgen haben.

EVA

Am nächsten Vormittag rief er an. Ich hätte ihm zwar beinahe meine Firmenvisitenkarte gegeben, aber vermutlich hatte er sich meine Nummer bei der Auskunft besorgt. Jake ließ sich von Kleinigkeiten wie diesen nicht daran hindern, ans Ziel zu gelangen. Schließlich war er das einzige Kind einer Mutter, die ihren Nachwuchs buchstäblich vergötterte.

Als er mich zum Mittagessen einlud, erwiderte ich, ich hätte eine Besprechung. Er schlug mir vor, sie abzusagen.

»Offenbar kennst du mich nicht sehr gut«, protestierte ich. »Die Arbeit kommt bei mir immer an erster Stelle.«

»Nur Arbeit ohne Spiel kann abstumpfend auf eine Frau wirken.«

»Wer behauptet, dass ich nie spiele? Wirklich, Jake, du solltest keine voreiligen Schlussfolgerungen ziehen.«

»Du hast recht«, erwiderte er. »Das war ein Fehler. Aber Irren ist menschlich. Also werde ich dich wohl weiter falsch einschätzen und damit ins Fettnäpfchen treten.«

»Wie reizend. Sonst noch was? Ich bin nämlich sehr beschäftigt.«

»Nicht zu beschäftigt, um meinen Anruf anzunehmen«,

wandte er ein. »Das werte ich als gutes Zeichen und gehe davon aus, dass du mich wiedersehen willst.«

Ich ließ ihn auf die Antwort warten und zählte ganz langsam bis sechzig, eine Ewigkeit.

»Wir treffen uns um halb sieben im *Hantman's*«, brach ich schließlich das Schweigen. »Und komm nicht zu spät.«

»Ich bin immer pünktlich«, sagte er.

Allerdings trudelte er trotzdem zehn Minuten zu spät ein. Ich wollte gerade zahlen und gehen, als ich ihn im Spiegel über dem Tresen bemerkte.

Mein Gott, sah er gut aus!

Wir tranken etwas und sprachen wenig. Als der Barmann fragte, ob wir noch etwas wollten, lehnte Jake ab.

Dann fuhren wir in seine Wohnung und gingen sofort und ohne beklemmende vorbereitende Rituale miteinander ins Bett. Es war fantastisch.

Als ich mich anschließend in seinem ziemlich bequemen Bett räkelte, spürte ich den Anflug eines schlechten Gewissens. Ehrenwort. (Später erfuhr ich, dass Sophie ihm die teure Matratze »ohne besonderen Grund« geschenkt hatte.) Allerdings fordere ich jeden dazu auf, einer erotischen Anziehungskraft zu widerstehen, die regelrecht nach Erfüllung schreit. Außerdem war Jake volljährig, auch wenn einige Barkeeper in dieser Stadt noch immer seinen Ausweis sehen wollten.

»Es gibt aber eine Bedingung«, sagte ich, »abgesehen von der Geheimhaltung natürlich.«

»Okay.«

»Vielleicht sollten wir nicht über deine – über Sophie reden, einverstanden? Und wenn du sie unbedingt erwähnen musst, nenne sie Sophie und nicht Mom.«

Jake stützte sich auf den Ellenbogen und betrachtete mich mit ernster Miene.

»Ich denke, das kriege ich hin.«

»Und kein Mensch darf es erfahren. Niemand.«

Jake grinste.

»Ich darf meinen Freunden also nicht erzählen, dass ich mit der schärfsten Frau der Stadt im Bett war?«

Ich überlegte. Ein wenig kostenlose Werbung konnte nie schaden.

»Meinetwegen«, antwortete ich. »Solange deinen Freunden klar ist, dass deine – dass Sophie es nicht wissen soll.«

»Was ist mit deinen Freunden?«, erkundigte sich Jake. »Abgesehen von meiner – von Sophie meine ich. Wirst du mich ihnen verheimlichen?«

Diese Frage erforderte kein langes Nachdenken, denn außer Sophie und vielleicht John hatte ich keine Freunde. Und eigentlich kannte ich die beiden nicht sehr gut. Nein, es ging niemanden etwas an, dass ich ein Verhältnis mit einem einundzwanzigjährigen Studenten führte, der einen traumhaften Hintern hatte.

Es würde auch niemanden interessieren.

Das bedeutete, dass ich frei war.

»Nein«, erwiderte ich. »Ich behalte dich ganz allein für mich.«

22

Liebe Kummerkastentante!

Eigentlich halte ich mich für einen guten Menschen. An Weihnachten spende ich für verschiedene wohltätige Zwecke, und manchmal erledige ich die Einkäufe für meine Nachbarin, die schon sehr alt ist und am Stock geht. Als ich letztens mit einer Freundin einen trinken war, setzte sich eine wirklich hässliche Frau neben uns an den Tresen, und wir unterhielten uns über Belanglosigkeiten. Nach einer Weile machte ich der Frau ein Kompliment zu ihren Klamotten, die in Wahrheit einfach schauderhaft aussahen. Sie schien sich über meine freundlichen Worte aufrichtig zu freuen. Nachdem die Frau fort war, fragte mich meine Freundin, warum ich sie belogen hatte. Ich antwortete, dass ich immer versuchte, etwas Nettes zu anderen Leuten zu sagen, insbesondere dann, wenn sie hässlich oder arm sind. Meine Freundin hatte kein Verständnis dafür und ruft mich seitdem nicht mehr an. Was habe ich bloß falsch gemacht?

Liebe selbstgerechte, arrogante Pute!

Obwohl Sie ein um sich selbst kreisendes Stück Dreck sind, muss ich zugeben, dass Sie die gesellschaftlichen Spielregeln, in denen Notlügen und belanglose Komplimente große Bedeutung besitzen, recht gut verstanden haben. Ich kann Ihnen nichts anderes raten, als gegen Ende des Jahres einen Scheck an mein liebstes Hilfsprojekt zu schicken: Mich.

EVA

»Siehst du die beiden an dem Ecktisch da?«, zischte ich.

Sophie blickte sich unauffällig um, und tat, als betrachte sie das Bild, das dort an der Wand hing. »Den weißhaarigen Mann und die Frau in der roten Bluse?«, flüsterte sie.

»Die beiden haben eine Affäre. Er ist seit über dreißig Jahren mit derselben Frau verheiratet. Das da ist seine Geliebte. Seine derzeitige Geliebte. Er wechselt sie etwa einmal im Jahr.«

Sophie riss die Augen auf. »Woher weißt du das?«

»Ich habe vor etwa fünf Jahren einen Auftrag für seine Firma erledigt«, erklärte ich. »Damals hat er mir die Stelle als seine ständige Begleiterin angeboten, doch ich habe abgelehnt, obwohl er als sehr großzügig bekannt ist und ich sicher ein paar wertvolle Schmuckstücke abgesahnt hätte.«

»Wie entsetzlich!«

Sophie beugte sich vor.

»Tut mir leid, ich wollte nicht so laut sprechen«, raunte sie theatralisch. »Was für ein Fiesling!«

Ich zuckte die Achseln.

»Eigentlich ist er recht nett. Jedes Jahr spendet er eine ordentliche Summe an die Obdachlosenunterkünfte, die es in dieser Stadt am nötigsten haben. Außerdem hat er ein Stipendium an der Alma Mater seiner Frau gestiftet.«

»Aber trotzdem – er betrügt sie.«

Die arme Sophie, dachte ich. Für sie ist das Leben schwarz und weiß, während es sich für mich in Grautönen darstellt.

»Nahezu alle verheirateten Menschen, die ich kenne, betrügen ihre Ehepartner«, erwiderte ich. »Natürlich nicht auf regelmäßiger Basis, aber wenn sich die Gelegenheit ergibt. Das ist kein Weltuntergang. Solange der betrogene Ehepartner nicht dahinterkommt, ist es kein Problem.«

Sophie schüttelte heftig den Kopf.

»Ehebruch«, verkündete sie, »ist immer ein Problem. Und es gehört sich nicht, weil man damit den betrogenen Partner beleidigt. Das sieht doch ein Blinder.«

»Dein Einwand hat vermutlich etwas für sich«, räumte ich ein. »Allerdings habe ich so viele harmonische Ehen erlebt, in denen hin und wieder ein Affärchen oder ein kleines Abenteuer vorkommt, dass ich mir eine Beziehung ohne Seitensprünge kaum vorstellen kann.«

»Was sind das bloß für Leute? Wo lernst du sie kennen?«

»Überall«, antwortete ich. »Hauptsächlich beruflich.«

»Und sie erzählen dir einfach so, dass sie ihre Ehepartner betrügen?«

Sophies angewiderter Gesichtsausdruck war unverkennbar.

»Einige sprechen ziemlich offen über ihre Seitensprünge«, erwiderte ich und dachte dabei an einen unserer leitenden Art Directors, der die Angewohnheit hatte, für seine aktuelle Geliebte eine Büroführung zu veranstalten.

»Manchmal sind es bloß Gerüchte, doch in den meisten Fällen erweisen sie sich als wahr. Menschen, ganz gleich für wie vorsichtig sie sich auch halten, hinterlassen Spuren.«

Während ich diese Worte von mir gab, fiel mir natürlich siedend heiß ein, dass das auch auf mein Verhältnis mit Jake zutraf. War es vielleicht nur eine Frage der Zeit, bis Sophie und John unser kleines Geheimnis enttarnten? Mir wurde mulmig, und ich bedauerte, das Thema Affären angeschnitten zu haben.

Sophie riskierte noch einen Blick auf das ehebrecherische Paar in der Ecke.

»Wie schaffen es diese Leute, ihre Ehe und ihr Verhältnis unter einen Hut zu bringen?«

»Du gehst davon aus«, entgegnete ich, »dass sie das überhaupt versuchen. Viele Menschen führen gern ein Doppelleben und haben gar nicht das Bedürfnis, es sich selbst oder anderen zu erklären.«

»Ich könnte niemals in einer Lüge leben«, sagte Sophie.

Ich lebe nicht in einer Lüge, rechtfertigte ich mich in Gedanken. Schließlich begehe ich keinen Ehebruch. Aber was geht mich diese moralische Haarspalterei überhaupt an? Gespräche mit Sophie hatten meist die Wirkung, mich aus meiner Selbstzufriedenheit zu reißen.

»Nein, wahrscheinlich könntest du das nicht.« Mein Tonfall war eindeutig gehässig. Sophie schien von mir enttäuscht.

»Bei dir hört es sich an, als sei Ehrlichkeit etwas Unanständiges.«

»Ich glaube eben an die Devise ›leben und leben lassen‹«, gab ich zurück. »Wie kann ich mir anmaßen, das Verhalten anderer Menschen zu beurteilen? Schließlich weiß ich nicht, was im Kopf meines Kollegen vorgeht, der zwar seine Frau und seine Kinder liebt, aber seit Jahren Affären hat. Von meiner Warte aus betrachtet, ist er, was mich betrifft, ein netter Kerl. Er ist fleißig, geht zur Kirche und hat ein freundliches Lächeln. Mehr spielt für mich keine Rolle.«

Allerdings klang das selbst in meinen eigenen Ohren nicht sehr plausibel.

»Seine Frau stellt da gewiss höhere Ansprüche«, empörte sich Sophie. »Und was, wenn seine Kinder erfahren, dass ihr Vater ein Ehebrecher ist?«

»Ja«, stimmte ich zu. »Vermutlich würde seine Familie sehr darunter leiden. Aber das ist nicht mein Problem.«

»Wie kann er zur Kirche gehen und Gott ins Angesicht blicken, wohl wissend, dass er eine Lüge lebt?«, überlegte Sophie laut.

Lehrt die katholische Kirche denn nicht, dass Gott den Sündern vergibt? Doch vielleicht, so dachte ich, muss der Sünder sein Fehlverhalten erst bereuen und versprechen, es nie mehr wieder zu tun, bevor Gott ihm wohlwollend auf die Schulter klopft. Ich war nicht sicher, wie genau es ablief, wollte aber das Thema Religion nicht noch ausführlicher behandeln, als ich es ungewollt bereits getan hatte.

»Sophie«, sagte ich. »Diese Frage kann ich dir nicht beantworten.«

»Ich nehme für mich ja nicht in Anspruch, vollkommen zu sein, aber – Affären und Abenteuer für eine Nacht widerstreben mir einfach. Ich bin schon ganz verwirrt.«

»Dann«, schlug ich vor, »hör auf, darüber nachzugrübeln. Konzentriere dich auf die Dinge, die zu dir passen. Wie … na ja …«

»Immobilien«, erwiderte Sophie wie aus der Pistole geschossen. »Das heißt, meinen Beruf. Meinen Sohn. Meinen Haushalt. Meine Eltern. Die Tatsache, dass die Freundin meines Ex-Mannes halb so alt ist wie er.«

»Wie abgedroschen«, stellte ich fest, auch wenn mir zu meinem Ärger bewusst war, dass sich meine Situation mit Jake ganz ähnlich darstellte. Zumindest, sagte ich mir, betrüge ich niemanden. Dennoch begannen die dunklen Abgründe meines Lebens immer ... nun ... abgründiger auszusehen.

Sophie lachte.

»Tja, Brad ist nicht unbedingt eine Ikone des guten Stils. Außerdem hat er mich betrogen. Zweimal, vielleicht öfter. Ich weiß, das habe ich bisher abgestritten, aber ich finde, du solltest die Wahrheit kennen.«

»Oh«, sagte ich. War es nicht das, was eine Freundschaft auszeichnete, nämlich, dass man einander immer mehr anvertraute? Ich rutschte ein wenig auf meinem Stuhl herum. Freundschaft erinnerte mich eher an ein Minenfeld.

»Ich ahnte nichts von seinen Affären, bis er sich von mir scheiden lassen wollte«, fuhr Sophie fort. »Er hätte es mir nicht zu beichten brauchen, denn ich hatte bereits in die Scheidung eingewilligt. Vermutlich wollte er, dass ich ihm verzeihe.«

»Oder«, mutmaßte ich, »er wollte dir wehtun, weil du ihn nicht angefleht hast zu bleiben.«

»Ach?«, wunderte sie sich. »Meinst du wirklich?«

»Ich weiß nicht. Aber das männliche Ego ist sehr empfindlich. Eigentlich war es ein Fehler von ihm, dir reinen Wein einzuschenken. Du hättest wütend werden und im Scheidungsprozess viel mehr fordern können, als du es vermutlich getan hast.«

»Mag sein«, erwiderte Sophie. »Anfangs war ich auch sauer. Doch je länger ich darüber nachdachte, desto klarer wurde mir, dass es mich eigentlich nicht interessierte. Aber damals, als ich noch glücklich war – oder es zumindest zu sein glaubte –, wäre ich gestorben, wenn ich erfahren hätte, dass Brad etwas mit anderen Frauen hat. So wusste ich es erst, nachdem ich bereits innerlich mit meiner Ehe abgeschlossen hatte.«

»Brad ist ein Glückspilz«, meinte ich spöttisch. »Und er ist ungeschoren davongekommen. Ist das der Grund, warum du so vehement gegen Seitensprünge bist?«

»Eva, Eva«, entgegnete Sophie tadelnd. »Selbst wenn Brad mich nicht betrogen hätte, würde ich Ehebruch ablehnen. Vielleicht kann man in manchen Fällen Verständnis dafür aufbringen, aber es ist einfach nicht richtig.«

»Nicht, wenn es mit dem Einverständnis des Ehepartners geschieht«, wandte ich ein, um den Advocatus Diaboli zu spielen.

»Wahrscheinlich.« Sophie schüttelte den Kopf. »Aber das gehört zu den Dingen, die ich nicht begreife. Ich bin sehr direkt, wenn es um Beziehungen geht. Ich finde, es gehören zwei Menschen dazu, die bereit sind, sich aufeinander einzulassen.«

»Keine weiteren Einschränkungen?«

»Nein, welche denn? Abgesehen davon, dass beide Beteiligte erwachsen und einverstanden sein müssen.«

»Natürlich«, sagte ich.

»Hältst du mich jetzt für prüde oder hoffnungslos engstirnig?«, fragte Sophie plötzlich. »Das bin ich nicht, Eva. Ich habe genauso Spaß an Sex wie andere Leute auch.«

Mit dieser Äußerung wollte Sophie wohl eher sich selbst überzeugen als mich.

»Das glaube ich dir gern«, erwiderte ich.

In diesem Moment ging das ehebrecherische Paar vom Ecktisch an uns vorbei. Der Mann nickte mir zwinkernd zu. Die Frau hob die Hand, vorgeblich, um ihre makellose Föhnfrisur glattzustreichen. Doch in Wahrheit wollte sie nur den sicher hart erarbeiteten Diamantring vorzeigen.

Als sie fort waren, schauderte Sophie. Ich denke, es war nicht gespielt.

23

Einen Lügner, Märchenerzähler oder Wahrheitsverdreher kann man auch als Menschen mit silberner Zunge bezeichnen. Doch wer beschließt, nichts zu sagen, weiß, dass Schweigen Gold ist.

– Verraten Sie nie etwas: Schweigen spricht Bände.

JOHN

Ich schleuderte meine Krawatte aufs Bett. Das Hemd folgte. Beides würde am Morgen in die Reinigung wandern. Den Anzug konnte ich noch einmal tragen, wenn ich die Hose rasch aufbügelte.

Ja, ich bin ein Mann, der bügelt. Leider hat diese interessante Tatsache meine Chancen auf dem Heiratsmarkt nicht erhöht.

Nehmen wir zum Beispiel das Abendessen, von dem ich gerade zurückgekehrt war. Teri hatte mich mit einer Freundin aus dem College bekannt gemacht, die Cheryl hieß. Sie hat einen Magisterabschluss in Pädagogik und unterrichtet an einer staatlichen Highschool. Man braucht nicht eigens zu erwähnen, dass Cheryl intelligent ist. Kein Genie, aber jedenfalls über dem Durchschnitt. Außerdem war sie sympathisch.

Ich würde sie nie wiedersehen.

Während ich meine Socken in den Wäschekorb warf, fragte ich mich, ob ich wirklich so ein abstoßender Mensch war. Gehörte ich etwa doch zu den oberflächlichen Kerlen, die nur auf das Äußere einer Frau achten, anstatt auf ihre inneren Werte?

Ich schaltete die elektrische Zahnbürste ein und tat diese Befürchtung als lächerlich ab. Schließlich hatte man mir schon oft genug das Gegenteil bewiesen. Ich war ein netter Bursche. Das würde Ihnen jeder bestätigen. Fragen Sie einfach meine Mutter.

Womöglich war der scharfe Geruch meines Mundwassers schuld an dem Anflug von Empörung. Warum, so überlegte ich weiter, war es ein Verbrechen, wenn ein netter Bursche sich nur mit einer Frau verabreden – und sie irgendwann heiraten – wollte, die in den Augen jedes gesunden, heterosexuellen Mannes im Raum die in unserer Gesellschaft derzeitig gültigen Schönheitsstandards verkörperte?

Cheryl war zwar klug und ansprechend, löste aber nichts in mir aus. Wenn sie Esprit gehabt hätte, hätte ich vielleicht über ihre abgekauten Fingernägel hinweggesehen und ihren krausen Kurzhaarschnitt als flippige Marotte betrachtet. Vielleicht hätte ich ihre geringe Körpergröße ja auch reizend gefunden, und nicht – nun, leicht verkrüppelt.

Die Wahrheit lautete schlicht und ergreifend, dass ich um Welten besser aussah als Cheryl. Das ist keine Prahlerei, sondern eine Tatsache, die jeder bestätigen kann, der Augen im Kopf hat.

Jedenfalls störte mich das sehr, ein bohrendes Gefühl, das mich einfach nicht losließ.

Ich stellte mir das Getuschel vor, wenn wir gemeinsam einen Raum betraten: Warum, in Gottes Namen, hat er sie nur geheiratet? Sie muss im Bett eine richtige Kanone sein, Kumpel, denn äußerlich macht sie nichts her. Der Mann hätte sich ein Model angeln können und landet bei *so einer.*

Ich weiß, wie Männer ticken. Bei Frauen weiß ich es manchmal auch. Und außerdem weiß ich, dass alle Menschen, sogar die anständigsten unter ihnen, gelegentlich engstirnig, gehässig und kleingeistig sein können.

Möglicherweise ist es falsch von mir, aber Äußerlichkeiten und das Aussehen einer Person sind mir wichtig, auch wenn natürlich nicht das einzige Kriterium. Nehmen wir zum Beispiel Eva. Optisch war sie ein Traum. Doch ihre Art hat jedem Gefühl, das ich möglicherweise für sie hätte entwickeln können, rasch einen Dämpfer aufgesetzt.

Ich tupfte mir Creme unter die Augen und massierte sie

sorgfältig ein. Ich versuche zwar nicht, dem Alter zu entfliehen, aber das heißt nicht, dass ich es mit offenen Armen willkommen heiße.

Ich möchte, dass meine zukünftige Ehefrau mich erotisch anzieht, dachte ich. Ich will, dass alles an ihr mich um den Verstand bringt. Und ich will, dass andere Männer mich mit neidischen und meine Frau mit bewundernden Blicken betrachten.

Nachdem ich mein abendliches Pflegeritual beendet hatte, musterte ich mein zweiundvierzigjähriges Gesicht im Spiegel. Und da war sie, die Wahrheit, und starrte mir ins Antlitz. Ganz gleich, wie gut ich auch Theater spielte. Ich konnte Türen aufhalten, Abendessen spendieren und sogar für die Rechte vernachlässigter Frauen kämpfen. Doch all das änderte nichts an den Tatsachen.

»Du«, sagte ich laut zu meinem Spiegelbild, »bist ein Schwein.«

24

Liebe Kummerkastentante!

Ein Freund will katholischer Priester werden. Da er sein Gelübde noch nicht abgelegt und deshalb noch nicht geschworen hat, zölibatär zu leben, trifft er sich mit einer jungen Frau. Die Frau ahnt nicht, woran sie mit ihm ist. Ich weiß nicht, welches Märchen er ihr aufgetischt hat. Allerdings sind mir seine Beweggründe bekannt. Weil er vor dem Noviziat kaum Kontakt zu Mädchen hatte, sieht er nun seine letzte Chance, Sex zu haben, ohne sich schuldig zu machen. Die Sache hat nur den Haken, dass er der jungen Frau übel mitspielt. Als wir letztens mit einigen Leuten in der Kneipe waren – wir alle fühlen uns verpflichtet, das Geheimnis unseres Freundes zu hüten –, vertraute sie mir an, dass sie ihn sehr liebt und bald mit einem Verlobungsring rechnet. Ich bin völlig ratlos. Ich möchte das Vertrauen meines Freundes nicht missbrauchen, denn ich halte mir viel auf meine Loyalität zugute. Doch es ist falsch, wie er mit dieser Frau umspringt. Je länger er ihr etwas vorspielt, desto schwerer wird es für sie. Haben Sie einen Vorschlag?

Lieber irregeleiteter treuer Freund!

Schreiben Sie der jungen Frau einen anonymen Brief, in dem Sie ihr die betrügerischen Machenschaften Ihres »Freundes« enthüllen. Einen zweiten anonymen Brief – es gibt keinen Grund für Sie, sich selbst in Schwierigkeiten zu bringen – schicken Sie an die zuständigen kirchlichen Stellen und melden das moralisch verwerfliche Verhalten Ihres »Freundes«. Erbieten Sie sich, die enttäuschte junge Frau zu trösten und zu unterstützen. Die Chancen stehen gut, dass Sie über kurz oder lang Ihren Verlobungsring trägt. Viel Glück!

»Und wie war deine Verabredung mit Cheryl?«, erkundigte sich Teri. »Erzähl mir alles.«

»Nun«, erwiderte ich zögernd. »Da gibt es nicht viel zu erzählen. Wir sind zum Essen gegangen. Es war nett.«

»Was war nett? Das Restaurant?«

Ich legte den Hefter auf die linke Seite des Telefons und dann wieder zurück auf die rechte.

»Ja, es war in Ordnung. Nicht unbedingt ein Lokal nach meinem Geschmack, aber Cheryl hat es ausgesucht, und …«

»Und was passierte dann? Mein Gott, John, das ist ja schlimmer als Zähneziehen. Dir fehlt einfach das Talent zum Tratschen.«

»Ich wusste nicht, dass Tratschen inzwischen etwas Positives ist«, entgegnete ich.

»Hast du dich gut mit Cheryl amüsiert?«, fragte Teri, ohne auf meine Bemerkung einzugehen. Ihr Tonfall sagte mir, dass sie keine weiteren Ausflüchte dulden würde.

Achselzuckend ließ ich den Blick durch mein leeres Büro schweifen.

»Ja, es war in Ordnung, du weißt schon.«

»Was stimmt nicht mit ihr?«, hakte Teri nach.

»Es liegt nicht an ihr. Sie hat mich einfach nicht angezogen.«

Teri seufzte tief auf.

»Sicher ist dir bekannt, dass Sex in einer Ehe nicht alles ist.«

»Ja, Teri«, antwortete ich geduldig. »Ich weiß. Aber zumindest am Anfang sollte es knistern.«

»Das Problem war, dass sie so klein ist, oder? Ihre Körpergröße.«

»Natürlich nicht«, protestierte ich. »Für was für einen Menschen hältst du mich denn?«

»Im Moment bin ich nicht so sicher.«

»Willst du nicht, dass dein Bruder glücklich wird?«, stellte ich die rhetorische Frage.

»Natürlich. Die Sache ist nur, dass Cheryl mich heute Morgen angerufen und mir erzählt hat, sie hätte einen wundervollen Abend mit dir verbracht.«

Meine Augen weiteten sich in aufrichtigem Erstaunen. Ich hatte angenommen, ich interessierte sie genauso wenig wie umgekehrt. Herrje, John, was bist du für ein Idiot, sagte ich mir.

»Wirklich?«, stieß ich hervor.

»Ja, wirklich. Sie meinte, du hättest versprochen, sie anzurufen. Und jetzt erklärst du mir, sie hätte dir gar nicht gefallen.«

»Ich habe nie behauptet, dass sie mir nicht gefallen hat«, protestierte ich. »Sie ist sehr nett. Ich möchte mich einfach nur nicht mehr mit ihr treffen.«

»Warum hast du dann versprochen, dass du sie anrufst?«

Gute Frage.

»Weil man das eben so sagt.«

»Weil wer was sagt?«

Teri war unerbittlich.

»Männer. Männer sagen das nach einer Verabredung, auch wenn sie den Abend schauderhaft fanden. Es ist – einfacher so.«

»Nicht für die Frau, die angelogen wird!«

»Mach bitte einen Punkt, Teri. Nehmen Frauen allen Ernstes an, dass der Typ sie anruft? Welche Frau glaubt schon einem Mann?«

»Selten so gelacht, John. Im Moment könnte ich dich umbringen. Ich verlange von dir, dass du Cheryl anrufst und dich bei ihr entschuldigst.«

»Wie bitte?« Ich traute meinen Ohren nicht. »Soll ich Ihr etwa reinen Wein einschenken und ihr mitteilen, dass ich Sie nicht wiedersehen will?«

»Genau. Und keine Widerrede, John.«

»Aber wäre das nicht schlimmer, als sich überhaupt nicht mehr bei ihr zu melden?«, widersprach ich. »In ein paar Tagen kommt sie sicher von selbst dahinter, dass ich kein Interesse habe. Wenn ich dann anrufe und sie meine Nummer erkennt, schöpft sie wieder Hoffnung. Und im nächsten Moment enttäusche ich sie zum zweiten Mal.«

Sogar ich fand, dass das wie eine faule Ausrede klang.

»John, heute Abend rufst du Cheryl an. Aber nicht zu spät«, fügte sie hinzu. »Sie geht gegen neun schlafen.«

»An den meisten Tagen komme ich erst um neun aus dem Büro. Das zeigt doch, dass wir gar nicht zusammenpassen. Siehst du das nicht?«

»Dann ruf sie eben vom Büro aus an, John.« Teri war stinksauer. Ich hatte Verständnis dafür. Schließlich war Cheryl ihre Freundin. Vielleicht würde ihre Freundschaft durch mein Fehlverhalten Schaden nehmen. »Entschuldige dich dafür, dass du ihr falsche Hoffnungen gemacht hast.«

»Gut, meinetwegen«, erwiderte ich schicksalsergeben. »Wenn du es wirklich für das Beste hältst, rufe ich sie an. Aber es wird nicht leicht sein.«

»Du Ärmster. Ich bin sicher, du überlebst es.«

»Ich kann es kaum erwarten, dass Mom und Dad nach Hause kommen.«

»Warum?«, fragte Teri.

»Vielleicht hören du und Chrissy dann endlich auf, mich herumzukommandieren.«

»Ist es dir lieber, wenn Mom dich herumkommandiert?«

»Klar. Sie ist meine Mutter. Also gehört es zu ihren Aufgaben. Du und Chrissy, ihr seid meine kleinen Schwestern. Eigentlich sollte ich euch sagen, was ihr zu tun habt, und nicht umgekehrt.«

»Wenn du erst einmal gelernt hast, dich wie ein Mensch zu benehmen, lassen wir dich in Ruhe. Bis dahin ist Jagdsaison.«

»Tschüss, Teri. Ich muss jetzt all meinen Mut zusammennehmen, um Cheryl anzurufen.«

»Danke, John.« Teris Tonfall war versöhnlicher geworden. »Ich weiß, wie schwierig diese Verabrederei ist.«

»Ich finde es scheußlich«, gab ich zu. »Wirklich scheußlich.«

»Irgendwann wirst du zurückblicken und alles für einen bösen Traum halten.«

»Versprichst du mir das?« Ich lachte reumütig.

»Ich habe mich mit dem lieben Gott darüber unterhalten, John. Er arbeitet dran.«

»Tja, in diesem Fall ist ja alles in Butter.«

»Nur wenn du Cheryl anrufst.«

Typisch Teri – hartnäckig und durch nichts aufzuhalten. Und sie hat Vertrauen. Wenn man sich auf jemanden verlassen kann, dann auf meine kleine Schwester.

25

Klemm den Schwanz nicht zwischen die Beine. Vertrauen ist etwas für Hunde. Menschen müssen Opportunisten sein.
– Wach auf und wittre den Verrat.

JOHN

»Cheryl, hier spricht John Felitti.«
»Ach, hallo«, begeisterte sie sich. »Ich habe gehofft, dass du anrufst.«
Mein Mut löste sich im Nichts auf.
»Hast du einen Moment Zeit?«, versuchte ich zu meiner Schande, das Unvermeidliche hinauszuschieben.
»Klar. Ich putze gerade den Küchenfußboden. Moment, ich ziehe nur rasch die Handschuhe aus.«
Konnte es noch schlimmer kommen? Nun würde diese Frau einen Korb kriegen, während sie einen Schrubber in der Hand hielt.
»Es ist mir sehr peinlich«, begann ich und sprach rasch weiter, um die traurige Pflicht hinter mich zu bringen. »Gestern Abend war es nett mit dir, Cheryl. Wirklich. Aber ich glaube nicht, dass es mit uns beiden klappen würde. Tut mir leid.«
Es herrschte ein sehr beredtes Schweigen.
»Also rufst du nicht an, um dich mit mir zu verabreden?«, fragte Cheryl schließlich.
»Nein«, sagte ich. »Tut mir leid.«
»Du rufst an, um mir mitzuteilen, dass du mich nicht wiedersehen willst?«
»Ja«, antwortete ich. »Richtig.«
»Weißt du was?«, entgegnete sie ohne eine Spur von Zorn.

»Wenn ein Mann verspricht anzurufen, heißt das, dass er sich wieder mit einem treffen möchte, nicht, dass er anruft, um Schluss zu machen.«

Oh, ich würde Teri den Kopf abreißen. Also hatte ich doch recht gehabt. Ich hätte niemals anrufen dürfen. Die Funkstille wäre Beweis genug für mein Desinteresse gewesen. Oder hätte Schweigen sie wirklich mehr gekränkt, wie Teri glaubte?

»Ja«, erwiderte ich. »Ich weiß. Ich muss mich noch einmal entschuldigen. Ich wollte gestern Abend nur höflich sein.«

Cheryl lachte blechern.

»Gut, das war es dann also.«

»Ja, ich denke schon. Also …«

»Moment », fiel Cheryl mir ins Wort. »Was hast du Teri erzählt?«

»Was ich ihr erzählt habe?«, wiederholte ich nur.

»Schon gut«, meinte sie, und ich glaubte, ein leichtes Zittern in ihrer Stimme zu hören. »Alles in Ordnung.«

Nein, gar nichts war in Ordnung.

»Ich habe ihr erzählt, dass du sehr sympathisch bist.«

»Stimmt«, entgegnete Cheryl mit einem verlegenen Auflachen, das dafür sorgte, dass ich mich wie ein Schwein fühlte.

»Dann also …«

»Tschüss, John«, sagte Cheryl, und damit hatte unser Elend ein Ende.

26

Liebe Kummerkastentante!

Ich stecke in großen Schwierigkeiten. Ich habe den Geburtstag meiner Stiefmutter vergessen. Das heißt, ich habe einfach nicht daran gedacht, bis ich morgens aufwachte und mir einfiel, dass sie Geburtstag hat und ich ihr keine Karte geschickt habe. Also habe ich sie nachmittags angerufen und sie gefragt, wie ihr der Pulli und die Geburtstagskarte gefallen hätten. »Was für ein Pulli und was für eine Karte?«, wollte sie wissen. »Hast du denn kein Päckchen von UPS gekriegt?«, erkundigte ich mich. »Nein«, antwortete sie. Ich habe getan, als würde ich mich ärgern, und versprochen, mich auf die Suche nach dem Päckchen zu machen. Doch da meinte sie, nein, sie werde sich selbst darum kümmern. Sie kenne ein hohes Tier bei UPS, das ihr noch einen Gefallen schuldig sei. Ich solle ihr einfach nur die Daten geben. Um es kurz zu machen, meine Lüge wurde enttarnt, und ich musste schließlich gestehen, dass es nie ein Päckchen gegeben hatte. Jetzt sind meine Stiefmutter und mein Dad stinksauer auf mich. Wie hätte ich mich anders verhalten sollen?

Liebes Plappermäulchen!

Ich würde vorschlagen, dass Sie mein neuestes Buch mit dem Titel »Gummiband Wahrheit: Wie man es dehnt, ohne dass es einem ins Gesicht schnalzt« kaufen. Es wird Ihnen in heiklen Situationen im Leben sicher eine Hilfe sein. Außerdem sollten Sie Ihrer Stiefmutter ein Dutzend Rosen in ihrer Lieblingsfarbe (und wenn es kariert ist) schicken. Dazu eine Flasche ihres Lieblingschampagners, der ruhig ein Vermögen kosten darf. In der nächsten Zeit wäre es weiterhin ratsam, wenn Sie kleine Brötchen backen.

Wie immer trafen wir uns bei Jake. Das Zimmer konnte zwar nicht mit dem Ritz mithalten, war aber sauber und meistens aufgeräumt. Ich musste den Hut vor Sophie ziehen, denn offenbar war es ihr gelungen, ihrem Sohn die Freuden von Wischmopp und Ammoniak zu vermitteln – bis Jake irgendwann erwähnte, er ließe einmal in der Woche eine Putzfrau kommen.

»Ich bin im Haushalt die absolute Flasche«, gestand er mit einem Achselzucken. »Meine Mutter hat mir alles abgenommen, bis ich ans College gegangen bin. Ein Glück, dass es von dort aus nur eine Stunde bis nach Hause war. Jeden Sonntagnachmittag habe ich meine Schmutzwäsche mitgebracht und bin am Montagmorgen mit sauberen Laken, Handtüchern und Kleidern zurück zum College gefahren. Außerdem mit so viel Proviant, dass ich und meine Mitbewohner die ganze Woche genug hatten.«

Unverständlicherweise fand ich das reizend. Sam hatte ich zwar gern, wollte ihn aber nicht an mich heranlassen und hatte kein Interesse an seinem Leben außerhalb des Bettes, in dem wir lagen. Bei Jake war das anders. Ich wusste nicht, warum, und anfangs hatte ich ein wenig Sorge, ich könnte mich emotional an ihn binden. Weshalb stellte ich Jake Fragen und hörte ihm aufmerksam zu? Vielleicht hatte es doch etwas mit Sophie zu tun. Auch wenn ich sie nicht bei mir und Jake im Bett haben wollte, war sie stets präsent. Möglicherweise glaubte ich, es ihr schuldig zu sein, mehr über ihren Sohn zu wissen als seine Penislänge.

Allerdings hütete ich auch weiterhin streng meine Privatsphäre.

So neugierig Jake auch auf mich sein mochte, von mir würde er nichts erfahren.

Eine Woche nach unserem ersten Stelldichein richtete ich eine Frage an Jake, die mich seit unserer Begegnung in der Vorhalle beschäftigte. Ich erkundigte mich, ob ich die erste ältere Frau sei, mit der er geschlafen habe.

Jake betrachtete mich amüsiert.

»Aber nein«, erwiderte er.

Ich war enttäuscht. Also hatte Jake sich nicht von mir persönlich angezogen gefühlt, sondern von meinem Alter. Nicht von meiner Intelligenz und meinen langen Beinen, sondern von meiner Erfahrung und meinen Krähenfüßen.

»Also hast du die Angewohnheit, mit Frauen ins Bett zu gehen, die deine Mutter sein könnten.«

Wegen der ungeschickten Wortwahl wäre ich am liebsten im Erdboden versunken.

»Vermutlich ist es eine Angewohnheit«, gab er zu. »Obwohl ich es mir nicht zur Regel gemacht habe, mich nur mit Frauen über Vierzig zu treffen. Sie ziehen mich einfach mehr an, ich weiß auch nicht, warum.«

»Das liegt sicher an einer Prägung im frühen Kindesalter«, meinte ich, halb im Scherz. Ich war nicht sicher, wie tief ich in Jakes Psyche eindringen wollte.

Jake stützte sich auf den Ellenbogen.

»Wahrscheinlich stimmt das mit der Prägung«, erwiderte er ernst. »Ich habe meine Jungfräulichkeit mit sechzehn an eine Sechsundzwanzigjährige verloren. Sie war Zahnhygienikerin. Wir haben uns beim Zahnarzt kennengelernt.«

»Wo sonst?«, gab ich zurück. »Und hat sie dich verführt?«

»Nein«, entgegnete Jake sachlich. »Es beruhte mehr oder weniger auf Gegenseitigkeit. Dass ich erst sechzehn war, hat sie nicht gestört. Das heißt, wir hatten beide kein Interesse an einer festen Beziehung, also spielte es keine Rolle. Es ging nur um Sex, und der war klasse.«

»Und gesetzlich verboten.«

Lachend ließ Jake sich in die Kissen sinken.

»Ja, wahrscheinlich schon.«

Ich nahm an, dass mein junger Liebhaber auf ziemlich viele sexuelle Begegnungen zurückblicken konnte, vielleicht ein

Grund, warum er so gut im Bett war. In dieser Hinsicht hatte ich keinen Grund zur Klage.

»Wie hat es geendet?«, erkundigte ich mich.

»Sie hat einen gleichaltrigen Typen getroffen. Inzwischen sind sie verheiratet und haben ein Kind.«

»Und seitdem?«, bohrte ich nach. »Ich kann mir nicht vorstellen, dass du, seit du sechzehn bist, gelebt hast wie ein Einsiedler mit gebrochenem Herzen.«

Jake sah mich gleichzeitig belustigt und argwöhnisch an. Ein seltsamer Ausdruck machte sich auf seinem Gesicht bereit.

»Seit wann interessiert dich denn eigentlich meine sexuelle Vergangenheit?«

»Aus keinem bestimmten Grund. Einfach nur aus Neugier.«

»Darf ich dich dann auch nach deiner Vergangenheit fragen?«

»Nein«, erwiderte ich, ein wenig zu barsch.

»Natürlich kannst du fragen«, fügte ich in versöhnlichem Ton hinzu, »aber ich werde dir nicht alles verraten. Also erzähl. Wie ging es nach der Zahnhygienikerin weiter?«

Jake ließ sich von meiner Reaktion nicht abschrecken. Junge Männer sprechen gern über sich selbst. Vermutlich gilt das für alle Männer.

»Nun«, meinte er. »Nach Gina bin ich mit einigen viel älteren Frauen gegangen.«

»Aha, viel älter, nicht nur älter.«

»Ich habe dir doch gesagt, es muss Prägung sein.«

Oh, dachte ich, plötzlich angewidert. Du bist unbewusst in deine Mutter verliebt.

»Ich habe meine Sexualpartnerinnen immer vor meiner Mutter verheimlicht«, fuhr Jake fort, als hätte er meine Gedanken gelesen. »Sie hätte es nicht gut gefunden. Sie ist nämlich recht altmodisch.«

Ja, sagte ich mir, das war sie. Oder vielleicht hätte naiv besser auf Sophie gepasst. Oder durchschnittlich. Ein Mensch, der sich im Rahmen der gesellschaftlichen Konventionen zu Hause fühlte.

»Hat sie sich denn nie gewundert, warum du nicht mit Mädchen ausgehst, wie ein ganz normaler gesunder amerikanischer Junge?«, wollte ich wissen.

Jake lachte.

»Nein. Hin und wieder habe ich ein gleichaltriges Mädchen mit nach Hause gebracht, damit sie keinen Verdacht bekommt.«

»Du hinterhältiges Geschöpf! Ahnten die Mädchen, dass du sie nur als Tarnung für deine ungewöhnlichen sexuellen Vorlieben benutzt?«

»Natürlich nicht«, erwiderte Jake, als hätte ich eine unbeschreiblich dumme Frage gestellt. »Ich bin auch mit ihnen ausgegangen. Es war nur einfach nicht mein Ding. Gleichaltrige Mädchen hatten keine interessanten Gesprächsthemen. Im Gegensatz zu älteren Frauen.«

»Ja, ja«, meinte ich. »Mit dem Alter kommt die Erfahrung, wenn auch nicht unbedingt die Weisheit. Was ist mit deinem Vater? Weiß der, dass du mit älteren Frauen schläfst? Und was hält er davon?«

»Mein Vater«, entgegnete Jake leicht herablassend, »steht inzwischen auf viel jüngere, künstlich aufgemotzte Tussis. Für mein Interesse an älteren Frauen hat er kein Verständnis. Aber er nimmt keinen Anstoß daran. Er lebt sein Leben, und ich lebe meines.«

»Weiß er von deinem Abenteuer mit der Sechsundzwanzigjährigen?«

»Nein.«

Jake lachte.

»Ich kann schweigen wie ein Grab. Wollen wir uns beim nächsten Mal bei dir treffen?«, schlug er unvermittelt vor. »Ich möchte gern sehen, wie du wohnst.«

»Nein.«

»Nein?« Jake starrte mich an. »Warum nicht?«

»Für unser Verhältnis gibt es außer der Geheimhaltung eine weitere Regel«, erklärte ich. »Du tauchst nicht mehr in der Vorhalle meines Büros auf. Und wir gehen nicht zu mir.«

Jakes Miene verfinsterte sich, doch seine Stimme blieb ruhig.

»Allmählich kriege ich das Gefühl, dass du dich mit mir genierst.«

»Nein, daran liegt es nicht.« Ach, wie ich es hasste, meine Lebensweise erklären und entschuldigen zu müssen. »Ich brauche meine Privatsphäre, Jake.«

»Immer dieselbe alte Leier.«

»Lach bitte nicht«, schalt ich. »Oder weißt du was? Du kannst ruhig lachen, mir ist es egal. Ich brauche in einer Beziehung eben Abstand.«

»Eva«, erwiderte Jake mit der Geduld eines Elternteils, das einem widerspenstigen Kind eine einfache Benimmregel erklärt. »In Beziehungen geht es nicht um Abstand, sondern um Nähe.«

Wir schlagen unsere Freunde nicht, Eva, wir umarmen sie. Alles klar.

»Vielleicht ist das bei deinen Beziehungen so«, entgegnete ich. »Aber nicht bei meinen. Komm schon, Jake, wir haben keine richtige Beziehung. Wir schlafen miteinander. Das ist toll und fantastisch, aber mehr auch nicht.«

Ich überlegte, ob ich vielleicht Jakes zarte Gefühle verletzt hatte, denn er rückte ein Stück von mir weg und schwieg eine Weile.

»Für mich ist das eine Beziehung«, meinte er schließlich ruhig.

Oh, Mist, jetzt hatte ich ihn gekränkt. Der arme Kleine. Und arme Eva, wenn ich einen so begabten Liebhaber verlor, bevor ich genug von ihm hatte. Also war ich wieder nett zu ihm, und wir versöhnten uns, indem wir noch einmal miteinander schliefen.

Sex wirkt immer.

Ich beobachtete, wie Jake in den männlich-postkoitalen Dämmerzustand verfiel. Er machte so einen jungen und hilflosen Eindruck. Ich wusste, dass er es nur für eine Frage der Zeit hielt, bis er sich, auf meinem Sofa räkelnd, ein Baseballspiel ansehen würde, während ich in der Küche das Abendessen machte.

Aber da war er schief gewickelt. Das würde er eines Tages begreifen. Im Moment fühlte er sich wie ein junger, erotischer Mann und war sich seiner Überzeugungskraft sicher. Ich beschloss, ihm diese Illusion – und sein Nickerchen – so lange wie möglich zu lassen.

27

Wir leben in einer verrückten, außer Rand und Band geratenen Welt, in der Schlagzeilen die absurdesten Begebenheiten als nachrichtenwürdige Tatsachen darstellen. Wer kann noch sagen, was wahr ist und was nicht? Noch nie waren die Zeiten so gut für Lügner. Die geschichtliche Entwicklung fordert es regelrecht von Ihnen, dass Sie sich erheben und sich ins Getümmel stürzen.

– So etwas kann man nicht erfinden: Es gibt Tatsachen, die unglaubwürdiger sind als Märchen.

SOPHIE

Es gibt zwei Sorten von Menschen: Die, die gern auf Partys gehen, und die, die lieber welche veranstalten. Ich gehöre eindeutig zur zweiten Kategorie, denn ich bin eine leidenschaftliche Gastgeberin.

Als Gast hingegen fühle ich mich bei Weitem nicht so wohl. Abgesehen von meiner eigenen Hochzeit – bei der ich in gewisser Weise auch die Gastgeberin war –, fällt mir keine einzige Party ein, auf der ich Spaß gehabt hätte.

Angesichts dessen könnte man meinen, dass ich einen Bogen um den Singletreff gemacht hätte, der im Partykeller der nichtkonfessionsgebundenen Kirche bei uns im Viertel stattfand. Doch wer das glaubt, irrt sich.

Vermutlich war es die Nachricht, dass Brad sich mit Heiratsplänen trug, die mich aus meiner Wohnung in den Partykeller trieb, wo sich etwa dreißig Alleinstehende mittleren Alters versammelt hatten, um bei feucht gewordenen Kräckern und abgestandener Limonade aus Plastikbechern über Belanglosigkeiten zu plaudern.

Da war ich also. Hoffentlich angemessen bekleidet (obwohl Eva sicher etwas an meiner Rocklänge auszusetzen gehabt hätte) und in der Absicht, mich wildfremden Menschen als potenzielle Ehepartnerin zu präsentieren. Meine Angst wuchs, sobald ich die Schwelle überschritt. Doch kehrtzumachen und zu fliehen erschien mir feige, vor allem, da zwei Frauen meine Ankunft bereits mit einem kurzen Lächeln zur Kenntnis genommen hatten.

Also steuerte ich direkt auf den Tisch mit den kärglichen Erfrischungen zu – offenbar steckte die Kirche den Großteil ihrer Mittel lieber in Projekte, die Familien zugute kamen – und nahm mir einen Becher Limonade. Meine Kehle fühlte sich staubtrocken an.

Über den Becherrand hinweg ließ ich meinen Blick durch den Raum schweifen. Die Frauen waren in der Überzahl, was mich nicht weiter überraschte. Zwei Männer um die Sechzig waren ins Gespräch vertieft. Einer trug eine mit Köderfliegen verzierte Anglermütze. Wie ich vermutete, waren sie nicht gekommen, um Frauen kennenzulernen, sondern wollten sich mit Sportsfreunden über ihr Hobby unterhalten. Einige Frauen schienen fast siebzig zu sein. Der Gedanke, dass ein Mensch in diesem Alter, um in Evas Worten zu sprechen, noch »auf dem Markt« sein könnte, um einen Partner zu finden, machte mich sehr traurig.

Eine Frau war viel jünger als wir anderen. Ich schätzte sie auf knapp dreißig und fand sie recht attraktiv, weshalb ich mich fragte, warum sie es nötig hatte, an diesem tristen Ort auf Männersuche zu gehen. Hatte sie die gnadenlose Kneipenszene oder die absurden Fünf-Minuten-Dates satt? Zum Glück waren auch einige Männer zwischen vierzig und fünfzig dabei, die vielleicht infrage kamen. Doch obwohl sie alle immer wieder den Blick durch den Raum schweifen ließen, schienen sie mich nicht zu bemerken. Ich kam mir immer lächerlicher vor. Jemand hatte eine alte Kassette von Billy Joel eingelegt, was ich absolut unpassend fand.

Ich wollte gerade gehen, als plötzlich ein hochgewachsener Mann mit herrischer Ausstrahlung neben mir stand und »hallo« sagte.

Ich wünschte, er hätte es nicht getan, und zwang mich, zu ihm aufzublicken.

»Hallo«, stieß ich hervor.

»Ich bin Ted.« Ted nickte, hielt mir jedoch nicht die Hand hin, was mich erleichterte, weil meine eigenen Hände schweißnass waren.

»Sophie.«

Schweigen entstand.

»Möchten Sie …«

»Ich fühle mich nie sehr wohl auf Partys«, platzte ich heraus, womit ich ihn unterbrach.

»Wirklich?«, gab Ted zurück und sah sich im Raum nach einer interessanteren Gesprächspartnerin um. Ich konnte ihm keinen Vorwurf daraus machen, dass er sich lieber verdrücken wollte. Außerdem sprach er mich nicht an. Er erinnerte mich an manche von Brads Geschäftsfreunden und war für meinen Geschmack zu geschniegelt.

Aber vielleicht etwas für Eva.

»Das klingt jetzt wahrscheinlich komisch«, meinte ich. »Aber ich kenne eine Frau, die Ihnen gefallen könnte.«

Ted sah mich abwartend an.

Sicher war er erleichtert, dass ich ihm keine Verabredung mit mir vorgeschlagen hatte.

»Nun«, sagte er, »das hört sich wirklich recht ungewöhnlich an. Sie kennen mich doch gar nicht.«

»Dann erzählen Sie mir etwas über sich.«

Da es jetzt nicht mehr um mich ging, fühlte ich mich gleich viel lockerer.

Er verriet mir einiges über sich, und ich schilderte ihm Eva – nicht ihre merkwürdigen und widersprüchlichen Seiten, sondern nur das Positive, also wie erfolgreich und schön sie war.

Ted überreichte mir seine Visitenkarte.

»Ich würde gern von ihr hören«, sagte er. »Sie scheint ein faszinierender Mensch zu sein.«

»Prima. Ich rufe sie bald an«, versprach ich.

»Klasse. Also …«

»Nun, ich glaube, ich gehe jetzt lieber«, erwiderte ich, plötzlich wieder verlegen. »Partys sind einfach nicht mein Ding.«

»Ja, das erwähnten Sie bereits.« Teds Augen wanderten schon wieder durch den Raum.

Ich warf meinen Plastikbecher in den großen Mülleimer an der Tür und machte mich aus dem Staub. Also war der Abend doch keine totale Pleite gewesen, dachte ich. Vielleicht hatte ich ja den Richtigen für Eva aufgespürt.

28

Liebe Kummerkastentante!

Letzte Woche habe ich einen Strafzettel wegen Missachtung eines Stoppschilds bekommen. (Ich schwöre, dass ich die Aufschrift nicht richtig lesen konnte.) Jetzt soll ich meine Sehfähigkeit untersuchen lassen. Aber ich möchte auf keinen Fall eine Brille tragen. Eine Freundin von mir arbeitet bei einem Augenarzt im Einkaufszentrum, und ich überlege, ob sie bitten soll, mir zu helfen, beim Sehtest zu schummeln. Allerdings habe ich deshalb ein schlechtes Gewissen. Was halten Sie davon?

Liebes Dummerchen!

Klar, schummeln Sie nur. Warten Sie mit der Brille, bis Sie wegen eines Verkehrsvergehens mit Todesfolge hinter schwedischen Gardinen landen. Wie ich gehört habe, soll es im Gefängnis schicke Brillengestelle geben.

EVA

»Hast du Zeit zum Reden?«, fragte Sophie.

»Nein«, erwiderte ich mit einem Blick auf die Papierstapel auf meinem Schreibtisch.

»Ich schwöre, es dauert nur eine Minute.«

Ich verdrehte die Augen.

»Was ist? Ich stelle die Stoppuhr.«

Sophie sprach so schnell, als glaubte sie, dass ich tatsächlich den Sekundenzeiger meiner Uhr beobachtete.

»Gestern Abend habe ich bei einem Singletreff in der Kirche in unserer Straße einen tollen Mann kennengelernt. Eva, ich glaube, er würde wunderbar zu dir passen.«

Erstens treiben sich Männer, die wunderbar zu mir passen, nicht bei kirchlich veranstalteten Singletreffs herum.

»Nein, danke«, antwortete ich deshalb abweisend.

»Oh, Eva, sei doch nicht so. Lass mich ihn wenigstens beschreiben.«

Was ist an dem Wörtchen »nein« für aufdringliche Menschen nur so schwer verständlich? Warum nehmen sie an, dass sie gegen Ablehnung gefeit sind?

»Sophie«, meinte ich, ein wenig ungeduldig. »Das war gerade mein Ernst. Ich bin nicht interessiert.«

»Aber warum denn nicht?«, beharrte Sophie. »Ich dachte, du wärst auf der Suche.«

»Das habe ich nie behauptet. Es ist ganz allein deine Schlussfolgerung. Außerdem hast du deine Telefonzeit überzogen. Die Minute ist um.«

»Möchtest du nicht einmal einen Kaffee mit ihm trinken gehen?«

»Ich kann es nicht leiden, wenn man mich verkuppelt«, gab ich zurück.

»Er ist sehr nett. Und außerdem Arzt.«

»Ich mag keine Ärzte.«

»Er sieht sehr gut aus.«

»Ich bevorzuge hässliche Männer«, log ich. »Die geben sich mehr Mühe mit einer Frau.«

»Er hat schöne Haare.«

Ich sah auf die Uhr. Dieses Gespräch dauerte bereits viel zu lang.

»Warum triffst du dich nicht selbst mit diesem Typen, wenn er so toll ist?«, wagte ich einen vernünftigen Einwand.

»Es hat nicht gefunkt«, gab Sophie zu.

»Bist du sicher, dass es überhaupt nicht gefunkt hat, Sophie? Kein kleines bisschen? Warum trinkst du nicht einen Kaffee mit ihm? Wie ich gehört habe, soll er sehr nett sein.«

»Okay.« Sophie klang gekränkt. »Schon verstanden. Tut mir leid. Ich wollte nur ...«

»Ja«, erwiderte ich, ein wenig versöhnlicher. »Du wolltest nur helfen, ich weiß. Vielen Dank.«

»Okay.«

»Du, ich muss Schluss machen.«

»Okay«, wiederholte Sophie.

Ich legte auf. Weil ich ein wenig kurz angebunden gewesen war, hatte ich ein schlechtes Gewissen. Noch schlimmer: Ich fühlte mich elend, weil ich ein schlechtes Gewissen hatte.

Freundschaft, dachte ich, während ich mich wieder meinem Computer zuwandte, macht eine Menge Arbeit.

29

Ein Mensch untersteht keinerlei Verpflichtung, alle seine Gedanken, Gefühle und Handlungen seinen Zeitgenossen mitzuteilen. Jeder von uns hat das Recht, persönliche Informationen, die ihm wichtig sind, für sich zu behalten, so sehr ein nörgelnder Ehepartner oder ein neugieriger Nachbar ihn auch bedrängen mag.

– Jeder hat das Recht auf Privatsphäre.

SOPHIE

»Ich dachte, du bringst die Wäsche mit.«

»Mom, ich bin kein Kind mehr. Ich kann meine Wäsche selbst waschen.«

Ich erinnerte mich an Jakes wöchentliche Besuche während seiner vier Jahre auf dem College, die hauptsächlich ein Vorwand dafür waren, seine Schmutzwäsche loszuwerden.

»Wie oft?«, fragte ich. »Wie oft wäschst du deine Wäsche?«

»Oft genug.«

»Hm.«

Vielleicht, dachte ich mir, werde ich eines Tages den Schlüssel benutzen, den er mir gegeben hat, um ihn zu überraschen. Wer würde sich über eine Schublade voller sauberer Unterhosen und Socken beklagen?

»Und wie laufen die Seminare?«

»Gut.«

»Nur gut? Kommst du mit deinen Dozenten zurecht? Musst du viele Hausaufgaben erledigen?«

»Mom, ich bin im Graduiertenstudium, nicht in der dritten Klasse. Ob ich meine Professoren mag oder nicht, spielt keine

Rolle. Außerdem gehe ich an die Uni, um zu studieren, nicht um herumzugammeln.«

»Okay«, sagte ich. Schließlich hatte ich keine Ahnung, wie ein Graduiertenstudium ablief. »Hast du jemand nettes kennengelernt? Ein Mädchen, meine ich.«

Jake machte den Kühlschrank auf und spähte hinein.

»Offen gestanden«, sagte er, »bin ich zu sehr mit dem Studium beschäftigt, um Zeit für eine Beziehung zu haben.«

Ich seufzte.

»Ich verstehe die Leute einfach nicht, die ihre ganze Zeit und Kraft in die Arbeit stecken. Du klingst genau wie Eva. Letztens habe ich versucht, sie mit einem wirklich netten Mann zu verkuppeln. Aber sie wollte nicht einmal mit ihm Kaffee trinken gehen.«

Jake schloss die Kühlschranktür und drehte sich zu mir um.

»Oh? Hat sie dir einen Grund genannt?«

»Sie meinte, sie habe derzeit kein Interesse daran, jemanden kennenzulernen. Dabei habe ich doch nur vom Kaffeetrinken gesprochen. Wie lange kann so etwas dauern? Eine halbe Stunde?«

»Nun, vielleicht war sie einfach nicht in der Stimmung. Liebe lässt sich nicht erzwingen, Mom.«

»Oh, das weiß ich. Ich möchte bloß, dass sie glücklich wird.«

»Ich bin sicher, dass Eva gut allein zurechtkommt«, erwiderte Jake. »Aber was ist mit dir, Mom. Warum verabredest du dich nicht mit jemandem?«

Warum wohl? Weil niemand mich aufgefordert hatte.

Ich erzählte Jake von dem Singletreff und davon, dass mir dort nur wieder einmal bestätigt worden war, wie sehr ich Partys hasste.

Jake umarmte mich.

»Keine Sorge, Mom«, meinte er. »Irgendwo gibt es sicher einen tollen Typen, der zu dir passt. Natürlich muss ich ihn zuvor erst gründlich unter die Lupe nehmen.«

Ich schubste ihn spielerisch weg.

»Das setzt voraus, dass ich dich nach deiner Meinung fragen werde.«

»Die wirst du zu hören kriegen, ganz gleich, ob du willst oder nicht. Ende der Diskussion.«

»Du klingst wie dein Vater.«

»Oh, nein. Obwohl der Befehlston manchmal sehr nützlich sein kann.«

»Apropos Dad«, wagte ich mich vor. »Wollte er je wissen, wie du seine Freundin Carly findest?«

»Natürlich nicht«, antwortete Jake. »Oder hast du irgendwann erlebt, dass Dad sich für die Ansichten seiner Mitmenschen interessiert?«

»Ein berechtigter Einwand. Aber du hast mir nie gesagt, was du von ihr hältst. Du brauchst mich nicht zu schonen. Ich werde nicht zusammenbrechen, wenn du sagst, dass sie nicht nur nett ist, sondern auch toll aussieht.«

Jake überlegte.

»Mom, sie wird dich nie ersetzen können.«

»Du bist ja ein richtiger Diplomat geworden.«

»Tja, so ist das eben mit Scheidungskindern.«

Oh. Ich griff nach Jakes Hand.

»Entschuldige«, sagte ich. »Es tut mir leid, wenn die Scheidung dich belastet hat.«

Jake drückte meine Hand und ließ sie los.

»Schon gut, Mom. Den Spruch hätte ich mir sparen sollen.«

»Und ich hätte dich nicht in die peinliche Lage bringen dürfen, über die Freundin deines Vaters sprechen zu müssen. Themenwechsel?«

»Ja, bitte.«

Als Jake später aus dem Bad kam, verkündete er, die Glühbirne an der Decke müsse ausgewechselt werden. Ich hatte es vor mir hergeschoben, obwohl es eigentlich keine große Sache war. Nachdem ich Jake die Küchenschublade mit den Ersatzbirnen gezeigt hatte, schleppte er den Hocker ins Bad.

Ich stand allein in der Küche und dachte, dass ich mein Leben lang von Männern abhängig gewesen war. Zuerst natürlich von meinem Vater, dann von Brad. Und jetzt von Jake?

Vielleicht, sagte ich mir, sollte ich mich nicht so bald wieder auf eine feste Beziehung einlassen. Es könnte mir guttun, eine Weile selbstständig zu sein.

Allerdings gefiel mir die Vorstellung gar nicht, denn ich hatte mich immer als Menschen betrachtet, der erst als Teil eines Paares zur Hochform auflief. Brad hatte zwar das Geld verdient und – nach wiederholter Aufforderung – die kaputte Toilette repariert, doch Jake hatte ich mehr oder weniger allein großgezogen. Während Brad in Besprechungen saß oder sich mit Geschäftsfreunden zum Mittagessen traf, kümmerte ich mich um die Hausarbeit und war fürs Kochen und Putzen sowie für alle weiteren Erledigungen zuständig, zum Beispiel dafür, Brads Anzüge in die Reinigung zu bringen, Jake zu Spielterminen zu fahren und die Weihnachts- und Geburtstagsgeschenke für die Verwandtschaft zu kaufen und zu verschicken. Meine Pflichten wusste ich genauso zu schätzen wie das, was mir dadurch erspart blieb.

Doch als ich mir nun vorstellte, wie Jake eine Glühbirne wechselte, die ich – etwa aus Faulheit? – nicht hatte ersetzen wollen, konnte ich mich des Gedankens nicht erwehren, dass mir vielleicht etwas entgangen war, weil ich nie allein gewohnt hatte.

»Erledigt«, verkündete Jake, als er zurückkam. »Gibt es sonst noch etwas zu tun?«

Mir fielen die Griffe an den Kommodenschubladen ein, die festgeschraubt werden mussten.

»Nein, danke«, sagte ich.

30

Liebe Kummerkastentante!

Meine beste Freundin hat mir ihre Halskette mit Diamanten geliehen, und ich habe sie verloren. Nun habe ich in einem Laden genau die gleiche Kette gesehen, nur dass sie aus Zirkonia besteht. Meine Freundin sagte, es würde ihr das Herz brechen, wenn ihre Kette weg wäre. Soll ich sie durch die Zirkoniakette ersetzen und den Mund halten?

Liebe Diebin!

Sind Sie sicher, dass sich die Diamantenkette nicht im hintersten Winkel Ihrer Wäscheschublade befindet? Tun Sie Ihrer Freundin den Gefallen, ihr die Kette zurückzugeben, und bitten Sie sie nie wieder um etwas.

JOHN

»Hoffentlich störe ich dich nicht«, sagte Sophie. »Ich kann auch später anrufen.«

»Nein«, log ich. »Kein Problem.«

Mitten am Arbeitstag habe ich eigentlich nie Zeit, am Telefon zu plaudern. Allerdings besitze ich das seltsame Talent, ausgerechnet die Gespräche anzunehmen, die mir gerade noch gefehlt haben.

»Sehr gut. Ich wollte nachfragen, ob das Abendessen im *Marino's* am Mittwoch noch steht.«

»Tut es. Hast du mit Eva gesprochen?«, erkundigte ich mich.

Sophie seufzte. »Ja, sie kommt auch.«

»Warum seufzt du?«, wollte ich wissen.

»Ich mache mir Sorgen um sie, John. Sie hat sich geweigert,

sich mit dem netten Mann zu treffen, mit dem ich sie verkuppeln wollte.«

Ich muss zugeben, dass ich mich über diese Information freute. Obwohl ich es eigentlich besser wissen müsste und Eva offenbar kein Interesse an mir hat, hoffte ich insgeheim nämlich immer noch auf eine Chance bei ihr. Teilweise war es Jagdfieber. Doch es steckte noch etwas anderes dahinter, das mich unwiderstehlich zu Eva hinzog.

Dann erinnerte ich mich an die Schwingungen, die ich bei unserem letzten Abendessen zu dritt aufgefangen hatte. In Evas Leben gab es irgendwo einen Mann – oder es würde bald einen geben. Und ich wusste, dass nicht ich dieser Mann sein würde.

»Vielleicht hat sie einen Freund«, wandte ich, bemüht vernünftig, ein.

»Nein«, beteuerte Sophie. »Wir sind doch Freundinnen. Sie hätte es mir erzählt.«

Ich überlegte. Betrachtete Eva Sophie als Freundin? Selbst wenn es so war, gehörte Eva meiner Ansicht nach nicht zu den Menschen, die ihr Leben vor anderen ausbreiteten.

Nach all den Jahren des Schweigens kannten wir einander eigentlich nicht mehr richtig. Was verheimlichte uns Eva? Was verbarg Sophie? Oder ich selbst, um die Sache beim Namen zu nennen?

»Ich wünschte, Eva würde über den Kerl hinwegkommen, der ihr das Herz gebrochen hat. Die Vergangenheit verfolgt sie immer noch.«

»Welcher Kerl, der ihr Herz gebrochen hat?«, fragte ich und erinnerte mich sofort an den Traummann, von dem sie bei unserer letzten Begegnung vor einigen Jahren so geschwärmt hatte.

Sophie fasste die Geschichte kurz für mich zusammen. Zeitlich passte es. Offenbar war der Traummann der Bösewicht. Wenn Sophie recht hatte.

Allerdings war ich nicht sicher, ob Sophie Evas Gemütszustand richtig deutete. Vielleicht wollte Eva gar keine feste Bindung eingehen. Möglicherweise genoss sie das Singledasein. Aber warum schützte sie dann ein gebrochenes Herz vor? War die Fassade der harten, unangreifbaren Frau in Wirklichkeit nur Theater?

Ich schob diese Fragen beiseite. Es ist zwecklos, erraten zu wollen, was im Kopf eines anderen Menschen vorgeht. Selbst wann man ihn um eine Erklärung bittet, kann es sein, dass man die Wahrheit niemals erfährt.

»Es ist nett, dass du dir Sorgen um Eva machst«, meinte ich zu Sophie. »Aber ich glaube, sie braucht unsere Hilfe nicht.«

Oder unsere Einmischung, wie Eva »Hilfe« sicherlich auslegen würde.

»Mag sein«, räumte Sophie ein. »Ich mache jetzt besser Schluss. Du hast bestimmt viel zu tun. Also bis Mittwoch um acht.«

Ich versicherte ihr, dass der Termin in meinem Kalender stand.

31

Beim Vortäuschen einer Tatsache oder eines Gefühls sollte man sich auf verbale Äußerungen beschränken. Greifen Sie niemals zu Stift und Papier – oder, wie heutzutage üblich, zu Ihrer Computertastatur. Denn merke: Wer erfolgreich lügen und die Lüge später, wenn nötig, bestreiten will, darf keine Spuren hinterlassen.

– Lügen Sie niemals schwarz auf weiß.

JOHN

Wir standen auf dem Gehweg vor dem auszeichneten französischen Restaurant, das Kelly vorgeschlagen hatte. Schon bei unserer ersten Begegnung während einer eintägigen Konferenz vor einer Woche hatte ich geahnt, dass sie einen guten Geschmack hatte. Die Atlas-Kollektion von *Tiffany* erkenne ich nämlich auf den ersten Blick.

Ich trat von einem Fuß auf den anderen.

»Danke für den schönen Abend«, sagte ich. »Das Essen war ausgezeichnet.«

Kelly musterte mich weiter erwartungsvoll.

»Keine Ursache«, erwiderte sie. »Also …«

»Also – noch einmal vielen Dank.«

Ich hielt ihr die Hand hin. Als sie die Geste nicht erwiderte, ließ ich die Hand wieder sinken.

»War es das?«, fragte sie.

Oh, Mann. Teris Unterricht wies Lücken auf. Was sollte ich jetzt tun?

»Verzeihung?«, gab ich zurück.

Kelly bedachte mich mit dem auffordernden Blick einer

Mutter, die möchte, dass ihr Kind sich an der Supermarkttheke für die Scheibe Käse bedankt, die der Verkäufer ihm gerade geschenkt hat.

»Werden wir uns wiedersehen?«

Ich holte tief Luft. Irgendwie lief es nicht rund.

»Nun«, begann ich, »weißt du, es war ein netter Abend.«

Ich hielt inne.

»Aber, na ja, ich bin nicht sicher, ob wir beide ... äh ... zusammenpassen. In dieser Phase unseres Lebens, meine ich.«

Ein Anwalt mit Wortfindungsstörungen! Jedenfalls fand Kelly mein Gestammel weder charmant oder wenigstens bemitleidenswert. Ihre Antwort fiel so gemessen aus, als glaube sie sie selbst nicht ganz.

»Das heißt, dass du mich nicht mehr anrufen wirst.«

»Nun, äh, ja«, gab ich zu. »Ich glaube, das war es, was ich sagen wollte.«

Als Kelly sich vorbeugte, wich ich unwillkürlich einen Schritt zurück.

»Du Arschloch«, zischte sie. »Du kleines Stück Dreck! Wie kannst du es wagen, mich so zu beleidigen!«

Auf eine Reaktion wie diese hatte Teri mich eindeutig nicht vorbereitet.

»Was?«, stieß ich hervor und streckte die Hände aus, wie um einen Schlag abzuwehren, über den ich mich nicht gewundert hätte. »Nein, nein, ich wollte dich nicht beleidigen. Ich habe nur ...«

»Ach, halt doch den Mund«, schleuderte sie mir entgegen. »Warum war ich nur so dumm, mit einem Widerling wie dir auszugehen?«

»Nein, nein, du bist nicht dumm«, beteuerte ich, obwohl der Gedanke, der mir in diesem Moment durch den Kopf schoss »Diese Frau hat sie nicht mehr alle.« lautete.

»Ich dachte bloß ... Hör mich bitte an, meine Schwester hat mir gesagt ...«

»Du hast deiner Schwester von mir erzählt?«

Ach, Mist, John, sei einfach still und nimm die Beine in die Hand.

»Nein, nicht von dir persönlich. Wie sollte ich denn?«, wandte ich vernünftig ein. »Das war doch unsere erste Verabredung.«

»Und ganz sicher unsere letzte.«

Ein älteres Paar kam gerade rechtzeitig aus dem Lokal, um Kellys Bemerkung zu hören. Die Frau schrak zusammen, der Mann bedachte mich mit einem tadelnden Blick. Als ich zittrig lächelte, gingen die beiden davon. Allerdings blickte sich der Mann noch zweimal um, bevor sie die Bordsteinkante erreichten. Ich hatte keine große Lust, wegen Belästigung einer Bekannten verhaftet zu werden. Das wäre meinem Ruf als Kämpfer für entrechtete Frauen sicher nicht förderlich gewesen.

»Ja«, sagte ich und senkte meine Stimme fast zu einem Flüstern. »So ist es. Könntest du bitte aufhören herumzuschreien? Dann erkläre ich dir alles.«

Als Kelly die Arme vor der Brust verschränkte, war »angriffslustig« das einzige Wort, das mir dazu einfiel.

»Nur zu, mein Lieber. Lass dir etwas Gutes einfallen.«

»Okay, okay, weißt du, ich war letztens mit einer Frau aus, die zwar sehr nett war, aber es hat zwischen uns einfach nicht gefunkt.« Wie sollte ich mich weiter ausdrücken, ohne mir einen rechten Haken einzufangen?

»Und weiter«, bohrte Kelly nach und sah mich finster an.

Bevor ich antwortete, wich ich einen kleinen Schritt zurück.

»Nun, nach dem Essen hielt ich für sie ein Taxi an, und bevor es losfuhr, versprach ich ihr, sie anzurufen.«

Kelly stieß ein Geräusch aus, das an das Kläffen eines aufgebrachten Schoßhündchens erinnerte.

»Darf ich raten? Du hattest nicht die Absicht, es zu tun.«

»Richtig«, gab ich zu. »Aber ich wusste nicht, was ich sonst sagen sollte. Ich wollte sie nicht kränken oder in eine peinliche Lage bringen, deshalb …«

»Deshalb hast du gelogen.«

»Nun, ja, ich glaube schon. Jedenfalls habe ich das meiner Schwester erzählt, und die ist in die Luft gegangen. Dann hat sie mir gepredigt, dass Frauen Ehrlichkeit vorziehen. Ihrer Ansicht nach wollen Frauen die Notlügen nicht hören, die Männer am Ende eines Abends so von sich geben. Das bezeichnete sie als respektlos. Also …«

»Also«, unterbrach mich Kelly, »hast du es bei mir auf die ehrliche Masche versucht, richtig?«

»Ja«, erwiderte ich, erleichtert, dass sich mich verstanden hatte. Nun durfte ich wieder Hoffnung schöpfen, mich ohne blutende Wunde am Kinn davonmachen zu können.

»Genau so war es. Aber«, fügte ich mit meinem berühmten charmanten Lächeln hinzu, »ich habe den starken Eindruck, dass Ehrlichkeit in diesem besonderen Fall nicht der richtige Ansatz war.«

Schwerer Fehler.

»Versuche nicht, alles ins Lächerliche zu ziehen«, brüllte Kelly.

Wieder hob ich schützend die Hände.

»Das versuche ich doch gar nicht, Ehrenwort. Hör zu, Kelly. Es tut mir aufrichtig leid, dass ich dich verletzt habe. Wirklich. Aber was hätte ich denn tun sollen? Dir versprechen, dich anzurufen, und mich dann nicht melden?«

»Nun«, entgegnete Kelly, »das wäre besser gewesen, als mir ins Gesicht zu sagen, dass ich dir nicht gefalle.«

Lieber Gott, dachte ich, ich habe seit meiner Schulzeit nicht mehr zu dir gebetet. Doch wenn du machst, dass ich heil aus dieser Sache rauskomme, schicke ich meiner alten Kirchengemeinde einen dicken Scheck.

Ich legte mich meine nächsten Worte sehr sorgfältig zurecht.

»Ich habe nie behauptet, dass ich dich nicht mag. Du bist wirklich sehr nett. Du hast – tollen Schmuck. Es ist nur …«

»Dass du einfach nicht auf mich stehst. Ich weiß, ich weiß, das habe ich schon öfter gehört. Es ist nicht meine Schuld.«

»Ist es auch nicht!«

Kelly fletschte die Zähne.

»Unterbrich mich nicht! Es ist nicht meine Schuld, sondern nur deine. Mit mir hat das nichts zu tun. Ich bin eine sympathische Frau und werde sicher eine wundervolle Ehefrau für jemanden abgeben. Mein Gott, wie ich Männer hasse!«

Ich bemerkte ein Taxi, das an einer roten Ampel wartete, und hoffte, mich auf den Rücksitz flüchten zu können, bevor die Einschläge der Kugeln näher kamen.

»Vielleicht«, meinte ich, »ist es besser, wenn ich jetzt gehe.«

»Ach, verschwinde nur!«, brüllte Kelly. »Und wenn du das nächste Mal nicht auf eine Frau stehst, sei wenigstens so höflich zu lügen. Wenn du nicht anrufst, verstehen wir schon, was gemeint ist. Also ist es überflüssig, uns zu demütigen, indem du es uns ins Gesicht sagst.«

»Gut«, erwiderte ich. »Es tut mir wirklich leid.«

»Deine Entschuldigungen kannst du dir sparen.«

Ich nahm ihren Rat an und legte einen Sprint zum Taxi hin. Sobald ich wohlbehalten auf dem Rücksitz saß, gelobte ich feierlich, nie wieder auf Teri zu hören. Ich überlegte, ob ich mich nicht nach einer Möglichkeit erkundigen sollte, Mönch zu werden, wenn ich morgen den Scheck bei Vater Imperioli abgab.

32

Liebe Kummerkastentante!

Meine Nachbarin ist eine richtige Landplage. Immer wenn ich eine Fete mache, ruft sie die Bullen, und weil ich manchmal ihre Mülltonnen benutzte, hält sie mich für eine Art Penner. Aber das Schlimmste ist, dass sie es auf meinen Hund abgesehen hat. Zugegeben, Buster entwischt hin und wieder aus meinem Garten und kackt dann auf ihre Rosen. Immerhin ist er ja nur ein Hund. Außerdem geben seine Häufchen sicher einen guten Dünger ab. Als es kürzlich wieder passiert ist, hat sie gedroht, den Tierschutzverein zu verständigen, damit mir Buster weggenommen wird. Was kann ich tun, damit die alte Schachtel sich beruhigt?

Lieber Nachbar des Grauens!

Setzen Sie Ihre Gäste um zehn vor die Tür. Beschaffen Sie sich eigene Mülltonnen. Erhöhen Sie Ihren Gartenzaun – vielleicht mit Stacheldraht. Besuchen Sie mit Buster eine Hundeschule. Und überreichen Sie Ihrer bedauernswerten Nachbarin ein Sortiment teurer Pralinen, um sich für Ihre Rücksichtslosigkeit zu entschuldigen. Einen schönen Tag noch.

JOHN

Eins muss ich Ihnen sagen: Sich in aller Öffentlichkeit von einer Frau niederbrüllen zu lassen, die man gerade zum Essen eingeladen hat, ist meiner Ansicht nach kein angenehmer Ausklang eines Abends. Ich hätte Verständnis dafür gehabt, wenn ich sie begrapscht, ihre Mutter beleidigt oder sonst etwas Verwerfliches getan hätte, wie zum Beispiel in der Nase zu bohren.

Ja, schrei es dir ruhig von der Seele. Tritt mich. Nur zu.

Dabei war ich bloß ehrlich gewesen. Zum wohl millionsten Mal (und das ist sicher keine Übertreibung) ertappte ich mich bei der Frage, was Frauen von Männern eigentlich erwarten. Die Wahrheit, Lügen oder eine ausgeklügelte Mischung aus beidem?

Als ich zwischen zwanzig und dreißig war und mit Frauen ausging, ohne eine feste Beziehung vor Augen zu haben, galten eindeutige Regeln: Ich hielt mich an Frauen, die von mir nichts als ein paar Stunden Spaß erwarteten. Natürlich gab es die ein oder andere, die erst beteuerte, ihre Freiheit zu brauchen, und sich nach dem Sex in eine Klette verwandelte. Aber das waren nur wenige, und offen gestanden fiel es mir nie schwer, mich ihrem Schraubstockgriff zu entwinden.

Doch seit ich beschlossen hatte, mein Liebesleben ernst zu nehmen, schien ich von einem Fettnäpfchen ins nächste zu schlittern.

Allmählich stellte sich mir die Frage, ob es für eine Ehe nicht bereits zu spät war. Hatte ich mich zu einem eingefleischten Junggesellen entwickelt, ohne es selbst zu bemerken? Würde ich bald zu den armen Teufeln gehören, die ihre Feiertage allein verbringen mussten, wenn ihre glücklich verheirateten Geschwister sie nicht zu einer Mahlzeit im Kreis der Familie einluden? Denen niemand half, sich die Haare in den Ohren zu schneiden. Bei denen es niemanden kümmerte, ob ihre Nasenhaare widerwärtig lang geworden waren. Die niemand dazu anhielt, ihre Vitamine zu nehmen. Deren Prostatakrebs keinen Hund hinter dem Ofen hervorlockte?

Eines stand jedenfalls fest: Männer brauchten Frauen. Oder um es genauer auszudrücken: Ich brauchte eine Frau. Und zwar vorzugsweise, bevor ich zu einem Ungeheuer mutierte, einem Tattergreis, der nie durch weibliche Gesellschaft daran gehindert worden war, zu einer Witzfigur zu verkommen.

33

Alle Schriftsteller – ganz gleich ob sie »Sachbücher« oder »fiktionale Werke« verfassen – sind Lügner. Das ist auch ganz in Ordnung so. Warum jedoch werden sie von jeglicher moralischen Wertung ausgenommen? Aus welchem Grund verurteilt man hingegen beispielsweise eine Sekretärin, die eine fantasievolle Geschichte erfindet, wenn ihr Chef sich erkundigt, was aus dem Hundertdollarschein auf seinem Schreibtisch geworden ist?

– Der kreative Verstand hat ein gestörtes Verhältnis zur Wahrheit.

JOHN

»Was wollen Frauen?«, erkundigte ich mich. »Es interessiert mich wirklich. Was wollen sie? Das ist keine rhetorische Frage. Ich brauche eine Antwort.«

»Könntest du es ein wenig eingrenzen?«, gab Sophie zurück. »Was wollen Frauen wann? Bei einer Verabredung? In einer Beziehung? Im Allgemeinen?«

Ich zuckte die Achseln.

»Keine Ahnung, wahrscheinlich im Allgemeinen. Was erwarten Frauen von Männern?«

»Sex.«

Sophie wandte sich zu Eva um und verdrehte die Augen.

»Respekt. Und natürlich Liebe.«

»Und Sex. Außer sie sind Lesben, dann haben sie keine Verwendung für Männer.«

»Eva!«

»Ach, stell dich nicht so an, Sophie. Respekt kriegt man von seiner Sekretärin und Liebe von seinem Hund. Natürlich kann man sich Sex auch an allen möglichen Stellen holen. Aber ich halte mich lieber an Männer.«

»Ihr beide«, meinte ich, »seid mir überhaupt keine Hilfe.«

Sophie tätschelte mir mütterlich die Hand. »Entschuldige, John. Was ist denn los? Ist etwas passiert?«

»Ja, das könnte man sagen.«

Ich schilderte ihnen die heftige Auseinandersetzung mit Kelly.

»Die eine Frau behauptet, Frauen wünschten sich von Männern Ehrlichkeit. Und die andere hält dagegen, Frauen wollten von Männern belogen werden. Immer? Nur unter besonderen Umständen? Jedenfalls blicke ich bei euch einfach nicht durch.«

»›Uns‹? Du kannst nicht alle Frauen über einen Kamm scheren, John«, wandte Eva ein. »Ich weiß, es ist nicht leicht, aber du musst jede von uns als Individuum sehen. Eine schwierige Vorstellung, richtig?«

Ich bemerkte, dass Sophie mich forschend musterte.

»Was ist?«, fragte ich.

»Du hast noch etwas auf dem Herzen.«

»Ja, richtig«, räumte ich ein. »Aber vergiss es einfach. Ich will euch nicht mit meinen beruflichen Problemen belasten.«

»Nein, John, erzähl es uns bitte. Vielleicht hilft es, wenn du darüber redest.«

Warum nicht?

»Inzwischen«, begann ich, »müsste ich eigentlich an Frauen gewöhnt sein, die, was ihr Leben angeht, katastrophale Entscheidungen gefällt haben.«

Eva zog die Augenbraue hoch.

»Und Männer fällen nie katastrophale Entscheidungen?«

Ich achtete nicht auf ihren Versuch, mich in einen lächerlichen Streit hineinzuziehen, in dessen Verlauf sie mich sicher als alten Chauvinisten hinstellen würde.

»Es ist einer der Fälle, die ich kostenlos übernommen habe«, fuhr ich fort. »Die Frau wird seit Jahren von ihrem Mann als

Sandsack missbraucht. Und jedes Mal, wenn es uns endlich gelingt, sie zu überreden, den Kerl zu verklagen, ihr eine Wohnung zu beschaffen, Sozialhilfe für sie zu beantragen und sie an einen Therapeuten zu vermitteln, steigt sie aus. Sie verzichtet auf die Klage und kehrt zu dem Widerling zurück. Nun ist das wieder passiert, und ich bin allmählich versucht, ihr beim nächsten Mal nicht mehr zu helfen. Und es wird bestimmt ein nächstes Mal geben. Es ist so frustrierend.«

Sophie tätschelte kurz meinen Arm.

»Du wirst sie nicht im Stich lassen, John, das weiß ich genau.«

»Sei dir da nicht so sicher.« Ich bemerkte, wie niedergeschlagen ich klang. »Meine Zeit und meine Kräfte sind begrenzt, und ich möchte sie lieber in eine Mandantin investieren, die die Hilfe wirklich annimmt und versucht, etwas aus ihrem Leben zu machen. Man transplantiert einem Alkoholiker, der entschlossen ist, weiterzutrinken, doch auch keine neue Leber, wenn ein ansonsten gesunder Kandidat auf der Warteliste steht. Stattdessen berechnet man die Risiken und Erfolgschancen und handelt dementsprechend.«

Eva nickte.

»Klingt logisch. Allerdings ist es etwas anderes, die Gewinner und Verlierer in einem Krankheitsfall einzuschätzen als zu beurteilen, ob jemand in der Lage ist, sich emotional und psychisch zu entwickeln.«

»Selbstverständlich«, stimmte ich zu. »Schließlich bin ich kein Psychiater, weshalb meine Grenzziehung ziemlich willkürlich ausfällt. Aber glaube mir, es ist nicht leicht für mich, einen Fall aufzugeben.«

»Ganz gewiss nicht«, versuchte Sophie, mich ein wenig aufzumuntern.

»Aber du hast inzwischen einen guten Riecher für diese Dinge«, meinte Eva. »Gewiss erkennst du eine Verliererin heute besser als am Anfang deiner Laufbahn.«

»Ja«, antwortete ich. »Doch ich pflege die Opfer häuslicher

Gewalt nicht als Verliererinnen zu bezeichnen. Eine Mandantin ist so wichtig wie der andere.«

»Auch die, die nicht bezahlen können?«

»Natürlich. So muss es sein.« Eigentlich rechnete ich damit, dass Eva mir nun Vorwürfe wegen meiner mangelnden Ethik an den Kopf werfen würde, wie sie es damals auf dem College so gern getan hatte. Eine solche Debatte hätte mir gerade noch gefehlt.

Aber ihr Tonfall wurde aus irgendeinem Grund versöhnlicher.

»Das ist bewundernswert«, sagte sie.

Vielleicht lag es an Sophies banger Miene und ihrer offensichtlichen Angst vor einem Streit, dass Eva einen Rückzieher machte.

»Hat jemand Lust auf einen Nachtisch?«, schlug ich vor, erleichtert über die friedliche Stimmung. Ich hatte zwar nicht viel Neues erfahren, aber wenigstens waren nicht die Fetzen geflogen. »Albertos Kuchen sind ein Traum.«

34

Liebe Kummerkastentante!

Letzte Woche musste ich länger im Büro bleiben, um ein Projekt zu beenden. Kurz bevor ich ging – es war etwa neun Uhr –, wollte ich im Aufenthaltsraum meine Kaffeetasse in die Spülmaschine stellen. Im Aufenthaltsraum war es dunkel. Als ich Licht machte, sah ich zwei meiner Kollegen, die es gerade miteinander trieben. Jemand stieß einen Schrei aus – vermutlich war ich es selbst –, ich löschte das Licht wieder und rannte zum Aufzug, so schnell ich konnte. Seitdem dreht der Mann sich jedes Mal weg, wenn ich ihm begegne. Die Frau hingegen verfolgt mich mit giftigen Blicken. Inzwischen graut mir davor, ins Büro zu gehen. Was soll ich tun? Übrigens sind meine Kollegen beide verheiratet, allerdings nicht miteinander.

Lieber unfreiwilliger Zeuge!

Sie haben die Situation nicht verschuldet, weshalb es mehr als ungerecht ist, dass Sie für die Sünden dieser zwei Ehebrecher leiden müssen. Ich rate Ihnen Folgendes: Zeigen Sie dem Mann die kalte Schulter. Offenbar ist er ein Feigling. Die Frau hingegen stellt ein Problem dar. Wenn Sie sie das nächste Mal treffen, lächeln Sie freundlich und begrüßen Sie sie überschwänglich. Verwickeln Sie sie in ein Gespräch über das Wetter oder ein anderes unverfängliches Thema. Und dann teilen Sie ihr mit, weiterhin freundlich lächelnd, dass Sie sich gezwungen sehen, eine Information preiszugeben, die sie und ihre Familie in große Schwierigkeiten bringen könnte, sofern sie Sie nicht mit ihren gehässigen Blicken verschont. Anschließend verabschieden Sie sich höflich und gehen Ihrer Wege. Nun haben Sie in dieser Angelegenheit die Oberhand. Ach, und noch etwas: Sie arbeiten zu viel. Nur Ehebrecher haben nach neun Uhr noch etwas im Büro zu suchen.

EVA

»Wie war Mom – ich meine Sophie – denn so auf dem College?«

Wir lagen in Jakes Bett. Auf dem Boden stand eine Flasche Wein neben einem billigen Digitalwecker und zwei aufgerissenen Kondompäckchen. Jake fand einen Nachttisch offenbar überflüssig.

Ich trank einen Schluck Wein – es war ein ziemlich guter, den ich mitgebracht hatte, weil es bei Jake nur Bier gab –, bevor ich antwortete.

»Du weißt doch, dass du deine – Sophie – nicht erwähnen sollst.«

»Ach, sei kein Frosch«, beharrte Jake. »Ich bin nur neugierig, wie sie in meinem Alter drauf war.«

Nun, dachte ich, es wird mich nicht umbringen, dem Kleinen das eine oder andere zu erzählen.

»Gut«, sagte ich. »Allerdings habe ich ein Gedächtnis wie ein Sieb. Doch soweit ich mich erinnere, war Sophie nicht viel anders als heute. Freundlich. Gesellig. Klug. Manchmal ein bisschen langweilig.«

»Hallo!«

»Du hast gefragt«, stellte ich fest. »Wer die Antwort nicht hören will, darf keine Fragen stellen.«

Jake runzelte die Stirn.

»Vielleicht langweilig verglichen mit dir.«

Die meisten Menschen sind verglichen mit mir langweilig, dachte ich. Oder zumindest verglichen mit der Person, die ich in der Öffentlichkeit darstelle.

»Also«, bohrte Jake weiter. »Ist sie oft mit Jungs ausgegangen?«

»Hin und wieder, aber ich glaube, es war nie etwas Ernstes.

Und als sie deinen – ich meine Brad – kennenlernte, war es sowieso aus damit.«

»Bei dir klingt das so negativ«, erwiderte Jake. »Als ob ihr Leben vorbei gewesen wäre, sobald sie kein Single mehr war.«

»Nun, Brad war mir nie sehr sympathisch. Und umgekehrt.«

Jake lachte. »Das wundert mich nicht.«

»Verzeihung?«

Jake trank einen Schluck Bier, bevor er weitersprach.

»Mein Vater bevorzugt Frauen, die – wie soll ich das ausdrücken – anschmiegsamer sind. Leichter zu beeinflussen. Deshalb passt eine vierundzwanzigjährige, nicht sehr helle Restaurantchefin auch so großartig zu ihm. Sie bestärkt ihn darin, wie er sich selbst sieht: einflussreich und unersetzlich.«

»Warum hat er deine Mutter dann verlassen?«, erkundigte ich mich. Ich war zu müde, um auf meine Wortwahl zu achten. »Hat sie die Rolle nicht zufriedenstellend gespielt?«

»Auch wenn du es nicht glauben wirst, ist Mom, was meinen Vater angeht, mit den Jahren immer störrischer geworden. Auch wenn sie nur passiven Widerstand geleistet hat, ist ihr Plan – sofern es ihr überhaupt bewusst war – irgendwann aufgegangen. Er hat sie verlassen. Jetzt kann sie noch einmal neu anfangen.«

Das war eine interessante Sichtweise.

»Aha«, stellte ich fest.

»Sie hätte es nie über sich gebracht, die Scheidung zu beantragen«, fuhr Jake fort. »Wahrscheinlich wäre sie nicht einmal auf den Gedanken gekommen. Stattdessen hat sie ihn langsam und fast unmerklich dazu gedrängt, sich von ihr zu trennen und sich eine Frau zu suchen, die mehr Interesse daran hatte, die liebende verwöhnte Gattin eines reichen und mächtigen Mannes zu mimen.«

»Wie hast du es geschafft, die Beziehung deiner Eltern so klar zu durchschauen?«

Jake zuckte die Schultern.

»Die meisten Jugendlichen wissen viel mehr über die Ehe ihrer Eltern, als diese ahnen. Oder ihnen freiwillig verraten würden. Und ich bin nun einmal ein besonders guter Beobachter.«

»Ach, wirklich?«, meinte ich.

Reichte Jakes Beobachtungsgabe, um zu erkennen, dass ich ihn hauptsächlich mit einem amüsierten Schmunzeln betrachtete? War ihm klar, dass er für mich nur ein Spielzeug war?

»Wirklich«, sagte er, offenbar ohne das Gefühl, sich rechtfertigen zu müssen. »Trotzdem glaube ich, dass meine Mutter alles abstreiten würde, wenn man sie mit meiner Theorie konfrontiert. Aber ich habe recht.«

»Du bist dir deiner selbst ziemlich sicher, was?«

Wieder ließ Jake sich nicht davon anfechten.

»In den meisten Dingen schon.«

Auch, was mich anging?, fragte ich mich. Wie konnte das sein?

Ich dachte an den Anruf, den ich erledigen wollte. In letzter Zeit fehlte mir diese Gewissheit nämlich.

35

Sie haben Ihren Kollegen erzählt, Sie hätten die University of Michigan besucht. Als Sie über die dortige erfolgreiche Football-Mannschaft sprachen, haben Sie das Wort »wir« benutzt. Zum Beispiel: »Das Jahr, in dem wir die Meisterschaft gewannen, habe ich trotz eines gebrochenen Fußes gespielt.« Allerdings haben Sie vergessen zu erwähnen, dass Sie Zugposaune gespielt haben. Ausgezeichnet! Jetzt halten Ihre Kollegen Sie für einen Football-Heroen! Sie haben Ihr Ziel erreicht!

– Unterstützen Sie Mutmaßungen. Dabei ist passives Lügen nützlich.

EVA

Ich freute mich ganz und gar nicht auf diesen Anruf. Aber da es sich nicht umgehen ließ, war es besser, die Sache am Telefon und nicht persönlich zu erledigen.

Wie immer rief ich Sam auf seinem Mobiltelefon an. Schließlich brauchte seine Sekretärin nichts von meiner Existenz zu erfahren. Er meldete sich sofort, selbstverständlich, denn schließlich stand mein Name auf der Leuchtanzeige seines Telefons.

»Ich muss für morgen absagen.«

Sam lachte spöttisch auf.

»Ich wünsche dir ebenfalls einen guten Tag. Okay. Ich hole rasch meinen BlackBerry. Was hältst du von Donnerstag um eins?«

»Nein«, erwiderte ich. »Das passt bei mir auch nicht. Und offen gestanden, möchte ich dich in nächster Zeit nicht sehen.«

»Hoppla! Das kommt aber ganz schön überraschend. Was ist passiert? Habe ich etwas falsch gemacht?«

Ich lachte. »Bei dir dreht sich alles nur um dich. Nein, du hast nichts falsch gemacht. Und mir geht es prima, danke der Nachfrage. Es ist nur, dass wir uns eine Weile nicht treffen werden.«

»Moment«, sagte er. Ich hörte, wie er aufstand und die Tür seines Büros schloss. Als er wieder am Apparat war, meinte er: »Mein Gott, Eva, nach allem, was wir zusammen erlebt haben, bist du mir zumindest eine Erklärung schuldig.«

Verdammt, das Gespräch entpuppte sich als genauso anstrengend, wie ich befürchtet hatte.

»Sam«, entgegnete ich in übertrieben geduldigem, gekünsteltem Ton. »Wir haben gar nichts zusammen erlebt, sondern nur ein paar Hundert Kondome verbraucht. Wir bedeuten einander nichts, schon vergessen?«

»Nun, du kannst mich als Romantiker bezeichnen, aber ich habe dich gern, Eva.« Seine Stimme zitterte. »Ich kann nicht dauernd mit einer Frau schlafen, ohne sie zu mögen.«

»Du hast dich nur an mich gewöhnt, Sam, mehr nicht.« Ich spielte mit einem Bleistift herum, was ich sonst nie tue. Also legte ich den Stift weg. »Du wirst dich an eine andere Frau gewöhnen.«

»Es gibt nicht viele Frauen wie dich, Eva.«

»Das heißt, Frauen, die Sex und Vertrautheit voneinander trennen können.«

Außer, wenn sie es nicht können, fügte ich im Geiste hinzu. War das nicht der Grund, warum ich – vorübergehend – mit Sam Schluss machte? Nämlich, weil ich mich Jake irgendwie verpflichtet fühlte? Oder hatte ich Sophie gegenüber ein schlechtes Gewissen?

»Du weißt, dass ich dich nicht nur deshalb für etwas Besonderes halte«, erwiderte Sam. Zum ersten Mal, seit ich ihn kannte, klang er verärgert.

Obwohl ich sicher war, Sam keine Erklärung schuldig zu sein, gab ich ihm eine.

»Schau«, meinte ich in bemüht versöhnlichem Ton. »Falls es

dich beruhigt, sage ich dir die Wahrheit. Ich habe vor ein paar Wochen jemanden kennengelernt. Wir sind zusammen, und ich finde es nicht richtig, weiter Sex mit dir zu haben, während ich warte, wie sich die Sache weiterentwickelt.«

»Du hast dich in diesen anderen Typen verliebt, richtig?«, entgegnete Sam anklagend.

»Nein«, antwortete ich. »Eindeutig nicht. Aber ich mag ihn. Er ist sehr nett. Eine weitere Erklärung bekommst du nicht.«

Sam schwieg eine Weile. Da ich das Telefonat unbedingt beenden wollte, setzte ich gerade zu einer Verabschiedung an, als er wieder das Wort ergriff.

»Eva, wenn dir Sex mit mir nichts bedeutet, kannst du doch weiter mit mir schlafen, obwohl du dich mit diesem Typen triffst.«

Eben nicht.

»Hör zu, Sam«, meinte ich. »Ich breche dieses Gespräch an dieser Stelle ab. Ich rufe dich an, wenn die andere Sache vorbei ist. Falls du dann immer noch Interesse hast, können wir uns ja wiedersehen.«

»Könnten wir uns bis dahin wenigstens unterhalten?«

Ich seufzte auf.

»Worüber denn?«

»Keine Ahnung, über irgendetwas. Damit ich über dein Leben auf dem Laufenden bleibe.«

»Sam, du warst noch nie über mein Leben auf dem Laufenden.«

»Nur, weil du mir alles verschweigst. Du weißt, dass es mich interessiert.«

»Und das ist auch ein Grund, warum ich mich in nächster Zeit nicht mit dir treffen will. Es wird mir zu eng, Sam. Schau, wie gekränkt du bist. Du brauchst Abstand von mir.«

»Woher nimmst du das Recht, mir zu sagen, was ich brauche und was nicht?«, gab Sam zurück.

»Weil ich es normalerweise weiß«, entgegnete ich.

Sam lachte höhnisch.

»Nun, diesmal bist du schief gewickelt, Eva. Aber die Entscheidung liegt ja nicht bei mir. Du trennst dich von mir, und mir bleibt nichts anderes übrig, als mich damit abzufinden.«

»Man kann sich nicht von jemandem trennen, mit dem man nie eine Beziehung hatte, Sam. Also sei nicht melodramatisch.«

»Schon gut. Du hast leicht reden, wenn …«

Es krampfte mir den Magen zusammen. Ich beendete das Gespräch. Sam rief nicht zurück.

Wahrscheinlich hatte ich damit gerechnet, dass er es tat, weshalb mich sein Schweigen merkwürdig beunruhigte. Kurz bekam ich Zweifel, ob es richtig gewesen war, Sam abzuschieben und Jake eine Sonderstellung einzuräumen, von deren Existenz er nicht einmal etwas ahnte.

Was geschehen ist, ist geschehen, Eva, sagte ich mir.

Außerdem konnte ich meine Entscheidung in Sachen Sam nicht mehr rückgängig machen, ohne meine beträchtliche Macht über ihn einzubüßen. Und die Aussicht eines Machtverlusts ängstigte mich so, dass ich lieber nicht länger darüber nachdenken wollte.

36

Liebe Kummerkastentante!

In letzter Zeit trifft sich mein Freund häufig mit meiner besten Freundin, die nach allgemeiner Auffassung wie Jessica Simpson aussieht. (Das stimmt.) Meine Freundin hat mehr als einmal beteuert, dass sie nicht auf meinen Freund steht, weil er ihr zu mager ist. Mein Freund hingegen findet meine beste Freundin zu »perfekt« und bevorzugt »natürliche« Mädchen wie mich. Allerdings sind die beiden letzte Woche zusammen ins Kino (während ich arbeiten musste) und zum Essen gegangen (als ich meine Mutter besuchte). Ich weiß, dass ich mich albern aufführe, denn schließlich machen sie kein Geheimnis daraus, dass sie sich miteinander angefreundet haben. Eigentlich schreibe ich diesen Brief nur, weil meine Schwester überzeugt ist, dass mein Freund und meine beste Freundin ein Verhältnis haben. Bitte bestätigen Sie ihr (und mir), dass die beiden Menschen, die mir (abgesehen von meiner Familie) am meisten bedeuten, sich nichts haben zuschulden kommen lassen.

Liebes Unschuldslamm!

Die Wahrheit, meine Freundin, ist so eindeutig zu erkennen wie die Nase in Ihrem Gesicht. Sie haben doch eine Nase, oder? Schließlich möchte ich mir nicht den Vorwurf einhandeln, ich zöge voreilige Schlussfolgerungen, denn wie ich gehört habe, haben manche Menschen ihre Nase durch eine Krankheit oder einen Unfall verloren. Gut, wenn wir davon ausgehen, dass Sie über besagtes Riechorgan verfügen, nehmen Sie bitte einen Spiegel zur Hand und schauen Sie hinein. Sehen Sie? Und genauso offensichtlich ist die Tatsache, dass Ihre sogenannte beste Freundin eine Affäre mit Ihrem Freund hat. Jagen Sie das Miststück zum Teufel und geben Sie dem Penner den Laufpass. Wer solche Freunde hat … Den Rest des Spruches kennen Sie sicher. Oder etwa nicht?

SOPHIE

»Eva? Ich bin es, Sophie.«

»Ja, ich weiß. Rufnummernerkennung.«

»Ach, richtig. Hast du Zeit zu reden?«

Ich stelle diese Frage immer.

Fast immer. Nur für alle Fälle.

Eva seufzte.

»Ja, schieß los. Ich wollte mir gerade etwas Essbares in die Mikrowelle schieben, aber das kann warten.«

Ich nahm mir vor, Eva bald zum Abendessen einzuladen. Kein Mensch darf sich ausschließlich von Fertiggerichten ernähren.

»Ich brauche deinen Rat«, begann ich. »Es geht um einen Mann.«

Wie erwartet merkte Eva auf.

»Schieß los«, erwiderte sie.

Ich erzählte ihr, ich hätte vor einer Stunde meine Post aus dem Briefkasten in der Vorhalle geholt. Da sei einer meiner Nachbarn, der eine Etage über mir wohnte und den ich bisher nur gegrüßt hatte, aus dem Aufzug gestiegen und habe ein Gespräch mit mir angefangen.

»Und weiter?«, hakte Eva nach. »Bis jetzt ist es stinklangweilig.«

»Er hat mich gefragt, ob ich mit ihm am Freitag zum Abendessen gehen will.«

»Was hat er?«, rief sie.

»Er wollte sich für den Freitag mit mir verabreden. Und ich habe ja gesagt. Nun weiß ich nicht, ob das richtig war. Er macht einen netten Eindruck, aber ich fühlte mich auch ein wenig unter Druck gesetzt, weil er mich so einfach in der Vorhalle überrumpelt hat. Findest du das albern von mir?«

»Nein«, entgegnete Eva mit Nachdruck. »Das ist überhaupt nicht albern.«

Ich war erleichtert, denn ich hatte meine Entscheidung bereut, sobald die Haustür hinter mir ins Schloss gefallen war. Was war, wenn ich wirklich mit ihm ausging und sich der Abend als Fiasko entpuppte? Würde ich von da an die Vorhalle meiden müssen?

»Kennt der Blödmann die Regeln nicht?«, fuhr Eva fort. »Man kackt nicht dort, wo man isst.«

»Eva!«

»Was? So lautet nun mal das Sprichwort. Also möchte ich, dass du ihn sofort anrufst und ihm sagst, du hättest es dir anders überlegt.«

»Kann ich ihm nicht einfach einen Zettel unter der Tür durchschieben?«, fragte ich.

»Nein, er muss es aus deinem eigenen Munde hören. Noch besser, ruf ihn nicht an, sondern klopfe an seine Tür.«

»Und was ist, wenn er den Grund wissen will?«, erkundigte ich mich. »Was soll ich antworten?«

Eva überlegte.

»Ich an deiner Stelle würde ihm sagen, dass er ein Idiot ist, wenn er versucht, sich mit seiner Nachbarin zu verabreden. Aber du bist zarter besaitet als ich. Deshalb erklärst du ihm am besten, du wärst noch nicht so weit, dich mit Männern zu treffen und hättest dich überschätzt. Dabei lächelst du ihn freundlich an. Schließlich willst du weiter in diesem Haus wohnen bleiben, ohne jedes Mal Angst zu haben, ihm über den Weg zu laufen, wenn du zur Arbeit gehst. Was für ein Trottel! Ich bin richtig sauer auf den Kerl.«

Weißt du was?, dachte ich. Ich bin ebenfalls sauer. Wie kann er es wagen, mich in eine so peinliche Lage zu bringen?

Ich bedankte mich bei Eva und überließ sie ihrer Mikrowelle. Die nächste halbe Stunde verbrachte ich damit, meinen ganzen Mut zusammenzunehmen, um ihren Rat zu befolgen.

Zu guter Letzt griff ich doch zum Telefon. Zum Glück stand

seine Nummer im Telefonbuch. Ich hatte einfach nicht die Courage, es auf ein persönliches Gespräch ankommen zu lassen. Ich kannte diesen Mann nicht und wusste nur, dass er, um in Evas Worten zu sprechen, ein Trottel war.

Sicher wäre ihr schlecht geworden, wenn sie gehört hätte, wie ich mich wortreich für die Absage entschuldigte, obwohl er mich überhaupt nicht hätte einladen dürfen. Aber meine Unterwürfigkeit – vorgetäuscht, obwohl ich nur ungern Theater spiele – schien zu wirken, denn er klang zwar ein wenig enttäuscht, machte mir jedoch keine Vorwürfe.

Am Abend legte ich mich mit einem Kriminalroman eines meiner Lieblingsautoren ins Bett und versuchte, mich in eine andere Epoche und an einen anderen Ort versetzen zu lassen – das England der 1920er-Jahre, um genau zu sein. Allerdings schlich sich die Gegenwart immer wieder in meine Gedanken ein, und ich konnte mich der Frage nicht erwehren, ob hinter dem Versuch, sich zu verabreden, wirklich immer unvorhergesehene Komplikationen und Regeln lauerten. Wenn ja, würde ich mir ein Notizbuch anschaffen müssen, um den Überblick nicht zu verlieren.

Gott sei Dank hatte ich eine Freundin wie Eva.

37

Sie haben den Geburtstag Ihrer Mutter ignoriert. Entweder haben Sie ihn vergessen oder ganz bewusst beschlossen, sie nicht anzurufen. Ganz gleich, was es auch war, würde ich es als Unterlassungssünde, also als Fehler, bezeichnen. Aber ist es falsch, dieses Versäumnis zu verschweigen, wenn Ihr neuer Freund, ein Mensch, den Sie mit Ihrer Schokoladenseite beeindrucken wollen, sich erkundigt, wie Sie Ihren Tag verbracht haben? Einige würden behaupten, Ihre Entscheidung, ihm nichts von Ihrem schändlichen Verhalten zu sagen (oder es zu »vergessen«), sei eine Sünde. Aber sehen wir den Tatsachen ins Auge. Ganz gleich, was Sie auch tun, in die Hölle kommen Sie ohnehin.

– Auf Unterlassung folgt Buße: Das ist eine Falle, aus der es kein Entkommen gibt.

JOHN

»Ich habe Marie geheiratet, weil sie pflegeleicht ist.«

Da ich annahm, dass von mir ein Nicken erwartet wurde, nickte ich. Gene erwiderte die Geste und trank einen Schluck Scotch auf Eis. Nach einem besonders anstrengenden Arbeitstag waren wir einen trinken gegangen. Doch schon fünf Minuten später hätte ich mich ohrfeigen können, weil ich meine Zeit mit diesem Unsympathen vergeudete.

»Schau«, fuhr er fort, als teile er mir etwas mit, was ich nicht schon längst wusste. Aber offenbar hielt er es für lebenswichtig, dass ich davon erfuhr. »Sie weiß, dass sie keine Granate ist, hat nicht viel Selbstbewusstsein – du solltest ihre Eltern kennenlernen. Die sind ziemlich verrückt, haben eine Menge Geld für ihre Ausbildung investiert – und sie ist nicht gerade ein Genie.

Also die optimale Ehefrau für jemanden wie mich. Sie macht keinen Ärger, führt mir den Haushalt und fragt mich nicht, wo ich war, wenn es einmal später wird. Und, Mann, die kann kochen. Außerdem ist das Haus immer picobello. Ich habe wirklich Glück gehabt. Es mag altmodisch sein, aber was soll's? Mir gefällt es so.«

»Bist du sicher, dass es ihr auch gefällt?«, fragte ich mit demselben wohligen Gruseln, das man empfindet, wenn man am Schauplatz eines Verkehrsunfalls vorbeikommt. Man sieht ein bisschen Blut auf der Straße, zuckt zusammen und verrenkt sich dann den Hals, um einen Blick auf das Grauen zu erhaschen.

Gene verzog das Gesicht, als hielte er meine Frage für absolut schwachsinnig.

»Natürlich«, erwiderte er. »Marie beklagt sich nie. Mit keinem Wort. Abgesehen von ihrem Gesicht und ihrer Figur ist sie die ideale Ehefrau.«

»Ich verstehe«, sagte ich, obwohl ich kein Wort verstand.

»Ich gebe ihr Geld, damit sie das Haus nach ihrem Geschmack einrichten kann. Sie bekommt das Baby, das sie sich mehr als alles andere gewünscht hat. Und einmal im Jahr, an ihrem Geburtstag, führe ich sie in ein schickes Restaurant aus, und sie ist zufrieden. Eins sage ich dir, John. Falls du jemals heiraten solltest, such dir keine Schönheit, sondern jemanden wie Marie. Die tollen Frauen kannst du nebenbei haben. À la carte, Mann. Das ist ein Leben!«

Genes absolute Schamlosigkeit entsetzte mich. Ich war schon vielen Männern begegnet, die ihre Frauen betrogen, doch keiner von ihnen hatte sich – zumindest in meiner Gegenwart – je so offen mit seinen Seitensprüngen gebrüstet. Ganz im Gegenteil verhielten sich die mir bekannten Männer möglichst unauffällig und lobten, um ihr schlechtes Gewissen zu beruhigen, ihre Ehefrauen in den höchsten Tönen, sobald sie einen Zuhörer fanden.

Also war Gene ein absoluter Ausnahmefall. Seit dem Zeitpunkt unseres Kennenlernens fragte ich mich, ob seine Großspurigkeit nur gespielt war oder ob er sich so verhielt, weil er erwischt werden wollte. Vielleicht sehnte er insgeheim – wenn auch aus mir unerfindlichen Gründen – die Enttarnung herbei.

Ich leerte mein Glas – Scotch, kein Eis – und stand auf.

»Ich muss los«, sagte ich. »Bis morgen.«

»Bleib doch noch auf einen«, meinte er. »Komm, die Nacht ist jung.«

Aber ich nicht mehr, dachte ich, winkte ihm zum Abschied zu und ging.

38

Liebe Kummerkastentante!

Eine Freundin von mir bekommt viele Komplimente wegen ihres Haars, das einen interessanten Rotton hat. Sie behauptet immer, die Farbe sei natürlich. Und jetzt raten Sie einmal, was ich sah, als ich in einer Nachbarstadt etwas zu erledigen hatte! Meine Freundin saß in einem Frisiersalon und ließ sich die Haare färben! (Ich bin sicher, dass sie mich nicht bemerkt hat.) Ich fasse es nicht, dass sie mich all die Jahre belogen hat! Gestern Abend sind wir mit einigen Freundinnen ausgegangen. Da kam ein wirklich toller Typ an unseren Tisch und meinte zu ihr, sie habe die schönsten Haare, die er je gesehen habe. Selbstverständlich erwiderte meine Freundin, die Farbe sei natürlich, worauf er sie um ihre Telefonnummer bat. Ich konnte kaum an mich halten. Am liebsten hätte ich sie sofort wegen ihrer Lüge zur Rede gestellt, aber ich habe es mir verkniffen. Inzwischen bedauere ich es, dass ich den Mund gehalten habe. Sollte sie für ihre Falschheit nicht einen Denkzettel bekommen?

Liebe Frau ohne Lebensinhalt!

Ich kann Ihnen nur sagen: Vergessen Sie es. Soll Ihre Freundin doch ihre Marotte ausleben, Unwahrheiten über ihr Haar zu verbreiten. Wen stört das? Hat es irgendeinen Einfluss auf Ihr Leben? Erderwärmung, Kriege, Terrorismus, ansteigende Kriminalitätsraten – das sind die Themen, mit denen Sie sich beschäftigen sollten, nicht mit dem erbärmlichen Ringen einer Frau um Aufmerksamkeit.

Wenn Sie sich wirklich so darüber ärgern, kündigen Sie ihr die Freundschaft. Aber lassen Sie die arme Frau um Himmels willen mit ihrer Lüge weiterleben.

»Ich muss etwas essen, bevor wir ins Bett gehen«, sagte ich und stieß die Tür mit dem Fuß zu. »Ich bin am Verhungern.«

Jake stand in der Küche und klopfte mit einem Bleistift auf die abgeblätterte Arbeitsfläche.

»Ich glaube, ich habe nichts da«, erwiderte er.

»Deshalb habe ich etwas mitgebracht«, verkündete ich, stellte eine weiße Papiertüte auf die Arbeitsfläche und nahm ihm den Stift weg.

»Das macht mich nervös«, meinte ich.

»Wo warst du gestern Nacht?«, fragte er. »Ich habe dich ein paarmal auf dem Mobiltelefon angerufen.«

»Ich weiß«, entgegnete ich. »Ich habe deine Nachrichten erhalten. Hast du irgendwo saubere Gläser?«

»Ich dachte, wir könnten vielleicht ins Kino gehen, wenn du Zeit hast.«

»Nun«, antwortete ich und pustete eine Staubflocke von einem Wasserglas, »ich war beschäftigt. Meine Firma unterstützt eine jährlich stattfindende Wohltätigkeitsauktion. Ich bin erst nach Mitternacht nach Hause gekommen, was heißt, dass ich mich heute nicht so gut fühle. Von Schlafmangel kriege ich schlechte Laune, und außerdem schadet er meiner Haut. Ich würde mich nicht wundern, wenn ich heute Abend Pickel bekomme.«

Ich reichte Jake das Wrap mit Huhn, das ich für ihn ausgesucht hatte. Er nahm es mit gekränkter Miene entgegen.

»Was ist?«, erkundigte ich mich. »Was hast du?«

Jake zuckte die Achseln und spielte an dem Einwickelpapier herum.

»Nein, es ist nur … Warst du mit jemandem auf dieser Party?«

»Ich würde es nicht direkt als Party bezeichnen. Gesellschaftliche Anlässe wie diese sind eher Pflichtveranstaltungen. Alle langweilen sich, müssen aber so tun, als hätten sie Spaß. Zur

Belohnung gibt es mittelmäßigen Champagner und matschigen Kaviar.«

»Du hast meine Frage nicht beantwortet.« Jake legte sein Wrap weg. »Warst du mit jemandem dort?«

Aha, offenbar hatte Jake die Eifersucht seines Vaters geerbt. Mir gefiel das gar nicht, weshalb ich nicht vorhatte, meinem Liebhaber die kleine Inquisition zu erleichtern.

»Ja, Jake, mit etwa zweihundert meiner besten Freunde.«

»Du weißt genau, was ich meine«, nörgelte er. »Warum machst du es mir so schwer, Eva?«

»Schwer? Wer löchert hier wen wegen seiner gesellschaftlichen Verpflichtungen?«

»Warum hast du mir nichts von der Auktion erzählt?«

Ich verschränkte die Arme vor der Brust, eine Geste, die mich so bedrohlich erscheinen lässt wie eine Katze, die einen Buckel macht und seitlich auf ihren Gegner zuläuft. Das weiß ich, weil es mir gesagt worden ist – und zwar von zwei Mitarbeitern am Tag ihrer Kündigung, als sie die Gelegenheit nutzten, ihren Groll loszuwerden.

»Offen gestanden«, sagte ich, »weil es dich nichts angeht. Komm schon, Jake, was hättest du davon gehabt, einen Abend mit Hunderten von Werbeleuten in einem Veranstaltungssaal zu verbringen?«

»Ich hätte mich gefreut, mit dir dort zu sein«, beharrte er.

»Nein, hättest du nicht. Außerdem hätte ich gar keine Zeit für dich gehabt, Jake. Und was hättest du zu einem Gespräch über Markenidentifikation beitragen können?«

»Ich bin ein guter Zuhörer. Das haben zumindest alle meine bisherigen Freundinnen behauptet.«

Der arme Kleine. Also betrachtete er mich als seine Freundin. Ich ließ die Arme wieder sinken. Er war kein ernst zu nehmender Gegner. »Bitte, Jake, vergiss es einfach.«

Ehe er Gelegenheit zu einer Antwort hatte, biss ich in mein Sandwich und kaute genüsslich. Ich hatte schon die Hälfte verschlungen, als Jake wieder das Wort ergriff.

»Ich habe den Eindruck, dass du keinen Respekt vor mir hast«, stellte er fest.

Seufzend wickelte ich das restliche Sandwich wieder ein. Waren alle Jungen in Jakes Alter so hilfsbedürftig? Und so gut in der Lage, ihre Gefühle auszudrücken?

»Natürlich respektiere ich dich«, erwiderte ich zögernd. »Meine Entscheidung, dich nicht zu bitten mitzukommen, hat nichts mit mangelndem Respekt zu tun.«

»Also bin ich dir peinlich?«, hakte er nach. »Schämst du dich unserer Beziehung?«

Ich sagte nichts auf Jakes Anschuldigungen, weil ich es nicht konnte.

Jake schüttelte den Kopf.

»Das habe ich mir gleich gedacht«, meinte er tief gekränkt.

»Pass auf, Jake«, entgegnete ich, am Rande meiner Geduld angelangt und mit noch immer knurrendem Magen. »Niemand bringt seinen Partner zu so einer Veranstaltung mit. Jedenfalls fast niemand. Du hättest dich zu Tode gelangweilt. Glaube mir.«

»Ich würde gern selbst entscheiden, ob ich mich langweile oder nicht.«

Ich hätte schwören können, dass seine nächsten Worte »Du bist nicht meine Mutter« lauten würden. Doch stattdessen blickte er mich nur an, und ich erkannte Sophies Empfindsamkeit in seinen Augen.

Armer Kleiner, dachte ich wieder. Das Leben wird rau mit dir umspringen, wenn du nicht ein bisschen härter wirst.

»Also?«, bohrte er nach.

Was also? Hatte er eine Frage gestellt? Ich hatte nicht die Spur von Mitgefühl mit ihm. Offen gestanden wünschte ich, er würde endlich mit seinem Gejammer aufhören.

»Pass auf«, seufzte ich. »Es tut mir leid, dass du gekränkt bist, aber ich kann nichts dagegen tun.«

»Du könntest dich entschuldigen.«

»Wofür? Ich habe nichts falsch gemacht. Du sagst doch immer, jeder sei für seine Gefühle selbst verantwortlich. Wenn du dich also gekränkt fühlst, ist es deine Sache, nicht meine.«

»Auch, wenn du der Grund dafür bist?«

Ich nahm mein Sandwich und marschierte in das winzige Wohnzimmer.

»Jake, ich habe keine Lust mehr. Ich gehe wieder ins Büro.«

Jake folgte mir.

»Zwei Menschen, die einander etwas bedeuten, sollten nicht davonlaufen, wenn es Schwierigkeiten gibt, sondern bleiben und das Problem besprechen.«

Ich wirbelte zu ihm herum.

»Bist du sicher, dass du Ingenieurswesen studierst und keine Ausbildung zum Eheberater machst? Auf Wiedersehen, Jake.«

Als die Tür hinter mir zufiel, hörte ich Jakes Stimme, jung, voller Hoffnung, doch noch immer gekränkt.

»Ich rufe dich an«, sagte er.

Das Schloss rastete ein. Also konnte ich mir die Antwort sparen.

39

Denken Sie daran: Jeder versteht, was eine falsche Annahme ist. (»Ich dachte, es stört dich nicht, wenn ich das Stück Kuchen esse, auf dem dein Name stand.«) Jeder kann nachvollziehen, was es bedeutet, wenn man herausfindet, dass man eine Fehlinformation bekommen hat. Jeder ist schon einmal auf einen Aberglauben hereingefallen. (Den Weihnachtsmann, die Zahnfee, den Ostenhasen – suchen Sie es sich aus.) Kurz gesagt, haben wir alle unsere Erfahrungen mit Irrtümern, unpräzisem Denken und unverfrorenen Lügen. Was also ist so schlimm daran?

– Zermürben Sie sich nicht mit Schuldgefühlen: Lieben Sie den Lügner in sich.

EVA

An diesem Abend allein in meiner Wohnung, kuschelte ich mich in meinen einzigen Lehnsessel, den ich mir schon vor Jahren gekauft habe, legte die Füße auf einen seit dem Einzug ungeöffneten Bücherkarton und erinnerte mich daran, dass ich mit Ben etwas ganz Ähnliches erlebt hatte.

Bis zu diesem Augenblick hatte ich es völlig vergessen. Wie ich schon sagte, war das nicht weiter ungewöhnlich, da ich schon seit Jahren mein selektives Gedächtnis pflege, die Fähigkeit also, unangenehme Ereignisse auszublenden. Es ist ein sehr wichtiges Talent, das es einem gestattet, einfach weiterzumachen, als ob nichts gewesen wäre.

Jedenfalls hatte meine Firma damals – ich war schon einige Monate mit Ben zusammen – einen ähnlichen Abend wie den gestrigen veranstaltet. Als ich das Ben gegenüber erwähnte, fragte er, ob er auch eingeladen sei. Ich verneinte, woraufhin er den Grund wissen wollte. Ich erklärte ihm, es sei mein Grundsatz, Berufliches nicht mit Privatem zu vermischen.

Ben war ebenso verärgert gewesen wie Jake, allerdings weniger anstrengend. Er hatte erwidert, ich nähme die Beziehung anscheinend nicht so ernst wie er. (Diesen Vorwurf hörte ich nicht zum ersten oder letzten Mal.) Meine Antwort lautete, ich nähme die Beziehung so ernst, wie sie es verdiene. Er fragte, was ich damit meinte, und …

Mir fiel nichts dazu ein.

Als ich diese Episode nun Revue passieren ließ, wurde mir klar, dass das der Anfang vom Ende gewesen war.

Was ist nur los mit meinem Umgang mit Menschen, an denen mir angeblich etwas liegt, dass es immer wieder zu einer Katastrophe kommt oder, noch schlimmer, in einer Sackgasse mündet?, dachte ich. Warum, so grübelte ich weiter, behaupte ich, jemand – meine Schwester, Ben, Jake, Sam – sei mir wichtig, obwohl ich gleichzeitig das Bedürfnis habe, sie wegzuschieben?

Zum Glück läutete das Telefon und riss mich aus diesen unangenehmen und umstürzlerischen Gedanken. Ich erkannte die Nummer von Sams Mobiltelefon.

»Was ist?«, meldete ich mich.

»Eva?«

»Ja, Sam. Warum rufst du an?«

Sam wollte mich treffen. Er hatte einen harten Tag im Büro hinter sich, und es sah ganz danach aus, als ob einige Köpfe rollen würden. Unter anderem auch seiner.

»Ich sitze noch am Schreibtisch«, sagte er. »Bitte, ich muss dich wirklich sehen.«

Ich zögerte. Wegen Jake hatte ich mit Sam Schluss gemacht. Und nun hatte Jake mich mit seinem kindischen Auftritt in abgrundtief schlechte Laune versetzt.

»Eva?«

»Wo?«, erwiderte ich. »Und wann?«

* * *

Sam und ich hatten eine Runde wilden Sex. Es gibt keine bessere Ablenkung als wilden Sex.

Danach entwand ich mich Sams klammernden Händen und fuhr mit dem Taxi nach Hause. Als ich auf dem durchgesessenen Rücksitz Platz nahm, fühlte ich mich merkwürdig unglücklich, ja, sogar den Tränen nah, was mich sehr beklommen machte. Warum war ich unglücklich? Warum?

Warum sollte ich überhaupt etwas empfinden? In den letzten Wochen waren die Dinge ziemlich durcheinandergeraten. Alle wollten etwas von mir – Gespräche, Bindungen. Außerdem hatte ich mich dabei ertappt, dass ich viel zu häufig über Themen wie Vertrauen und Wahrheit und – Gott steh mir bei – Treue nachdachte.

Alles das hatte mit Sophies erstem Anruf angefangen. Dem Anruf, den ich versehentlich angenommen hatte.

Ich gab dem Taxifahrer ein miserables Trinkgeld und ging sofort zu Bett.

40

Liebe Kummerkastentante!

Mein Mann und ich streiten uns seit einem Monat andauernd. Aus heiterem Himmel hat er verkündet, in einer Ehe müsse absolute Offenheit herrschen. Ich hatte sofort den Verdacht, dass er sich etwas von der Seele reden wollte, zum Beispiel Schwierigkeiten in der Arbeit. »Natürlich«, sagte ich deshalb und erkundigte mich, ob er ein Problem auf dem Herzen hätte. Er verneinte, aber ich hätte ihm doch sicher etwas zu sagen. Ich antwortete aufrichtig, dass ich vor ihm keine Geheimnisse hätte. »Da bin ich anderer Ansicht«, erwiderte er. Seitdem beharrt er wie ein Besessener darauf, ich müsse ein Verbrechen »beichten«, das ich seiner Meinung nach begangen habe. Gestern Abend habe ich ihn aus lauter Verzweiflung gefragt, ob er denke, ich hätte eine Affäre. Daraufhin sah er mich nur merkwürdig an. »Keine Ahnung, hast du denn eine?«, entgegnete er. Verliert er vielleicht den Verstand? Soll ich ihn überreden, zum Therapeuten zu gehen? Allmählich habe ich Angst in meinem eigenen Haus. Können Sie mir helfen?

Liebe missbrauchte Ehefrau!

Ich will Ihnen verraten, was hier gespielt wird: Ihr Mistkerl von einem Ehemann hatte eine Affäre und ist zu feige, seine Schuldgefühle zu ertragen wie ein echter Kerl (indem er den Mund hält) oder zu beichten und um Verzeihung zu bitten. Stattdessen will er Ihnen so lange zusetzen, bis Ihnen der Kragen platzt und Sie »Gut, wenn du meinst, dass ich eine Affäre hatte, dann hatte ich eben eine!« brüllen, nur damit er endlich still ist. Dann wird er zugeben, dass er auch eine Affäre hatte, um sich für Ihre Affäre zu rächen. »Ich habe gelogen! Ich hatte gar keine Affäre!«, werden Sie dann aufbegehren. »Du hast es doch gerade selbst zugegeben«, wird er erwidern. »Es ist aus zwischen uns. Die Scheidungspapiere kriegst du mit der Post.« Mein Rat? Kommen Sie dem Mistkerl zuvor. Reichen Sie die Scheidung ein, und zwar wegen seelischer Grausamkeit. Wenn Sie dann wieder frei und den Blödmann los sind, rufen Sie mich an. Ich kenne da einen netten Arzt, sehr erfolgreich und frisch geschieden.

JOHN

Warum nicht? Was konnte es schaden? Schließlich hatte ich der Frau keinen Heiratsantrag gemacht, sondern sie nur gefragt, ob sie nach der Arbeit mit mir einen trinken gehen wollte. Wir könnten ein bisschen über unser Leben seit dem College plaudern und sehen, wohin das Gespräch führte.

Außerdem war mein Kühlschrank leer. Die im Internet bestellten DVDs würden erst in ein oder zwei Tagen geliefert werden, und das Buch, das ich gerade las – die Geschichte des spanischen Bürgerkriegs –, langweilte mich zu Tode. (Nicht etwa das Thema, sondern der Stil des Autors.)

Gut, Eva hatte bereits zwei Einladungen abgelehnt, eine zum Abendessen mit Sophie bei mir (Sophie war allein gekommen) und eine zu einer kleinen Weinprobe, zu deren Veranstaltern ich gehörte. Aber man soll die Hoffnung ja nie aufgeben.

Ich wählte die Nummer auf der Visitenkarte, die sie mir gegeben hatte, und rechnete eigentlich mit einer Sekretärin oder Empfangsdame.

Stattdessen meldete sich Eva selbst.

»Eva Fitzpatrick.«

»Oh, hallo, Eva, ich bin es, John.«

Eine Weile herrschte Schweigen.

»John Felitti.«

»Ich weiß.«

Aha, dachte ich. Was nun?

»Ich habe nicht damit gerechnet, dass du persönlich ans Telefon gehst«, sagte ich.

»Meine Sekretärin ist krank«, erwiderte Eva ohne eine Spur von Mitleid. »Zum dritten Mal in diesem Monat. Allmählich wird es langweilig.«

»Hat sie etwas Ernstes?«, erkundigte ich mich höflich.

»Was? Keine Ahnung. Können Sie mir bitte die neuen Layouts für die Penske-Kampagne heraussuchen? Ich habe Sie heute Vormittag schon zweimal darum gebeten, und ich wiederhole mich nur ungern.«

Wieder Schweigen.

»Verzeihung?«, fragte ich. Ich spürte, wie meine Gesichtszüge sich verspannten, ein Zeichen dafür, dass meine Geduld fast zu Ende war.

»Man hat mir eine Vertretung geschickt, die nicht in der Lage ist, die einfachsten Anweisungen auszuführen. Wie soll ich arbeiten, wenn ich von Idioten umzingelt bin?«

Mein Schweigen sprach offenbar Bände.

»Was ist?«, wollte Eva wissen.

»Um die Wahrheit zu sagen«, erwiderte ich, »bin ich ein wenig verärgert.«

»Warum?«

Ich schüttelte den Kopf. Dieses sogenannte Gespräch war nichts als Zeitverschwendung.

»Nichts. Vergiss es.«

Eva lachte.

»Ach, ich verstehe. Wenn du jede Menge Zeit zum Telefonieren hast, heißt das noch lange nicht, dass es bei mir genauso ist. Mein Gott, John. Du kreist wieder nur um dich selbst, merkst du das gar nicht?«

»Ich finde lediglich, dass du ein wenig höflicher sein könntest«, entgegnete ich bemüht ruhig. »Warum hebst du ab, wenn du dich vom Telefon gestört fühlst? Lass deine Sekretärin doch die Nachricht aufschreiben. Oder«, fügte ich hinzu, weil mir die kranke Sekretärin und die unfähige (und zweifellos eingeschüchterte) Aushilfe einfielen, »lass den Anrufer einfach auf die Mailbox sprechen.«

»Es hätte wichtig sein können«, erwiderte Eva. »Die Rufnummernerkennung funktioniert nicht.«

Auch eine Methode, einem Menschen Mut zu machen. Ich schwieg.

Eva seufzte, als hätte sie es mit einem geistig zurückgebliebenen Kind zu tun.

»Hör zu, John, ich muss auflegen. Ach, warum hast du eigentlich angerufen? Wolltest du etwas Bestimmtes?«

»Schon gut«, sagte ich und fügte, nicht sehr einfallsreich, hinzu: »Einen schönen Tag noch.«

»Ja … was … okay«, lautete Evas geistesabwesende Antwort nur.

Ich legte auf.

Was war aus der Frau geworden, die ich auf dem College gekannt hatte? Eve, nicht Eva, war stets höflich gewesen und hatte ein offenes Ohr für ihre Mitmenschen gehabt. Sie war ein Mädchen, das mit seiner toleranten Art Streber und andere gesellschaftliche Versager anzog, sodass sie ihr folgten wie ein Hofstaat. Wie ich mich erinnerte, hatte sie mehr als einmal gesagt, jeder Mensch habe etwas Interessantes an sich, man müsse sich nur die Mühe geben, es herauszufinden.

Es klopfte, und Ellen betrat mein Büro.

»Was schaust du so griesgrämig?«, wollte sie sofort wissen.

»Die Muscheln waren schlecht.«

»Gut, du willst also nicht darüber reden.«

Ellen ließ etwas auf meinen Schreibtisch fallen und wandte sich zum Gehen.

»Ellen«, meinte ich unvermittelt, »hast du schon einmal jemanden nach langer Zeit wiedergetroffen und festgestellt, dass er ganz anders ist, als du ihn im Gedächtnis hattest?«

Ellen setzte sich auf die Schreibtischkante.

»Klar«, antwortete sie. »Das geht uns allen so.«

»Mag sein. Ein scheußliches Gefühl.«

»Soll das heißen, dass du die betreffende Person in deiner Erinnerung verklärt hast?«

»Ich wünschte, es wäre so«, erwiderte ich. »Nein, in diesem Fall hat die Zeit neue Fakten geschaffen. Die Frau ist völlig anders als damals auf dem College.«

»Und nach deiner finsteren Miene zu urteilen, hat sie sich nicht zum Positiven verändert.«

Finstere Miene?

Wirklich?

So viel zu meinem professionellen Pokerface.

»Meiner Ansicht nach nicht«, sagte ich. »Das heißt, sie hat mich schon früher in den Wahnsinn getrieben. Doch auf dem College gefiel es mir, wie sie mich durchschaut hat. Heute möchte ich nur noch die Beine in die Hand nehmen und davonlaufen, so schnell es geht.«

Oder sie auf einen Drink einladen.

»Also war das große Wiedersehen ein Fiasko.«

»Nein, das würde ich nicht behaupten. Nicht ganz. Sophie ist noch mehr oder weniger so wie auf dem College. Sympathisch. Warmherzig. Aber die andere …«

Ellen zog die Augenbraue hoch. »Hat *die andere* auch einen Namen?«

»Du wirst es nicht glauben, aber sie nennt sich jetzt nicht mehr Eve, sondern Eva. Welchen Grund mag sie dafür gehabt haben?«

»Eine Identitätskrise vielleicht?«, mutmaßte Ellen. »Sie will die Vergangenheit hinter sich lassen und sich neu erschaffen. Das ist doch ziemlich offensichtlich, findest du nicht?«

»Ich weiß aber überhaupt nicht, was ich davon halten soll«, gab ich zu.

Ellen stand auf.

»Nun, niemand zwingt dich, weiter mit ihr befreundet zu sein.«

Aber was war, wenn ich ihr Freund sein wollte?

»Nein, natürlich nicht«, sagte ich.

»Weißt du, wo die Akte im Fall Adams steckt?«, fügte ich hinzu.

Ellen deutete mit einem langen manikürten Finger darauf. »Ich habe sie gerade auf deinen Schreibtisch gelegt.«

»Oh, richtig. Danke, Ellen.«

Ellen bedachte mich mit einem ausgesprochen argwöhnischen Blick.

»Ich würde in Zukunft die Finger von Muscheln lassen«, meinte sie.

»Verstanden«, sagte ich, nachdem sie draußen war.

41

So wie Caprihosen sich nicht für Übergewichtige und scharf gewürzte Speisen sich nicht für Magenkranke eignen, so ist auch die Wahrheit (also sie anzusprechen oder zu hören zu bekommen) nicht jedermanns Sache. Führen Sie eine ehrliche Bestandsaufnahme Ihrer Stärken und Schwächen durch, bevor Sie sich Fragen wie die folgende stellen: Will ich wirklich wissen, ob mein Mann mich mit meiner besten Freundin betrügt? Oder ist Ahnungslosigkeit für mich der bessere Weg?

– Die Wahrheit erträgt nicht jeder.

EVA

»Also, was hat sich bei dir so getan?«

Ich zuckte die Schultern.

»Nicht viel.«

Sophie lachte.

»Ach, komm schon, Eva. So ereignislos kann dein Leben nicht gewesen sein.«

»Doch«, entgegnete ich. »Da war nichts.«

John warf mir einen verärgerten Blick zu. Was sollte das? Glaubten diese Leute etwa, die Rechte an meiner Biografie erworben zu haben?

Denn die war eigentlich recht pikant. Unter gar keinen Umständen durfte John von meiner rein sexuellen Beziehung mit Sam erfahren. Ich bereute immer noch, dass ich mich Sophie anvertraut hatte. So sehr sie es auch abstritt, ahnte ich, dass sie schockiert gewesen war.

Außerdem sollten die beiden niemals wissen, dass ich eine Affäre mit Jake hatte. Ich war nämlich noch nicht so moralisch verkommen, als dass mir nicht klar gewesen wäre, dass Sophie und Jack mich dann für ein Schwein gehalten hätten.

Das Ärgerliche daran war, dass es mich vor einem Monat nicht gestört hätte, wenn jemand schlecht über mich dachte. Allerdings hatte ich vor einem Monat auch noch keine Freunde gehabt. Und Freunde waren, wie ich allmählich lernte (oder mir wieder ins Gedächtnis rief), so etwas wie moralische Orientierungspunkte, die dafür sorgten, dass man nicht vom rechten Wege abwich. Sie liebten einen, auch wenn man ins Straucheln geriet (das heißt, einen Fehler machte), aber eben dieses Straucheln (also der Fehler) sorgte für so viele Peinlichkeiten, dass man sich in Zukunft Mühe gab, eine Wiederholung zu vermeiden.

Und das war ausgesprochen lästig.

Freunde, so stellte ich fest, mischten sich in alles ein. Sie waren aufdringlich und nicht etwa Orientierungspunkte, sondern die Moralpolizei. Es machte mich wütend, dass ich ihretwegen ein schlechtes Gewissen hatte. Und wenn ich deshalb miese Laune verbreitete, dann war das eben ihr Pech.

»Ihr wisst«, sagte ich mit einer wegwerfenden Handbewegung, »bereits alles. Tut mir leid, wenn ich euch enttäuschen muss.«

»Oh, ich hatte gehofft, du hättest jemanden kennengelernt und wärst vielleicht mit ihm ausgegangen.«

Die arme Sophie war eine hoffnungslose Romantikerin.

»Ja«, meinte John, »ich zum Beispiel habe mich regelrecht danach verzehrt, von deinem Liebesleben zu hören.«

Sophie sah John argwöhnisch an.

»Männer«, erwiderte ich lässig.«Ihr denkt nur an Sex.«

»Ich habe von Liebe gesprochen, nicht von Sex.«

»Aber du hast daran gedacht«, entgegnete ich.

Nicht, dass ich derartige Gedanken grundsätzlich ablehnte. Schließlich denke ich auch häufig an Sex. Doch ich wusste, dass John sich niemals zu dieser Freizeitbeschäftigung bekannt hätte.

John schmunzelte nachsichtig in sich hinein, als habe er es mit einem besonders störrischen Kind zu tun.

»Selbst wenn du es nicht glaubst«, sagte er, »haben Männer noch andere Interessen als Sex. Natürlich gibt es auch Ausnahmen von dieser Regel, aber die meisten Männer erwarten sich von einer Beziehung mehr als nur Sex.«

»Woher willst du das wissen?«, gab ich herausfordernd zurück. »Du bist ein Schürzenjäger, ein Weiberheld und ein eingefleischter Junggeselle. Also kommt es dir offenbar nur darauf an, eine Frau ins Bett zu kriegen.«

»Tut mir leid«, antwortete er, »dass ich dein negatives Bild von mir zerstören muss. In den letzten Wochen bin ich nämlich in der Absicht – tja, oder besser in der Hoffnung – mit Frauen ausgegangen, mich auf eine feste Beziehung einzulassen. Mir ist nämlich klar geworden, dass ich das Alleinsein satt habe, und würde gern heiraten.«

»John, das ist ja wundervoll«, rief Sophie aus. »Du würdest dich sicher großartig zum Ehemann eignen.«

»Ich nehme dir kein Wort ab«, widersprach ich. »Meiner Ansicht nach führst du etwas im Schilde. Aber keine Sorge, ich komme schon dahinter.«

Seufzend entschuldigte sich John, um zur Toilette zu gehen. Ich hatte den Verdacht, dass ihn weniger ein menschliches Rühren plagte als der Wunsch, eine Weile Ruhe vor mir zu haben.

»Warum bist du immer so gemein zu ihm?«, fragte Sophie, als John außer Hörweite war. Es schien sie wirklich zu bedrücken.

»Ich bin nicht gemein zu ihm«, protestierte ich. »Gut, vielleicht ein bisschen.«

»Ständig kritisierst du an ihm herum.«

»Er wird es verkraften.«

»Pst. Er kommt zurück.«

»Das ist der Vorteil, wenn man ein Mann ist. Man braucht das Ding nur herauszuholen und wieder hineinzustecken.«

Sophie achtete nicht auf meine Bemerkung und lächelte John entgegen.

»Also«, sagte ich, »und wie läuft die Suche nach dem kleinen Frauchen so?«

»Bitte nimm zur Kenntnis, dass ich Manns genug bin zu gestehen, dass es besser laufen könnte.«

Sophie tätschelte John den Arm.

»Hab Geduld. Die Liebe kann man nicht erzwingen. Du wirst schon die Richtige finden, das weiß ich genau.«

Klar, und ich weiß, dass es der neuen Miss Universum gelingen wird, den Hunger auf der Welt abzuschaffen.

»Zeig ihr gleich am Anfang deine Kontoauszüge«, riet ich ihm. »Das wird sie sicher überzeugen, dich zu heiraten.«

John lachte.

»Diese Beleidigung nehme ich dir nicht übel«, erwiderte er. »Denn einige Damen sind wirklich sofort auf den Punkt gekommen und haben mich nach meinen finanziellen Verhältnissen ausgehorcht. Schon bei der ersten Verabredung.«

»Das ist ja schrecklich«, entsetzte sich Sophie und schlug die Hand vor die Brust. »Wie hast du reagiert?«

»Ich habe ihnen – sehr höflich natürlich – mitgeteilt, dass sie das nichts anginge. Dann habe ich Kopfschmerzen vorgeschützt und mich verabschiedet.«

»Du machst Witze«, meinte ich. »Kopfschmerzen? Wie – weiblich.«

»Was kümmert mich die Meinung einer geldgierigen Tussi?«

»Man muss ein richtiger Mann sein, um zu seinen Schwächen zu stehen«, merkte Sophie an.

»Aber diese Schwäche«, wandte ich ein, »die Kopfschmerzen, das war nur gelogen. Lügen richtige Männer denn?«

»Alle Männer lügen«, antwortete John. »Und alle Frauen ebenfalls. Dagegen kann man nichts machen.«

Sophie verzog besorgt das Gesicht.

»Ich lüge nicht. Wenigstens gebe ich mir Mühe. Die Vorstellung, dass alle Menschen lügen, finde ich sehr deprimierend.«

»Meiner Ansicht nach wird das Leben dadurch erst interessant.« Ich zuckte vielsagend die Achseln, was mir ein Stirnrunzeln von John einbrachte. »Man weiß nie, was stimmt, was ausgeschmückt und was weggelassen wurde. Diese Unsicherheit hat ihren Reiz.«

»Ja«, meinte John zögernd. »Aber wenn man feststellt, dass ein Mensch ein chronischer Lügner ist, verliert er bald an Charme und ist einfach nur langweilig.«

Sophie blickte zwischen John und mir hin und her.

»Willst du damit andeuten«, fragte ich ruhig, »dass ich möglicherweise eine Lügnerin sein könnte?«

John lächelte gekünstelt.

»Ich sagte doch bereits, dass alle Menschen lügen. Einige haben eben mehr Erfahrung darin als andere.«

»Ich glaube, ich brauche einen Kaffee«, verkündete Sophie.

John und ich sahen Sophie an, deren Stimme ungewöhnlich schrill klang. Ihr Lächeln wirkte ein bisschen zittrig. Offenbar hoffte sie, dass John aufhören würde, gegen mich zu sticheln.

»Ich nehme auch einen«, meinte ich, obwohl ich Kaffee eigentlich nur morgens mag.

Selbst wenn ich mir anschließend die Zähne putze, bleibt ein unangenehmer Nachgeschmack zurück. Doch für eine Freundin würde ich dieses Opfer natürlich bringen. (Obwohl ich auch nicht viel von Opfern halte – ich weiß, das habe ich bereits erwähnt –, aber in seltenen Fällen können sie nützlich sein.)

Johns angespannte, steinerne Miene hellte sich auf, sein ebenmäßiges Gesicht wirkte so freundlich wie immer.

»Kaffee ist eine gute Idee«, stimmte er zu und lächelte Sophie an.

Sophie erwiderte das Lächeln erleichtert. Sicher hatte sie befürchtet, dass es zwischen John und mir zu einem Streit kommen könnte. Manche Menschen haben eben einen Hang zum Dramatisieren.

42

Liebe Kummerkastentante!

Vor Kurzem hat mein Mann einen Kollegen zum Abendessen eingeladen. »Oh, mein Gott, ist der niedlich«, dachte ich mir, sobald er zur Tür hereinkam. Wir verbrachten einen sehr netten Abend und haben uns seitdem öfter mit ihm und seiner Freundin getroffen. Obwohl dieser Mann niemals auch nur einen Hauch von Interesse an mir gezeigt hat, schwärme ich ein wenig für ihn. Natürlich würde ich diesem Gefühl nie nachgeben, aber ich habe ein schrecklich schlechtes Gewissen, weil ich einen anderen Mann als meinen attraktiv finde. Soll ich es meinem Mann beichten? Glauben Sie, dass etwas mit mir nicht stimmt? Bitte helfen Sie mir!

Liebes Dummerchen!

Schwärmereien sind normal und meistens nicht von Dauer. Halten Sie den Mund und legen Sie sich ein Hobby zu, doch lassen Sie die Finger von spitzen Gegenständen. (Das heißt, Sticken kommt nicht infrage.) Jemand, der so dämlich ist wie Sie, sollte sich außerdem überlegen, ob er beim Verlassen des Hauses nicht besser einen Helm trägt. Ach, herrje!

JOHN

Zum Teufel mit Eva. Erst hatte sie mich am Telefon abblitzen lassen und dann benahm sie sich beim Abendessen mit Sophie wie ein richtiges Ekel. Zum Teufel mit ihr.

Das waren meine Gedanken, als ich Jana zum Abendessen einlud. Jana mochte keine Eva sein, aber gerade das war das Gute.

Ich hatte Jana vor ein paar Monaten auf einer Party bei einem der Teilhaber der Kanzlei kennengelernt. Es handelte sich zwar um eine gesellschaftliche Verpflichtung, war aber erträglich. Stuarts Frau tischt immer bergeweise Essen auf; ihre Partyservice-Rechnungen müssen astronomisch sein.

Jedenfalls wurde ich Jana kurz nach meiner Ankunft vorgestellt. Wir plauderten eine Weile, hauptsächlich über Berufliches. Sie erzählte mir, sie sei Besitzerin einer Blumenhandlung, die nur Geschäftskunden belieferte. Nach unserem Gespräch gab sie mir ihre Visitenkarte. Da ich ihr nicht versprochen hatte, sie anzurufen, hatte ich kein schlechtes Gewissen, weil seit der Party schon so viel Zeit vergangen war. Natürlich musste ich die Karte zuerst suchen und fand sie schließlich ganz hinten in der obersten Schreibtischschublade. Voller Tintenflecke, weil ein Stift ausgelaufen war.

Jana erinnerte sich an mich und erklärte sich mit einem gemeinsamen Abendessen einverstanden. Ihre angenehme Telefonstimme rief mir wieder ins Gedächtnis, dass sie eine interessante Mischung aus Geschäftsfrau und kreativem Typ war. Zugegeben, ich wusste nur noch vage, wie sie aussah, kein sehr verheißungsvolles Zeichen. Allerdings ist ein Mann, der das dringende Bedürfnis hat, eine ganz bestimmte Frau aus seinen Gedanken zu streichen, zu jeder Schandtat bereit.

Wir verabredeten uns in einem beliebten Restaurant, das auf Fischgerichte spezialisiert war. (Jana sagte mir, sie äße kein rotes Fleisch.) Ich kam pünktlich, Jana war zu früh dran. Sie winkte mir von ihrem Platz an einem kleinen Tisch in der Nähe des Tresens zu. Ich winkte zurück. Erfreut stellte ich fest, dass sie recht attraktiv war – abgesehen von ihrem Schwangerschaftsbauch.

Ich weiß nicht, wann ich mich je so wie ein Idiot gefühlt hatte. Und, seien wir offen, ein ziemlich verärgerter Idiot. Ich war so richtig reingelegt worden.

Da stand ich nun vor dem kleinen Tisch, an dem meine schwangere Verabredung saß. Jemand musste etwas sagen.

Jana ergriff als Erste das Wort. »Hallo«, begrüßte sie mich fröhlich. »Schön, dich wiederzusehen, John.«

»Ja«, antwortete ich benommen. »Ich freue mich auch. Unser Tisch ist frei.«

Jana erhob sich anmutig; sie war zwar hochschwanger, aber noch nicht im Stadium der Unbeholfenheit.

Ich schwöre, dass ich nicht wusste, ob ich das Offensichtliche ansprechen oder warten sollte, bis Jana es tat.

Sie übernahm es, sobald wir im Speisesaal saßen und der Kellner unsere Getränkebestellung entgegen nahm.

»Ich hätte gern einen Preiselbeersaft mit Mineralwasser«, sagte sie.

Ich entschied mich für einen doppelten Scotch auf Eis. Sollte Jana mich doch ruhig für einen Trunkenbold halten! Ein Mann, der gerade einen Schock erlitten hat, braucht zur Stärkung einen Schluck. (Sagt wenigstens P. G. Wodehouse).

»Ich bin schon fast im letzten Schwangerschaftsdrittel«, meinte Jana, nachdem der Kellner fort war. »Mein Arzt meint, ein Gläschen Wein ab und zu wäre dann nicht mehr schlimm. Aber es ist noch zu früh.«

Ich nickte.

»Natürlich. Zu früh.«

Jetzt mach schon den Mund auf, John, dachte ich dann. »Ich muss dich etwas fragen, Jana. Als wir uns auf der Party kennenlernten …«

»Da war ich im dritten Monat, aber man sah es mir noch nicht an.«

»Nein«, erwiderte ich mit einem Auflachen. »Wirklich nicht. Ich habe wenigstens nichts gemerkt.«

»Erwartest du etwa, dass schwangere Frauen ein Schild um den Hals tragen, um ihren Zustand öffentlich kundzutun?« Janas Tonfall war eindeutig abweisend.

»Selbstverständlich nicht«, antwortete ich. »Damit wollte ich nicht andeuten …«

Dass du gelogen hast. Ich fragte mich, ob sich Jana der Vorspiegelung falscher Tatsachen schuldig gemacht hatte. Sie war alleinstehend, dahingehend hatte sie die Wahrheit gesagt, aber mir verschwiegen, dass sie Nachwuchs erwartete. Allerdings besprach man ernsthafte Themen wie diese eigentlich erst bei der ersten Verabredung. Und das hier war unsere erste Verabredung.

»Vermutlich fragst du dich, wer der Vater ist«, sagte sie.

»Nun, ich – ja, ich glaube schon.«

Jana rutschte auf ihrem Stuhl herum. Ich habe gehört, dass Frauen in der Schwangerschaft oft an Hämorrhoiden leiden.

»Nun«, meinte sie. »Ich hatte es satt, auf den Richtigen zu warten. Also habe ich beschlossen, die Sache selbst in die Hand zu nehmen. Ich bin zu einer Samenbank gegangen, habe mir einen Spender ausgesucht, und schwuppdiwupp war ich schwanger. Gut, in Wirklichkeit war es ein bisschen komplizierter, aber ich erspare dir die scheußlichen Details.«

Gedankt sei Gott für die kleinen Freuden im Leben.

»Nun«, erwiderte ich. »Glückwunsch. Ich finde das sehr mutig von dir.«

»Mutig oder total verrückt.« Jana betrachtete ihren Teller, bevor sie mir wieder in die Augen sah. »Meinst du, wir können trotzdem zusammen zu Abend essen, John?«

»Ich denke schon«, entgegnete ich, obwohl ich mir nicht ganz sicher war. Doch es wäre nicht nett von mir gewesen, mich einfach zu verdrücken.

Ich gab mir wirklich große Mühe. Jana war eine anregende Gesprächspartnerin, und dass sie ein wunderhübsches Lächeln und schöne graublaue Augen hatte, war das Sahnehäubchen dazu. Bald wurde mir klar, dass ich mich wieder mit ihr verabredet hätte, wenn nur die Schwangerschaft nicht gewesen wäre.

Wenn nur die Schwangerschaft nicht gewesen wäre.

An diesem Punkt möchte ich betonen, dass ich mich auch mit einer Frau verabreden würde, die bereits Kinder aus einer früheren Beziehung hat. Heutzutage wäre jeder andere Standpunkt hoffnungslos veraltet.

Allerdings bereitete mir diese Situation Magendrücken. Es störte mich, dass Jana ein Kind von einem Fremden erwartete. Und dass mich das störte, störte mich noch viel mehr. War ich im Grunde meines Herzens ein engstirniger, moralinsaurer Spießer? War meine Toleranz nur Fassade?

Außerdem gab es da ein weiteres Problem. Wollte ich wirklich mit einer Frau, die ich kaum kannte, das letzte Schwangerschaftsdrittel durchstehen? Wollte ich Zeuge einer blutigen Geburt und von Wochenbettdepressionen werden?

Nein. Das wollte ich nicht. Und auch das belastete mich. Wenn ich in Jana verliebt gewesen wäre … Doch wenn ich in Jana verliebt gewesen wäre, hätte sie entweder ein Kind von mir oder gar keines erwartet und die Familiengründung bis nach der Hochzeit verschoben.

Zu viel. Obwohl ich mich meiner selbst schämte, fühlte ich mich jäh enttäuscht und überfordert.

Wir beendeten unsere Mahlzeit. Keiner von uns bestellte Kaffee oder ein Dessert. Nachdem Teller und Gläser abgeräumt waren, konnte man die Leere beinahe mit Händen greifen. Die Kluft zwischen uns schrie regelrecht nach Aufmerksamkeit.

»Tut mir leid, Jana«, sagte ich. Ich hoffte zwar auf eine verständnisvolle Reaktion, rechnete aber nicht damit. »Wirklich. Ich unterhalte mich gern mit dir und finde dass du sehr attraktiv und außerdem ausgesprochen intelligent bist. Aber ich glaube – ich kann dich nicht wiedersehen.«

»Wegen des Babys.«

»Ja.«

Seufzend faltete Jana ihre Serviette zusammen.

»Nun, ich will ehrlich zu dir sein, John. Ich bin enttäuscht. Du bist mir auch sehr sympathisch, doch es wundert mich nicht sehr.«

»Nein, das kann ich mir denken.«

»Ich habe mich dafür entschieden«, sagte sie, wie zu sich selbst. »Und es war nicht leicht, glaube mir. Aber ich bereue nicht, dass ich dieses Baby bekomme.«

»Gut«, erwiderte ich überflüssigerweise. »Das soll heißen, ich freue mich.«

Eine Weile herrschte ein fast harmonisches Schweigen zwischen uns, bis Jana wieder das Wort ergriff.

»Es war schön, dich wiederzutreffen, John. Außerdem hat es mir gefallen, einmal woanders hinzugehen als zur Arbeit oder zum Geburtsvorbereitungskurs. Mein Leben«, fügte sie ein wenig wehmütig hinzu, »ist derzeit nämlich nicht sehr abwechslungsreich.«

»Ich habe mich auch gefreut, dich zu sehen, Jana«, antwortete ich aufrichtig. »Ich muss mich noch einmal entschuldigen, dass ich nicht – ich weiß nicht, wie ich es ausdrücken soll«, gab ich zu. »Es tut mir leid, dass ich nicht tolerant genug bin, um mich auf eine Beziehung mit dir einzulassen.«

»Vielleicht nach der Geburt«, meinte Jana. »Ich könnte dich ja anrufen.«

Beim Anblick meines Gesichtsausdrucks fing Jana zu lachen an.

»War nur ein Scherz. Vermutlich kein sehr guter.«

Sofort wurde ich von Schuldgefühlen ergriffen. Genau genommen hatte ich mich falsch verhalten. Allerdings kann man nicht in einer katholischen Familie aufwachsen, ohne Tag für Tag mit dem bohrenden Zweifel zu leben, dass man eine Situation geschickter oder verständnisvoller hätte meistern müssen.

Ich überlegte, ob ich Jana Hilfe anbieten sollte. Kein Geld, das bekam sie gewiss von ihrer Familie, falls sie eine hatte. Und was war mit Freunden? Vielleicht hatte Jana wie so viele Amerikaner heutzutage jede Menge lockerer Bekanntschaften, aber nur wenige wirkliche Freunde, die für sie zum Einkaufen gingen, sie ins Krankenhaus begleiteten oder ihr Kind über das Wochenende beaufsichtigten, wenn sie verreisen musste.

»So«, meinte ich, nachdem das beklommene Schweigen nahezu unerträglich geworden war. »Stehen deine Freunde und deine Familie parat?«

Möglicherweise konnte ich Jana nach der Geburt einmal in der Woche besuchen, um ihr beim Putzen zu helfen.

Jana lachte.

»Keine Sorge, John. Ich bin weder dein Problem noch dein Hilfsprojekt.«

»Damit wollte ich nicht andeuten, dass du nicht fähig bist, allein zurechtzukommen«, protestierte ich, obwohl ich offenbar genau das angedeutet hatte.

»Ich schaffe das schon«, sagte sie und tätschelte mir die Hand, als sei ich derjenige, dem die harte Prüfung bevorstand, ein Kind allein großzuziehen. »Wahrscheinlich hätte ich dir von der Schwangerschaft erzählen sollen, als du mich zum Essen eingeladen hast.«

»Ja, das wäre vermutlich eine gute Idee gewesen.«

»Aber dann wärst du wahrscheinlich gar nicht erst mit mir ausgegangen, habe ich recht?«

Warum jetzt noch lügen?

»Nein, wahrscheinlich nicht.«

»Tut mir leid«, erwiderte Jana.

»Keine Ursache. Alles ist bestens.« Ich schaute auf die Uhr. »Es ist schon spät. Am besten zahle ich jetzt.«

»Schwangere Frauen brauchen viel Schlaf, nicht?«

»Ja, genauso wie Anwälte, die um neun Uhr im Gerichtssaal antreten müssen.«

Jana griff nach ihrer Handtasche.

»Ich möchte die Hälfte der Rechnung übernehmen«, meinte sie. »Bitte, John.«

Ihre Miene zeigte mir, wie wichtig ihr das war.

»Gut«, antwortete ich. »Danke.«

Jana und ich verabschiedeten uns in aller Freundschaft. Doch zu Hause im Bett spürte ich, wie sich Trauer über mich senkte.

Und wenn man erst einmal eine Weile gelebt hat, ist man sich nicht mehr sicher, dass die Dinge am nächsten Morgen rosiger aussehen.

Deshalb geriet ich ins Grübeln und fragte mich, ob ich überhaupt zu wirklicher Nähe fähig war.

Vielleicht hat Eva ja recht, dachte ich. Vielleicht ende ich irgendwann in der Einliegerwohnung einer Nichte oder eines Neffen und werde zu Thanksgiving und an Weihnachten ins Esszimmer gebeten.

Wenn mir tatsächlich dieses Schicksal drohte, war es wohl besser, wenn ich das Leben wieder in vollen Zügen genoss, bevor es zu spät war und keine Frau mehr mit mir ins Bett wollte, wenn ich sie zuvor nicht großzügig dafür entlohnte.

43

Fangen Sie klein und mit einfachen Komplimenten an. Zum Beispiel sollten Sie in der Kantine das Gleiche bestellen wie Ihr Chef, selbst wenn Ihnen bei Eiersalat das Kotzen kommt. Merke: Nachahmung ist das aufrichtigste Kompliment und deshalb meist auch das wirkungsvollste. Ein paar widerliche Sandwiches könnten dafür sorgen, dass Sie bald in einem Eckbüro residieren.

– So helfen Lügen der Karriere auf die Sprünge.

SOPHIE

Mark sah immer aus wie frisch geduscht und trug stets ordentlich gebügelte Sachen. Ansonsten hatte er nichts Ungewöhnliches an sich und unterschied sich kaum von den meisten Männern Mitte vierzig: leicht schütteres Haar, ein paar Kilos zu viel auf den Rippen, keine besonderen Merkmale.

Allerdings bin ich keine Schönheit und kann deshalb nicht mehr verlangen. Außerdem gab es zwischen Mark und mir eine zweite Gemeinsamkeit: Wir waren beide geschieden und hatten Kinder. Genau genommen waren es drei Dinge, denn auch er nahm an dem Maklerlehrgang teil. Also musste sich doch ein interessantes Gesprächsthema finden lassen.

»Ja«, sagte ich, als er mich eines Abends in der Pause zwischen zwei Kursen zum Essen einlud. »Das wäre nett.«

Wir trafen uns in einem neuen Restaurant, das Mark ausgesucht hatte.

Er schüttelte mir die Hand. Wenigstens versuchte er nicht, mich zu küssen.

Wir saßen keine fünf Minuten – der Kellner hatte gerade

Zeit gehabt, uns zu begrüßen und unsere Getränkebestellung entgegenzunehmen –, als Marks Mobiltelefon läutete.

Ich hatte mich vergewissert, dass meines abgeschaltet war, bevor ich das Restaurant betrat. Gebot das nicht die Höflichkeit?

Verlegen schaute ich mich im Lokal um und rechnete mit ärgerlichen Blicken. Aber es schien niemandem, nicht einmal dem Kellner, aufgefallen zu sein, dass Mark telefonierte. (Nun, der hatte es sicher bemerkt, achtete aber nicht darauf, als er uns die Getränke servierte.) Ich holte tief Luft und hielt mir vor Augen, dass die Umgangsformen sich wohl inzwischen geändert hatten. Offenbar war mir während meines langen Einsiedlerlebens entgangen, dass es heutzutage ganz normal war, wenn ein Mann während einer Verabredung ans Telefon ging.

Das erste Telefonat dauerte über fünf Minuten. Es war seine Tochter. (Was Mark mir nach dem Anruf erklärte, doch ich hatte es mir bereits gedacht.) Anscheinend drehte sich die Debatte darum, wann sie nach Hause kommen sollte; Mark ließ sich schließlich erweichen. (Mir blieb ja nichts anderes übrig, als mitzuhören.)

»Meine Kinder«, sagte er, »leben bei ihrer Mutter. Es ist ziemlich schwierig, mitzubekommen, was sich bei ihnen zu Hause so tut. Aber ich will nicht zu den Vätern gehören, die sich nicht um ihre Kinder kümmern.«

Ja, das war mir klar. Außerdem war mir nicht entgangen, dass Mark sich nicht für die Störung entschuldigt hatte.

Nachdem wir das Essen bestellt hatten, kam Anruf Nummer zwei.

Diesmal war es Marks Sohn.

Inzwischen war meine Geduld am Ende. Es mochte durchaus sein, dass sich moderne Menschen bei Verabredungen so verhielten. Doch auch wenn ich mich mit dieser Tatsache abfinden musste, brauchte ich sie noch lange nicht gutzuheißen. Außerdem hatte ich es nicht nötig, dazusitzen wie bestellt und nicht abgeholt.

Hier eine kurze Zusammenfassung des »Gesprächs«, das an diesem Abend zwischen Mark und mir stattfand.

Ich: »Mein Sohn studiert an der Universität, und zwar …«

Mark: »Mist, mir ist gerade etwas eingefallen – einen Moment.«

Er drückte auf eine Taste seines Mobiltelefons.

»Tiffany? Ich bin es, Dad. Ja, schon wieder. Hör zu, ich habe vergessen, dir zu sagen, dass du meine AmEx-Karte, nicht die MasterCard benutzen sollst, wenn du dir die Schuhe kaufst, okay?«

Ich: »Jake ist Mitglied der Uni-Baseballmannschaft …«

Mark: »Trenton ist wirklich ein lieber Junge. Er regt sich nur so leicht auf, und dann … Ich meine, war es wirklich nötig, dass die Lehrerin ihn wegen Körperverletzung angezeigt hat? Gut, er hat ein Stück Kreide nach ihr geworfen. Das ist doch kein Weltuntergang, oder? Jungs sind eben Jungs, finde ich. Mein Anwalt hat mir geraten, den Mund zu halten, aber ich bin wirklich versucht, die alte Schachtel wegen Diskriminierung zu verklagen.«

Ich: »Ich finde unseren Grundbuchkurs …«

Mark: »Moment, da ist noch einmal Tiffany. Hallo, Schatz, was gibt es denn?«

Je länger sich der Abend auf diese Weise hinzog, desto versuchter war ich, etwas Drastisches zu tun, wie zum Beispiel zur Toilette zu gehen und nicht zurückzukommen. Aber da ich zu sehr auf Höflichkeit trainiert bin, saß ich da und litt. Dabei verspeiste ich mein Abendessen. Mark rührte seinen Teller kaum an.

Als der Kellner fragte, ob wir die Dessertkarte zu sehen wünschten, antwortete ich mit einem nachdrücklichen Nein.

»Kaffee?«, schlug er vor.

»Nein, danke«, erwiderte ich.

Falls Mark einen Kaffee wollte, sollte er sich unterwegs einen Becher zum Mitnehmen besorgen, bevor er seine verwöhnten, gewalttätigen Bälger ins Bett steckte.

Als die Rechnung kam, behielt ich die Hände auf dem Schoß.

Mark zahlte mit der Miene eines Mannes, der es gewöhnt ist, die Spesen anderer Leute zu übernehmen – das heißt, mit der Miene eines missbrauchten Vaters.

Draußen auf dem Gehweg atmete Mark tief durch, als sei er erleichtert, dass unsere Verabredung beinahe vorbei war. Dann jedoch überraschte er mich.

»Wann kann ich dich wiedersehen?«, erkundigte er sich.

Welche Frau, so fragte ich mich, würde sich freiwillig noch einmal so behandeln lassen?

»Tut mir leid«, sagte ich. »Wir werden uns nicht mehr treffen.«

»Aber wir haben uns doch so gut verstanden«, protestierte er. »Wir sind beide Eltern!«

Und das, dachte ich, ist unsere einzige Gemeinsamkeit: Ausbildungskosten.

»Wie heißt mein Sohn?«, fragte ich.

Mark öffnete den Mund zu einer Antwort und klappte ihn wieder zu.

Er besaß zwar den Anstand zu erröten, doch auch rosige Wangen konnten nichts an meiner Meinung ändern, dass ich mit diesem Mann keine Zukunft hatte.

»Ich habe ihn im Laufe des Abends einige Male erwähnt. Aber offenbar hast du nicht richtig zugehört. Gute Nacht.«

Als ich davongehen wollte, lief Mark mir nach.

»Bitte nicht«, flehte er verzweifelt. »Es ist nur, dass ich so selten aus dem Hause komme, und …«

»Gute Nacht, Mark«, wiederholte ich und setzte mich erneut in Bewegung.

Soviel also zu der Sorgfalt, mit der ich meine Kleidung ausgewählt hatte. Soviel zu den fünfzehn Dollar für den Friseurbesuch. Soviel zu dem Lampenfieber, das mich in letzter Minute noch einmal zur Toilette getrieben hatte.

Unterwegs kam ich an einem kleinen, gemütlichen Restaurant vorbei. Am Tresen saß eine Frau allein, las ein Buch und trank dazu ein Glas Wein. Kurz spielte ich mit dem Gedanken, ihrem Beispiel zu folgen. Aber ich war noch nie allein in einem Restaurant oder in einer Kneipe gewesen. Als ich versuchte, mich zu erinnern, ob ich je allein ins Kino gegangen war, fiel mir keine einzige Gelegenheit ein.

Ich setzte meinen Weg fort, traurig, dass die Verabredung ein Fiasko gewesen war, und stolz darauf, wie ich Mark hatte abblitzen lassen. Ich war fest entschlossen, am Alleinsein zu arbeiten.

44

Liebe Kummerkastentante!

Da ich ein empfindsamer Mensch bin, lassen mich Kleinigkeiten wie ein finsteres Gesicht schaudern, Kraftausdrücke oder ein barscher Tonfall versetzen mich in Angst und Schrecken. Allerdings macht mir derzeit vor allem die dick aufgetragene Fröhlichkeit der Verkäuferin in der Kaffeebar zu schaffen, wo ich mir jeden Morgen auf dem Weg in mein Kontor einen Kaffee hole. (Ich möchte hinzufügen, dass ich freiberuflich tätig bin.) Die besagte Person begrüßt mich stets mit lauter, schriller Stimme – vermutlich ahnt sie nicht, wie unerquicklich sie klingt. Noch mehr Pein bereitet es mir, dass sie sich unweigerlich nach meinem Wohlbefinden erkundigt. Ich frage Sie, was es diese Frau angeht, ob ich mich guter Gesundheit erfreue oder an den Folgen einer schlaflosen Nacht leide? Mehr als einmal habe ich mit dem Gedanken gespielt, dieser Verkäuferin mitzuteilen, dass ich über nichts weiter als über meine Bestellung zu sprechen wünsche. Doch jedes Mal hielt mich die ausgezeichnete Qualität der in diesem Etablissement angebotenen Teekuchen zurück, auch nur ein Wort des Tadels zu äußern. Was wäre, wenn ich auf meine Beschwerde hin Hausverbot bekäme? Ich würde mich aufrichtig über Ihren guten Rat freuen.

Lieber dünkelhafter Lackaffe!

Vielleicht sollten Sie sich überlegen, ob Sie uns nicht von unseren Leiden erlösen wollen, indem Sie auf Abstand zur restlichen Gesellschaft gehen. Sie könnten zum Beispiel Einsiedler werden oder sich in irgendeiner eiskalten Mansarde zu Tode hungern. Ach, übrigens würde ich Ihnen empfehlen, Ihre erbärmlichen Versuche einzustellen, wie ein Zierbengel aus dem neunzehnten

Jahrhundert zu klingen. Auf diese Weise wirken Sie nur noch mehr wie der Idiot, der Sie offenbar sind. Viel Spaß dabei.

JOHN

Ellen war beschäftigt. Ich war beschäftigt. Aber das Bedürfnis, mich wieder mit dem Gedanken an eine Hochzeit als reale Möglichkeit anzufreunden, wurde übermächtig. Deshalb beschloss ich, meine fleißige Sekretärin bei der Arbeit zu stören.

Habe ich je behauptet, dass ich niemals Eigeninteressen verfolge?

Also marschierte ich aus meinem Büro und baute mich vor ihrem Schreibtisch auf.

»Ich weiß, dass das eine dumme Frage ist«, begann ich. »Doch ich stelle sie trotzdem.«

Ellen blickte von ihrem Computer auf, lächelte und drehte sich ein Stück in dem teuren ergonomischen Bürostuhl, den ich ihr zum letzten Weihnachtsfest geschenkt hatte.

»Dumme Fragen habe ich am liebsten, Herr Anwalt.«

»Gut. Bist du gern verheiratet?«

Ellens Miene sollte wohl besagen: »Du willst mich doch nicht etwa anbaggern? Denn dann müsste ich dir leider die Gedärme aus dem Leib reißen.«

»Damit meine ich nicht, ob du Austin liebst«, fügte ich deshalb hastig hinzu. »Denn ich weiß, dass du das tust. Meine Frage war eher, ob du es schön findest, verheiratet zu sein? Im Gegensatz zu … äh … unverheiratet.«

»Erstens«, erwiderte Ellen, nachdem sie mich nachdenklich gemustert hatte, »ist das keine dumme Frage. Zweitens, ja, absolut. Ich halte die Ehe für eine gute Einrichtung. Zumindest, was mich betrifft. Was nicht heißt, dass es nicht manchmal recht schwierig werden kann. Offen gestanden, ist es nur meiner bewundernswerten Selbstbeherrschung zu verdanken, dass ich nicht lebenslänglich im Gefängnis sitze, weil ich Austin eins mit der Axt übergebraten habe. Und zwar mehrfach.«

»Und Austin?«, erkundigte ich mich. Ellen machte eine wegwerfende Handbewegung. »Ach, der wäre schon vor Jahren hingerichtet worden.«

Ich ließ mich auf der Kante von Ellens Schreibtisch nieder und schlug die Beine übereinander. Als mich ein Schmerz daran erinnerte, dass ich mir am Vorabend im Fitnessstudio den Oberschenkelmuskel gezerrt hatte, verzog ich das Gesicht.

»Und trotzdem«, fuhr ich wie ein echter Mann fort, ohne darauf zu achten, »ist die Sache es wert, sich mit allen juristischen Konsequenzen aneinander zu binden?«

»Für mich schon, und ich glaube, dass ich auch für Austin sprechen kann.«

Ich überlegte eine Weile.

»Gut, dann also die wirklich dumme Frage«, sagte ich. »Findest du, dass die Ehe den Alternativen überlegen ist?«

»Das Beängstigende ist«, erwiderte Ellen wie aus der Pistole geschossen, »dass viele Menschen diese Frage ganz und gar nicht für dumm halten und mit einem lauten Ja beantworten würden.«

»Du nicht?«

»Nein.« Ellen lachte auf. »Ich nicht. In meinen Augen ist die Ehe weder gottgewollt noch höher einzustufen als Alleinleben oder das Zusammenleben ohne Trauschein. Über selbstzufriedene Eheleute ärgere ich mich genauso wie eine gleichalterige Frau, die nicht verheiratet ist. Eine Ehe ist nichts, auf das man sich etwas einbilden kann. Warum muss man damit prahlen, verheiratet zu sein?«

Ich zuckte die Achseln.

»Nur weil man einen Ring am Finger und ein Stück Papier hat, auf dem steht, dass man sich im Sinne des Gesetzes einem anderen Menschen verpflichtet hat, verleiht einem das noch lange keine innere Größe«, sprach Ellen weiter, die sich für ihr Thema erwärmt hatte.

»Der Beweis ist der Ehemann unserer letzten Mandantin«, stellte ich fest. Der Bursche war ein Dreckskerl, und als ich ihn im Gerichtsgebäude aus der Ferne sah, musste ich an mich halten, um nicht mit dem Messer auf ihn loszugehen. Nicht, dass ich immer ein Messer bei mir hätte, aber Sie wissen sicher, was ich meine.

Ellen nickte.

»Genau. Wenn man sich die vielen Gründe vor Augen hält, aus denen Menschen heiraten, ist es Wahnsinn, den Ehestand als solchen für heilig zu erklären. Und wenn man bedenkt, warum viele Paare zusammenbleiben, kann nur ein Verrückter die Ehe als einzig seligmachend bezeichnen.«

»Man braucht sich nur unseren geschätzten Kollegen Gene und seine bedauernswerte Frau anzuschauen. An dieser Ehe kann ich nichts Gutes finden.«

Ellen schauderte.

»Es ist ein Trauerspiel. Insbesondere wenn man bedenkt, dass es auch etwas für sich haben kann – haben kann, nicht notwendigerweise muss –, auf lange Sicht zusammenzubleiben. Allerdings nur, wenn gegenseitige Liebe und Respekt im Spiel sind.«

Ich wurde nachdenklich. Gegenseitige Liebe und Respekt. Leichter gesagt als getan, insbesondere wenn sich die Sache im Laufe der Jahre abnutzte. Ich überlegte, ob ich meine Eltern fragen sollte, was man tun musste, um eine glückliche Ehe zu führen. Nein, die Mühe konnte ich mir sparen. Mein Vater würde dieses ihm peinliche persönliche Thema mit einem Scherz abtun: »Sag einfach immer, ›wie du meinst, Liebling‹.«

Meine Mutter hingegen würde mit einem »Sei nicht albern« ausweichen und sich dann erkundigen, ob ich etwas essen wolle.

Vielleicht brauchte man die Geheimnisse des Ehelebens ja nicht in Worte zu fassen, um die Vorteile dieser Einrichtung zu beweisen. Dennoch wusste ich Ellens Versuche zu schätzen.

Ich wandte mich wieder ihr zu.

»Die Ehe ist ein Zustand dauernder Wachsamkeit«, sagte sie gerade. »Die kleinste Nachlässigkeit kann zu einer Katastrophe führen.« Sie seufzte. »Offen gestanden ist es anstrengend. Und trotzdem sind die Vorzüge die Mühe wert.«

»Manchmal«, meinte ich – und kam endlich zu dem springenden Punkt, weswegen ich dieses Gespräch überhaupt begonnen hatte, »frage ich mich, warum ich den Sprung ins kalte Wasser noch nie gewagt habe. Hin und wieder bin ich über ein paar Einwände gestolpert ...«

»Wie zum Beispiel die Tatsache, dass du gern mit verschiedenen Frauen ins Bett gehst.«

»Ja«, gab ich lachend zu. »Zum Beispiel, obwohl es mich offen gestanden nicht mehr so reizt wie früher. Eigentlich langweilt es mich inzwischen meistens. Sicher verstehst du, was ich meine. Oder vielleicht auch nicht.«

Ellen nickte.

»Doch. Ich war auch lang allein. Im Übermaß wird einem alles mit der Zeit zu viel. Aber wir wollen lieber über dich sprechen. Ich denke Folgendes: Du bist wie eine unglaublich engagierte Kindergärtnerin, die selbst keine Kinder hat. Freiwillig.«

»Wie kommst du darauf?«

»Schau, du verbringst jede Woche viele Stunden damit, Frauen in Not kostenlos zu helfen. Richtig?«

»Ja«, stimmte ich zu.

»Du bist ein guter Bruder und ein liebevoller Sohn.«

»Ich versuche es.«

»Du bist ein toller Chef, und das sage ich nicht, weil ich auf eine Gehaltserhöhung aus bin. Du bist mit Frauen befreundet. Offenbar magst du Frauen, und sie mögen dich. Warum also drückst du dich vor der engsten Bindung, die es gibt, einer Ehe?«

»Ja«, erwiderte ich. »Genau das ist die Frage.«

»Ich kann mich des Gedankens nicht erwehren, dass irgendetwas an diesem ultimativen Akt der Selbstlosigkeit – ›Ich schenke dir meine Tage und Nächte und schwöre dir Liebe und Treue, bis einer von uns beiden stirbt‹ – dir Todesangst einjagd.«

Ich lachte.

»Ist das nicht bei jedem vernünftigen Menschen so?«

»Natürlich«, räumte Ellen ein. »Allerdings geben Millionen vernünftiger – oder sagen wir zumindest gesunder und normaler – Menschen dieses Versprechen ab. Manche brennen sogar förmlich darauf. Gut, etwa die Hälfte von ihnen endet irgendwann vor dem Scheidungsrichter, aber sie haben es wenigstens versucht.«

»Warum also nicht ich? Wo liegt mein Problem? Du hast mir diese wichtige Frage nicht wirklich beantwortet.«

»Weil es nicht meine Aufgabe ist. Als deine Freundin – ich nehme an, dass ich mich so bezeichnen kann …«

Ich nickte.

»Als deine Freundin kann ich nur rhetorische Fragen stellen, die dich zum Weiterdenken anregen. Warum gibst du Frauen so viel und lässt es dennoch nicht zu, dass eine bestimmte Frau – deine Ehefrau – dir etwas zurückgibt?«

Ich überlegte.

»Das was ich Frauen – den Mandantinnen, meinen Freundinnen und Schwestern und meiner Mutter – gebe, ist nicht so verpflichtend, wie das, worauf eine Ehefrau ein Recht hätte«, sagte ich schließlich. »Eine Ehefrau hat Anspruch auf alles. Vielleicht – vielleicht habe ich das Gefühl, dass ich nicht mehr genug zu geben habe.«

»Ich weiß nicht«, entgegnete Ellen. »Empfindest du wirklich so?«

Ich lachte nervös. »Damit muss ich mich noch beschäftigen.«

»Während du das tust, frage dich auch, welche Gegenleistungen du von den Frauen in deinem Leben erwartest. Oder erwartest du nichts? Und wenn ja, warum nicht.«

»Auch darüber sollte ich nachdenken«, räumte ich ein.

Ellen schmunzelte.

»Nun, dann hast du jede Menge Arbeit vor dir, John. Angefangen hat dieses Gespräch mit deiner Frage, die du als dumm bezeichnet hast: Ob ich gern verheiratet bin. Und ich werde das mit einer dummen Gegenfrage beantworten, die vielleicht so dumm gar nicht ist. Warst du je verliebt?«

»Natürlich«, erwiderte ich wie aus der Pistole geschossen. Doch ich muss gestehen, dass mir keine einzige Erinnerung in den Sinn kam; weder ein Name noch ein Gesicht, bis auf eine einzige unwahrscheinliche Möglichkeit.

Ellen musterte mich forschend, als spüre sie meine Unsicherheit.

»John«, meinte sie nach einer Weile. »Du brauchst dir keine Sorgen zu machen. Ich halte dich nicht für einen Versager, falls du nicht heiratest. Allerdings würde ich mich fragen, was für ein Leben du geführt hättest, wenn du vor den sprichwörtlichen Altar getreten wärst. Und ich werde es bedauern, dass du es nie hast herausfinden können.«

»Liegt das daran, dass ich in deinen Augen ein vielversprechender Ehemann wäre?«

»Ja, aber das tut nichts zur Sache. Außerdem habe ich dich gern, respektiere dich und vermute, dass eine glückliche Ehe dich sehr froh machen würde. Doch das ist nur meine bescheidene Privatmeinung.«

»Stell dein Licht nicht unter den Scheffel.«

Ellen grinste.

»Du hast immer die Möglichkeit, eine Besprechung vorzuschützen und dich wieder zu verdrücken. Wenn du findest, dass ich mich zu sehr in dein Privatleben einmische, kannst du mich ja rausschmeißen.«

»Und mit wem kaue ich dann die letzte Folge von *The Daily Show* durch, wenn ich dich rausschmeiße?«

»Oh«, entgegnete Ellen mit einem hämischen Grinsen. »Du treibst schon wieder jemanden auf.«

»Das Risiko gehe ich lieber nicht ein.« Als ich aufstand, zog es wieder unangenehm im Oberschenkel. »Danke, Ellen. Unser Gespräch hat mich ein wenig aufgerüttelt, was eine gute Sache ist. Hin und wieder muss man sich aufrütteln lassen.«

»Es liegt in der menschlichen Natur, dass wir im Glück und im Unglück träge werden.«

»Also immer wachsam bleiben, richtig?«

Plötzlich sah Ellen auf die Uhr. »Mist, ich habe total vergessen, wie spät es ist. Ich habe Austin versprochen, dass ich um sieben zu Hause bin, damit wir rasch noch zusammen essen können, bevor er abreist. Er fliegt nämlich heute Abend nach San Francisco und ist erst am Freitag zurück.«

»Dann verrätst du ihm besser nicht, du seist deshalb verspätet, weil du mit deinem Chef über sein erbärmliches Privatleben sprechen musstest.«

»Genau das werde ich ihm erzählen«, erwiderte Ellen, griff nach ihrer Handtasche und nahm die Jacke von der Stuhllehne. »Wenn er meine Geschichte hört, wird er Mitleid mit mir haben, und ich bin aus dem Schneider.«

»Also«, erkundigte ich mich, »ist Ehrlichkeit in diesem Fall die beste Strategie?«

»In manchen Fällen kann es nicht schaden. Einen schönen Abend, John.«

»Dir auch, Ellen. Und danke.«

Ellen blieb an der offenen Tür zum Flur stehen und drehte sich um.

»Keine Ursache«, sagte sie. »Und tu heute Abend nichts, was ich nicht auch tun würde.«

45

Falls Ihnen keines der oben genannten Verfahren zusagt, sollten Sie einfach sturzbetrunken zur Untersuchung erscheinen. Niemand glaubt einem Betrunkenen, selbst wenn er die Wahrheit sagt. Und wer könnte feststellen, ob es sich so verhält? Vermutlich wird der Polizist Sie nur entnervt nach Hause schicken.

– So überlisten Sie einen Lügendetektor.

EVA

»Du weißt genau, dass die Sache zwischen uns nicht von Dauer sein kann.«

Ich sah Jake nicht an, als ich diese Worte aussprach. Unsere Beine berührten sich unter der Bettdecke, und ich hatte die Hände über dem Bauch verschränkt.

Jake wandte sich zu mir um. Ich konnte ihn aus dem Augenwinkel sehen.

»Warum sagst du sowas?«, verwunderte er sich.

»Oh, Jake, komm schon. Das liegt doch auf der Hand.«

»Nein, für mich nicht«, protestierte er. Sein Erstaunen machte Zorn und vielleicht auch Ratlosigkeit Platz. »Warum redest du über Trennung, obwohl es gerade erst angefangen hat?«

Seufzend fragte ich mich, weshalb ich es überhaupt nötig hatte, ihm das zu erklären.

»Weil solche Dinge – Beziehungen – immer enden«, verkündete ich. »Wer etwas anderes glaubt, macht sich lächerlich. Deshalb finde ich es vernünftiger, sich von Anfang an der Wahrheit zu stellen. Dann kann man die Beziehung genießen, so lange sie hält, und zwar ohne sie mit romantischen Fantasien und unrealistischen Erwartungen zu überfrachten.«

Als Jake sich aufsetzte, blieb mir nichts anderes übrig, als ihn beim Sprechen anzusehen.

»Wie kannst du behaupten, dass alle Beziehungen enden? Gut, viele Ehen werden geschieden, aber nicht wenige sind auch von Dauer. Zumindest bis einer der beiden Partner stirbt, und das ist nicht unser Thema.«

»Eine Beziehung kann sich totgelaufen haben«, gab ich zurück, »und zwar lange bevor die Beteiligten den Verwesungsgeruch wahrnehmen. Einige Menschen leben jahrzehntelang elend nebeneinander her. Und wozu? Zumindest manche sind schlau genug, sich aus dem Staub zu machen, solange sie noch eine Zukunft haben. Ich finde es leichter, den Verfall einer Beziehung – ganz gleich welcher Art – automatisch vorauszusetzen. So wird«, fügte ich hinzu, »das Erleben noch intensiver.«

»Du bis eine Schwarzmalerin, Eva.«

»Nein, ich bin Realistin, Jake. Und du bist ein Romantiker.«

»Nein«, protestierte er heftig. »Ich bin Realist. In meinen Augen ist das Glas halb voll und füllt sich weiter.«

»Und ich betrachte es als zur Hälfte geleert, und der Pegel sinkt ständig. Für mich bist und bleibst du ein Romantiker.«

»Gut, wenn du mich als Romantiker bezeichnen willst, nur zu, falls es dich glücklich macht. Meiner Ansicht nach sollte, nein, muss man an den Erfolg einer Beziehung glauben. Natürlich ist es ein Sprung ins kalte Wasser. Aber warum sollte man sich sonst überhaupt die Mühe machen? Ansonsten kann man sich gleich einreden, dass jeder Mensch eine Insel ist, und vom nächstbesten Hausdach springen.«

»Begreifst du jetzt«, erwiderte ich, »dass wir überhaupt nicht zueinander passen? Unsere Beziehung würde niemals halten. Unsere Weltsicht ist eben zu verschieden.«

Obwohl ich früher einmal ganz ähnlich gewesen sein muss wie du, dachte ich. Das behaupten wenigstens meine Freunde.

Jake fuhr sich mit beiden Händen durchs Haar. Er hatte wirklich sehr schönes Haar.

»Manchmal«, wandte er ein, »ziehen Gegensätze einander auch an.«

»Nicht auf lange Sicht«, widersprach ich mit erheblichem Nachdruck.

Der Schulterschluss macht das Leben erträglich. Meine Eltern teilten dieselbe Lebensauffassung, und wenn ich von ihnen eines in Sachen Beziehung gelernt hatte, dann war es, dass ein wahrer Partner die Welt durch dieselbe Brille sieht wie man selbst. (Nicht, dass ich eine derartige Beziehung je selbst erlebt oder angestrebt hätte. Ich schob den unangenehmen Gedanken beiseite.)

»Wie dem auch sei«, fuhr ich fort, »diese Debatte erübrigt sich, denn wir können aus einer Million von Gründen kein richtiges Paar werden. Ein wichtiger Punkt ist, dass du eines Tages sicher Kinder haben willst.«

Und dass ich dann zu alt sein werde, um dir oder sonst jemandem welche zu schenken.

»Nein, will ich nicht«, beteuerte Jake. »Ich habe beschlossen, keine Kinder zu wollen.«

»Jake, du bist einundzwanzig und hast keine Ahnung, was du einmal wollen wirst. Eines Tages wirst du das richtige Mädchen kennenlernen, und ehe du dich versiehst, ziehst du an den Stadtrand, kaufst dir einen Geländewagen und sparst, um deine Kinder aufs College zu schicken.«

»Wie kannst du so etwas sagen?«, rief er aus. »Wie kannst du mir unterstellen, ich wisse nicht, was ich will?«

Mein Plan war nicht gewesen, ihn zu provozieren oder zu kränken, sondern ihm etwas beizubringen und ihn auf das Ende unserer Beziehung vorzubereiten. Also schlug ich einen versöhnlichen Ton an und versuchte, die mütterliche Anteilnahme auszustrahlen, die ich für den Sohn meiner Freundin empfand.

»Weil ich älter bin als du, Jake«, antwortete ich. »Ich war auch einmal einundzwanzig, und du kannst mir glauben, dass ich mich seitdem sehr verändert habe.«

In diesem Moment traf mich die Wehmut wie ein Stich mit einer spitzen Nadel. Undeutliche Erinnerungen nahmen Gestalt an, ein übermächtiges Gefühl, das mich nach Luft schnappen ließ.

»Worauf willst du hinaus?«, fragte Jake schmollend. Ihm war gar nicht aufgefallen, dass etwas mit mir nicht stimmte. Was hatte ich sonst erwartet?

»Darauf, dass nichts bleibt, wie es ist«, erwiderte ich nach einer Weile. »Das Erreichbare wird für dich wichtiger sein als deine Wunschträume. Einige davon wirst du aufgeben, weil sie dir lächerlich erscheinen. Vielleicht wird dir einmal zu viel das Herz gebrochen. Vielleicht brichst du es dir selbst. Vielleicht gerätst du in eine Pechsträhne und bist eine Weile gezwungen, ums Überleben zu kämpfen anstatt wirklich zu leben, und das ist eine Angewohnheit, die man nur schwer wieder los wird. Vertrau mir, Jake, du hast keine Ahnung, wie dein Leben einmal aussehen wird, wenn du dreißig oder vierzig bist. Nicht die geringste.«

Ich lag in Jakes Bett und war plötzlich sehr müde.

»Ich habe gewisse Vorstellungen«, sagte Jake. »Jedenfalls werde ich nicht so verbittert sein wie du.«

Erstaunt sah ich ihn an.

»Hältst du mich für verbittert? Oh, Jake, das stimmt wirklich nicht. Ich gehe nur mit offenen Augen und wachem Verstand durch die Welt und bin klug genug, mich nicht in Selbstmitleid zu suhlen.«

»Du kannst es nennen, wie du willst, für mich ist das Verbitterung.«

»Meinetwegen«, räumte ich ein. »Aber beantworte mir eine Frage: Kannst du mir versprechen, dass du mich attraktiv finden wirst, wenn ich sechzig bin? Du bist dann vierzig, Jake, also noch verhältnismäßig jung und voller Tatendrang. Es ist ein reizendes Luftschloss, das du dir da gezimmert hast, mein Junge, mehr aber auch nicht.«

Jake ging nicht auf die Frage ein.

»Nenn mich nicht Junge, Eva«, protestierte er stattdessen. »Ich bin kein Kind mehr und empfinde das als beleidigend.«

»Es ist nur ein Kosename, Jake«, entgegnete ich, und mir wurde klar, dass ich das ernst meinte. »Tut mir leid, es wird nicht wieder vorkommen. Wenigstens gebe ich mir Mühe. Ich mache nämlich nicht gern Versprechungen, die ich nicht halten kann.«

Jake wandte den Blick ab.

Leise stand ich auf, zog mich an und fuhr nach Hause. Es wurde irgendwie nicht einfacher.

46

Liebe Kummerkastentante!

Ist es falsch, seinen Freunden persönliche Dinge zu verheimlichen? Sehen Sie, ich habe merkwürdige Anwandlungen, über die ich noch nie mit jemandem gesprochen habe. Wenn ich zum Beispiel auf einen Zug warte, spüre ich plötzlich den Drang, meinen Nebenmann auf die Gleise zu stoßen. Manchmal male ich mir aus, meinen Lebensgefährten zu quälen. Es gibt noch viele weitere Beispiele, Fantasien also, die den meisten Menschen ein wenig seltsam erscheinen würden. Aber man muss doch immer ehrlich zu seinen Freunden sein, oder? Soll ich ihnen mein Geheimnis verraten?

Lieber durchgeknallter Psychotiker!

Leider ist es nicht ungewöhnlich, dass ansonsten völlig normale Menschen gelegentlich gewalttätigen oder gesellschaftsschädigenden Gedanken nachhängen. Meiner Ansicht nach ist es also überflüssig, diese seltenen Vorkommnisse »Wirklichkeit« werden zu lassen, indem man sie mit anderen Menschen erörtert, ausgenommen mit einem Psychiater. Wie ich noch hinzufügen möchte, habe ich die zuständigen Stellen davon in Kenntnis gesetzt, dass sich ein potenzieller Massenmörder in unserer Mitte befindet. Rechnen Sie mit einem baldigen Besuch der Männer im weißen Kittel.

JOHN

Sie trug eine blaue Bluse mit einem Bubikragen, der sie auf beklemmende Weise wie eine Vierzehnjährige aussehen ließ. (Merke: Man wächst nicht mit zwei modeverrückten Schwestern auf, ohne einen Bubikragen zu erkennen.) Die kurzen Ärmel ließen ihre Arme frei, die – und das ist milde ausgedrückt – keinen sehr guten Eindruck machten. Der Faltenrock rundete das Bild eines Schulmädchens ab, das noch nicht den Stil gefunden hat, der zu ihm passt und ihm steht.

Außerdem hatte Cathy offenbar irgendwo gehört, dass man in Sachen Schminken nach der Devise je mehr, desto besser verfahren sollte, während beinahe jeder Mann die gegenteilige Auffassung vertritt. Es will mir einfach nicht in den Kopf, wie ein Mensch in so unvorteilhafter Aufmachung das Haus verlassen kann.

Handelt es sich um einen Hinweis darauf, dass die betroffene Person nicht in der Lage ist, sich selbst realistisch einzuschätzen und kleine Makel zu vertuschen?

»So«, sagte ich in das dröhnende Schweigen hinein. »Du kennst meine Schwester Chrissy also aus der Kirche.«

»Hm«, erwiderte Cathy. »Ich bin Mitglied der Altargruppe und bügle die Altartücher. Und ich wasche sie. Nun, natürlich wasche ich sie zuerst und bügle sie dann.«

Ich nickte.

»Natürlich.«

Darauf folgte weiteres nervenzerfetzendes Schweigen, während Cathy mich nur gleichmütig ansah und auf die nächste Frage wartete. Offenbar war sie mit den Gepflogenheiten einer Konversation nicht vertraut.

»Und was liest du zurzeit?«, erkundigte ich mich folgsam.

Verwirrung malte sich auf Cathys Gesicht. »Was?«

»Was liest du zurzeit?«, wiederholte ich, diesmal mit einem gezwungenen Lächeln.

Erneut eine verdutzte Miene. Dann schien Cathy endlich ein Licht aufzugehen, und sie lachte.

»Ach, du meinst ein Buch?«, gab sie zurück. »Ich dachte, du sprichst von der Speisekarte, und ich habe nicht verstanden, was das soll, weil du ja sehen kannst, dass ich die Speisekarte lese.«

Ich nahm mir fest vor, meine Schwester zu erwürgen. Der Tod war noch zu gut für sie. Nein, ich würde einen teuflischen Plan entwickeln, um ihr den Rest ihres irdischen Daseins zur Hölle zu machen.

»Richtig«, sagte ich. »Mich interessiert, welches Buch du im Augenblick liest.«

Cathy zuckte die Achseln.

»Ich lese eigentlich nie Bücher«, erwiderte sie. »Ich bin keine Leseratte, weißt du? Mir ist die Tageszeitung lieber. Die lasse ich mir nie entgehen. Und Zeitschriften. Ich mag Zeitschriften.«

»Wirklich? Welche denn?« Es war hoffnungslos, denn ich ging nicht davon aus, dass meine Begleiterin mit »Oh, *The New Yorker, Vanity Fair* und *Atlantic Monthly*« antworten würde. Allerdings musste ich dieses sogenannte Gespräch irgendwie am Laufen halten, da Cathy offenbar nicht in der Lage war, selbst Fragen zu stellen.

»Hm«, meinte sie. »Vor allem solche mit Kochrezepten und Fotos von hübschen Häusern. Die gefallen mir. Man kriegt sie im Supermarkt an der – wie sagt man? – an der Kasse.«

»Aha«, stellte ich mit einem heftigen Nicken fest. »Ich wusste gar nicht, dass in diesen Zeitschriften viel Text steht.«

Cathy versetzte mir einen Klaps auf den Arm.

»Selbstverständlich nicht, du Dummer! Deshalb mag ich sie ja. Ich schaue mir die Abbildungen von den hübschen Häusern an und stelle mir vor, wie es wäre, in so einem zu wohnen.«

Nicht auf meine Kosten, dachte ich.

Was in Gottes Namen hatte Chrissy sich dabei gedacht, mir diese Frau auf den Hals zu hetzen? Wir hatten überhaupt nichts gemeinsam und schafften es nicht einmal, eine flüssige Unterhaltung zu führen. Ich musste mich so schnell wie möglich verdrücken. Aber wie?

Durchfall?

Wenn ich eine plötzliche schwere Durchfallattacke, ausgeschmückt mit einer ausführlichen Schilderung der Vorgänge in meiner Hose vortäuschte, würde sie sich vielleicht so ekeln, dass sie mich nie mehr wiedersehen wollte, und mich nach Hause gehen lassen.

Über den Rand meiner Speisekarte hinweg warf ich einen Blick auf mein Gegenüber. Ihre zu roten Lippen bewegten sich beim Lesen.

Oh herrje, sagte ich mir bedrückt.

Sie wird sich wieder mit mir verabreden wollen, ganz gleich, wie abstoßend ich mich auch heute aufführte. Schicksalsergeben ließ ich die Schultern hängen. Es würde ein sehr langer Abend werden.

47

Muss Ihr Ehemann wirklich wissen, dass Sie als Zwanzigjährige mit dem Vater ihrer besten Freundin geschlafen haben? Welchen Zweck würde diese Information heute in Ihrer Ehe erfüllen?

– Ist absolute Offenheit wirklich ein Muss?

JOHN

»Du bist so elitär, John. Gut, dann war die Frau eben nicht auf dem College. Das heißt noch lange nicht, dass sie doof ist.«

»Ich bin nicht elitär«, widersprach ich. »Ich kenne genügend Leute ohne College-Abschluss, die trotzdem intelligent und erfolgreich sind. Bitte glaube mir, dass keines von beidem auf diese Frau zutrifft. Sie liest keine Bücher, Eva. Sie liest nicht! Wie kann jemand, der mich auch nur ein bisschen kennt, mich mit einer Frau verkuppeln wollen, der die Rückseite von Cornflakes-Schachteln als Lektüre genügt? Vielleicht war Chrissy sauer auf mich und wollte sich an mir rächen.«

Eva grinste.

»Eine lustige Vorstellung: du an einem Tisch mit einer geistig Zurückgebliebenen!«

»Nenn sie nicht geistig zurückgeblieben. Sie war recht nett. Es ist ja nicht ihre Schuld, dass sie …«

»… dumm ist?«

Ich verzog das Gesicht.

»Sagen wir: keine Leuchte. Wirklich, Eva, du bist elitär. Was ist aus dir geworden? Damals auf dem College warst du eine glühende Vorkämpferin für die Gleichberechtigung. Du warst ungemein demokratisch eingestellt und sagtest, alle Menschen seien gleich.«

»Warum redet ihr ständig davon, wie ich auf dem College war?«, gab sie gereizt zurück.

»Alle?«

»Du und Sophie. Herrje, lasst die Vergangenheit doch endlich ruhen. Früher war ich eben anders. Das gilt für uns alle. Nun«, fügte sie mit hochgezogener Augenbraue hinzu, »vielleicht nicht für dich. Du warst damals schon von dir selbst überzeugt, und das bist du heute noch.«

»Eva«, widersprach ich. »Du kennst mich überhaupt nicht. Nicht mit achtzehn und nicht jetzt, mit über vierzig. Schade. Ich bin nämlich ganz in Ordnung.«

»Aha. Wer behauptet das?«

»Viele Leute«, versicherte ich ihr. »Nun aber zurück dazu, dass du elitär bist.«

»Ich bezeichne mich lieber als qualitätsbewusst.«

»Das ist dasselbe.«

»Nein, ist es nicht«, protestierte sie. »Und was stört dich daran, dass ich hohe Ansprüche stelle? Schließlich lege ich die Messlatte bei mir selbst genauso hoch an.«

Eva hatte den herausfordernden Ton angeschlagen, den ich inzwischen nur allzu gut kannte. Ich betrachtete die außergewöhnlich schöne Frau, die mir am Tisch gegenüber saß. Sie war teuer gekleidet. Ihr Stil war makellos elegant. Ihre Figur so zu erhalten, hatte sie Zeit und Geld gekostet. Mit ihrer Karriere ging es steil bergauf.

Wen würde so eine Frau als Partner in Erwägung ziehen? Vermutlich war diese Rolle beinahe unmöglich zu besetzen – und niemand würde sie lange ausfüllen können. Diese Erkenntnis freute und störte mich zugleich.

»Es muss schwierig sein, mit dir zusammenzuleben«, meinte ich, »wenn du immer nach dem Vollkommenen strebst.«

»Es ist viel leichter, als du glaubst«, entgegnete sie kühl. »Die Vollkommenheit und ich arbeiten meistens Hand in Hand.«

Ich flüchtete mich in einen großen Schluck Wein und fragte

mich dabei, ob Eva übertrieb, um mich zu beeindrucken. Oder glaubte sie wirklich, Perfektion erreicht zu haben?

Als Sophie sich zu uns gesellte, war ich erleichtert, nicht mehr mit Eva allein zu sein.

»Entschuldigt die Verspätung«, sagte Sophie und ließ sich zwischen mir und Eva nieder. »Der Kursleiter hat überzogen, und es wäre mir peinlich gewesen, einfach zu gehen.«

»Kein Problem«, erwiderte ich. »War der Kurs wenigstens interessant?«

Sophies Miene erhellte sich.

»Oh, ja.«

Und während sie uns über das spannende Thema Gebäudeversicherung aufklärte, beobachtete ich Eva so gut ich konnte, ohne ihren Argwohn zu erregen. Sie gab sich kaum Mühe, ihre Langeweile zu verhehlen, und schien beinahe mit offenen Augen zu schlafen.

Womit, so fragte ich mich, konnte man diese Frau aus der Reserve locken?

48

Liebe Kummerkastentante!

Ich habe folgendes Problem: Eine Freundin von mir lebt als alleinerziehende Mutter. Vor zwei Monaten ist sie zu einer Hochzeit in Missouri eingeladen worden und hat mich gebeten, ihr Dreijähriges zu beaufsichtigen, damit sie hinfahren kann. Ich weiß nicht, welcher Teufel mich geritten hat, aber ich habe ja gesagt. Meine Freundin freut sich wie wahnsinnig auf die Reise, weil es sich um den ersten Urlaub seit ihrer Schwangerschaft handelt. Die Sache ist nur die, dass mir etwas dazwischengekommen ist. Vor einer Woche habe ich einen tollen Typen kennengelernt, der mich gebeten hat, ihn auf irgendeine Insel zu begleiten (den Namen habe ich vergessen), und zwar an demselben Wochenende, an dem ich auf das Kind meiner Freundin aufpassen muss. Nun bin ich völlig ratlos. Wenn ich die Einladung ablehne, verscherze ich es mir womöglich mit diesem Typen, und das, obwohl ich das starke Gefühl habe, dass er der Richtige ist. Sage ich aber zu, findet meine Freundin vermutlich so kurzfristig niemanden mehr, der ihr Kind nimmt, sodass sie nicht zu der Hochzeit fahren kann. Ich weiß, sie wird wirklich traurig sein, wenn ich ihr erkläre, warum ich keine Zeit habe. Also zermartere ich mir das Hirn nach einer guten Ausrede, damit sie Mitleid mit mir bekommt. Irgendwelche Vorschläge?

Liebe feige Drückebergerin!

Liege ich richtig mit der Annahme, dass Schamgefühl für Sie ein Fremdwort ist? Ich bin versucht, Ihnen in allen Einzelheiten zu schildern, was bei Ihnen und Abschaum – Verzeihung, Leuten – wie Ihnen so alles im Argen liegt. Allerdings habe ich einen langen Tag hinter mir und kann deshalb nur noch an den

Martini denken, der zu Hause auf mich wartet. Hier also mein Vorschlag: Verreisen Sie mit ihrem (potenziellen) Traummann. Ob Sie ihm erzählen, wie sehr Sie Ihre Freundin enttäuscht haben, bleibt Ihnen überlassen. Mir ist es einerlei. Ihre alleinerziehende Freundin kann Abschaum – Verzeihung, Leute – wie Sie in ihrem Leben nicht gebrauchen, denn sie hat ohnehin genug um die Ohren. Was mich betrifft, werde ich mir ausmalen, wie Sie ein blutiges und grausiges Ende in den Fängen eines Hais finden. Bon voyage!

SOPHIE

Die Frau, die ich nach der katastrophalen Verabredung mit Mark allein hatte am Tresen sitzen sehen, wollte mir nicht aus dem Kopf.

Ich wusste zwar, dass ich noch nicht so weit war, um allein ein Restaurant zu besuchen, fühlte mich jedoch in der Lage, ins Kino zu gehen. Wie schwierig konnte es sein, zum nächsten Lichtspielhaus zu marschieren, eine Eintrittskarte, vielleicht Popcorn mit Butteraroma zu kaufen, mich hinzusetzen und mir einen Film anzuschauen? (Ich weiß, dass ich kein Popkorn essen sollte, aber es schmeckt so gut. Brad hat immer deswegen mit mir geschimpft.)

Ich war ziemlich stolz auf mich, als ich wartend in der Vorhalle des schicken Kulturzentrums stand, wo eine neue britische Verfilmung von *Jane Eyre* gezeigt werden sollte. Die einzige Enttäuschung war, dass die winzige Imbissbude nur Kaffee und Muffins anbot. Eigentlich habe ich nichts gegen Muffins, aber ich hatte mich nun einmal auf Popcorn mit Butteraroma eingestellt. Ich nahm mir vor, das nächste Mal in ein Multiplex-Kino zu gehen.

Während ich noch über Popcorn mit Butteraroma und Brads Vorträge nachdachte, nahm ich neben mir einen Mann wahr, der auch auf den Einlass wartete. Er hatte etwas Romantisches an sich; vielleicht lag es an seinem langen schwarzen

Wollmantel und dem zurückgekämmten Haar. Ich schätzte ihn auf etwa eins achtzig. Sein Gesicht war fein geschnitten, aber dennoch männlich. Dann stellte ich fest, dass er faszinierende blaugrüne Augen hatte, die einen starken Kontrast zu seinem dunklen Haar bildeten.

Ich wandte mich ab, weil ich nicht beim Hinstarren erwischt werden wollte. Doch als ich mich kurz darauf wie zufällig wieder umwandte, stellte ich fest, dass er mich seinerseits musterte. Nun, es war keine Liebe auf den ersten Blick. Ich bin nicht sicher, ob es so etwas überhaupt gibt. Aber offen gestanden, hatte ich noch nie so etwas empfunden wie in diesem Moment in Gegenwart dieses Fremden. Alles prickelte und sprühte Funken. Es war, als hätte ich nur auf ihn gewartet – aber wie konnte das sein?

Als der Mann lächelte, erwiderte ich die Geste. Dann kam er auf mich zu.

Was auch immer zwischen mir und ihm geschieht, dachte ich, es wird eine Bedeutung haben.

»Hallo«, sagte er. »Ich heiße Ben. Ben Marin.«

»Ich bin Sophie Holmes. Hallo.«

»Ich freue mich schon sehr auf den Film.«

»Ich auch.«

Obwohl das Gespräch nicht sehr anregend war, wurde ich von den Gefühlen, die mich durchpulsten, dafür mehr als entschädigt. Ich weiß nicht, worüber wie sonst noch redeten, nur noch, dass ich ihn unbedingt küssen wollte. Außerdem sah er mich die ganze Zeit über an, als sei ich wichtig.

Bald öffneten sich die Türen zum Kinosaal, und die Menschen strömten hinein.

»Lassen Sie uns nicht reingehen«, hätte ich am liebsten gesagt. »Gehen wir doch woanders hin.«

Aber ich brachte es nicht über mich.

»Also«, meinte Ben verlegen. »Genießen Sie den Film.«

Ich nickte. Ich glaube nicht, dass ich etwas erwiderte.

Ben ging voraus. Ich folgte ihm, konnte drinnen aber nicht

feststellen, wohin er sich gesetzt hatte. Also arbeitete ich mich nach vorne durch und ließ mich auf einem Gangplatz nieder. Während des gesamten Films hoffte ich verzweifelt, dass er anschließend auf mich warten würde.

Während des Abspanns wurde ich von Panik ergriffen. Am liebsten wäre ich in die Vorhalle gestürmt, um Ben zu suchen, wollte jedoch nicht aufdringlich wirken. Obwohl ich Spielchen hasse, ertappte ich mich bei dem Wunsch, begehrenswert zu erscheinen. Aufgeregt wartete ich, bis die Lichter endlich angingen. Der Kinosaal war schon fast leer. Einige Menschen schlenderten vor mir hinaus, aber keiner von ihnen war Ben.

Vielleicht, dachte ich, hätte ich schon früher gehen sollen, als es noch dunkel war. Allerdings wäre das womöglich auch keine gute Idee gewesen. Schließlich hätte Ben einfach verschwinden und mich stehen lassen können, sodass ich mich gefühlt hätte wie ein albernes Schulmädchen, das vor dem Spind des Angebeteten wartet, in der Hoffnung, dass er sie endlich wahrnimmt und nicht nur lästig findet.

Als ich in die Vorhalle kam, sah ich ihn an der Wand mit den Plakaten stehen. Ich wusste nicht, ob er meinetwegen dort stand. Doch als ich mich näherte, trat er lächelnd vor.

»Hallo«, meinte er. »Ich habe schon befürchtet, ich hätte Sie verpasst.«

»Ach, hallo«, erwiderte ich. Merkte er mir an, wie überglücklich ich war?

»Hat Ihnen der Film gefallen?«, erkundigte sich Ben.

»Ja, sehr gut.«

Ben nickte.

»Mir auch.« Nach kurzem Zögern fragte er mich, ob ich nicht einen Kaffee trinken und darüber reden wolle. »Gleich an der Ecke gibt es ein nettes, kleines Lokal«, sagte er. »Falls Sie Zeit haben.«

»Ja«, erwiderte ich. »Ich habe Zeit.«

Wir gingen zu dem Café und setzten uns an einen Zweiertisch. Ben bezahlte den Kaffee und einen Haferkeks, den wir uns teilten. Ich beobachtete seine Hände, während der den Keks ordentlich in zwei Hälften zerbrach. Bisher waren sie mir noch gar nicht aufgefallen. Sie waren schlank und wirkten kräftig. Brads Hände hatten inzwischen Fett angesetzt – so wie der ganze Mann.

Wir verbrachten eine sehr angenehme Stunde, plauderten über den Film und erzählten ein wenig von uns – zum Beispiel die interessante Tatsache, dass wir beide von unserer College-Liebe geschieden waren. Ich konnte kaum glauben, wie viel Zeit vergangen war, als Ben auf die Uhr sah und verkündete, er müsse nun ein Seminar geben.

»Ich unterrichte romanische Sprachen am Longfellow College«, erklärte er.

»Oh«, antwortete ich. »Ich fürchte, ich habe fast mein ganzes Französisch vergessen. Seit dem College habe ich kein Wort mehr gesprochen.«

»Das macht nichts«, erwiderte Ben lachend. »Wir können ja beim Englischen bleiben.«

Ben fragte, ob ich auch in seine Richtung müsste, und schlug vor, zusammen die U-Bahn zu nehmen. Kurz war ich versucht, zu lügen und einfach mitzukommen. Aber ich sagte die Wahrheit, nämlich dass ich genau in der entgegengesetzten Richtung wohnte.

Vielleicht wusste Ben meine Ehrlichkeit zu schätzen. Jedenfalls verstand er mein Nein nicht als Versuch, ihn abzuwimmeln, denn er wollte wissen, ob ich Lust hätte, mit ihm zu Mittag zu essen.

»Ja«, meinte ich. »Sehr gern.«

Aber war es klug, einem Fremden meine Telefonnummer zu geben?

Obwohl Ben mir gar nicht mehr so fremd vorkam, kannte ich ihn eigentlich nicht. Ich dachte an den Nachbarn, der sich mit mir hatte verabreden wollen, und wünschte, ich hätte Eva um Rat fragen können.

»Wäre es Ihnen lieber, wenn ich Ihnen meine Nummer

gäbe?«, erkundigte sich Ben, als könne er meine Gedanken lesen.

Ich zögerte. Und in diesen wenigen Momenten geschah etwas Ungewöhnliches zwischen uns. Ich wurde von dem Gefühl ergriffen, dass alles in Ordnung sei.

»Nein«, erwiderte ich. »Ich gebe Ihnen meine Nummer.«

Ach, ich weiß, dass es albern klingt, und vielleicht bildete ich mir das alles nur ein. Und dennoch war ich unbeschreiblich froh, mich auf dieses Abenteuer eingelassen zu haben.

Wir verabschiedeten uns auf dem Gehweg vor dem Café. An der Ecke drehte er sich noch einmal um und winkte mir zu. Ich hob ebenfalls die Hand.

49

Nach Auffassung der Autorin muss die Korruption dringend ausgerottet werden, und um dieses Ziel zu erreichen, bedarf es der moralischen Stärke eines wahren Helden. Weiterhin ist die Autorin überzeugt davon, dass dem Durchschnittsmenschen diese moralische Stärke fehlt. Aus diesem Grund möchte die Autorin dem Durchschnittsmenschen den folgenden Rat geben: Mund halten und wegschauen.

– Bringen Sie die nötigen Voraussetzungen zum Denunzianten mit?

JOHN

»So, und welche Vorteile hat die Ehe denn nun zu bieten?«

Ellen betrachtete mich, als sei ich die abstruse Installation eines modernen Künstlers oder ein sonstiger Staubfänger. »Hatten wir dieses Gespräch nicht erst vor Kurzem?«

Ich nahm meinen Stammplatz auf ihrer Schreibtischkante ein.

»Ein ähnliches«, gab ich zu.

»Ich sollte dir die Beratungsstunden in Rechnung stellen.«

Ich griff zur Brieftasche und holte die Kreditkarte heraus.

»Gönn dir morgen auf Firmenkosten ein Mittagessen bei *M. Kayes*. Du weißt ja, wie man meine Unterschrift fälscht.«

»In diesem Fall«, meinte sie und klappte die Akte zu, an der sie gerade arbeitete, »beantworte ich deine Frage natürlich gern. Allerdings kann ich, wie ich fürchte, nur über meine eigene Ehe sprechen. Was Austin und mich verbindet, ist außergewöhnlich.«

»Natürlich«, sagte ich. »Ich weiß, dass sich keine Ehe mit der anderen vergleichen lässt. Aber was sind die Vorteile eurer Ehe? Damit möchte ich selbstverständlich nicht zu persönlich werden«, fügte ich rasch hinzu.

Ellen runzelte die Stirn.

»Warum die vielen Fragen? Führst du eine Untersuchung durch?«

»So ähnlich, allerdings nur zu meiner eigenen Weiterbildung. Also?«

»Gut«, meinte Ellen. »Vorteil Nummer eins: Austin und ich fahren gern Kanu. Verheiratet zu sein und einander gern zu haben, ermöglicht es uns, gemeinsam etwas zu unternehmen, das uns beiden Spaß macht – in unserem Fall eben Kanufahren.«

Ich nickte. »Der Aspekt Freundschaft.«

»Außerdem hat man jemanden, bei dem man sich über die Arbeit beklagen kann.«

»Nicht, dass du je Grund gehabt hättest, dich über deinen Chef zu beschweren.«

»Natürlich nicht«, entgegnete Ellen mit Unschuldsmiene.

Ich überlegte. Auch in einem Raum voller Menschen konnte man einsam sein. Allein war man es sowieso. Aber war es auch möglich, in einer glücklichen Ehe zu vereinsamen?

Wahrscheinlich schon, dachte ich. Aber vielleicht nicht lange.

»Wenn du schon dabei bist, eine Volksbefragung zu veranstalten«, schlug Ellen vor, »könntest du dir die Ehen deiner Eltern und deiner Schwestern anschauen. Was erscheint dir an diesen Beziehungen positiv?«

»Über die Ehe meiner Eltern habe ich mir nie große Gedanken gemacht«, gab ich zu. »Bis vor Kurzem. Und ich bin zu dem Schluss gekommen, dass es hauptsächlich das Essen ist, was sie verbindet. Und natürlich ihre Kinder. Meistens dreht es sich bei ihnen um selbst gemachte Nudeln. In der Küche sind sie ein eingespieltes Team. Dass ihre wichtigste Gemeinsamkeit etwas so Banales wie Essen ist, war nicht als Kritik gemeint. Meine Eltern stehen sich sehr nah und sind offenbar zufrieden.«

»Vergiss nicht, dass es vermutlich Jahre gedauert hat, bis sie ein eingespieltes Team waren.«

»Selbstverständlich. Das soll auch nicht heißen, dass sie nie Streit haben. Meine Mutter nörgelt. Mein Vater hört nicht richtig zu. Er behauptet, er schaltet die Ohren wegen ihrer Nörgelei auf Durchzug, während sie sagt, er würde gar nichts mehr mitkriegen, wenn sie nicht nörgelt.«

Ellen lachte auf.

»Das ist eine der Wirklichkeiten in der Beziehung zwischen Mann und Frau. Mars und Venus und so weiter und so fort. Meiner Ansicht nach lässt es sich nicht vermeiden.«

Wirklich nicht?

»Meine Schwestern«, fuhr ich fort, »haben es offenbar gut getroffen. Frank und Mike vergöttern ihre Ehefrauen und respektieren sie. Natürlich fordern meine Schwestern diesen Respekt auch ein. Aber soweit ich es mitbekomme, klappt es.«

»Aha, soweit du es mitbekommst. Genau das ist das Problem, wenn man sich eine Meinung über die Beziehung anderer Leute bildet. Ganz gleich, wie viel man zu wissen glaubt, ist das nur die Spitze des Eisbergs. Außerdem beruht dieses vermeintliche Wissen auf der Beobachtung von Verhalten, das womöglich nur eine Darbietung für das Publikum ist.«

»Genau der Grund«, sagte ich, »warum ich mich nicht in fremde Beziehungen einmische, wenn ich es nicht beruflich muss. Zumindest bemühe ich mich, den Mund zu halten. Das klappt nicht immer.«

Ellen zog die Augenbraue hoch.

»Das ist mir auch schon aufgefallen. Aber es ist gut, dass du dir wenigstens Mühe gibst. Solange der eine Partner kein blaugeschlagenes Auge und der andere keine blutige Faust hat, sollte man seine guten Ratschläge besser für sich behalten. Wenn jemand Hilfe braucht, wird er schon darum bitten.«

»Solange sein Selbstbewusstsein nicht völlig am Boden zerstört ist oder er an der vielen anderen psychischen oder emotionalen Problemen leidet, die wir hier jede Woche zu Gesicht kriegen.«

»Stimmt«, räumte Ellen ein. »Ich habe damit Durchschnittsmenschen gemeint, nicht eine arme Frau, die von den Misshandlungen in ihrer Kindheit völlig verstört ist oder von einem bösartigen Despoten tyrannisiert wird. Der meistens einen zu kleinen Schwanz hat.«

»Und stellt sich dir da nicht die Frage …«

»Mit dem kleinen Schwanz? Ein Mann, der seine Frau oder Freundin misshandelt, hat Potenzprobleme. Das liegt doch auf der Hand.«

»Hast du das wissenschaftlich untersucht?«, fragte ich.

»Ich habe schließlich Lebenserfahrung«, erwiderte Ellen herablassend. »Frauen sprechen miteinander. Natürlich sind nicht alle Männer mit einem zu kleinen Penis diabolische Folterknechte. Ich erinnere mich da an einen Typen auf dem College. Er war wirklich reizend, und hatte einen unglaublich kleinen …«

»Äh, Ellen?«

»Oh.« Ellen besaß wenigstens den Anstand zu erröten. »Ja, schon gut.«

»Und der Anfang dieser ganzen Diskussion war meine Frage, was dir an deiner Ehe gefällt.«

»Haselnusseis«, verkündete Ellen. »Ich habe eine Schwäche dafür, und wenn ich mich elend fühle, bringt Austin mir einen Literbehälter voll mit. Er möchte nicht einmal ein Löffelchen davon kosten. Und meistens kriegt er auch nichts ab. Aber er spürt immer, wenn es mir schlecht geht, auch wenn ich es nicht erwähne, und besorgt mir dann das Eis. Das ist etwas, das ich an meiner Ehe mag.«

»Eine wichtige Sache.«

Was, so überlegte ich, würde ich mir von einer Frau wünschen, wenn ich niedergeschlagen war? Darüber hatte ich mir noch nie Gedanken gemacht.

»Darauf kannst du wetten«, stimmte Ellen zu. »Und da wäre

noch etwas: Wenn ich Austin fragte, ob ich in einem bestimmten Kleid oder eine Hose dick aussehe, lautet seine Antwort stets wie aus der Pistole geschossen ›Ganz und gar nicht!‹«

»Du hast ihn gut abgerichtet.«

»Ja, und außerdem weiß er, dass es mich bei bestimmten Themen nicht stört, angelogen zu werden. Schau, wenn ich mich nach dem Kleid oder der Hose erkundige, will ich ja eigentlich gar nicht seine wahre Meinung hören, sondern eine Antwort, die mir gefällt. Austin hat gelernt, ernst gemeinte Fragen von – nennen wir sie mal rhetorischen – zu unterscheiden.«

»Einige Männer würden das als Fangfragen bezeichnen«, wandte ich ein.

»Nicht, wenn sie die Antwort erst einmal auswendig parat haben«, widersprach Ellen. »Außerdem ist es genau genommen keine Lüge, sondern gehört zum Spiel, zur Ellen-und-Austin-Show. Jedes Paar treibt seine kleinen Spielchen. Glaub mir, so kriegt man die Zeit schneller herum. Man streitet stets über dieselben alten Themen, benutzt dieselben alten Reizwörter oder wiederholt Lieblingszitate von den Simpsons. Angewohnheiten sind eine gute Sache.«

Apropos Angewohnheiten. Ich erhob mich vom Schreibtisch.

»Am besten mache ich mich wieder an die Arbeit«, sagte ich. »Danke für das Gespräch. Und vergiss nicht, mir morgen die Kreditkarte zurückzugeben.«

Ellen grinste.

»Du könntest bereuen, dass du sie mir geliehen hast.«

50

Liebe Kummerkastentante!

Gestern Abend haben mein Mann und ich in einem schicken neuen Restaurant in der Nachbarstadt gegessen. Danach bat er mich, die Rechnung zu bezahlen, während er das Auto holen ging. Das Problem ist folgendes: Wir hatten am Tresen gegessen und waren mit einer Gruppe von Leuten ins Gespräch gekommen, weshalb ich nicht richtig aufpasste, als der Barmann die Rechnung vor uns hinlegte. (Außerdem hatte ich ein paar Gläser Wein getrunken.) Jedenfalls konnte ich heute Morgen den Kreditkartenbeleg nicht in meiner Handtasche finden. Jetzt habe ich die schreckliche Befürchtung, ich könnte das Restaurant verlassen haben, ohne zu bezahlen. Was soll ich tun? Es ist mir so peinlich. Soll ich es einfach vergessen? Schließlich brauchen wir nie wieder dort hinzugehen. Außerdem wird mein Mann sich über mich lustig machen, wenn er von meinem Aussetzer erfährt.

Liebe Alkoholikerin!

Fahren Sie zu dem Restaurant, sobald es heute Abend aufmacht, entschuldigen Sie sich und bezahlen Sie Ihre Zeche. Anschließend begeben Sie sich sofort zum nächsten Treffen der Anonymen Alkoholiker. Einen schönen Tag noch.

SOPHIE

Zwei Tage später traf ich mich mit Ben zum Mittagessen. Beim Anblick seines zerzausten Haars, seiner wunderschönen Augen und durch seine Art, mich beim Sprechen anzusehen, meldeten sich die Gefühle vom ersten Abend sofort zurück. Allerdings wunderte mich das nicht. Als er anrief, um sich mit mir zu verabreden, brachte mich der Klang seiner Stimme am Telefon zum Lächeln.

Im Laufe des Gesprächs erfuhr ich mehr über ihn und konnte mich des Gedankens nicht erwehren, wie grundverschieden Ben und Brad doch waren.

Bens Art, seine Fähigkeit zuzuhören, alles an seiner Herangehensweise an die Welt war so anders als bei Brad und ließ mich – hoffen.

Nachdem wir bestellt hatten, erzählte er mir, er besäße eine Wohnung an der Back Bay, nicht weit von meiner im Fen, und habe zwei Katzen, Rousseau und Cellini. (Hatte es etwas zu bedeuten, dass wir das Gleiche orderten? Bei Brad und mir war das nie vorgekommen.)

»Brad mochte keine Haustiere«, sagte ich, wobei ich mich fragte, ob es richtig war, meinen Ex zu erwähnen. »Als Jake zehn war, wünschte er sich einen Hund, aber Brad war dagegen.«

»Schade«, erwiderte Ben ausweichend.

»Ich persönlich habe Katzen lieber. Als kleines Mädchen hatte ich viele Jahre einen Kater. Er hieß Rutledge. Keine Ahnung, warum.«

Ben lächelte.

»Überlegen Sie, ob Sie sich wieder eine Katze anschaffen sollen, da Sie jetzt allein leben?«

Die Frage traf mich völlig unvorbereitet.

»Ich habe noch nicht darüber nachgedacht«, gab ich zu. »Seltsam, denn weil Brad nicht mehr da ist, kann mich ja niemand daran hindern.«

»Man braucht seine Zeit, um sich ans Alleinleben zu gewöhnen, daran, sich nicht mehr auf die Gewohnheiten eines anderen Menschen einstellen zu müssen.«

»Ja«, antwortete ich. »Ich denke, so ist das. Bei mir ist es schließlich erst ein paar Monate her, seit – nun, seit es endgültig ist.«

»Also sind Sie, was das Grauen der Partnersuche im mittleren Alter angeht, noch ein Neuling.«

»Ja«, erwiderte ich.

Ist das eigentlich eine richtige Verabredung?, dachte ich. Oder etwa doch nicht? Woher soll ich das wissen? Vielleicht kann Ben mir einen guten Rat in Sachen Männer geben. In diesem Fall sollte ich davon ausgehen, dass er nur mit mir befreundet sein will.

Aber freunden sich alleinstehende Männer ohne Hintergedanken mit alleinstehenden Frauen an?

»Es ist ein wirklich komisches Gefühl«, platzte ich heraus.

Ben lachte.

»Natürlich. Wir befinden uns eindeutig in einer merkwürdigen Situation. Aber wenn man nicht lernt, über diese Absurdität zu lachen, versinkt man in Depressionen.«

»Ich bin kein depressiver Typ«, sagte ich aufrichtig. »Also werde ich vermutlich bald die humoristische Seite daran entdecken.«

»Sicher. Es gibt eine Menge – interessanter Leute.«

Doch die interessieren mich nicht, dachte ich. Ich interessiere mich für dich und muss deshalb einige Dinge über dich herausfinden.

»Also«, begann ich, »waren Sie erst ein Mal verheiratet?«

Ben nickte.

»Ja. Seit meiner Scheidung hatte ich zwar ein paar Beziehungen, die länger als ein Jahr gehalten haben, aber letztlich hat es nie geklappt.«

»Das tut mir aber leid«, entgegnete ich, obwohl es mir überhaupt nicht leid tat.

»Zum Glück liefen die Trennungen alle zivilisiert ab.« Seine Miene wurde nachdenklich. »Nun, bis auf eine«, fügte er hinzu.

Ich war nicht sicher, ob ich mich nach Einzelheiten erkundigen sollte – und ob ich sie überhaupt hören wollte.

Ehe ich den Mund zu einer Antwort aufmachen konnte,

sagte Ben: »Nachdem ich Ihre Neugier geweckt habe, bin ich Ihnen wohl eine ausführlichere Erklärung schuldig.«

»Sie schulden mir gar nichts«, entgegnete ich. Oder vielleicht doch?

»Wie dem auch sei – jedenfalls habe ich die Beziehung nach etwa acht Monaten beendet. Für mich stand fest, dass wir als Paar nicht so richtig zusammenpassten, sie hingegen sah das vollkommen anders.«

»Oh«, erwiderte ich.

»Häufig nahm sie offensichtliche Dinge gar nicht wahr, zumindest was zwischenmenschliche Beziehungen anging. Ansonsten«, fuhr er fort, »war sie hochintelligent und beruflich sehr erfolgreich.«

Ich nickte, nicht unbedingt, um Ben zum Weitersprechen aufzufordern, doch ich wollte ihn nicht abschrecken.

»Jedenfalls war sie wegen der Trennung sehr aufgebracht und brauchte eine Weile, um es zu verdauen.«

»Und seitdem haben Sie nicht mehr von ihr gehört?«, erkundigte ich mich vorsichtig. Auch eine Großstadt konnte manchmal sehr klein sein. »Sie sind ihr nicht zufällig begegnet?«

»Nein, was unsere Freundeskreise und unsere Berufe angeht, gibt es keine Überschneidungen. Ich habe keine Ahnung, was aus ihr geworden ist. Hoffentlich hat sie jemanden gefunden, der besser zu ihr passt als ich.«

»Besser passt?«, wiederholte ich. »In welcher Hinsicht?«

Ben lachte.

»Einen Mann, der nicht so sehr auf eine feste Bindung aus ist, verstehen Sie?«

»Ich dachte immer, es seien die Frauen, die auf eine feste Bindung bestehen«, gab ich lachend zurück.

»Tja, sie war da eine Ausnahme. Mir sagte sie, sie habe vor mir noch nie eine längere Beziehung gehabt. Das kam mir ein wenig seltsam vor. Meiner Ansicht nach hatte sie überhaupt keinen Begriff davon, was eine Beziehung überhaupt ausmacht.«

»Opfer«, erwiderte ich, ohne nachzudenken. »Verhandlungsbereitschaft. Kommunikation.«

Wieder lachte Ben. »Klingt ziemlich anstrengend.«

»Aber«, antwortete ich und beobachtete dabei sorgfältig seine Reaktion, »es kann die Sache wert sein.«

»Schon möglich.«

»Also ist diese Beziehung aus und vorbei?«, fragte ich.

»Oh, ja.« Als Ben mich ansah, zeigte sich plötzlich Verlegenheit auf seinem Gesicht. »Vielleicht hätte ich es nicht erwähnen sollen. Das Ende macht mir immer noch zu schaffen. Es ist ein scheußliches Gefühl, jemandem wehgetan zu haben, auch wenn es nicht mit Absicht war.«

In diesem Moment erschien die Kellnerin. Während Ben für uns beide bestellte, geriet ich ins Grübeln. Wann hatte ich zuletzt jemanden gekränkt? Ganz sicher war ich Brad während unserer Ehe auf die Nerven gegangen, doch mir fiel nichts ein, weswegen ich mich hätte bei ihm entschuldigen müssen. Offen gestanden konnte ich mich nicht einmal an den letzten wichtigen Streit zwischen mir und Brad erinnern, in dem ich etwas Gemeines oder Verletzendes zu ihm gesagt hatte. Selbst unsere Scheidung und die Gespräche davor waren verhältnismäßig blutarm verlaufen.

Sich zu entschuldigen heißt, Verantwortung zu übernehmen. Die Worte »Es tut mir leid« weisen darauf hin, dass etwas Wichtiges zwischen zwei Menschen stattgefunden hat – außer man hat denjenigen zufällig mit dem Ellenbogen angestoßen. Sie bedeuten, dass man das Vorhandensein einer Beziehung anerkennt und achtet.

Mit der Bitte um Verzeihung erfüllt man einen gesellschaftlichen Vertrag. Man hat gegen eine Regel verstoßen, und die Entschuldigung ist ein Versuch, den Schaden wiedergutzumachen und sich zu der Beziehung zu bekennen.

In unseren letzten zehn Ehejahren hatten Brad und ich – wenn auch unter demselben Dach – in verschiedenen Welten gelebt. Wir waren wie die sprichwörtlichen Schiffe in der

Nacht gewesen, die einander nur als dunkle Schatten in der Finsternis wahrnehmen.

Doch diese Ehe war vorbei. Nun wünschte ich mir eine Gelegenheit, einen Fehler zu machen, um mich anschließend bei dem Betroffenen entschuldigen zu können. Ich wollte eine Rolle im Leben eines anderen Menschen spielen, wollte, dass mein Verhalten Auswirkungen auf ihn hatte, wollte keine Nebensache sein.

Nachdem die Kellnerin fort war, lächelte Ben mir zu.

»Was denken Sie gerade?«, fragte er.

»Dass ich sehr glücklich bin, hier zu sein.«

51

Beim Lügen sehen Sie Ihrem Gegenüber geradewegs ins Gesicht. Sprechen Sie langsam und mit Nachdruck. Finger weg von emotionalen Auftritten. Ihr Chef wird Ihnen eher glauben, dass Ihr Hund den heute fälligen Bericht gefressen hat, wenn Sie ihm das ruhig und sachlich mitteilen. Entsetzt aufgerissene Augen und wildes Gestammel bringen Sie nicht weiter.

– Machen Sie Ihre Schwindeleien narrensicher.

EVA

Auf einem Beistelltisch stand ein gerahmtes Foto von einem kleinen Jungen. Der Rahmen war mit blauen und violetten Teddybären verziert. Ich griff danach, um mir das Foto genauer anzusehen.

»Wie ich annehme, ist das Jake«, meinte ich.

Sophie hatte mich nach der Arbeit auf ein Glas zu sich eingeladen. Da ich nichts Besseres zu tun hatte – ich hatte Jake auf zwei Abende pro Woche reduziert –, war ich einverstanden.

Sophie streckte den Kopf aus der Küche.

»Ja, da war er knapp drei. War er nicht niedlich?«

Jake war wirklich ein reizendes Kind gewesen. Grübchen, große Augen, ein süßer kleiner Junge.

»Ja«, sagte ich. »War er.«

»Damals war er Brad in diesem Alter wie aus dem Gesicht geschnitten. Erst mit fünf fing er an, meiner Verwandtschaft ähnlicher zu sehen.«

Die Gene. Ein interessantes Thema. Ich stellte das Foto wieder an seinen Platz und ließ mich auf dem sehr bequemen Sofa nieder. Abgesehen von dem kitschigen Bilderrahmen war die

Wohnung sehr geschmackvoll eingerichtet. Mir fehlt zwar das Talent zur Innenarchitektin, aber ich erkenne Stil, wenn ich ihn sehe.

Sophie kam mit einer Platte kalter Shrimps und drei verschiedenen Cocktailsaucen aus der Küche. Ich nahm mir ein Shrimp, sobald der Teller den Tisch berührte. Sophie setzte sich mir gegenüber in einen Lehnsessel aus karamellfarbenem Leder.

»Jake war bereits sehr früh sauber«, verkündete sie. »Er war ja so stolz auf sich. Ich erinnere mich noch, wie er wildfremden Menschen im Supermarkt erzählte, er ginge schon ganz allein aufs Klo. Wirklich niedlich.«

Das konnte ich mir denken. Ich liebe es, wenn Kinder, die ich nicht kenne, mir Bericht über ihren Stuhlgang erstatten.

»Wie nett«, erwiderte ich.

Was sollte ich auch sonst dazu sagen? Zum Glück verderben mir Gespräche über den menschlichen Stoffwechsel nicht den Appetit. Ich verspeiste noch ein Shrimp.

»Oh ja, Jake war in allen Dingen früh dran: beim Krabbeln, Gehen und Sprechen.« Sophie lachte. »Er würde mich umbringen, wenn er wüsste, dass ich mit jemandem darüber rede. Aber ich kann einfach nicht anders. Willst du wissen, wie er seinen Penis genannt hat?«

Oh, Gott, musste sie unbedingt Jakes Penis erwähnen? So gern ich dieses Organ hatte, verspürte ich nur wenig Lust, dieses oder ein verwandtes Thema mit der Mutter meines Liebhabers zu erörtern.

Also schüttelte ich nur den Kopf.

»Seinen Pillermann. Ist das nicht zum Totlachen?«

»Zum Totlachen, ganz recht«, stimmte ich zu.

Sophie eilte wieder in die Küche und kehrte mit einem silbernen Sektkübel zurück, der eine Flasche Wein enthielt. Es erwies sich wirklich als ein großer Vorteil, dass Sophie so viele Jahre als Managergattin und Gastgeberin hinter sich hatte. Die Frau kannte sich mit Weinen aus, und ihr Roastbeef war einfach ein Gedicht.

Während sie zwei Gläser Wein einschenkte, versuchte ich, das Gespräch von Jakes Kindheit abzulenken. Doch bevor ich den letzten verbalen Ausrutscher unseres Präsidenten aufs Tapet bringen konnte, war Sophie schon wieder bei ihrem Lieblingsthema.

»Weißt du«, meinte sie, »Jake wird bestimmt eines Tages häuslich werden, heiraten und eine Familie gründen. Ich hoffe nur, dass er die richtige Frau kennenlernt.«

Das hieß, eine Frau, die schwach genug war, um sich von ihrer Schwiegermutter herumkommandieren zu lassen, dachte ich.

»Oh«, sagte ich, »und was für eine Art Frau schwebt dir da vor?«

»Nun, natürlich muss sie gebildet sein. Dass sie gütig und liebevoll ist, versteht sich von selbst. Und außerdem – wie soll ich es ausdrücken? – gemütlich. Ja, das ist das Wort, das ich gesucht habe.«

Gemütlich? Nun gut, hielt ich mir vor Augen, schließlich willst du den Kleinen nicht heiraten. Dennoch beunruhigte es mich ein wenig, dass Sophies Traumschwiegertochter das absolute Gegenteil von mir war.

Es läutete. Sophie eilte zur Tür und spähte durch den Spion.

»Es ist Jake«, verkündete sie begeistert.

Oh, Mist, dachte ich. Ich hätte mit dieser Möglichkeit rechnen müssen. Mit einem Schluck leerte ich mein Weinglas.

Sophie schloss auf und öffnete die Tür.

»Jake, was für eine schöne Überraschung. Komm rein.«

Jake bückte sich, um Sophie zu umarmen, und bemerkte mich über die Schulter seiner Mutter hinweg. Doch anstatt mir wie beim Baseballspiel zuzuzwinkern, starrte er mich nur entgeistert an, was wohl: »Glaube mir, ich hatte keine Ahnung, dass du hier bist«, besagen sollte.

»Oh«, meinte er, nachdem er sich aus der engen Umarmung seiner Mutter gelöst hatte. »Ich wusste nicht, dass du Besuch hast. Tut mir leid.«

»Ach, sei nicht albern. Es ist doch nur Eva. Sicher erinnerst du dich noch vom Baseballspiel an sie.«

Jake nickte.

»Aber klar doch. Hallo.«

»Hallo«, antwortete ich mit erstaunlich ruhiger Stimme.

»Welchem Umstand verdanke ich diese angenehme Überraschung?«, erkundigte sich Sophie gut gelaunt. »Ich habe erst morgen zum Abendessen mit dir gerechnet.«

»Äh« Jake wies auf die Reisetasche, die er geschultert hatte. »Ich dachte nur … ich wollte …«

Sophie lachte.

»Natürlich wasche ich deine Wäsche. Stell die Tasche einfach neben die Waschmaschine und setz dich ein bisschen zu uns.«

Mit eindeutig verlegener Miene verschwand Jake in den Tiefen der Wohnung.

Er brachte seiner Mutter noch immer die Wäsche? Ich fand das ziemlich ärgerlich und außerdem peinlich – sowohl für Jake als auch für mich.

»Ist das nicht nett?«, fragte Sophie, ohne eine Antwort zu erwarten.

Was sollte ich darauf sagen?

»Nein, ich empfinde es sogar als ausgesprochen unangenehm, denn wenn ich ehrlich sein soll, schlafe ich mit deinem Sohn.«

Jake kehrte zurück und blickte vom Sofa zu einem freien Sessel, der in größtmöglicher Entfernung zu mir stand. Während er zielstrebig darauf zusteuerte, sprang ich auf und flüchtete ins Bad.

Vielleicht, dachte ich, konnten wir diesen Besuch ja in verschiedenen Räumen verbringen.

Im Bad sah ich auf die Uhr. Ein normaler Toilettenbesuch dauerte höchstens zwei bis drei Minuten. Wenn ich mich länger verbarrikadierte, lief ich Gefahr, dass Sophie besorgt an die Tür klopfte. Als der Sekundenzeiger darauf hinwies, dass gut drei Minuten vergangen waren, holte ich tief Luft und trat auf den Flur hinaus.

Jake kam gerade aus dem Schlafzimmer. Ehe ich noch einen Schritt machen konnte, drängte er mich an die Wand und presste die Lippen auf meine.

Obwohl ich ihn wegstieß, hielt er mich weiter umklammert.

»Lass mich los«, zischte ich ärgerlich.

Jake grinste. »Findest du das nicht spaßig?«

»Nein, finde ich nicht. Und jetzt lass mich endlich los.« Als ich Jake noch einen Schubs versetzte, gab er mich frei.

»Man merkt, dass du regelmäßig Sport treibst«, meinte er mit einem leisen Auflachen.

Ich sah ihn zornig an. »Ist dir das bisher nicht aufgefallen?« Männer sind manchmal blinde Idioten.

Ich hastete zurück ins Wohnzimmer, wo Sophie gerade mit einer Platte voller Blätterteigteilchen aus der Küche kam.

»Wo ist Jake?«, erkundigte sie sich ohne eine Spur von Argwohn.

Ich zuckte die Achseln. Im nächsten Moment erschien Jake aus dem Flur und verdrückte sich mit einer Ausrede, nachdem er seiner Mutter versprochen hatte, am nächsten Abend pünktlich zum Essen da zu sein. Als er sich verabschiedete, wich ich seinem Blick aus.

Nachdem Jake fort war, nahm Sophie wieder in ihrem Sessel Platz.

»Ich fasse es immer noch nicht, dass du in der Werbung arbeitest«, sagte sie aus heiterem Himmel. »Ich hätte schwören können, dass du inzwischen mindestens ein Dutzend Bücher veröffentlicht hast oder vielleicht Literatur an einer privaten Highschool unterrichtest.«

Ich lächelte gekünstelt, um zu verbergen, wie sehr mich diese Bemerkung ärgerte. Man hätte meinen können, ich hätte auf dem College einen Vertrag unterzeichnet, in dem ich mich verpflichtete, meine damaligen Ziele weiterzuverfolgen. Nun hatte ich ihn offenbar gebrochen. Was erwarteten sie denn von mir? Eine Entschuldigung?

»Warum spielt es eine Rolle, dass ich heute nicht den Beruf

ausübe, den ich mit zwanzig angestrebt habe?«, entgegnete ich. »Wer bekommt schon die Gelegenheit, seine Träume auszuleben? Außerdem interessieren diese Fantasien von früher niemanden mehr. Mir gefällt mein Leben, so wie es ist. Wirklich.« Ich blickte Sophie unverwandt in die Augen. »Alles läuft bestens.«

Sophie musterte mich zweifelnd.

Gut, nicht einmal ich selbst glaubte das. Zeit, das Thema zu wechseln.

»Und wie geht es mit den Männern voran?«, fragte ich. »Hast du jemanden kennengelernt?«

Sophie nestelte an der Leinenserviette auf ihrem Schoß herum.

»Ach, niemand Besonderen«, erwiderte sie in einem Tonfall, der deutlich machte, dass es sich um eine Ausflucht handelte.

Schön. Also hatten wir beide unsere kleinen Geheimnisse.

Nach dem zweiten Glas Wein verabschiedete ich mich. Sophie drängte mich nicht, zum Abendessen zu bleiben.

52

Liebe Kummerkastentante!

Mein neuer Freund hat angefangen, dasselbe Rasierwasser zu benutzen wie mein Ex. Jetzt denke ich ständig daran, wie sehr ich meinen früheren Freund vermisse. Soll ich meinem neuen Freund von meinen Gefühlen erzählen oder besser schweigen?

Liebe Nostalgikerin!

Sagen Sie Ihrem neuen Freund, Sie seien gegen sein neues Rasierwasser allergisch, und bitten Sie ihn, es nach Möglichkeit nicht mehr zu verwenden. Erwähnen Sie nicht, dass es Sie an Ihren Ex erinnert. Sollte sich Ihr neuer Freund jedoch weigern, die Duftnote zu wechseln, teilen Sie ihm mit, er sei viel kümmerlicher ausgestattet als Ihr Ex, und schicken Sie ihn in die Wüste.

JOHN

Bevor ich mir wieder eine Katastrophen-Verabredung antat, brauchte ich Zeit, um meine Wunden zu lecken.

Aber ausgerechnet Eva? War es in meinem waidwunden Zustand wirklich eine gute Idee, mich mit meiner widerborstigen, kritikfreudigen alten Freundin zu treffen?

Vielleicht nicht. Vermutlich ganz und gar nicht. Allerdings hatte ich zwei Gratiskarten für ein Stück von David Mamet. Außerdem – ich muss mich zu dieser typisch männlichen Sturheit bekennen – machte es mich wahnsinnig, dass es mir einfach nicht gelang, Evas Vorurteile gegen meine Person zu durchbrechen. Seit dem College beharrte sie darauf, ich sei ein gewissenloser Schuft, und obwohl sie sich sonst in nahezu allem geändert hatte, hatte sich dieses Bild hartnäckig gehalten.

Ich wollte, dass Eva ihre Meinung über mich überdachte und mich so sah, wie ich wirklich war. Ja, ich hatte meine Fehler, aber war im Grunde genommen ein guter Mensch. Sie sollte wenigstens begreifen, dass ich mich bemühte.

Das bringt uns zur nächsten Eine-Million-Dollar-Frage: Warum war es mir so wichtig, was Eva von mir hielt? Eigentlich bin ich niemand, der sich bei allen beliebt machen muss. Ich bin nicht auf das Lob anderer Leute angewiesen. Zu viele Menschen sind die Anstrengung, sie zu beeindrucken, einfach nicht wert. Zum Beispiel prügelnde Ehemänner, Mörder und Leute, die die Hinterlassenschaft ihrer Hunde nicht einsammeln. Falls ich aufgrund besagter Einstellung ein elitärer Snob bin, meinetwegen, dann hatte Eva in dieser Hinsicht eben recht.

Dennoch gehörte Eva zu den Menschen, von denen ich gemocht und respektiert werden wollte (musste?). Vielleicht, so dachte ich, nur vielleicht, würde sie einsehen, dass sie mich falsch eingeschätzt hatte, wenn wir uns öfter trafen.

Die Hoffnung stirbt bekanntlich zuletzt. Meiner Erfahrung nach wäre es jedoch oft besser, ihr die Augen zu verbinden, sie zu knebeln und an einen Stuhl zu fesseln.

Also rief ich an, wenn auch in der Annahme, dass Eva – und zwar ziemlich unfreundlich – ablehnen würde. Aber sie überraschte mich.

»Klar«, erwiderte sie sofort. »Gern. Die Inszenierung hat gute Kritiken bekommen. Danke.«

»Prima«, sagte ich, ein wenig perplex. »Was hältst du davon, vorher zum Abendessen zu gehen? Vielleicht ins *Donna Q?*«

»Klar«, wiederholte sie. »Da war ich erst letzte Woche. Die Bedienung lässt zu wünschen übrig, aber das Essen war fantastisch.«

Wir verabredeten uns in dem Restaurant, verabschiedeten uns freundlich voneinander und legten auf. Nun, dachte ich, lehnte mich grinsend in meinem Sessel zurück und beglückwünschte mich zu meiner Beharrlichkeit. Vielleicht war das der Anfang einer wundervollen Freundschaft.

53

Nicht jeder Ehebrecher gibt sich die nötige Mühe, seinen Seitensprung zu verschleiern. Einige von ihnen wollen ertappt werden (aus den verschiedensten Gründen, siehe Kapitel fünf), weshalb es beinahe zu leicht ist, sie der Untreue zu überführen. Spielen Sie das Spiel so eines Menschen nicht mit, dem es häufig auf eine schnelle Scheidung ankommt. Stattdessen lassen Sie ihn schmoren, während Sie weiter Beweismittel sammeln, um ihm den Garaus zu machen.

– Ist das Lippenstift an deinem Kragen? Daran erkennen Sie den Ehebrecher.

EVA

Ich freute mich darauf, das neue Stück von Mamet zu sehen. Die Vorstellungen waren alle ausverkauft, und bisher war keiner meiner Klienten in der Lage gewesen, auch nur einen miserablen Platz hinter einer Säule für mich zu ergattern.

Zugegeben bedeutete das, einen Abend mit John zu verbringen, eine Aussicht, die mir gar nicht gefiel. Ich rechnete damit, von ihm kritisiert und verspottet zu werden und außerdem zuhören zu müssen, wie er stundenlang über seine Selbstlosigkeit und seine Begabungen monologisierte. Aber Plätze in der dritten Reihe! Für einen Platz in der dritten Reihe würde ich diesen Wichtigtuer wohl ein paar Stunden ertragen können. Außerdem war das Essen im *Donna Q,* wie ich John erzählt hatte, wirklich traumhaft. Seebarsch mit gebratenem Minigemüse in Buttersauce würde mein Leid lindern, während ich Johns Anekdoten über seine reizenden kleinen Nichten und Neffen lauschte.

Also würde ich im Großen und Ganzen nur profitieren. Allerdings passiert es manchmal sogar mir, dass ich mich irre.

Schon beim Essen ging er auf mich los. Ich schaue gern hin und wieder auf die Uhr. Nicht weiter wichtig. Für John aber schon.

»Wirst du noch irgendwo erwartet?«, fragte er und wies mit dem Kopf auf mein Handgelenk.

»Ich weiß nur gern, wie spät es ist.«

»Seit wir hier sitzen, hast du alle zehn Minuten auf die Uhr gesehen.«

Ich blickte ihn an. »Hast du etwa mitgezählt?«

»Wenn man Spaß hat, verfliegt die Zeit wie im Nu. Also habe ich den Eindruck, dass du dich langweilst.«

»Ich könnte Spaß haben«, gab ich zurück, »wenn du mir nicht so auf die Nerven fallen würdest.«

John trank einen Schluck Wein. »Keine Sorge«, sagte er. »Wir verpassen den Anfang der Vorstellung schon nicht. Ich verspäte mich nie bei wichtigen Ereignissen.«

»Wie erwachsen von dir«, höhnte ich, obwohl ich ebenso fanatisch pünktlich war wie er. Und sogar stolz darauf.

John verzog missbilligend das Gesicht, etwas, das er sehr gut kann. »Du hast dich verändert, Eva.«

»Ganz im Gegensatz zu dir«, zischte ich.

Allerdings sah er sehr gut aus, sogar besser als damals auf dem College.

Eine Frau hätte tot sein müssen, um ihn nicht attraktiv zu finden, was mich sehr ärgerte.

»Früher warst du nicht so gehässig.«

»Und du bist noch immer der gleiche selbstgerechte Besserwisser wie damals.«

»Ach, was bei dir gleich geblieben ist, ist deine verzerrte Wahrnehmung.«

Die Worte flogen aus meinem Mund wie Kugeln aus einem Gewehrlauf.

»Ich treffe mich derzeit mit einem Mann, der um einiges jünger ist als ich. Nur halb so alt.«

Ich konnte Johns Gesichtsausdruck nicht deuten, als er diese Mitteilung verdaute. Es war eine Mischung aus Wut, Ablehnung und möglicherweise sogar Enttäuschung.

Im nächsten Moment war seine Miene wieder gelassen wie immer.

»Warum vergeudest du deine Zeit?«, fragte er.

»Ich vergeude meine Zeit? Hast du vielleicht einen besseren Vorschlag, wie ich meine Nächte verbringen soll?«

Natürlich meinte ich diese Herausforderung nicht ernst.

Johns Zügen war nichts zu entnehmen.

»Natürlich nicht«, entgegnete er ruhig. »Warum sollte ich?«

»Möchtest du damit andeuten«, fuhr ich fort, um einen Streit zu provozieren (aber warum?), »dass ich mich besser auf die Suche nach einem passenden Ehemann machen sollte? Meinst du, die Zeit würde allmählich knapp und ich dürfte in meinem Alter nicht mehr alleinstehend sein?«

»Natürlich nicht«, wiederholte John.

Allerdings erkannte ich das sofort als Lüge.

Selbstverständlich war er der Ansicht, dass ich meine Zeit lieber in einen Mann investieren sollte, der ernsthaft als Ehepartner infrage kam. Jemanden wie ihn vielleicht?

»Wolltest du sagen, dass mein Liebhaber nur aus Mitleid mit mir ins Bett geht?«, bohrte ich weiter.

So, jetzt hatte ich die hintergründige schleichende Angst ausgesprochen, Jake könnte wirklich nur deshalb mit mir schlafen, weil er allgemein Mitgefühl mit Frauen über vierzig hatte.

»Nein«, erwiderte John übertrieben geduldig. »Das hatte ich nicht gemeint. Aber falls der Schuh passt …«

Ich antwortete nicht auf Johns böswillige Bemerkung, sondern griff nach meiner Gabel und fragte mich, was Jake wirklich von mir wollen mochte. Nur Sex – oder erhoffte er sich von mir greifbare und dauerhafte Vorteile wie zum Beispiel eine gute Stelle nach dem Uniabschluss? Geld etwa? Wollte mein einundzwanzigjähriger Liebhaber mich finanziell ausnutzen?

»Hör zu«, platzte ich heraus. »Verrate Sophie nichts von diesem Mann.«

»Ist es ein Mann?«, gab John zurück. »Oder eher ein Junge im Alter ihres Sohnes?«

Mir wurde flau. Hatte John die Wahrheit erraten? Nein, er verhielt sich nur so herablassend wie immer.

»Tu mir bitte den Gefallen und sag ihr nichts davon«, wiederholte ich.

»Keine Sorge«, antwortete John mit einem ärgerlichen Zwinkern. »Es bleibt unser kleines Geheimnis.«

»Also«, wechselte ich mit einem aufgesetzten Lächeln das Thema. »Wie geht es mit deiner Suche nach einer Ehefrau voran?«

»Prima«, erwiderte er, aber ich wollte ihm den Versuch, mich mit einer so offensichtlichen Lüge abzuwimmeln, nicht durchgehen lassen.

Also lachte ich auf.

»Klar. Deshalb sitzt du heute Abend mit mir hier. Sieh den Tatsachen ins Auge, John«, verkündete ich. »Du eignest dich nicht zum Ehemann. Dafür kreist du viel zu sehr um dich selbst.«

Wieder zeichneten sich verschiedene finstere Gefühle in Johns sonst so selbstzufriedenem Gesicht ab. Nun, schließlich hatte ich es auf einen Streit angelegt.

»Das ist absolut unfair«, entgegnete er, offensichtlich um Beherrschung ringend. »Wie kannst du mich als Egoisten bezeichnen, obwohl ich versuche, meinem Leben einen Sinn zu geben, indem ich eine Bindung mit jemandem eingehe? Was ist mit dir? Wer sich nur auf rein sexuelle Beziehungen einlässt, zeigt doch, dass es ihm einzig und allein um die eigenen Interessen geht.«

»Warum glaubst du, dass meine Beziehung rein sexuell ist?«

»Bitte, Eva, welche Gemeinsamkeiten kann es zwischen dir und einem zwanzig Jahre jüngeren Mann geben? Außer natürlich ihr habt ein gemeinsames seltenes Hobby wie zum Beispiel die Erforschung der Balzrituale beim Tyrannosaurus Rex. Dann bestünde vielleicht die Möglichkeit, dass es beiderseitig ist.«

Dagegen gab es keine Argumente, weshalb ich auf den anderen angedeuteten Angriff auf meinen Charakter einging.

»Nun, ich schade doch niemandem, oder?«

»Ich weiß nicht«, erwiderte John wie aus der Pistole geschossen. »Wirklich nicht? Wie wird sich dein kleines Spielzeug fühlen, wenn es seinem Nachfolger weichen muss?«

Wieder eine nicht zu beantwortende Frage. Ich wusste, dass die Trennung von mir ausgehen und Jake darunter leiden würde. Diese Dinge lagen so klar auf der Hand wie die Tatsache, dass ich Eva hieß.

Mein Gott, John war eine richtige Landplage. Wieder schaute ich demonstrativ auf die Uhr.

»Wir sollten zahlen, wenn wir pünktlich zur Vorstellung kommen wollen.«

54

Liebe Kummerkastentante!

Nächsten Monat heirate ich einen wirklich wundervollen Mann. Das Problem ist nur, dass ich ihn nicht wirklich liebe. Wahrscheinlich war ich einfach nur so begeistert, als er mir den Ring mit dem großen Stein überreicht hat. Dann waren da natürlich noch die Partys, die Geschenke und so weiter und so fort. Ich möchte ihn nicht kränken, denn er ist wirklich nett. Soll ich ihn also einfach trotzdem heiraten?

Liebes Miststück!

Tun Sie dem armen Burschen einen Gefallen und trennen Sie sich von ihm. Sofort.

JOHN

Welcher Teufel hatte mich nur geritten, mit Eva auszugehen? Nun, jetzt sah ich meine Zweifel zwar bestätigt, wusste aber noch immer nicht, warum ich mich dieser nicht zu bewältigenden Herausforderung gestellt hatte.

Weil du ein Trottel bist, John. Weil du keinen Funken Verstand hast. Das ist nämlich genau die Eigenschaft, die einen Trottel auszeichnet.

Jedes Gespräch mit Eva entwickelte sich zu einem Streit. Damals auf dem College war unser Geplänkel lustig und freundschaftlich gewesen, auch wenn es manchmal ein bisschen wehtat. Hinter den ausgeklügelten Beleidigungen verbargen sich ein Lachen und das Gefühl, dass Eva und ich einander eigentlich sehr ähnelten. Das dachte ich wenigstens. Vielleicht war es ja schon damals ein Irrtum gewesen. Vielleicht hatte Eva mich nie gemocht. Vielleicht hatte ich mir vier Jahre lang etwas vorgemacht, wohl wissend, dass sie nicht mit mir ausgehen wollte, aber unter der falschen Annahme, dass ihr etwas an meiner Freundschaft lag.

Tja, inzwischen war so sicher wie das Amen in der Kirche, dass Eva mich hasste.

Mürrisch saßen wir die Vorstellung ab. Ich versuchte, mich auf die angeblich aufrüttelnden Dialoge zu konzentrieren, konnte aber nur an die zornige Frau denken, die neben mir im dunklen Theater saß. Als mein Arm – wirklich rein zufällig, ich schwöre – ihren auf der Armlehne streifte, zog sie ihn ruckartig weg, als hätte ich versucht, sie zu vergiften. Einmal warf ich heimlich einen raschen Blick auf sie, um festzustellen, ob ihr die Vorstellung gefiel, auf die sie sich so gefreut hatte. Ihre Körperhaltung war starr, ihr Gesichtsausdruck missbilligend.

An jenem Abend verabschiedeten wir uns wortlos und nur mit einem knappen Nicken. Eva winkte ein Taxi heran und war fort, ehe ich Gelegenheit hatte, selbst eines anzuhalten. Also beschloss ich, zu Fuß zu gehen. Körperliche Bewegung hilft, Stress abzubauen. Alkohol auch. Auf dem Nachhauseweg gönnte ich mir einen Schlummertrunk im *Oak Room*. Doch nicht einmal ein Glas des milden, einhundert Jahre alten Whiskeys konnte die düstere Stimmung vertreiben, die schwer auf meinen Schultern lastete.

55

Sie sind fünfunddreißig und überlegen immer noch, ob es falsch ist, Münzen aus der Trinkgeldschale im Schnellrestaurant zu stibitzen. Schluss damit! Haben Sie in der Sonntagsschule geschlafen? Oder gefehlt, als der Lehrer den Dreisatz durchgenommen hat?

– Es wird langsam Zeit, zu lernen, richtig und falsch zu unterscheiden.

EVA

Mein Gott, wie konnte ich so blöd sein? Keine Theaterinszenierung ist es wert, sich einen ganzen Abend mit diesem Mann herumzuquälen.

56

Liebe Kummerkastentante!

Ich habe den Verdacht, dass mein Mann mich betrügt. Eine Nacht pro Woche macht er angeblich Überstunden und verschwindet sofort in der Dusche, wenn er nach Hause kommt, sogar noch, bevor er mich zur Begrüßung geküsst hat. Soll ich ihn zur Rede stellen? Helfen Sie mir!

Liebes Unschuldslämmchen!

Natürlich betrügt er Sie. Falls er abends nicht Basketball spielt oder mit seinen Freunden ins Fitnessstudio geht, gibt es keinen Grund für eine spätnächtliche Dusche. Leiten Sie das Scheidungsverfahren gegen diesen Mistkerl ein, aber dalli.

SOPHIE

»Es ist offiziell. Ab sofort bin ich im Staat Massachusetts als Immobilienmaklerin zugelassen. Kann ich dich vielleicht für eine Ranch im reizenden Städtchen Winchester interessieren?«

Ben lachte.

»Nein, danke. Herzlichen Glückwunsch, Sophie.«

Wir stießen mit unseren Proseccogläsern an. (Ben hatte zur Feier des Tages eine Flasche mitgebracht.) Ich war so glücklich wie lange nicht mehr. Gut, ich hatte angesichts dieser neuen Herausforderung auch ein wenig Lampenfieber und war sehr aufgeregt.

»Also«, meinte Ben, »erzähl mir von deinem ersten Arbeitstag.«

Ich schilderte ihm alles bis in die kleinste Einzelheit. Ben war ein guter Zuhörer. Er stellte Fragen und machte keine abfälligen oder herablassenden Bemerkungen. Ganz anders als Brad, der mich stets behandelt hatte, als sei er der allwissende Vater und ich das ahnungslose Kind. Bens Aufmerksamkeit und Respekt bedeuteten mir viel. Das und die Tatsache, dass mir die Knie weich wurden, wenn er mich küsste.

»Diesmal werde ich vollen Einsatz zeigen«, stellte ich schließlich fest. »Dann kann mich nichts mehr aufhalten. Mir stehen alle Möglichkeiten offen.«

Ben drückte meine Hand.

»Ich freue mich so für dich, Sophie. Es ist immer gut, sich ein Ziel zu setzen.«

Ja, dachte ich, das ist es gewiss. Als ich zurück an die Ostküste zog, war mir klar geworden, dass meine Freunde und meine Familie mir nicht genügten. Ich musste mich selbst wieder wichtig nehmen und Anforderungen an mich stellen.

»Wo willst du essen?«, fragte Ben. »Wir müssen feiern.«

Ja, dachte ich, ganz richtig.

»Was hältst du davon, wenn wir uns etwas liefern lassen?«, schlug ich vor und rutschte enger an ihn heran. »Lass uns nur zu zweit feiern.«

Ben blieb über Nacht bei mir. Da er erst um elf ein Seminar hatte, konnten wir auch den Großteil des Vormittags miteinander verbringen. Ich erfuhr, dass Ben jeden Morgen eine Banane und schwarzen Kaffee frühstückte. Nur sonntags gönnte er sich ein ausgiebiges, von Fett triefendes Festmahl in einem klassischen Familienrestaurant. Wir verabredeten uns für den kommenden Sonntag in einem Lokal meiner Wahl. (Ich nahm mir vor, eine meiner neuen Kolleginnen um eine Empfehlung zu bitten.) Bevor er ging, küssten wir uns noch einmal lang und leidenschaftlich.

Mein Leben ist wundervoll, dachte ich. Alles klappt wie am Schnürchen. Ich habe einen tollen Mann kennengelernt. (Und es war gar nicht so schwer gewesen, ihn zu angeln.) Dazu habe ich einen neuen Beruf, einen liebevollen Sohn und zwei nette Freunde. Also sah die Zukunft doch sehr rosig aus.

57

Fünfmal täglich wiederholen: Sage das eine, glaube das andere.
– So sieht scheinheiliges Verhalten für Anfänger aus.

EVA

Eigentlich war alles nur meine Schuld. Oder, wenn Schuld der falsche Ausdruck ist, dann eben das Ergebnis meiner Fehlentscheidung.

Welcher Teufel hatte mich geritten, ja zu sagen, als Jake vorschlug, am Samstagabend in die Disco zu gehen? In einen Laden mit lauter Musik und bunt schillernden, überteuerten Cocktails. Wo draußen vor der Tür gewiss ein großer stinkender Haufen Erbrochenes auf dem Gehweg prangte. Wo die Damentoilette erwartungsgemäß verstopft sein würde.

Was war nur über mich gekommen? Wollte ich beweisen, dass ich länger als bis elf wach bleiben konnte? Vielleicht war es das Bedürfnis, dem Jungen etwas Gutes zu tun, da ich ihm schließlich den Zutritt zu meiner Wohnung verwehrte und mich während der üblichen Geschäftszeiten nicht an Orten mit ihm blicken ließ, wo ich Bekannten hätte begegnen können. Und, ja, zugegeben, ich hatte ein schlechtes Gewissen, weil ich ihn an dem Tag, an dem er beleidigt gewesen war, weil er nicht mit zur Wohltätigkeitsauktion durfte, mit Sam »betrogen« hatte.

Doch ganz gleich, welche Motive mich nun bewogen haben mochten, in diese Disco zu gehen, sie waren alle irregeleitet und idiotisch.

Und dabei hatte ich sogar einen Bogen um diese Läden gemacht, als ich noch im entsprechenden Alter gewesen war. Da konnte Sophie betteln und flehen, so viel sie wollte, ich ließ mich nicht erweichen. Ich konnte mir einfach nichts Grässlicheres vorstellen, als kostbare Stunden meines Lebens damit zu verbringen, mich in einer betrunkenen Horde herumzudrücken, von denen der Großteil – in dieser Hinsicht besaß ich nun einmal die typische Voreingenommenheit eines Menschen, der englische Literatur im Hauptfach studierte – gewiss nie von Thomas Carlyle gehört hatte.

»Was zieht man heutzutage denn in die Disco an?«, erkundigte ich mich beiläufig bei Jake.

Er zuckte die Achseln.

»Keine Ahnung.« Jake hatte zwar seine empfindsamen Seiten, doch Damenmode gehörte eindeutig nicht zu seinen Interessensgebieten.

Zu guter Letzt entschied ich mich für eine schmal geschnittene schwarze Hose, ein weißes enges T-Shirt und einen schwarzen Lederblazer. Mit zweiundvierzig lehne ich es ab, Kleidung zu tragen, die für Frauen gedacht ist, die halb so alt sind wie ich. Schließlich will ich mich nicht zum Narren machen. Falls ich die Einzige sein sollte, die weder Bauchnabel noch Pospalte zur Schau stellte, na und? Zumindest würde ich so meine Würde behalten.

Die Würde einer Frau, die in die Jahre gekommen war.

Der Abend entpuppte sich als Desaster von dem Moment an, als Jake und ich uns Hand in Hand – er nahm meine Hand, ich versuchte, mich zu befreien, er ließ nicht los – in die von wild tanzenden Menschen überfüllte Disco schoben. Während wir uns zum Tresen durchdrängten, wurden wir von Jungen, die nach Testosteron, und Mädchen, die nach billigem Parfüm stanken, geschubst und gestoßen. Endlich gelang es uns, etwas zu trinken zu ergattern. Es war der schlechteste Martini meines Lebens.

Wir lösten uns aus der Menschenmenge und suchten uns ein Eckchen, wo wir verhältnismäßig unbelästigt stehen konnten. Da ein Gespräch natürlich unmöglich war, tranken wir schweigend, bis ein etwas fülliger Kerl in etwa Jakes Alter angetrottet kam. Er hatte seine Baseballkappe verkehrt herum auf und trug dazu ein schwarzes T-Shirt mit der Aufschrift »Ich bremse auch für Mädchen«. Er klopfte Jake so heftig auf den Rücken, dass dieser ins Stolpern geriet.

»Wie geht's, Alter?«, brüllte der Mann.

Jake wirkte sichtlich verlegen und blickte hastig zwischen mir und dem Burschen hin und her.

»Äh, Phil, das ist Eva. Eva, das ist mein Freund Phil.«

Ich hielt ihm die Hand hin.

»Nett, dich kennenzulernen.«

Phil musterte meine Hand, als sei sie mit Pestbeulen übersät, und berührte dann hastig meine Fingerspitzen.

»Hey«, sagte er, ohne meine Begrüßung zu erwidern, und wandte sich sofort wieder an Jake.

»Mann, hast du das Mädchen gesehen, mit dem ich drüben bei den Sofas geredet habe? Junge, das ist vielleicht eine Granate.« Diese Worte wurden von einer Geste begleitet, die sogar eine welterfahrene Frau wie ich als anstößig empfand.

Jake erstarrte. Er sah tatsächlich aus, als habe ihm jemand eine Eisspritze versetzt, so steif und reglos wirkte er, dass es sogar seinem ungehobelten Kumpel auffiel.

»Oh«, sagte er mit einem raschen Blick auf mich. »Entschuldige. Ich, du weißt …«

»Schon gut«, erwiderte ich. »Kein Problem.«

Verlegen klopfte Phil Jake auf die Schulter, nuschelte etwas und trollte sich.

Jake taute wieder auf, allerdings nur langsam. Ich hätte den Mund halten sollten. Doch ich tat es nicht.

»Was ist denn mit dem los?«, zischte ich. »Er konnte mir kaum in die Augen schauen und tat, als hätte er Angst vor mir oder als trüge ich eine große eitrige Wunde im Gesicht.«

Jakes Tonfall klang entschuldigend. Wollte er mich um Verzeihung bitten oder Phil in Schutz nehmen?

»Er kapiert eben nicht, was bei uns läuft.«

»Und was genau läuft bei uns?« Jakes Blick huschte durch den Raum, als wolle er etwas Unanständiges sagen.

»Du weißt doch«, erwiderte er leise, »dass wir ein Paar sind und so.«

»Aha«, entgegnete ich. »Er hält mich also für eine herzlose Karrierefrau, die dich nur sexuell ausnutzt, bis sie einen noch knackigeren Jungen findet.«

»Nein, so hat er es nicht gemeint. Er ist nur ...« Stirnrunzelnd rang Jake nach den richtigen Worten. »Er teilt mein Interesse an älteren Frauen nicht und findet das irgendwie abstoßend. Seiner Ansicht nach sind Frauen über fünfunddreißig, ich weiß nicht, Ungeheuer oder so.«

»Ich verstehe«, meinte ich.

Ich war nicht sicher, ob ich mehr über Phils Voreingenommenheit erfahren wollte. Was sollte ich Jakes Auffassung nach mit dieser unerfreulichen Information anfangen? Den Jungen zum Essen einladen? Ihm einen Kuchen backen wie seine Mutti?

Oder ihm in die Eier treten?

Allerdings hatte ich mich selbst danach erkundigt, warum Phil sich wie das Hinterletzte aufgeführt hatte.

»Es tut mir schrecklich leid«, sagte Jake, nachdem ich zu lange geschwiegen hatte. »Offenbar war es keine gute Idee. Möchtest du gehen? Wir können es uns ja bei mir gemütlich machen.«

Doch mein – wenn auch erschütterter – Stolz ließ einen Rückzug nicht zu.

»Sei nicht albern, natürlich nicht. Die Nacht ist jung. Außerdem wäre es spießig von mir, wenn ich mir von einem beschränkten Idioten wie deinem Freund Phil den Abend verderben ließe.«

Ich lächelte gekünstelt. Jake verzog missbilligend das Gesicht. Vielleicht gefiel es ihm nicht, dass seine Geliebte seinen Kumpel als beschränkten Idioten bezeichnete.

Als ich mich zum Tresen durchschlängelte, folgte er mir. Schreiend bestellte ich beim Barmann noch einen schauderhaften Martini. Dann fragte er Jake, ob er ein zweites Bier wolle, doch er schüttelte den Kopf. Er hatte am nächsten Morgen eine Klausur. Der gute Junge wollte keinen Kater haben.

»Hallo.« Ich drehte mich um, als ich die schrille Frauenstimme hörte. »Willst du mit mir tanzen?«

Ein Mädchen hatte sich zwischen mich und Jake gedrängt und reckte den schimmernden Haarschopf.

»Tut mir leid«, antwortete Jake. »Aber ich bin mit meiner Freundin hier.«

Das Mädchen wandte sich um, musterte mich zweimal von Kopf bis Fuß und lachte.

»Mit der gehst du?«, fragte sie Jake. »Ich dachte, sie wäre deine Tante oder so.«

Dabei machte sie sich nicht einmal die Mühe, die Stimme zu senken. Offenbar nahm sie an, dass ich bereits an Altersschwerhörigkeit litt.

Jake erbleichte. Obwohl ich wusste, dass er nie eine Frau schlagen würde, hätte es mich gefreut, wenn er die Tussi aus ihren bonbonrosa Pumps gehauen hätte. Doch er stand nur da und starrte ins Leere. Das Mädchen lachte noch einmal ungläubig und stolzierte davon. Ihr Po in der hautengen Röhrenjeans wippte.

Mir fehlten die Worte, was bei mir selten vorkommt. Anscheinend hatte es auch Jake die Sprache verschlagen.

»Ich muss aufs Klo«, murmelte er und verschwand.

Als er fort war, nahm ich meine Tasche – von Hermes, was sich die kleine Schlampe gewiss nicht leisten konnte – und drängte mich durch die Menge. Ungeduldig wartete ich, bis eine kichernde Mädchenhorde die Tür freigab, und hastete hinaus auf den Gehweg.

Eine knappe Sekunde später hörte ich Jakes Stimme.

»Eva, warte! Wo willst du hin?«

Ich kehrte ihm den Rücken zu und hielt Ausschau nach einem freien Taxi.

»Nach Hause.«

»Aber du kannst nicht allein nach Hause gehen.« – »Warum denn nicht?« Ich wirbelte zu ihm herum. Im dunkelblauen Licht des Disco-Eingangs sah sein Gesicht fremd aus. »Weil ich eine bemitleidenswerte alte Oma bin, die beschützt werden muss?«

Jake raufte sich die Haare. Wer hätte gedacht, dass ich einen Menschen so auf die Palme bringen kann?

»Nein, mein Gott, Eva …«

»Schau«, meinte ich, auf einen Schlag todmüde. »Ich weiß, dass das alles nicht deine Schuld ist. Aber ich …« Ich schüttelte den Kopf und konnte nicht weitersprechen.

»Das, was da gerade mit dem Mädchen passiert ist, tut mir leid. Ich hätte ihr übers Maul fahren oder sonst etwas unternehmen sollen.« Jakes Augen blickten besorgt. »Ich möchte es wiedergutmachen.«

Als ein Taxi am Randstein hielt, streckte ich die Hand nach dem Türgriff aus.

»Nicht heute, Jake«, erwiderte ich mit gepresster Stimme.

Er wollte mich am Arm festhalten, doch ich schlüpfte ins Taxi, bevor er mich zu fassen bekam. Jake stand da, als erwarte er etwas von mir, aber ich sah starr geradeaus.

Nachdem ich dem Fahrer meine Adresse genannt hatte, fuhr er los. Dann erst rannen mir die Tränen übers Gesicht.

58

Liebe Kummerkastentante!

Letztes Wochenende hat meine Freundin mich in einen Nationalpark geschleppt, um einen »Spaziergang« zu machen. Allerdings entpuppte sich der Ausflug als ausgewachsene Bergwanderung. Beinahe wäre ich über eine dämliche Baumwurzel gestolpert und hätte mir den Knöchel gebrochen. Außerdem standen überall Schilder, die einen aufforderten, seinen Müll wieder mitzunehmen. Aber es kann doch niemand von mir verlangen, dass ich den ganzen Tag stinkendes Einwickelpapier und leere Coladosen mit mir herumschleppe! Deshalb habe ich unseren Müll hinter einem großen Felsen versteckt, als meine Freundin gerade nicht hingeschaut hat. Später wollte sie den Müll aus meinem Rucksack holen, hat mich erwischt und mir eine Riesenszene gemacht. Ich habe den Verdacht, dass sie sich allmählich in eine richtige Öko-Tussi verwandelt. Warum so ein Theater wegen einer dämlichen Tüte Müll? Können Sie sie nicht zur Vernunft bringen?

Liebe Freundin des Umweltschweins!

Ihr beschränkter Freund hat mich gebeten, Sie zur Vernunft zu bringen. Also gebe ich Ihnen den folgenden Rat: Schicken Sie ihn in die Wüste. Wenn er zu faul und zu gleichgültig ist, sich an die einfachsten Regeln des Umweltschutzes zu halten, wird er auch als Ehemann und Vater eine Katastrophe sein. Sehen Sie sich nach jemandem um, der mehr ökologisches Gewissen besitzt.

Um einen abgedroschenen, aber passenden Ausdruck zu verwenden: Der Lack war ab.

Natürlich war das unvermeidlich gewesen. Jede Beziehung wird einmal mit der Wirklichkeit konfrontiert, sofern sie nicht schon in ihren Kindertagen ein tragisches Ende nimmt. (Ich denke da an Romeo und Julia.)

Das Fiasko in der Discothek war zwar der eindeutige Wendepunkt gewesen, doch in Wahrheit ging Jake mir bereits seit einigen Wochen auf die Nerven.

Dieser lächerliche Überfall im Flur von Sophies Wohnung! Außerdem störte es mich, dass er beim Rasieren immer ein paar Haare übersah und keine Tasse Kaffee austrinken konnte, ohne sie fünf- oder sechsmal wieder aufzuwärmen. Und ich konnte es nicht ausstehen, dass er beim Lächeln keine Falten um die Augen bekam.

Überhaupt keine.

Die Jugend ist an junge Menschen verschwendet – ein wahres Wort.

Da es im Bett weiter gut lief, blieb ich trotz seiner Fehler bei Jake – obwohl ich immer öfter an John dachte.

Das Leben kann grausam sein.

Erstens hatte ich wegen meines Verhaltens im Theater ein schlechtes Gewissen. Es hatte keinen Grund gegeben, ihn so zu provozieren. Immerhin hatte John die Theaterkarten besorgt und angeboten, das Abendessen zu bezahlen – falls es als Angebot gilt, wenn jemand seine Kreditkarte auf die Rechnung legt. Jedenfalls legte ich meine dazu, und wir teilten die Zeche.

Noch etwas beschäftigte mich: Ich verstand nicht, warum ich John von Jake erzählt hatte. Als ich über meine Motive nachgrübelte, fiel mir einfach kein plausibler Grund ein, weshalb ich ihm etwas so Persönliches mitgeteilt hatte. Man hätte fast meinen können, dass ich John eifersüchtig machen wollte, aber das war ja absolut lächerlich.

Wie auch immer – ich wollte mich bei John entschuldigen. Doch mir graute davor, weil ich mir sein schadenfrohes Grinsen und seinen selbstgerechten Vortrag zum Thema gutes Benehmen schon bildhaft vorstellen konnte.

Vielleicht, so dachte ich mir, war es das Beste, einfach zu tun, als wäre nichts geschehen. Die unangenehmen Gefühle würden sich irgendwann von selbst legen. Da war ich ganz sicher. Das tun sie nämlich immer. Manchmal muss man sie dazu zwingen, aber sie verschwinden. Man braucht nur ein wenig Geduld.

59

Genauigkeit ist etwas für Buchhalter. Schätzwerte sind etwas fürs Leben.
– Wahrheit ist keine exakte Wissenschaft.

JOHN

Um ein Uhr morgens starrte ich grübelnd zur Zimmerdecke. Vanessa. Cat. Cheryl. Kelly. Cathy. Und andere, die es nicht wert waren, erwähnt zu werden.

Und Eva.

Eva.

Warum hatte sie mir von ihrem jugendlichen Liebhaber erzählt? Sie hatte mir die Information an den Kopf geworfen, als wollte sie mich damit kränken oder zumindest einen tiefen Eindruck hinterlassen. Lag es womöglich in ihrer Absicht, mich damit eifersüchtig zu machen?

Unsinn. Aber welche Reaktion hatte sie dann von mir erwartet? Die gezeigte – also Ablehnung und Spott? Oder hatte sie gewollt, dass ich so tat, als ginge es mich nichts an, wenn sie mit einem halben Kind schlief?

Hatte ich mich falsch verhalten?, fragte ich mich. Vermutete Eva, dass ich mich für sie interessierte, auch wenn sie eine Nervensäge war?

Ich schleuderte die Bettdecke weg und marschierte in die Küche. Eines stand fest. Ich verbrachte viel zu viel Zeit mit Frauen. Und was war aus mir geworden? Ich vergeudete schlaflose Nächte damit, verzweifelt jedes Gespräch Satz für Satz Revue passieren zu lassen.

Genau das hatte ich bei meinen Schwestern in ihrer Jugend

beobachtet: »Was, glaubst du, hat er mit ›Ich mag dich.‹ gemeint? Dass er mich einfach nur nett findet oder dass er mich richtig mag?«

Ich stierte in den Kühlschrank und wusste nicht, was ich überhaupt in der Küche wollte. Offenbar hatte ich mir eine weitere weibliche Verhaltensweise zugelegt: nächtliches Futtern, um die Leiden eines traurigen Liebeslebens zu lindern. Allmählich wurde ich zur Schande für mein Geschlecht. Jemand sollte dagegen dringend etwas unternehmen.

Ich knallte die Kühlschranktür zu und ging ärgerlich wieder zu Bett. Dort nahm ich die Fernbedienung des Fernsehers vom Nachttisch, klickte mich hektisch durch alle neunhundert Sender und suchte nach einem alten Dirty-Harry-Film oder einem Streifen mit Al Pacino, jedenfalls nach etwas Männlichem, wo noch die Fäuste flogen und echte Kerle Probleme aus dem Weg räumten, anstatt zu jammern und zu grübeln.

Aber ich stieß nur auf einen Spielfilm über eine alleinerziehende Mutter mit einem aggressiven fünfjährigen Sohn und einem Freund, der langsam die Geduld verlor.

Entnervt schaltete ich den Fernseher ab.

Vielleicht, so überlegte ich, sollte ich die Idee, irgendwann die Richtige zu finden, einfach ad acta legen – ebenso wie den Wunsch, eine positive Beziehung zu Eva entwickeln zu können.

Offenbar musste ich mich ans Alleinsein gewöhnen.

60

Liebe Kummerkastentante!

Mein Mann hat die schreckliche Angewohnheit, jedes Kleidungsstück zu horten, das er je besessen hat. Er besteht darauf, T-Shirts zu behalten, die voller Löcher und Flecken sind. Er zieht davon zwar nichts mehr an, kann sich aber einfach nicht trennen. Außerdem kauft er ständig neue Sachen. Obwohl sein Kleiderschrank aus allen Nähten platzt, erlaubt er mir nicht, den alten Kram wegzuwerfen, um Raum für Neues zu schaffen. Das bedeutet, dass die Kleidung zerknittert, sobald ich sie einräume. Habe ich als diejenige, die schließlich für das Waschen und Bügeln zuständig ist, das Recht, jede Woche ein paar zerlumpte T-Shirts heimlich im Müll verschwinden zu lassen?

Liebe bedauernswerte Hausfrau!

Selbstverständlich haben Sie das Recht, die Lumpen Ihres Mannes zu entsorgen. Falls er etwas vermissen sollte – und das tut er sicher nicht –, streiten Sie einfach achselzuckend ab, etwas über den Verbleib des fraglichen Kleidungsstücks zu wissen. Das ist keine Lüge, denn es könnte sich genauso auf dem Meeresgrund befinden wie auf einer Mülldeponie.

Das größte Problem scheint in Ihrem Fall zu sein, dass Sie glauben, um Erlaubnis fragen zu müssen, bevor Sie über private Besitztümer Ihres Mannes verfügen. Darf ich Ihnen vorschlagen, einen Kurs zur Stärkung Ihres Selbstbewusstseins zu belegen?

SOPHIE

Eva sagte, sie sei müde. John antwortete, er wolle sich einen Film anschauen.

»Aber wir haben uns schon so lange nicht mehr zu dritt getroffen«, protestierte ich. »Es muss ja nicht spät werden. Nur zum Abendessen.«

Eva ließ sich schließlich breitschlagen, aber nur, wie sie meinte, damit ich mit meinem »Gejammer« aufhörte. Auch John war einverstanden – vermutlich, weil es ihm schwerfällt, Menschen zu enttäuschen, an denen ihm etwas liegt.

Wir verabredeten uns um sieben im *Marino's* – Johns Lieblingsrestaurant und inzwischen auch meines –, und ich schwöre, ich bemerkte schon um zwei nach sieben, dass etwas nicht stimmte. Oder sich verändert hatte. Oder im Argen lag. Eva und John verhielten sich ausgesprochen befangen. Immer wieder warf Eva John einen Seitenblick zu. Wenn er sie ansah, schaute sie weg. Außerdem ließ Eva ihre Serviette fallen, was sie sonst nie tut. Und John verschüttete Wasser auf seine Seidenkrawatte, ebenfalls eine Rarität.

Oh ja, etwas passierte zwischen den beiden, da war ich ganz sicher.

Aber was? Ob erotisches Knistern im Spiel war? Wohl kaum. Aller Wahrscheinlichkeit hatten sie einen besonders heftigen Streit gehabt und sich noch nicht versöhnt.

Nun, dachte ich, dann ist es offenbar meine Aufgabe, als gute Gastgeberin zu fungieren und für allgemeine Harmonie zu sorgen. Vielleicht würde einer von beiden im Laufe des Abends ja eine Andeutung fallen lassen, die mir half, der Sache auf den Grund zu kommen.

Allerdings verlief das Gespräch schleppend, ganz gleich, welche interessanten Themen ich auch anschnitt – Jake, der Immobilienmarkt, der Teppichboden, den ich mir im Schlafzimmer verlegen lassen wollte.

»Oh«, meinte ich schließlich verzweifelt. »Letztens im Fernsehen lief ein toller Film: »Der Verführer«. Er handelte von einem Mann, der sich die wahnwitzigsten Sachen ausdenkt, um alte reiche Frauen zu verführen.«

»Ich frage mich«, unterbrach mich John sehr untypisch für

ihn, »ob andere Primaten in ihrem Gruppenverhalten auch zu Täuschungsmanövern greifen. Das würde mich interessieren.«

Mein Blick wanderte rasch zu Eva und dann zurück zu John. Ich stand unter Anspannung, denn ich rechnete damit, dass Eva abwehrend reagieren und sich eine Abfuhr von John einhandeln würde.

Doch Evas Tonfall war nachdenklich. Ich atmete auf.

»Wenn Menschen die einzigen sind, die lügen, betrügen und stehlen – was alles Formen der Täuschung sind –, würde das doch bedeuten, dass der Erfolg einer Art zumindest zum Teil von der Fähigkeit zu unethischem Verhalten abhängt.«

»Natürlich nicht«, protestierte ich. »Das kann nicht stimmen.«

Eva schien nicht überzeugt und zuckte die Achseln.

»Ich sollte meinen Neffen Scott fragen«, sagte John. »Er beschäftigt sich sehr mit Tieren. Wenn er die Antwort nicht kennt, macht er sicher ein Forschungsprojekt daraus.«

»Damit er seinem alten Onkel etwas beibringen kann?« Eva lächelte, um ihren Worten die Schärfe zu nehmen. John lächelte auch, allerdings nicht unbedingt in ihre Richtung.

»Kinder lieben es, Erwachsenen etwas zu erklären. Jake war regelrecht schadenfroh, wenn er etwas wusste, von dem ich keine Ahnung hatte. Allerdings«, fügte ich hinzu, »galt das auch für Brad, also ist es in seinem Fall möglicherweise genetisch bedingt.«

»Die Menschen neigen dazu, all ihre Schwächen mit den Genen zu rechtfertigen«, entgegnete Eva mit ihrer üblichen Vehemenz. »›Meine Mutter ist übergewichtig, also bin ich auch zu dick und machtlos dagegen‹, sagen sie. Meine Antwort lautet dann immer: ›Natürlich können Sie etwas tun. Legen Sie einfach die Gabel weg und besorgen Sie sich einen Medizinball.‹ Ich kann diese Form von Fatalismus einfach nicht ausstehen.«

»Fatalismus«, erwiderte John. »Oder Faulheit. In manchen Fällen ist es auch die Angst, sich so zu verändern, dass die eigene Familie oder sogar man selbst einen nicht wiedererkennt und dass man nicht mehr zu der Welt gehört, aus der man kommt.«

»Soll das heißen«, meinte ich, »dass manche Leute sich auf das Altbewährte verlassen – ihre Familie zum Beispiel –, weil sie Angst vor dem Erfolg haben?«

»Sie haben Angst, der Welt ihrer Eltern zu entwachsen, in der sie ihre Kindheit verbracht haben, und fürchten sich davor, ein neues Leben und eine neue Tradition zu erfinden. Sie wagen nicht, die Brücken abzubrechen«, sagte Eva.

Ich dachte über Evas Worte nach. Meinen Sohn hatte ich so erzogen, dass er sich nicht vor Herausforderungen und Veränderungen fürchtete. Hatte ich genug getan? Nun, überlegte ich weiter, nur die Zeit kann zeigen, ob Jake mehr erreicht als seine Eltern. Irgendwann wird Jake gehen, und zwar an Orte, die ich mir gar nicht ausmalen kann. Diese Vorstellung ängstigte mich. Eines Tages würde ich meinen Sohn an eine Welt verlieren, in der ich eine Fremde war.

»Veränderung ist nicht immer positiv«, wandte ich ein. »Manchmal ist es besser, zu bleiben, wo man ist.«

Eva warf mir einen genervten Blick zu, den ich nicht beachtete.

»Es ist richtig, dass manche Menschen sich von ihrer Vergangenheit an der Entwicklung hindern lassen«, stellte John fest. »Doch ich gebe die Hoffnung nicht auf, dass die Mehrheit über die Begrenzungen ihrer Familie und ihres Milieus hinauswachsen will.«

»In meinem Fall trifft das eindeutig zu.« Eva hielt inne und fügte dann hinzu: »Manchmal glaube ich, dass meine Schwester es regelrecht darauf angelegt hat, weniger zu erreichen, als meine Eltern sich für sie gewünscht hätten. Kann man auch nach dem Scheitern streben?«

»Maura ist doch keine Versagerin«, protestierte ich. »Sie ist verheiratet und hat eine Familie.«

Eva wirkte untypisch einsichtig.

»Na ja, nun, so habe ich es auch nicht gemeint.«

»Wolltest du sagen, dass du mehr Potenzial in ihr erkennst als sie selbst es tut?«, fragte John.

Eva lächelte John zu. »Ja, genau.«

Was wurde da gespielt?, wunderte ich mich erneut.

»Brad hatte einmal einen Chef, der hochintelligent war und mehrere wirtschaftswissenschaftliche Studiengänge abgeschlossen hatte. Außerdem war er sehr nett und in der Gemeinde engagiert. Seine Frau war genauso sympathisch und lehrte Philosophie an der Universität. Aber ihre beiden Söhne nahmen Drogen und brachen die Highschool ab.«

Eva zuckte die Achseln.

»Es sind nicht immer die Eltern schuld. Jeder ist für sein eigenes Leben verantwortlich.«

»Doch was ist mit den Kindern, die scheitern?«, beharrte ich. »Gesetzlich und moralisch stehen die Eltern in der Pflicht. Sind Kinder wirklich in der Lage, vernünftige Lebensentscheidungen zu fällen? Wie dem auch sei, eigentlich wollte ich darauf hinaus, dass diese zwei Jungen Eltern hatten, die viel leisteten. Ich habe sie persönlich kennengelernt und fand sie ausgesprochen reizend. Was also ist schiefgelaufen? Ob es ein genetischer Defekt war, der dafür gesorgt hat, dass sie, sagen wir, einem Onkel nachgeschlagen sind, der als Obdachloser auf der Straße lebte?«

»Ich fürchte, die Debatte Vererbung oder Erziehung kann niemand gewinnen«, erwiderte John. »Jedenfalls halte ich mich nicht für qualifiziert genug, um das Thema weiter auszuführen.«

Ich rechnete damit, dass Eva Johns letzte Bemerkung sofort aufgreifen und in eine Beleidigung ummünzen würde. Zum Beispiel in etwas wie: »Deine Qualifikationen reichten gerade noch für Themen wie das Essen von Spaghetti mit der Gabel.« Aber sie tat es nicht.

Ja, etwas war zwischen Eva und John geschehen. Vielleicht brauchten sie ein paar Minuten allein.

»Entschuldigt mich«, meinte ich. »Ich muss auf die Toilette.«

61

Manche Menschen produzieren große und ungewöhnlich übelriechende Mengen an Schweiß, wenn sie lügen. Haben Sie stets Raumspray zur Hand, bevor Sie eine solche Person zur Rede stellen.

– Jeder verrät sich: So lernen Sie, die Sprache der Täuschung zu verstehen.

EVA

Ich hatte John seit dem Abend, an dem ich mich so unmöglich aufgeführt hatte, nicht mehr gesehen und vergeblich darauf gewartet, dass mein schlechtes Gewissen sich legen würde. Stattdessen jedoch hatte es sich richtiggehend in meinem Gehirn breit gemacht – zumindest dort, wo Schuldgefühle sich einzunisten pflegen. Als ich ihm nun gegenübersaß, war mir klar, dass ich mich bei ihm entschuldigen musste. Die Gelegenheit ergab sich, als Sophie zur Toilette ging.

»Ich …«

»Hör zu …«

John bedeutete mir, fortzufahren. Ich machte mich auf eine spöttische Antwort gefasst.

»Weißt du«, begann ich, »der Abend im Theater …«

»Ja.«

»Ich habe mich ziemlich dämlich benommen. Wahrscheinlich hatte ich schlechte Laune oder so. Es tut mir leid.«

John nickte. »Ja, mir auch. Vermutlich war ich ebenfalls schlechter Laune.« Ich erschrak. John hatte sich entschuldigt. Sein Gesichtsausdruck war aufrichtig. Wo war die Schadenfreude? Wo blieb die Moralpredigt?

»Waffenstillstand?«, fragte er, nachdem wir uns einen langen, seltsamen Moment schweigend gemustert hatten.

»Ja.« Meine Stimme zitterte ein wenig. »Waffenstillstand.«

Ich bin nicht sicher, was geschehen wäre, wäre Sophie nicht genau in diesem Augenblick an den Tisch zurückgekehrt. Ich hatte nämlich das eigenartige Gefühl, dass ich mich gleich über den Tisch beugen und meinen alten Freund küssen würde. Oder umgekehrt.

»Da bin ich wieder!«, verkündete Sophie überflüssigerweise.

»Du bist zurück«, murmelte ich benommen.

»Wir haben dich schon vermisst«, versuchte John es mit einem schlechten Witz.

Plötzlich läutete Johns Mobiltelefon – genauer gesagt, es vibrierte, da John zu den Menschen gehört, die in der Öffentlichkeit den Klingelton abstellen.

»Verdammt«, schimpfte er, nachdem er das Telefon zugeklappt hatte. »Tut mir leid, ich muss los. Ein Notfall.«

»Ich dachte, nur Ärzte würden vom Abendessen weggeholt«, scherzte ich.

»Tja, da hast du dich geirrt.« John nahm einige Geldscheine aus der Brieftasche und legte sie auf den Tisch. »Gebt mir Bescheid, wenn es zu wenig war.«

»Der arme John«, meinte Sophie, als er fort war. »Er arbeitet zu viel.«

»Ihm gefällt es so«, erwiderte ich. »Und ich bewundere ihn dafür.«

Sophie sah mich argwöhnisch an.

»Was ist?«, fragte ich. »Ich darf doch auch nette Dinge über ihn sagen.«

»Ich habe von dir noch nie ein lobendes Wort über John gehört.«

Ich hoffte, dass mein Achselzucken lässig wirkte.

»Nun, so viel gibt es da auch nicht zu loben.«

»Aha«, sagte Sophie und griff zur Speisekarte.

»Ich habe Lust auf Steak«, verkündete ich. »Und du?«

62

Liebe Kummerkastentante!

Ich wohne in einem Mietshaus, in dem es auf jeder Etage eine Waschküche gibt. Eines Tages, kurz nach meinem Einzug im letzten Jahr, waren alle Waschmaschinen auf meinem Stockwerk defekt. Deshalb bin ich mit meiner Wäsche eine Etage tiefer gegangen. Dort habe ich in einem Trockner ein supertolles T-Shirt gefunden. Es war so schön, dass ich es mitgenommen habe. Seitdem werfe ich ein paarmal in der Woche einen Blick in die Maschinen auf jeder Etage und schaue nach, ob ich dort interessante Kleidungsstücke entdecke. Meiner Ansicht nach hat man es verdient, dass jemand anderer die Sachen mitnimmt, wenn man so leichtsinnig ist, sie zu vergessen. Aber als ich meinem Freund davon erzählte, ist er sauer geworden und hat es als Diebstahl bezeichnet.

Er liegt doch falsch, oder?

Liebe Verbrecherin!

Ihr Freund hat recht, und Sie haben unrecht. Und damit basta! Kaufen Sie sich ihre supertollen, schönen und interessanten Klamotten von Ihrem eigenen Geld, Sie kleine Schlampe.

SOPHIE

»Ich glaube, ich nehme den Dorsch«, sagte ich. »Wenn ich rotes Fleisch esse, fühle ich mich immer so aufgebläht.«

Eva hatte den Blick auf die Speisekarte gerichtet.

»Du solltest Sport treiben. Dann geht es dir sicher besser. Außerdem brauchst du dann kein schlechtes Gewissen zu haben, wenn du dir ab und zu etwas gönnst.«

Ich verkniff mir die Antwort, dass Ben und ich darüber gesprochen hatten, uns am Wochenende Fahrräder zu mieten.

»Ja«, erwiderte ich. »Sport wäre wirklich nötig.«

Allerdings war ich in Gedanken nicht bei meiner Gesundheit, sondern bei Eva und John. Bestimmt war etwas Wichtiges geschehen, während ich auf der Toilette gewesen war. Eine Versöhnung oder vielleicht etwas – Romantisches.

Aber natürlich konnte ich Eva nicht direkt darauf ansprechen. Nicht auszudenken, wie sie reagiert hätte. Also musste ich die Sache taktisch angehen.

Die Kellnerin erschien, um unsere Bestellungen entgegenzunehmen.

Nachdem sie fort war, meinte ich zu Eva: »Findest du nicht, dass John in letzter Zeit gut aussieht. Das heißt, noch besser als sonst.«

»Wirklich? Auf mich wirkte er eher erschöpft.«

»Na ja, er arbeitet auch viel.«

»Ja«, stellte Eva fest. »Das Thema hatten wir schon.«

Ein berechtigter Einwand.

»Kennst du eigentlich seine Familie?«, erkundigte ich mich.

»Nein. Warum?«

»Nur so eine Frage. Er steht seinen Schwestern sehr nah. Irgendwo habe ich gelesen, dass Männer, die ein enges Verhältnis zu ihren Schwestern haben, gute Ehemänner abgeben.«

Eva trank einen Schluck Wein. »Das kann ich nicht beurteilen«, entgegnete sie.

»Brad hat keine Schwester«, fuhr ich fort. »Nur einen Bruder.«

»Nun, da hast du es.«

Allmählich gingen mir die Einfälle aus. Offenbar waren meine Versuche, Eva dazu zu bringen, über John zu reden, zum Scheitern verurteilt.

Eva kam mir zuvor, ehe ich mir eine neue Fangfrage ausdenken konnte.

»Und wie läuft es bei dir an der Männerfront?«

Ich lachte. »Bei dir klingt es, als wäre die Partnersuche ein Kampf.«

»Ja. Und?«

Ich zuckte die Achseln.

»Nichts, worüber man Worte verlieren müsste.«

Eva zog zweifelnd die Augenbraue hoch. Ich rutschte auf meinem Stuhl herum. Ich lüge nämlich nicht gern und bin auch nicht sehr gut darin. Allerdings konnte ich Eva noch nicht von Ben erzählen. Warum, so überlegte ich, machte es mir solche Angst, zuzugeben, dass ich verliebt war? Wovor genau fürchtete ich mich?

Vielleicht vor denselben Dingen wie Eva, wenn es darum ging, sich zu ihren Gefühlen für John – oder sonst jemanden – zu bekennen. Wer gesteht, dass er verliebt ist, macht sich angreifbar. Es ist, als gäbe man zu, dass man den klaren Blick für die Wirklichkeit verloren hat.

Nein, was ich für Ben empfand, würde noch eine Weile mein kleines Geheimnis bleiben. Eva verriet mir schließlich auch nicht, wie es mit ihren Gefühlen für John – sofern vorhanden – aussah.

Da in unserer Freundschaft so wenig Offenheit herrschte, schoss mir plötzlich die Frage durch den Kopf, ob Eva und ich eigentlich wirklich Freundinnen waren.

»Unser Essen kommt«, verkündete Eva.

Als die Kellnerin die Teller vor uns hinstellte, fielen wir darüber her, als hätten wir seit einer Woche nichts mehr in den Magen gekriegt. Wahrscheinlich waren wir beide froh, nicht reden zu müssen.

63

Schwindelei Nr. 27: Obwohl alle Welt Sie für eine ganz normale Angestellte aus der Mittelschicht hält, sind Sie in Wahrheit Angehörige eines alten Königshauses aus einem europäischen Land, das Sie nicht beim Namen nennen dürfen. Sie müssen nämlich im Untergrund leben, bis sich Ihr geliebter Onkel in einem blutigen Staatsstreich, der sicherlich innerhalb der nächsten zehn Jahre stattfinden wird, den Thron zurückerobert. Merke: In zehn Jahren werden die Leute, mit denen Sie als Single Umgang hatten, gewiss längst verheiratet und an den Stadtrand gezogen sein, sodass Sie sie spätestens nach der Geburt des ersten Kindes aus den Augen verlieren. Also wird niemand ahnen, dass Sie immer noch, in zu enge Jeans gezwängt, durch die Lokale tingeln und allen, die Ihnen mitleidig ihr Ohr leihen, irgendwelche Märchen auftischen.

– Finden Sie Spaß am Alleinsein: Berühmte Lügengeschichten helfen, sich einsame Stunden zu vertreiben.

SOPHIE

Ich öffnete Jake die Wohnungstür. Er hatte zwar einen Schlüssel, benutzte ihn aber nicht gern. Seit ich Ben kannte, war ich froh, dass Jake meine Privatsphäre achtete. Nicht auszudenken, wenn mein Sohn seine Mutter dabei ertappt hätte, wie sie gerade ihren Freund küsste.

»Schön, dass du gekommen bist«, sagte ich und umarmte ihn. »Es bedeutet mir viel.«

Jake reichte mir eine Plastiktüte.

»Klar, kein Problem. Ich habe mir Bier mitgebracht.«

Ich nahm die Tüte. Jake folgte mir in die Küche, wo Ben gerade Pilze zerkleinerte und auf das große Kennenlernen wartete.

Es war mir sehr wichtig, dass Jake und Ben einander sympathisch fanden. Allerdings wusste ich, dass es für meinen Sohn schwierig werden könnte, dem Mann zu begegnen, mit dem seine Mutter etwas hatte. Dabei machte ich mir weniger Sorgen darüber, wie Ben das Treffen mit meinem Sohn verkraften würde, denn ich nahm an, dass er auf sich selbst aufpassen konnte. Jake hingegen brauchte möglicherweise Hilfe, um sich an den neuen Menschen in unserem Leben zu gewöhnen. Ich hatte vorhin die Schlafzimmertür geschlossen, da ich befürchtete, Jake könnte auf dem Weg ins Bad das Bett sehen, sich Ben mit mir darin vorstellen und darunter leiden.

Zum Glück kann ich berichten, dass die Sache erstaunlich glatt lief. Nun, vielleicht war es nicht ganz so erstaunlich. Immerhin handelte es sich bei Jake um einen jungen Mann, und Ben war, obwohl sehr gebildet, ein unkomplizierter Mensch. Man soll den Tag zwar nicht vor dem Abend loben, doch ich war ziemlich sicher, dass er nicht zu dramatischem oder unvernünftigem Verhalten neigte.

Beim Essen erkundigte sich Ben bei Jake nach seinem Studium. Als Jake ausführlich antwortete, befürchtete ich schon, er könnte Ben langweilen, doch es schien ihn nicht zu stören, und er erzählte selbst von seiner Studienzeit. Außerdem stellten sie fest, dass sie beide den Autor Carlos Fuentes mochten und sich – ein völlig anderes Fachgebiet – für Fotografie interessierten.

»Du interessierst dich für Fotografie?«, fragte ich Jake. »Warum weiß ich nichts davon?«

Jake zuckte die Achseln. »Keine Ahnung.«

Ich blickte zwischen Ben und Jake hin und her.

»Wie lange schon?«

»Mom, bei dir klingt es, als wäre es etwas Unanständiges.«

»Nein, es ist nur, dass …«

»Dass du dachtest, du wärst in allen Einzelheiten über mich im Bilde?«

»Nun ja«, gab ich zu. »Wahrscheinlich. Es klingt komisch, aber …«

»Ich habe mir kurz vor dem Umzug an die Ostküste eine alte Nikon gekauft«, meinte Jake zu Ben. »Seitdem spiele ich damit herum, wenn ich Zeit habe, was nicht häufig der Fall ist. Offen gestanden bin ich noch nicht sehr weit gekommen.«

Jake und Ben begannen eine Debatte, in der es hauptsächlich um technische Einzelheiten ging. Ich hörte nur mit halbem Ohr hin und war froh, dass sie sich so gut verstanden und das von mir zubereitete Abendessen verschlangen, als hätten sie wochenlang nichts in den Magen bekommen.

»Sophie«, sagte Ben, während ich den Tisch abräumte. »Du bist wirklich eine ausgezeichnete Köchin.«

»Danke.« Ich weiß, dass ich errötete, aber Stolz auf die eigenen Kochkünste ist eine lässliche Sünde.

Zum Nachtisch hatte ich Apfelkuchen mit Rosinen, eine von Jakes Lieblingsspeisen, gebacken. Ich verteilte ihn und schenkte den Kaffee ein – nicht für Jake, denn der trinkt nur morgens eine Tasse und braucht Stunden dafür. Ben erwähnte, er habe mich nächste Woche zu einer Cocktailparty bei einem Kollegen eingeladen.

»Kennst du Moms Freunde schon? Eva und John?«, fragte Jake. Ben schüttelte den Kopf. »Noch nicht, aber ich freue mich darauf.«

»Weißt du«, meinte ich, »ich war letztens mit den beiden beim Abendessen, und da herrschte eine seltsame Stimmung. Ich habe den Verdacht, dass es zwischen John und Eva gefunkt haben könnte. Obwohl ich bezweifle, dass Eva es sich eingestehen würde.«

»Ich glaube, du irrst dich, Mom«, widersprach Jake mit Nachdruck. »Eine Frau wie Eva würde niemals für John etwas empfinden. Zumindest nicht nach dem zu urteilen, wie du mir die beiden beschrieben hast.«

»Warum nicht?«, gab ich zurück. »Sie würden gut zueinander passen.«

Jake zuckte die Achseln. »Ach, vergiss es.« – »Nein, heraus mit der Sprache«, drängte ich.

Jake trank einen großen Schluck Wasser und wischte sich bedächtig den Mund ab.

»Ich gehe jetzt«, sagte er dann. »Ich muss noch in die Bibliothek, bevor sie zumacht.«

Ich öffnete den Mund, um zu protestieren, doch Ben ergriff vor mir das Wort. »Schön, dich kennengelernt zu haben«, sagte er. Die beiden Männer standen auf und schüttelten sich die Hand.

Vielleicht, dachte ich, war es besser, das erste Treffen nicht zu lange hinzuziehen. Alles hatte geklappt wie am Schnürchen, weshalb es das Sinnvollste war, es in guter Stimmung zu beenden.

Nachdem Jake fort war, half Ben mir, den Tisch abzuräumen und die Geschirrspülmaschine zu bestücken.

»Danke«, sagte ich, als wir später im Bett lagen.

Ben lächelte. »Wofür?«

»Dass du das heute Abend so prima hingekriegt hast. Ich war schrecklich nervös. Es hätte in einer Katastrophe enden können.«

»Jake ist ein netter Junge. Ich glaube, er hat gemerkt, dass ich seine Mutter liebe.«

»Tust du das?«

Ben küsste mich. »Ja.«

Ich erwiderte seinen Kuss. »Ausgezeichnet. Denn seine Mutter liebt dich auch.«

Konnte das Leben schöner sein?, dachte ich.

64

Liebe Kummerkastentante!

Eine Freundin hat bei sich zu Hause eine Geburtstagsfeier für eine andere Freundin veranstaltet. Meine Aufgabe wäre gewesen, den Kuchen mitzubringen. Aber in letzter Minute hatte ich plötzlich keine Lust mehr auszugehen. Auf einem Bezahlsender lief ein wirklich guter Film, und außerdem mag ich Partys sowieso nicht. Also habe ich der Gastgeberin eine E-Mail geschrieben, in der stand, dass ich krank sei und nicht kommen könne. Nun sind meine Freundinnen sauer auf mich, weil ich nicht angerufen, sondern gemailt habe. Die Gastgeberin hat nämlich ihre E-Mails vor der Party nicht mehr abgefragt, weshalb sie sich den ganzen Abend gewundert haben, wo ich denn stecke. Ich bin nämlich nicht ans Telefon gegangen. (Ich kann es nicht ausstehen, beim Fernsehen gestört zu werden.)

Wenn ich wirklich krank gewesen wäre – was sie nicht glauben –, hätte ich wenigstens jemanden bitten sollen, den Kuchen abzuholen – den ich übrigens vor dem Fernseher verspeist habe.

Warum machen mir bloß alle die Hölle heiß?

Liebe Ahnungslose!

Ihre ehemaligen Freundinnen haben recht, Sie für Ihr schäbiges Verhalten zu verurteilen. Hoffentlich werden Sie vom Verschlingen anderer Leute Geburtstagskuchen so ekelhaft fett, dass die Feuerwehr Ihren deformierten Körper aus dem Lehnsessel befreien muss, um Sie durchs Fenster abzuseilen, damit das Gesundheitsamt Ihre Wohnung desinfizieren lassen kann, die Sie aufgrund Ihres Übergewichts nicht mehr sauber gehalten haben – oder so ähnlich.

JOHN

Seit ich mich so plötzlich aus dem Restaurant verabschieden musste, bringt mich der Wunsch, Eva zu küssen, um den Verstand.

Es geschah, kurz nachdem Eva und ich einen Waffenstillstand vereinbart hatten und ehe Sophie von der Toilette zurückkam. Plötzlich ergriff mich das unwiderstehliche Bedürfnis, mich über den Tisch zu beugen und sie lange und zärtlich zu küssen.

Der Gedanke, was hätte sein können, wenn Sophie nicht gerade in diesem Moment erschienen wäre, ließ mir einfach keine Ruhe. Ich hielt mir vor Augen, dass ich völlig vernagelt war, wenn es um Eva ging. Außerdem konnte es ja durchaus sein, dass Eva ihre Entschuldigung nicht ernst gemeint hatte. Doch die Vorstellung, dass ein Kuss möglich gewesen wäre …

»Wahrscheinlich wirst du es bereuen«, sagte ich ins leere Büro hinein, während ich Evas Nummer wählte. Ihre Sekretärin bat mich zu warten, bevor sie mich durchstellte. Eigentlich rechnete ich damit, dass Eva nicht zu erreichen sein würde.

»Hallo«, meldete sich plötzlich eine Stimme. Ich erschrak.

»Hallo«, antwortete ich. Und dann erstarrte ich.

»Äh, John? Möchtest du mir nicht verraten, warum du anrufst?«

Ich stand auf, als ob es so leichter gewesen wäre, die richtigen Worte zu finden.

»Ja, Verzeihung, ich bin gerade abgelenkt worden.«

Eva lachte. »Und sonst schimpfst du mich immer, weil ich mich am Telefon ablenken lasse.«

»Stimmt«, gab ich zu. »Hör zu, es tut mir leid, dass ich letztens beim Abendessen so schnell weg musste.«

»Mach dir keine Gedanken. Wir haben dich überhaupt nicht vermisst.«

Vorsicht, sagte ich mir. Nimm es nicht zu ernst. Eva ist gerade in schnippischer Stimmung.

»Trotzdem«, erwiderte ich ruhig, »würde ich es gern wiedergutmachen. Kann ich dich irgendwann diese Woche zum Essen einladen?«

Am anderen Ende der Leitung herrschte Schweigen. Dann ertönte ein tiefer Seufzer, der mich schmunzeln ließ.

»Ja, in Ordnung. Irgendwo werde ich dich schon noch dazwischenschieben.«

»Danke. Du kannst mich zwar nicht sehen, aber ich verbeuge mich angesichts deiner Großzügigkeit.«

»Ich suche das Restaurant aus.«

»Wird wahrscheinlich teuer für mich?«

»Herrje, du wirst bestimmt keine zweite Hypothek aufnehmen müssen. Außerdem haben Anwälte doch Geld wie Heu.«

»Wie Heu? Manche schon.«

Als sie den Namen eines Restaurants nannte, zuckte ich zusammen.

»Einverstanden«, erwiderte ich. »Am Donnerstag um sieben?«

»Bis dann also«, antwortete sie und legte auf.

Ich sank auf meinen Schreibtischstuhl. Im nächsten Moment fiel mir siedendheiß ein, dass Eva eine Beziehung hatte, sofern man es denn so nennen konnte, wenn sie mit jemandem ins Bett ging, der ihr Sohn hätte sein können.

Ich fragte mich, ob sie mit diesem Kerl glücklich war. Keine Ahnung. Allerdings wusste ich ohnehin kaum etwas von Evas Gefühlen. Warum zum Beispiel wollte sie die Affäre unter allen Umständen vor Sophie geheim halten? Sophie war doch Evas einzige Freundin. Was die Natur meiner Beziehung zu ihr anging, darüber war ich nicht sicher.

Ich wusste jedoch genau, was ich mir wünschte.

65

Stellen Sie sich vor, Sie verspüren morgens beim Aufwachen ein belebendes Gefühl moralischer Überlegenheit. Den ganzen Tag lang sind Sie felsenfest davon überzeugt, dass Sie ein besserer Mensch sind als alle, denen Sie begegnen. Abends gehen Sie dann mit der Gewissheit zu Bett, dass Sie, falls es einen Himmel gibt, dort zur Rechten Gottes sitzen werden.

– Ein aufrichtiges Leben hat Vorzüge: Sie gewinnen und erhalten sich Ihre Selbstachtung.

EVA

John wollte »es wiedergutmachen«, dass er das Restaurant verlassen musste? Das war doch nur ein fadenscheiniger Vorwand, um sich mit mir zu treffen. Hatte er Sophie gegenüber denn kein schlechtes Gewissen? Nun, vielleicht hatte er sie auch zum Essen eingeladen. Aber irgendwie bezweifelte ich das.

Ich erinnerte mich an meinen Wunsch, John zu küssen, und tat ihn als albern und nicht sehr erstrebenswert ab. Nur eine verrückte Idee, eine spontane Eingebung. Leider gelang es mir nicht. Obwohl seit dieser Anwandlung schon mehrere Tage vergangen waren, wollte ich ihn immer noch küssen. Und nun würde ich mich allein mit ihm treffen. Ich hätte ablehnen können. Doch ich hatte es nicht getan.

Freudiges Stimmengewirr riss mich aus meinen traurigen Grübeleien. Es war ja klar, dass es eine Feier geben würde. Wir hatten gerade einen neuen Großkunden an Land gezogen. Jetzt würden einige Kollegen gemeinsam in die nächste Kneipe gehen, bevor sie zu ihren Ehepartnern, Freunden, Freundinnen oder Lebensgefährten zurückkehrten.

Und niemand würde mich auffordern mitzukommen. Früher wäre mir dieses Versäumnis gar nicht aufgefallen. Doch als ich nun das aufgeregte Geplauder meiner Kollegen hörte, wurde mir merkwürdig einsam zumute.

Doch es war ganz allein meine Schuld, dass die anderen mich aus ihren Zusammenkünften nach Büroschluss, ihren Baseball-Turnieren am Samstagnachmittag und ihren Geschenkeorgien für eine schwangere Kollegin in der Mittagspause ausschlossen. Ich hatte mir nie die Mühe gemacht, mich mit jemandem anzufreunden. Ich strahlte Gleichgültigkeit aus. Wenn ich, was selten geschah, über ein nicht-berufliches Thema sprach, dann so, dass es auf andere abweisend wirkte.

Aber war das nicht von Anfang an mein Plan gewesen, mir meine Mitmenschen vom Leib zu halten? Ja, und ich hatte es ausgezeichnet hingekriegt, fast jeden Menschen in meinem Leben zu vergraulen, von der Dame in der Reinigung bis hin zu meinen Kollegen und Nachbarn. Auch Sophie hielt ich in gewisser Weise auf Abstand. John noch viel mehr. Ich war bindungslos. Frei von Ballast.

»*Freedom is just another word for nothing left to lose* – Freiheit ist nur ein anderes Wort dafür, dass man nichts zu verlieren hat.« Hatte Janis Joplin da nicht recht gehabt? Nein, Freiheit konnte manchmal ganz schön lästig sein.

Als ich aufblickte, nahm ich eine Bewegung auf dem Flur wahr. Drei Frauen aus der Marketingabteilung hasteten vorbei. An den Namen der Kleinsten von ihnen konnte ich mich nicht erinnern. Die dritte Frau warf einen Blick in mein Büro.

Ich weiß nicht, wie mein Gesichtsausdruck auf sie wirkte. Nach der Natur meiner Gedanken zu urteilen, vermutlich nicht sehr positiv. Dennoch blieb sie stehen und raunte ihren Begleiterinnen etwas zu, die inzwischen außer Sicht waren. Dann klopfte sie leise an den Türrahmen.

»Ms Fitzpatrick?«

»Ja?«, gab ich zurück.

Die Frau – sie hieß Traci – zögerte kurz. »Äh, ein paar von uns gehen auf einen Drink ins *Churchill*, um den Vertrag mit Vargas zu feiern«, meinte sie.

Vielleicht nickte ich. Ich weiß es nicht mehr.

Traci lächelte.

»Sie wollen nicht mitkommen, oder?«

Eine halbherzigere Einladung hatte ich noch nie gehört. Ich lächelte gezwungen.

»Danke«, erwiderte ich. »Aber ich bin bereits verabredet.«

Vielleicht sah ich ja Gespenster, doch Traci schien erleichtert. Es konnte jedoch durchaus auch keine Einbildung gewesen sein.

»Gut«, antwortete sie, schon im Gehen. »Also bis morgen.«

Ich wartete in meinem Büro, bis ich sicher sein konnte, keinen Nachzüglern in die Arme zu laufen, und ging. Im Supermarkt an der Ecke kaufte ich mir ein Grillhähnchen und einen Plastikbehälter mit vorgekochten grünen Bohnen. Anschließend machte ich mich auf den Heimweg.

66

Liebe Kummerkastentante!

Vor Kurzem habe ich in dem Fitnessclub, wo ich Racquetball spiele, einen sympathischen Typen kennengelernt. Nachdem wir uns eine Weile unterhalten hatten, fragte er mich, ob ich mit ihm essen gehen wollte. Ich habe zugesagt. Die Sache ist nur, dass ich hetero bin, während er offenbar schwul ist. Soll ich ihm schon vor unserer Verabredung erklären, dass ich nichts von ihm will? Oder ist es besser, wenn ich damit warte, bis wir im Restaurant sind? Übrigens ist mir so etwas schon öfter passiert.

Lieber verkappter Schwuler!

Warum zum Teufel haben Sie ihm nicht gleich reinen Wein eingeschenkt? Ach, richtig, weil Sie in Wirklichkeit gar nicht hetero sind, sondern nur nicht zu Ihrem Schwulsein stehen können! Tun Sie dem armen Mann einen Gefallen und sagen Sie ab. Anschließend besorgen Sie sich einen guten Therapeuten. Dann sehen wir weiter.

SOPHIE

Was für eine Woche!

Ich hatte meinen zweiten Kunden (!). Dann bin ich mit zwei meiner neuen Kolleginnen abends einen trinken gegangen. Außerdem habe ich mir Hanteln und ein Übungsvideo angeschafft – das mir dann mitteilte, ich bräuchte auch noch eine Matte, einen Ball und einige andere Sachen, die ich ebenfalls gekauft habe.

Anschließend habe ich mit dem Sport angefangen. (Der Muskelkater war gar nicht so schlimm!)

Und zu guter Letzt habe ich mir ein paar CDs angehört, die schon seit Jahren im Schrank verstauben. Brad hasste Countrymusik; vermutlich habe ich im Laufe der Jahre einfach deshalb darauf verzichtet; jetzt wurde mir wieder klar, wie sehr ich sie mag.

Am Montag hat mir der Besitzer der Reinigung an der Ecke Fotos von seiner neugeborenen Enkeltochter gezeigt – seiner vierten! Er und seine Frau sind wirklich nette Leute. Am Dienstag war ich im Museum und bin zufällig in einen Vortrag über den französischen Impressionismus hineingeraten. (Mein Lieblingsstil!)

Ich habe zwar nicht viel Neues erfahren, hatte aber trotzdem Spaß.

Am Donnerstag – ich nahm mir vor, Eva davon zu erzählen – unterhielt ich mich mit der Dame, die auf meiner Etage wohnt, einer pensionierten Lehrerin. Nach einer Weile kamen wir auf unsere anderen Nachbarn zu sprechen: Wer verschroben ist, wer zu laut Musik hört und so weiter und so fort. Und sie erwähnte auch den Mann, der mich zum Essen einladen wollte. Offenbar gräbt er alle alleinstehenden Frauen im Haus an.

Wir haben herzlich darüber gelacht und wollen demnächst zusammen Kaffee trinken.

Doch der Höhepunkt der Woche war die Lesung mit Signierstunde in der Buchhandlung des Colleges, die ich mit Ben besucht habe. Ben kannte den Autor, einen Dichter, und stellte ihn mir anschließend vor. Außerdem habe ich einige seiner Bekannten kennengelernt, auch ein paar Studenten, die ihn vergöttern, und mich herrlich amüsiert.

Natürlich habe ich eine Ausgabe des Buches gekauft – mein erstes vom Autor signiertes Buch – und noch in derselben Nacht mit Lesen angefangen. Ich war zwar noch nie eine Freundin von Gedichten, aber diesmal gefielen sie mir sehr gut.

Nicht zum ersten Mal seit meinem Umzug an die Ostküste

habe ich mich gefragt, welche überkommenen Selbstbilder ich noch in den Müll werfen sollte.

Mein Alltag ist inzwischen so erfüllt wie seit dem College nicht mehr. Ich überlege, ob dieser Wandel mehr mit meiner inneren Einstellung als mit den Umständen zu tun hat. Es könnte durchaus sein. Nicht Brad hatte mich daran gehindert, mich ins Leben zu stürzen, ich selbst war es. Nicht Brad hatte mir verboten, Countrymusik zu hören. Ich hatte »freiwillig« verzichtet.

Als ich nun den Blick durch meine schöne Wohnung schweifen ließ, fand ich, dass alles sich verändert hatte. Es wurde immer besser.

67

Man sollte sich stets vor Augen halten, dass das Wort »verdrehen« einen negativen Beigeschmack hat, wenn man es im Zusammenhang mit Täuschungsmanövern oder dem Verzerren der Wahrheit verwendet. Greifen Sie bei Ihrem »spielerischen Umgang« mit der Realität lieber zu Vokabeln wie »anpassen« oder »beschönigen«.

– Die Wahrheit zu verdrehen, ist ein Hochgenuss!

JOHN

»Uff!« Das plötzliche Gewicht auf meinem Rücken brachte mich ins Straucheln.

»Paul! Ich habe dir doch verboten, deinen Onkel anzuspringen«, schimpfte Chrissy. »Er wird allmählich alt.«

Ich warf den achtjährigen Sohn meiner Schwester aufs Sofa. »Wie ich dich liebe, Chrissy.«

Teri, die gerade aus der Küche ins Wohnzimmer kam, grinste.

Das Footballspiel, das ich mir eben mit meinen Schwagern anzusehen versuchte, wurde von einer Werbepause unterbrochen. Frank wuchtete sich aus seinem Sessel.

»Willst du ein Bier, John?«, fragte er.

»Klar, danke.«

»Mike?«

Mike nickte ebenfalls, worauf Frank in der Küche verschwand.

»Oh, fast hätte ich es vergessen.« Chrissys Hand erschien vor meinem Gesicht. »Ich habe heute eine Postkarte von Mom und Dad gekriegt. Schau.«

Ich ließ mich neben meinen Neffen aufs Sofa sinken und

nahm die Karte. Moms schauderhafte Handschrift brachte mich wie immer zum Schmunzeln.

»Kannst du das lesen?«, erkundigte ich mich.

Chrissy zuckte die Schultern.

»Wenn ich es richtig entziffert habe, amüsieren sie sich prächtig, bekommen aber allmählich Heimweh.«

Angestrengt starrte ich auf das Gekritzel. »Du bist ein Wunder! Ich kann kein einziges Wort erkennen.«

Chrissy nahm mir die Postkarte aus der Hand und reichte sie an Mike weiter, dem es genauso ging wie mir.

Die vierjährige Jean-Marie saß auf meinem rechten Fuß und klammerte sich an meiner Wade fest.

Paul wandte sich an seine Schwester, die auf der Sofalehne kauerte.

»Warum hat Onkel John keine Frau?«, fragte er.

»Nicht alle Männer haben Frauen«, entgegnete Lucy mit der Weisheit einer Zehnjährigen. »Manche haben auch Männer.«

»Warum?«

Lucy zuckte die Achseln. »Weil es eben so ist.«

»Kann ich auch einen Mann haben, wenn ich erwachsen bin?«, hakte Paul nach.

»Wenn du erwachsen bist, kannst du machen, was du willst. Das hat Andrew gesagt.«

Aha, der Diskussionsbeitrag eines Zwölfjährigen. Andrew und sein Zwillingsbruder Scott hatten viel von der besserwisserischen Art ihrer Mutter geerbt.

»Darf ich dann auch Kekse zu Abend essen?«, wollte Paul von mir wissen. »Onkel John, isst du Kekse zu Abend?«

»Manchmal«, schwindelte ich. Chrissy warf mir quer durch den Raum einen missbilligenden Blick zu. »Ganz selten.«

»Gut, wenn ich groß bin, esse ich jeden Abend Kekse!«

»Und Eis!«, riefen Andrew und Scott im Chor.

»Ich persönlich«, meinte ich, womit ich mir sicher wieder einen tadelnden Schwesterblick einhandeln würde, »bevorzuge Pizza zum Frühstück.«

Lucy rümpfte die Nase. »Igitt! Eklig!« Jean-Marie ließ mein Bein los und rappelte sich auf. »Ich mag Pizza«, verkündete sie. »Da ist Käse drauf.«

Teri erschien in der Wohnzimmertür. »John«, meinte sie mit zuckersüßer Stimmte, »könntest du mir bitte in der Küche helfen?« Mist, dachte ich. Frank, der gerade mit dem Bier zurückkehrte, zuckte die Schultern. Mike drehte sich vom Fernseher weg und grinste schadenfroh. Ich folgte Teri in die Küche. Chrissy heftete sich an unsere Fersen.

»Also, Onkel John«, sagte sie. »Warum hast du keine Frau? Was ist der Grund dafür?«

»Gar nichts. Ich habe einfach noch nicht die Richtige getroffen. Hetzt mich nicht.«

»Er ist eben wählerisch«, höhnte Teri.

»Etepetete ist er.«

»Ich bin nicht etepetete, sondern will nur keinen Fehler machen.«

»Kein Mensch ist vollkommen.«

Ich stöhnte auf.

»Ja, ich weiß, dass kein Mensch vollkommen ist. Und jetzt würde ich vorschlagen, dass wir dieses Verhör abbrechen und uns wieder zu den anderen setzen. Bitte, ich flehe euch an!«

Teri seufzte.

»Ja, schon gut.« Sie reichte mir eine bis zum Rand gefüllte Schüssel mit Avocadocreme. »Stellst du das bitte auf den Tisch? Und geh bloß nicht mit dem Finger dran! Herrje!«

»Ich geh niemals mit dem Finger dran. Außerdem sind meine Hände sauber.«

»Du bist gerade auf allen vieren im Wohnzimmer herumgekrochen«, wandte Chrissy ein.

Teri sah sie strafend an.

»Willst du damit sagen, dass ich nicht oft genug staubsauge?«

Ich floh aus der Küche, bevor meine Schwestern mir die Schuld an dem Streit in die Schuhe schieben konnten. Familie. Ohne sie wäre mein Leben ziemlich langweilig gewesen.

68

Liebe Kummerkastentante!

Ich mache mir große Sorgen. Vor Kurzem habe ich neue Weihnachtstischwäsche gekauft, da die alte nach zehn Jahren schon ziemlich abgenutzt war. Als mein Mann mich mit den Tüten nach Hause kommen sah, wollte er wissen, wie viel ich ausgegeben hätte. Ich habe es mit der Angst zu tun gekriegt und ihm erzählt, die Tischwäsche hätte nur die Hälfte des tatsächlichen Preises gekostet. Wenn die Kreditkartenrechnung da ist, wird er erfahren, dass ich gelogen habe, und mir eine Szene machen. Was soll ich tun?

Liebe irrgegeleitete Seele!

Ist Ihnen bewusst, dass Sie im einundzwanzigsten Jahrhundert leben? Ahnen Sie überhaupt, dass Sie als amerikanische Staatsbürgerin ein Recht darauf haben, Entscheidungen unabhängig von Ihrem Ehemann zu treffen? (Außer Sie gehören irgendeiner ultrakonservativen Sekte an, aber das ist dann Ihr Problem.) Falls er Ihnen wegen Ihres Einkaufs Vorwürfe machen sollte, weisen Sie ihn darauf hin, dass er Tausende von Dollar für eine Skiausrüstung (das ist nur ein Beispiel) ausgegeben hat. Wenn das nicht hilft, ziehen Sie einfach los und werfen Sie mit dem Geld um sich. Irgendwann wird er es kapieren.

JOHN

In den Tagen vor dem Abendessen mit Eva habe ich viel nachgedacht, zum Beispiel darüber, wie ich mich in ihrer Gegenwart verhalten habe, wie sie mich provoziert hat und wie ich versucht habe, mich zu wehren.

Dabei bin ich zu folgendem Ergebnis gekommen: Vielleicht, so wurde mir klar, wollte Eva gar nicht mit mir streiten, glaubte aber, nicht anders zu können, und zwar aus Gründen, die nur sie allein kennt. Möglicherweise leidet sie unter einer tief sitzenden Angst oder ist unglücklich, weshalb meine aggressiven Reaktionen nur Wasser auf ihren Mühlen waren – sie haben ihr bestätigt, dass ich ein Feind bin, gegen den sie sich verteidigen und vor dem sie sich schützen muss.

Vermutlich, sagte ich mir, konnte ich ihr am besten dadurch helfen, dass ich ihr wie ein Freund zur Abwechslung einmal zuhörte, ohne sie zu kritisieren, dabei Anteilnahme zeigte und mir »Lösungsvorschläge« für Dinge verkniff, die ich an ihr problematisch fand. Das Wichtigste war, dass ich aufhörte, sie an der jungen Frau zu messen, die sie einmal gewesen war und als die sie in meiner Erinnerung weiterlebte. Es war einfach nicht fair Eva gegenüber, ständig diese Vergleiche anzustellen und sie ihr unter die Nase zu reiben. Es war nicht ihr Fehler, dass sie sich verändert hatte. Der Haken war eher, dass ich mich mit dieser Tatsache nicht abfinden konnte.

Selbstverständlich sind gute Vorsätze leichter gefasst als ausgeführt. Ich hatte Lampenfieber und bezweifelte, dass ich es durchhalten würde. Allerdings besaß ich nach den jahrelangen Auftritten im Gerichtssaal die Fähigkeit, diese Nervosität in konzentrierte Anspannung zu verwandeln. Und so spazierte ich um Punkt sieben – mit einer eigens für diesen Anlass erworbenen neuen Krawatte – ins *De Mado's,* eines der fünf teuersten Restaurants in der Stadt, das Eva ausgesucht hatte.

Eva saß natürlich schon an der Bar. Sie sah traumhaft aus. Aber das war bei ihr ja immer so.

Vielleicht, dachte ich, nicht frühmorgens. Diese Eva hätte ich gern einmal zu Gesicht bekommen.

»Du bist zu früh dran«, stellte ich fest, während ich die Schlafzimmerfantasien beiseiteschob.

»Und du bist sehr pünktlich.«

»Hältst du Pünktlichkeit für eine vom Aussterben bedrohte

Tugend? Die Hälfte der Mitarbeiter meiner Kanzlei trudelt zwischen halb zehn und zehn ein.«

Eva zuckte die Achseln.

»Vielleicht gehören wir heutzutage zu einer Minderheit. Aber ich weigere mich trotzdem, zu spät zu kommen.«

»Ich auch. Möglicherweise liegt es ja daran, dass wir uns von der Masse unterscheiden wollen. Wenn alle Welt plötzlich zu Pünktlichkeitsfanatikern würde, würden wir vermutlich anfangen zu verschlafen und Verabredungen platzen zu lassen.«

»Absolut nicht! Allerdings muss ich zugeben, dass das eine weitere Gemeinsamkeit zwischen uns ist: die Angewohnheit, aus der Masse herauszuragen.«

»Angewohnheit?«, erwiderte ich. »Oder ist es ein Bedürfnis? Eine Sehnsucht?«

Bevor Eva antworten konnte, erschien eine Servicemitarbeiterin, um uns zu unserem Tisch zu führen. Ich war froh, denn ich befürchtete, mit der letzten Bemerkung eine Grenze überschritten und Eva eine psychische Schwäche unterstellt zu haben.

Schon im nächsten Moment nahm ein Kellner unsere Bestellungen entgegen. Ich fand, dass die Bedienung für so einen teuren Laden ein wenig hektisch war.

»Ich bin am Verhungern«, meinte Eva, nachdem er fort war. »Hoffentlich kommt das Essen genauso schnell wie der Kellner.«

Ich verkniff mir die Bemerkung, was ich von dem Service hier hielt.

»Ich habe meine Sekretärin rausgeschmissen«, verkündete Eva unvermittelt. Eine Herausforderung?

»Oh«, entgegnete ich gleichmütig. »Hast du schon Ersatz?«

»Natürlich. Am nächsten Montag fängt sie an. Ich konnte die Unfähigkeit ihrer Vorgängerin einfach nicht mehr ertragen. Außerdem tat sie immer, als hätte sie Angst vor mir. Gut, ich bin eine strenge Chefin, aber doch kein Ungeheuer!«

»Nein, natürlich nicht«, sagte ich. Ich hätte Eva darauf hinweisen können, dass sie sich gelegentlich wie ein Ungeheuer aufführte, tat es jedoch nicht. »Und hast du für die nächsten Tage eine Aushilfe?«

»Nun, jedenfalls werde ich die niedrigen Arbeiten nicht selbst erledigen. Nicht mehr. So habe ich nämlich angefangen. Ganz unten.«

Ich nickte.

»Und du hast es weit gebracht und hast allen Grund, stolz auf dich zu sein, Eva.«

In diesem Moment wurde das Essen serviert, eine Unterbrechung genau zum richtigen Zeitpunkt, die verhinderte, dass Eva mein Kompliment vielleicht als unehrlich deutete. Nun, zumindest wurde der auf dieses Missverständnis folgende Angriff dadurch hinausgezögert.

Vielleicht, dachte ich, war der hektische Service doch keine so schlechte Sache.

Eine Weile aßen wir schweigend, und es war beinahe entspannend, nur über das Essen zu sprechen, das uns beiden ausgezeichnet schmeckte.

»Du isst zu viel rotes Fleisch«, stellte Eva fest und deutete mit ihrer Gabel auf mein beinahe vertilgtes Filet. »Irgendwann wirst du die Folgen zu spüren kriegen.«

»Du hast recht«, erwiderte ich. »Stimmt.«

Sie hatte wirklich recht. Ich aß tatsächlich zu viel rotes Fleisch. Allerdings hätte ich ihre Bemerkung noch vor wenigen Wochen mit einer Retourkutsche über ihre eigenen Ernährungsgewohnheiten gekontert. Oder mir etwas anderes einfallen lassen, denn Eva ernährte sich sehr gesund.

Sie hielt inne, und ihre Gabel blieb in der Luft stehen, als sie mich merkwürdig ansah.

»Was ist?«, fragte ich.

Eva schien nachzudenken. Dann schüttelte sie den Kopf und aß weiter.

Als die Teller abgeräumt waren und wir beide Kaffee und Dessert abgelehnt hatten – ich hatte mit dem Gedanken an die

Karamelltorte gespielt, doch nach Evas Kommentar über mein Essverhalten lieber darauf verzichtet –, ergriff Eva endlich das Wort.

»Du wirfst es mir also nicht vor?«

»Was?«

»Dass ich meiner Sekretärin wegen Unfähigkeit gekündigt habe anstatt ihr eine vierte Chance zu geben? Oder sie zu einer Computerfortbildung zu schicken? Oder sie mit Glacéhandschuhen anzufassen, damit sie keine Angst mehr vor mir hat?«

»Nein«, erwiderte ich. »Ich werfe es dir nicht vor. Selbst wenn ich es für falsch hielte, dass du ihr gekündigt hast, was nicht so ist – schließlich ist ein Büro ein Arbeitsplatz und kein Kindergarten –, würde ich mir die Bemerkung verkneifen, weil ich versuchen möchte, weniger … rechthaberisch zu sein.«

»Aha. Interessant. Woher dieser plötzliche Sinneswandel?«

Ich zuckte die Achseln.

»Es ist halt irgendwie passiert.«

Eva betrachtete mich zweifelnd. »Was ist mit deiner Wortgewandtheit? Hast du der ebenfalls abgeschworen?«

»Offenbar.«

Ich lachte. Sie auch.

Ziemlich vielversprechend, dachte ich.

»Du hättest gern ein Dessert bestellt, oder?«

Ich spiegelte Entsetzen vor.

»Ich? Wie kommst du denn darauf?«

»Du hättest ruhig etwas nehmen können. Die Bemerkung über das rote Fleisch war nicht als Beleidigung gedacht. Eher als … hilfreiche Warnung.«

»Ich weiß«, antwortete ich. »Danke.«

Als die Rechnung gebracht wurde, griff ich danach. Gerade wollte ich sie vom Tisch nehmen, als Eva ihre Hand auf meine legte und sie festhielt. Ihre Hand war wunderschön und warm. Ich sah ihr ins Gesicht.

»Bitte«, sagte sie. »Ich würde gern die Hälfte bezahlen.«

»Ich bin dir noch etwas schuldig, weil ich letztens so plötzlich wegmusste.«

»Du schuldest mir gar nichts.«

Hand in Hand saßen wir eine halbe Ewigkeit da und sahen einander an. Da ich wünschte, es möge gar nicht mehr aufhören, spielte ich mit dem Gedanken, ihr zu widersprechen, um den Abschied hinauszuzögern. Doch die Vernunft siegte.

»Gut«, sagte ich. »Danke.«

Eva lächelte und ließ meine Hand los.

»Wir sollten ein ordentliches Trinkgeld geben«, meinte sie.

»Das tue ich immer. Meine Mutter hat früher gekellnert, weil wir das Geld brauchten. Ich kenne die Geschichten.«

»Das mit deiner Mutter und deiner Familie wusste ich gar nicht.«

»Eva«, erwiderte ich. »Es gibt eine ganze Menge, was du nicht über mich weißt, und ich wette, dass einiges davon dich interessieren würde.«

Sie lachte. »Ach, wirklich? Nun, wir werden sehen.«

Es gab Hoffnung! Vielleicht hielt Eva mich nicht mehr für einen Feind, sondern begann allmählich, mich als Freund zu betrachten.

Ich küsste sie nicht zum Abschied, obwohl ich es wollte und glaube, dass sie es von mir erwartete. Dennoch tat ich es nicht. Ich muss gestehen, dass ich es nicht wagte. Eva war immer noch Eva. Auch wenn jetzt Waffenstillstand zwischen uns herrschte, konnte sie gefährlich werden.

Allerdings denke ich nicht, dass sie es mir übel nahm. Als wir uns trennten, erahnte ich eine Verheißung, und spürte, dass noch mehr zwischen uns geschehen würde. Ich war mir ganz sicher.

69

Nach Auffassung der Autorin ist absolute und schonungslose Ehrlichkeit nur dann angebracht, ja sogar notwendig, wenn dem Betroffenen durch ein Verschleiern der Wahrheit unmittelbarer Schaden droht. Nehmen wir einmal an, Ihre neue Schwiegermutter stellt einen Krug saure Milch auf den Tisch. Ihre Ehefrau, die ihre Mutter nicht kränken möchte, gibt Ihnen heimlich zu verstehen, Sie sollten den Mund halten und die Milch trotzdem in Ihren Kaffee gießen. Ich hingegen bin der Ansicht, dass Sie die verdorbene Milch auf gar keinen Fall trinken dürfen. Im Interesse Ihrer Gesundheit und des Wohlbefindens der übrigen Anwesenden sollten Sie darauf bestehen, die Milch wegzuschütten. Merke: Richten Sie sich auf eine Nacht auf dem Sofa ein. Zumindest haben Sie sich die Magenverstimmung erspart.

– Ehrlichkeit ist (fast) nie die richtige Strategie.

EVA

Verdammt, ich wusste nicht, wie das geschehen konnte, aber es war passiert. John hatte es geschafft, sich in meine Gefühle einzuschleichen.

Außerdem war ich ziemlich sicher, dass es sich umgekehrt genauso verhielt. Aber woher nahm ich diese Gewissheit. Schließlich konnte ich ihm schlecht eingestehen, dass ich ihn mochte, und ihn fragen, ob er mich ebenfalls gern hatte. Auf gar keinen Fall. Was, wenn er mich auslachte? Oder mich gar bemitleidete?

Was, wenn er: »Ja, Eva, ich habe dich auch gern«, sagen würde?

Die ganze Situation war lächerlich. Ich erinnerte mich an die Zeit auf dem College, als Beziehungen einfach entstanden und sich ganz natürlich aus Freundschaften heraus entwickelten. Der Wechsel vom Freund zum Liebhaber vollzog sich nahezu reibungslos. Wenigstens erschien mir das rückblickend so.

Freund. Liebhaber. Ich wusste ja nicht einmal, was ich von John wollte. Mehr als von Sam, etwas Ähnliches wie von Jake oder etwas völlig anderes?

Nein, eine Liebesbeziehung mit John würde in einer Katastrophe enden. Oder sie würde das Beste sein, was mir je passiert war. Allerdings funktionierte das nicht so in meinem Leben. Mir passierten keine schönen Dinge. Und Liebe führte nur zu Bedauern.

Zum Teufel mit Sophie. Die ganze Sache war nur ihre Schuld. Alles war so einfach gewesen, ehe sie in mein Leben geplatzt war und John angeschleppt hatte. Davor hatte ich nur mir selbst Rechenschaft ablegen müssen. Nun plagte ich mich mit Themen wie Verantwortung, Erklärungsbedarf, Pflicht und Respekt herum.

Nein. Es war bereits viel zu kompliziert. Ich würde den Mund halten. Diese Angelegenheit – sicher nichts weiter als eine Schwärmerei – würde wieder vergehen. Und dann würde mein Leben wieder so einfach und berechenbar sein wie früher. So einfach und berechenbar, wie es eben möglich war, wenn man Freunde am Hals hatte.

Dennoch fragte ich mich, wie sich Johns Lippen wohl anfühlten.

70

Liebe Kummerkastentante!

Mein Ehemann liegt in einer Reha-Klinik, nachdem er bei einem unverschuldeten Verkehrsunfall beide Beine verloren hat. Nächsten Monat kommt er wieder nach Hause. Die Sache ist nur, dass einer der Sanitäter, die meinen Mann ins Krankenhaus gefahren haben, mich gefragt hat, ob ich mit ihm ausgehen will.

Wie Sie sicher wissen, schweißt eine Tragödie die Menschen enger zusammen. Jedenfalls wohnt er seitdem bei mir. Es war eine tolle Zeit, insbesondere deshalb, weil er den Rasen mäht und viele schwere Arbeiten im Haus verrichtet, die mein Mann mit zwei Prothesen nicht mehr wird übernehmen können.

Was soll ich tun?

Ich liebe meinen Mann, aber mein neuer Liebhaber ist wirklich sehr praktisch.

Lieber Haufen Dreck!

Was soll Ihre Frage? Setzen Sie Ihren praktischen Sanitäter vor die Tür und heißen Sie Ihren bedauernswerten Mann mit offenen Armen willkommen. Anschließend mähen Sie den Rasen selbst.

Und schreiben Sie mir niemals wieder.

JOHN

Ich war im Begriff, mich in Eva zu verlieben.

Trotz meiner Vermutung, dass sie ebenfalls Gefühle für mich hegte, war ich nicht in Eile, sie darauf anzusprechen. Wie ich wusste, standen die Chancen hoch, dass Eva mir einen Korb geben würde. Und selbst wenn sie nicht sofort die Flucht ergriff, lag ein langer, steiniger Weg vor uns, der möglicherweise in den Straßengraben führte.

Genau genommen war ich nicht sicher, ob ich es je wagen würde, Eva meine Liebe zu gestehen.

Vielleicht würde sie ja für immer mein kleines Geheimnis bleiben.

Dennoch ertappte ich mich bei der Frage, wie es wohl sein mochte, sie in den Armen zu halten. Tatsächlich ertappte ich mich immer wieder bei dieser Frage.

71

Die ganze Wahrheit ist etwas für Dummköpfe. Wenn Sie an die Existenz dieses Phänomens glauben, leiden Sie an Wahnvorstellungen und sollten sich sofort in die Obhut eines Medikamente verordnenden Psychiaters begeben. (Namen und Adressen entnehmen Sie bitte dem örtlichen Branchentelefonbuch.)

– Die ganze Wahrheit: Ticken Sie noch richtig?

EVA

»Also, wie findest du diesen John? Deinen alten Kumpel aus dem College?«

Ich betrachtete Jake argwöhnisch. Hatte er meine verstörenden Gefühle für John etwa erraten?

»Ja«, antwortete ich. »Ich weiß, wer John ist. Warum fragst du?«

Achselzuckend blickte Jake zur Decke.

»Aus keinem besonderen Grund. Meine Mutter hat ihn letztens erwähnt.«

Aha, Jakes angeborene Eifersucht reckte wieder einmal ihr grässliches Haupt. Vermutlich hatte Sophie gesagt, dass John ledig war. Nun hatte Jake zwei und zwei zusammengezählt und war zu dem Ergebnis vier gekommen. Allerdings würde er nie erfahren, dass sein Verdacht in gewisser Weise eine Berechtigung hatte.

Außerdem, so dachte ich, ging es in dieser »Beziehung« ja nur um Spaß. Warum also kümmert es Jake, ob ich mich für andere Männer interessiere?

Herrje, ich widerte mich selbst an! Natürlich war Jake neugierig, ganz gleich, ob mit oder ohne meine Billigung. Plötzlich bekam ich ein schlechtes Gewissen und das Bedürfnis, alles wiedergutzumachen.

»Hat sie dir auch erzählt, dass John ein Idiot ist?«, meinte ich mit einem Auflachen. »Eine Frau müsste verrückt sein, um sich mit ihm einzulassen. Er hält sich nämlich für den Nabel der Welt.«

Jake wandte den Blick von der Decke ab. Der Junge war leicht zu beschwichtigen.

»Ach, ja?«, entgegnete er, ebenfalls lachend. »Dass er ein Idiot ist, hat sie weggelassen.«

»Sie hatte schon immer eine Schwäche für ihn, während ich ihn realistisch betrachte.«

Jake küsste mich auf die Stirn. (Ich hasse das.) Dann ging er sich eines seiner Spezialbiere aus dem Kühlschrank holen.

»Ach, fast hätte ich es vergessen«, sagte er nach einem Schluck. »Mom hat einen Freund. Ich habe ihn kennengelernt, als ich letztens bei ihr war. Er heißt Ben und macht einen netten Eindruck.«

Aha! Ich hatte doch gleich gewusst, dass Sophie mir etwas verheimlichte. Aber ausgerechnet einen Ben! Hoffentlich hatte sie mehr Glück mit ihrem Ben als ich mit meinem.

»Klasse«, meinte ich, obwohl ich nicht sicher war, ob ich wirklich so empfand. »Ist es etwas Ernstes?«

Jake zuckte die Achseln.

»Ich glaube schon. Sie schaut ihn so verträumt an. Für mich war die Situation ein bisschen komisch, doch ich habe ja schon so manches erlebt.«

Ich bezweifelte das zwar, wollte dem Jungen jedoch nicht widersprechen.

»Sieht er gut aus?«, erkundigte ich mich mit einem hinterlistigen Grinsen.

»Woher soll ich denn das wissen?«

»Was hat er für eine Augenfarbe?«

»Keine Ahnung. Braun? Oder blau?«

Typisch Mann, so wenig auf Einzelheiten zu achten.

»Ach, übrigens«, fügte Jake hinzu. »Sag ihr nicht, dass du es von mir hast. Sie möchte es euch erst erzählen, wenn die Zeit reif ist. Ich weiß zwar nicht, warum sie so ein Theater veranstaltet, aber wenn es sie glücklich macht.«

»Noch eines unserer kleinen Geheimnisse«, meinte ich.

Jake trank nachdenklich einen Schluck Bier.

»Ich glaube, dir wird er nicht sympathisch sein«, stellte er fest.

»Wer? Ben?«

»Ja.«

»Warum? Ist er ein Langweiler?«

»Nein, ich denke nur, dass ihr beide nicht viel gemeinsam habt. Doch er und meine Mom scheinen wirklich aufeinander zu stehen. Ich könnte mir gut vorstellen, dass sie zusammenziehen.«

Aufeinander zu stehen. Plötzlich wurde ich von einem heftigen Neidgefühl ergriffen. Es war wie eine Erleuchtung: Ich wollte dasselbe haben wie Sophie – eine echte Beziehung. Nicht nur eine ausschließlich sexuelle Beziehung wie mit Sam oder eine Möchtegern-Beziehung wie mit Jake. Auch ich wünschte mir etwas Echtes und Kompliziertes und …

Diese belastenden Gedanken verflogen so schnell wie sie gekommen waren. Ich stand in Jakes winziger Küche und fühlte mich schrecklich traurig und leer.

»Was hast du?«, fragte Jake, sichtlich erschrocken über meine offenbar bedrückte Miene.

Ich stürmte aus der Küche und nahm meine Handtasche von dem Sofa aus zweiter Hand. Auf einmal wollte ich nichts als raus.

»Nichts«, antwortete ich, ohne Jake anzusehen.

»Du gehst schon? Aber wir waren noch gar nicht im Bett?«

»Ich glaube, ich bekomme Kopfschmerzen.«

»Oh. Bleib doch. Ich hole dir Ibuprofen.«

Ich hastete zur Tür.

»Nein, danke, ich möchte lieber nach Hause.«

Jake folgte mir. Als er mich zum Abschied küssen wollte,

hielt ich ihm gerade lang genug die Wange hin, dass er sie mit den Lippen streifen konnte.

Wieder zu Hause, sah ich zuerst nach dem Anrufbeantworter: keine Nachrichten. Auch mein Mobiltelefon hatte den ganzen Nachmittag geschwiegen. Ich klappte den Laptop auf. Keine E-Mail, nur Werbung von einer Kreditfirma. Ich nahm die Post aus meiner Tasche. Nichts als Rechnungen und Reklame von einer Partnervermittlung.

Erbärmlich.

Kurz spielte ich mit dem Gedanken, John anzurufen. Aber unter welchem Vorwand? Ich konnte ihm doch unmöglich meine düsteren Grübeleien und meine abgrundtiefe Einsamkeit gestehen?

Vielleicht hatte ich es ja verdient, einsam zu sein. Denn auf dem Heimweg war mir der Gedanke gekommen, dass ich mich Sophie immer ein wenig überlegen gefühlt hatte. Ich war beruflich erfolgreich. Ich war eleganter angezogen. Ich war körperlich besser in Form.

Allerdings gab es da noch etwas, eine Sache, die bewies, wie wenig ich die Kunst der Freundschaft beherrschte. Obwohl ich einerseits ein schlechtes Gewissen hatte, weil ich Sophie etwas so Wichtiges verschwieg – von der Natur meines Geheimnisses wollen wir besser gar nicht reden –, empfand ich andererseits genau das, was man nun einmal für den Betrogenen empfindet: eine Mischung aus Mitleid und Verachtung.

Ich ließ mich in meinen Sessel sinken und legte den Arm über die Augen. Mitleid. Inzwischen war mir schmerzhaft klar geworden, dass ich die Bemitleidenswerte in unserer »Freundschaft« war.

72

Liebe Kummerkastentante!

Es heißt doch immer, die Notwendigkeit sei die Mutter aller Erfindungen. Nun, ich habe mich letztens für eine Stelle beworben, die einen Hochschulabschluss voraussetzt, den ich aber leider nicht besitze. Da ich die Stelle aber unbedingt haben will, habe ich mir einfach den Namen einer Universität ausgedacht und einen Freund, der in einer Druckerei arbeitet, gebeten, die Urkunde zu fälschen (falls es jemand sehen will). Ein anderer Freund hat mir erlaubt, seine Telefonnummer anzugeben; er wird tun, als sei er Mitarbeiter der Universität und bestätigen, dass ich dort studiert habe. Ziemlich schlau, was? Der einzige Wermutstropfen ist, dass meine Frau mich für »moralisch verkommen« (das waren ihre Worte) hält und all die Zeit, Mühe und Kreativität, die zur Umsetzung dieses Plans nötig waren, überhaupt nicht zu schätzen weiß. Wie kann ich sie vom Gegenteil überzeugen? Sie macht mir wirklich die Hölle heiß.

Lieber Urkundenfälscher!

Haben Sie noch nie von ehrlichem Geschäftsgebaren gehört? Ach, klar, natürlich nicht! Sie haben ja nie einen Hochschulabschluss gemacht. Verstanden? SIE HABEN NIE EINEN HOCHSCHULABSCHLUSS GEMACHT! Wenn ich Ihre Frau wäre – was ich zum Glück nicht bin –, würde ich die Scheidung einreichen, bevor die nächste »Notwendigkeit« Sie wieder dazu treibt, die Wahrheit zu »beschönigen«, diesmal so, dass es Sie ins Gefängnis bringt.

»Mrs Holmes, hallo, ich bin ein Kumpel von Jake. Wir haben uns in seiner Wohnung kennengelernt. Ich heiße Jerry.«

Sophie und ich aßen gerade zu Mittag, als dieser Jerry an unserem Tisch stehen blieb.

Sophie strahlte übers ganze Gesicht.

»Oh, natürlich, Jerry, wie geht es Ihnen?«

Jerry zuckte die Achseln, wie es nur magere Zwanzigjährige können. Es war eine mühelose, fließende Bewegung. »Alles bestens. Kann nicht klagen.«

»Das freut mich aber«, erwiderte Sophie, höflich wie immer. »Ach, Jerry, das ist meine Freundin Eva.«

Als Jerry mich ansah, stand plötzlich pures Erstaunen in seinem Gesicht.

Mist, dachte ich. Mist, Mist, Mist. Er kennt mich aus dieser grässlichen Disco. Jake hatte einigen Freunden zugewinkt, und, ja, Jerry war auch dabei gewesen.

Da Sophie mir gegenübersaß, konnte ich dem Jungen kein Zeichen geben, dass er den Mund halten sollte.

Jerry zeigte mit dem Finger auf mich und machte den Mund auf.

Doch ehe er: »Hallo, bist du nicht die Frau, die es mit Jake treibt?«, sagen konnte, fiel ich ihm ins Wort.

»Wir sollten wirklich bestellen, Sophie«, stieß ich hervor. »Nett, Sie kennenzulernen, Jerry.«

Mit einem gekünstelt fröhlichen Lächeln hielt ich Jerry die Hand hin.

Jerry nahm sie nach kurzem Zögern. Sein Händedruck war schlaff, und er murmelte etwas wie: »Ja, nun …«, bevor er losließ und sich trollte.

Sophie verzog missbilligend das Gesicht. Gewiss hatte sie an meinem unhöflichen Verhalten gegenüber Jakes Freund etwas auszusetzen. Ich erwiderte ihren finsteren Blick.

»Also«, begann sie und legte Messer und Gabel ordentlich

auf die Serviette. »Es gibt etwas, das ich dir schon erzählen wollte, seit wir hier sind.«

»Oh?«, erwiderte ich, obwohl ich mir denken konnte, was kommen würde.

»Ich habe jemanden kennengelernt«, fuhr sie fort. »Einen Mann.«

»Dass es ein Mann ist, habe ich bereits vermutet. Wie lange trefft ihr euch schon?«

Sophie errötete – errötete! – und gestand mir, es gehe seit einigen Wochen so.

»Anfangs wollte ich es geheim halten.«

»Was ist denn groß dabei?«, fragte ich unverblümt. »Ist er ein Promi oder in einem Zeugenschutzprogramm?«

»Nein, nein, das ist es nicht.« Sophie überlegte eine Weile, bevor sie weitersprach. »Keine Ahnung. Vielleicht hatte ich Angst, es könnte Unglück bringen. Außerdem habe ich mir Sorgen gemacht, du könntest schlecht von mir denken, wenn ich dir ausführlich von einem Typen erzähle, mit dem es schließlich doch nicht klappt.«

»Ach herrje, Sophie«, gab ich zurück. »Ich würde dich niemals wegen einer gescheiterten Beziehung verurteilen. Jeder hat mehrere Trennungen hinter sich. Bei manchen Leuten wird es sogar zum Hobby.«

»Oh, ich weiß«, antwortete Sophie. »Aber du bist so erfahren, was Beziehungen angeht, Eva. Ich wollte nicht klingen wie ein schwärmerisches Schulmädchen.«

Ironie des Schicksals! Und dabei war ich gerade zu dem Schluss gekommen, dass Sophie in Sachen Beziehung möglicherweise die Erfahrenere oder zumindest die Reifere war, während ich einen – Entwicklungsrückstand hatte. Obwohl diese Selbsterkenntnis nicht gerade angenehm war, konnte ich nicht anders, als der neu entdeckten Wahrheit ins Auge zu sehen. Schließlich lebte Sophie nun in einer erwachsenen Beziehung, während ich befürchten musste, von zwanzigjährigen Jungen als Kinderschänderin enttarnt zu werden.

»Nun, das freut mich für dich«, erwiderte ich mit einem gezwungenen Lächeln. »Wann lerne ich den großen Unbekannten kennen?«

»Oh, noch nicht«, antwortete Sophie. »Ich möchte ein wenig warten, bevor ich ihn meinen Freunden vorstelle. Das ist ein großer Schritt für mich. Zuerst will ich sicher sein, dass es etwas Dauerhaftes ist. Verstehst du?«

Allerdings wusste ich, dass Sophie den großen Unbekannten bereits ihrem Sohn präsentiert hatte. Ob Sophie wohl der Vorstellung anhing, dass Angehörige von Natur aus offener und weniger kritikfreudig waren als Freunde?

»Klar«, sagte ich.

Sophie lächelte.

»Heute Nachmittag erzähle ich es John.«

Ich bin sicher, dass er vor Freude Luftsprünge machen wird, dachte ich.

Im nächsten Moment bekam ich ein schlechtes Gewissen wegen meiner unnötig gehässigen Reaktion, obwohl ich die Worte nicht laut ausgesprochen hatte. War ich emotional zurückgeblieben? Diese Erklärung erschien mir sehr plausibel.

»Wo bleibt nur der Kellner?«, meinte ich und klappte die Speisekarte auf.

73

Sollten Sie allen Ernstes glauben, dass andere Menschen Ihre ehrliche Meinung über ihre Kleidung, ihre Erziehungsmethoden oder ihre Leistung am Arbeitsplatz hören wollen und/oder hilfreich finden, leiden Sie an massiver Selbstüberschätzung. Kommen Sie herunter von Ihrem hohen Ross und kümmern Sie sich um Ihr eigenes erbärmliches Leben.

– Schonungslose Offenheit: Die freie Meinungsäußerung birgt Fallstricke.

EVA

Zum Teufel mit Sophie! Warum musste sie sich unbedingt verlieben und mir auch noch davon erzählen?

Ich rief meine Schwester an. Eigentlich hätte ich Ihr lieber eine E-Mail geschickt, doch anders als die Mehrheit der Amerikaner hat Maura keine E-Mail-Adresse. Bestimmt aus Sparsamkeit.

Vermutlich hätte ich mir denken können, dass sieben Uhr abends während der Schulwoche ein ungünstiger Zeitpunkt war. Aber gibt es überhaupt einen günstigen Zeitpunkt, um eine Mutter von vier Kindern anzurufen, die außerdem drei Abende in der Woche arbeiten geht?

»Ist etwas passiert?«, fragte Maura, als ich mich meldete. Sie klang eher ungeduldig als besorgt.

»Nein, nein, ich wollte nur hallo sagen.«

Kurz entstand Schweigen in der Leitung.

»Oh«, meinte Maura schließlich. »Also ist alles in Ordnung?«

»Bestens«, antwortete ich. »Ausgezeichnet. Ich wollte nur einmal anrufen. Wie ist denn das Wetter so bei euch?«

Ich dachte, ich hätte im Hintergrund das Brummen eines Lastwagens gehört. Dann jedoch sagte der Lastwagen etwas, und mir wurde klar, dass Mauras Mann gerade wissen wollte, wo die Salzbrezeln waren.

»In der Brotschublade, so wie immer«, entgegnete Maura gereizt. »Ach, du weißt ja, wie es ist. Wetter ist eben Wetter.«

Darüber würde mir später den Kopf zerbrechen.

»Und wie läuft es in deinem Job?«

Maura lachte.

»Ich bin Kassiererin. Was kann da schon groß passieren? Trotzdem danke für die Nachfrage. Wenigstens bin ich nicht arbeitslos. Eine meiner Freundinnen hat gerade ihre Stelle beim SuperDuperMart verloren. Ich weiß nicht, wie sie in diesem Monat ihre Rate fürs Haus zahlen soll.« Maura hielt inne. »Aber das interessiert dich sicher nicht.«

Nun, offen gestanden hatte sie recht.

»Doch, doch«, erwiderte ich trotzdem.

Maura erzählte mir von ihrer arbeitslosen Freundin und fügte hinzu, Brooke, ihre Älteste, würde im nächsten Jahr eine Zahnspange brauchen. (Ich nahm mir vor, ihr einen Scheck zu schicken.) Und Trevors Mutter würde ein paar Wochen bei ihnen wohnen, während die verrotteten Fundamente ihres Hauses instand gesetzt wurden.

Ich gab die aufmunternden Geräusche des aktiven Zuhörens von mir und wartete auf die übliche Frage – »Wann kommst du deine Nichten besuchen?« –, aber nichts geschah.

Hatte Maura mich aufgegeben?, überlegte ich.

Ein schriller Schrei, gefolgt von einer Stimme, die: »Mommy, Britney hat sich die Hand in der Kühlschranktür eingeklemmt!« rief, beendete unser Gespräch.

Maura seufzte auf. »Ich muss Schluss machen. Danke für den Anruf, Eve.«

Ich sparte mir die Mühe, sie zu verbessern.

»Tschüss, Maura«, sagte ich.

Zum Teufel mit der ganzen Welt.

74

Liebe Kummerkastentante!

Eine meiner Freundinnen ist stark übergewichtig. Die Sache ist nur, dass sie es überhaupt nicht zur Kenntnis nimmt. Sie hat einen guten Job, ist immer prima gelaunt und trifft sich mit Freunden im Kino und zum Abendessen. Ist es nicht meine Pflicht, ihr zu sagen, dass sie zu dick ist? Sie müsste doch eigentlich eine Diät machen!

Liebe neidische Zicke!

Offenbar gehören Sie zu den unangenehmen Zeitgenossen, die nur dann glücklich sind, wenn es anderen schlecht geht. Lassen Sie Ihre Freundin in Ruhe und arbeiten Sie an sich, damit Sie wenigstens halb so sympathisch werden wie sie. Dann haben Sie irgendwann vielleicht auch einen Freundeskreis.

JOHN

»Wirklich, Teri, mir geht es prima. Ich bin nur … ich bin nur müde, verstanden?« Ich rieb mir die Stirn, um meine Aussage zu untermauern. »Es war eine anstrengende Woche, und deshalb habe ich einfach nicht die Kraft für ein neues Rendezvous. Vielleicht nächste Woche. Wir werden sehen.«

Die Wahrheit lautete, dass ich mit dem Herzen einfach nicht bei der Partnersuche war. Das Gefühl, dass ich keine andere Frau haben wollte, wenn ich Eva nicht bekommen konnte, wurde immer stärker. Die vage Möglichkeit, dass sie mich vielleicht liebte, raubte mir die Kraft.

»Ich habe trotzdem den Eindruck, dass etwas nicht stimmt, John.«

Wenn meine Schwester ein Geheimnis wittert, verhält sie sich wie ein Hund, der einen Knochen benagt. Trotzdem gelang es mir, das Telefonat nach weiteren fünf Minuten Intensivverhör zu beenden.

Kaum hatte ich den Hörer aufgelegt, als Gene in mein Büro gestürmt kam.

»Hast du einen Moment Zeit?«, fragte er und ließ sich auf einen der Besucherstühle fallen.

»Äh, nicht wirklich.«

Gene beugte sich vor.

»Das musst du dir aber anhören, Mann.«

»Gene«, entgegnete ich ruhig. »Es ist gerade ein bisschen ungünstig.«

Leute, die nur um sich selbst kreisen, verstehen im Gegensatz zu sozial eingestellten Menschen, wie ich es bin, die Bedeutung des Wörtchens Nein nicht.

»Es dauert nur eine Minute. Du wirst nicht glauben, was ...«

Ich stand auf. Gene verstummte und bekam den Mund nicht mehr zu.

»Ich bin jetzt wirklich nicht in der Stimmung für eine Geschichte über das Mädchen, das du gestern Nacht durchgevögelt hast, kapiert?«, zischte ich mit meinem letzten Rest von Selbstbeherrschung. »Ich habe nämlich Wichtigeres zu tun. Und du solltest besser in deinem Büro sitzen und arbeiten, anstatt mit deinen Seitensprüngen anzugeben.«

Gene sprang auf.

»Äh, ja, gut, entschuldige. Ich wollte nur ... Tut mir leid.«

Er hastete hinaus. Ich nahm langsam wieder Platz. Meine Nerven prickelten immer noch, und mein Blutdruck war mindestens zwanzig Punkte gestiegen.

Ich atmete tief durch.

Ellen, die eine kluge Frau ist, klopfte leise an die offene Tür.

»Tut mir leid wegen vorhin«, sagte ich, in der Annahme, dass sie meinen Wutanfall mitbekommen hatte.

Ellen schloss die Tür hinter sich.

»Ich mache mir Sorgen um dich, John«, begann sie. »Etwas stimmt nicht mit dir. Möchtest du darüber sprechen?«

»Da ist nichts.«

»Du hast gerade einen Mitarbeiter angefahren. Zugegeben, wenn jemand deinen Zorn verdient hat, dann ist es Gene. Doch du hast überreagiert. Aber das weißt du sicher selbst.«

»Es ist wirklich nichts, Ellen«, wiederholte ich. »Danke für dein Interesse. Ich bin nur müde und sollte mehr schlafen.«

»Ja, ja«, erwiderte sie. »Schlaf kann so erholsam sein.«

Als sie ging, schloss sie zu meiner Erleichterung die Tür hinter sich.

75

Warum haben Künstler das Recht auf Fiktion gepachtet? Jedes Leben ist ein Kunstwerk, und wir alle erschaffen uns selbst. Also lügen Sie so lange und so ausführlich wie nötig, um Ihr Leben zu einem meisterlichen Opus zu machen.

– Künstlerische Freiheit ist auch etwas für Durchschnittsmenschen.

EVA

Es heißt, dass man nicht lauschen soll, weil man dabei etwas zu hören bekommen könnte, das man eigentlich gar nicht hören wollte.

Und dennoch konnte ich nicht anders, als den Telefonhörer lautlos von der Gabel zu nehmen und ihn mir ans Ohr zu halten.

Der arme Jake. Er dachte, er führe ein Privatgespräch, und vertraute seiner Geliebten so sehr, dass er nie auf den Gedanken gekommen wäre, sie könnte am Anschluss im Schlafzimmer mithören. Wie konnte man nur so naiv sein? Ich zog sein Hemd fester um mich, behielt die Tür im Auge und spitzte die Ohren.

Jake: »Schau, es ist ja nicht so, dass ich eine Frau heiraten würde, die alt genug ist, um meine Mutter zu sein. Eines Tages will ich vielleicht selbst Kinder haben, und was ist dann? Also werde ich wohl oder übel eine Frau heiraten müssen, die in meinem Alter oder jünger ist. Das ist eben die Biologie, Mann.«

Aha, dachte ich. Offenbar hat Jake seine Meinung zum Thema Familiengründung geändert. Lag das an mir?

Phil: »Ja, aber was macht dich so sicher, dass eine von deinen Omas dich nicht doch heiraten will?«

Jake hielt inne, und als er Phils bodenlos dumme Frage beantwortete, war sein Tonfall unsicher.

»Ich kann mir nicht vorstellen, dass eine Frau über Vierzig von einem Einundzwanzigjährigen einen Heiratsantrag erwartet.«

»Ich wäre an deiner Stelle vorsichtig, Mann«, warnte Phil. »Es könnte sein, dass du früher oder später eine Sträflingskugel mittleren Alters hinter dir herschleppst. Ja, alles Biologie. Und die biologische Uhr einer vierzigjährigen Frau tickt ganz besonders laut. Ich weiß nicht, warum du dich mit Weibern über dreiundzwanzig abgibst. Fünfundzwanzig ist die absolute Obergrenze.«

Jake senkte die Stimme, als wolle er Phil ein Geheimnis anvertrauen.

»Ich habe es dir doch erklärt, Kumpel. Sex mit einer älteren Frau ist aufregender. Weniger verklemmt. Außerdem sind sie nicht jeden Abend betrunken wie manche Hühner von der Uni.«

Phil: »Schön und gut. Aber die Figur! Sogar bei Demi Moore, die diesen Kutcher geheiratet hat – was soll denn das? Tut mir leid, Mann, aber ich kann mir einfach nicht vorstellen, dass sie noch was hermacht, wenn sie die Kleider auszieht.«

Jake: »Hast du sie nicht im Bikini gesehen? Wie hieß der Film? ›Drei Engel für Charlie‹ oder so. Sie hat eine tolle Figur.«

Phil: »Alles retouchiert. Beim Film ist doch nichts echt. Ich nehme ihr das nicht ab.«

Jake (mit einem Auflachen): »Seit wann ist dir körperliche Perfektion so wichtig? Ich habe einige Mädchen gesehen, mit denen du zusammen warst. Die Blondine letztens? Die musste sich doch mit Gewalt in ihre Jeans zwängen, so fett war die.«

Phil: »Sie war nicht fett, sondern hatte Kurven. Außerdem ist neunzehnjährige Haut immer erotisch. Vierzigjährige nicht. Mehr wollte ich nicht gesagt haben.«

Jake: »Du bist ein echtes Schwein.«

Phil: »Mir doch egal.«

Jake: »Ich muss Schluss machen. Die CDs bringe ich dir später vorbei, in Ordnung?«

Ich wartete nicht auf Phils Antwort, denn ich hatte mehr als genug gehört. Stattdessen schlüpfte ich in einer Geschwindigkeit unter die Decke, bei der ich Gefahr lief, meinen gebrechlichen, runzeligen Körper zu schädigen.

Als Jake kurz darauf hereinkam, erwachte ich gerade – so dachte er wenigstens.

»Hast du telefoniert?«, murmelte ich und räkelte mich wohlig. »Ich habe deine Stimme gehört.«

»Äh, hast du gehört – ich meine, habe ich dich geweckt?«

»Aber nein«, log ich. »Ich habe nur mitgekriegt, dass du mit jemandem geredet hast.«

Jake fixierte einen Punkt oberhalb meines Kopfes.

»Das war bloß Phil«, erwiderte er. »Der Typ kann einem manchmal echt auf die Nerven fallen.«

»Ja«, spöttelte ich. »Ich weiß.«

Jake machte eine verlegene Handbewegung in Richtung Kommode.

»Ich habe heute Vormittag Vorlesung.«

Ich warf die Decke beiseite und stand auf.

»Ich wollte sowieso gerade gehen«, meinte ich.

76

Liebe Kummerkastentante!

Meine Mutter hat mir zehntausend Dollar anvertraut, die ich für ihre Beerdigung anlegen soll. Allerdings ist sie kerngesund und wird sicherlich noch zehn Jahre leben. Also habe ich, obwohl meine Frau dagegen war, das Geld für eine neue Stereoanlage und einen Flachbildfernseher ausgegeben. Bis meine Mutter irgendwann beerdigt wird, habe ich das Geld sicher wieder beisammen, wenn ich nur genug Überstunden mache. Habe ich mich falsch verhalten?

Lieber Drecksack!

Sie sind das Sinnbild eines »undankbaren Kindes« und haben eine ordentliche Tracht Prügel verdient. Was Ihre Mutter betrifft, ist sie entweder hoffnungslos naiv oder leidet an Alzheimer. Weshalb sonst sollte sie einem elenden Wicht wie Ihnen ihr hart erarbeitetes Geld anvertrauen?

SOPHIE

Für unser gemeinsames Mittagessen hatte ich ein kleines Restaurant namens *The Bean* ausgesucht. Ben und ich aßen etwa einmal pro Woche dort. Ich hoffte, dass es Evas Ansprüchen genügen würde, aber bei ihr konnte man nie sicher sein. Eva kannte, was Lokale und Mitmenschen anging, keine Gnade.

Es war mir sehr wichtig, dass Eva und Ben einander mochten.

Deshalb war es nur verständlich, dass ich vor dieser ersten Begegnung ziemliches Lampenfieber hatte.

Ben war fünf Minuten zu spät dran.

»Also«, verkündete Eva und sah nicht sehr diskret auf die Uhr. »Wo ist denn jetzt der große Unbekannte?«

Ehe ich etwas erwidern konnte, vibrierte mein Mobiltelefon. Ich nahm das Gespräch an. Es war Ben.

Als Eva die Augenbraue hochzog, wandte ich mich ab.

»Oh, das ist aber schade. Natürlich habe ich Verständnis. Gut. Gut. Dann sehen wir uns heute Abend.«

»Sind wir gerade versetzt worden?«, erkundigte Eva sich spitz, nachdem ich das Gespräch beendet hatte.

»Es hat in der Arbeit einen Notfall gegeben«, erklärte ich. »Er hat nicht weiter ausgeführt, worum es ging. Mist, ich bin enttäuscht. Ich wollte wirklich, dass ihr beide euch kennenlernt!«

Eva zuckte die Achseln. »Tja, dann wird der große Unbekannte wohl noch für eine Weile ein Unbekannter bleiben müssen.«

»Nun, lass uns bestellen.«

»Prima«, sagte Eva. »Ich verhungere.«

Ich verstand einfach nicht, wie sie so viel essen und trotzdem schlank bleiben konnte.

Ben gefiel meine Figur, dachte ich, während ich die Speisekarte studierte. Oder?

Ich überlegte, ob ich einen Salat anstelle eines Hamburgers nehmen sollte. Dann brauchte ich wegen des Nachtischs kein schlechtes Gewissen zu haben.

»Also«, meinte ich, nachdem wir bestellt hatten. »Hat John dir von seiner Brautschau erzählt?«

»Nein, warum? Gibt es da etwas zu erzählen?«

»Nicht, dass ich wüsste«, gab ich zu. »Er hat dich nicht vielleicht gebeten, ihn bei der Auswahl eines Rings zu beraten?«

»Ich glaube, John braucht dabei keine Hilfe. Selbst ich muss gestehen, dass er einen ausgezeichneten Geschmack hat, der sich bestimmt auch auf Damenschmuck erstreckt.«

»Man kann nie wissen. Vielleicht hat er noch nie einen Ring für eine Frau gekauft.«

Eva lachte. »John? Der hatte doch schon Millionen von Freundinnen. Das war natürlich übertrieben. Aber möglicherweise hast du recht. Männer wissen, dass es nach Bindung riecht, wenn man einer Frau ein Schmuckstück schenkt, und sei es etwas scheinbar Harmloses wie ein Armband.«

Das Essen wurde serviert. Ich hatte im *Bean* noch nie einen Salat gegessen und fand die Portion enttäuschend klein.

»Also, raus mit der Sprache«, meinte ich, während ich zusah, wie Eva ihre Vollkornspaghetti vertilgte. »Hast du in letzter Zeit jemanden getroffen, der dich interessiert?«

»Denkst du immer nur an das eine?«, entgegnete Eva, allerdings mit einem Schmunzeln.

Ich zuckte die Achseln.

»Ich will bloß, dass du glücklich wirst.«

»Und du setzt Glück mit einer Beziehung gleich.«

»Ja, mit einer guten Beziehung.«

Eva verdrehte die Augen.

»Aber was ist, wenn eine gute Beziehung für mich nicht der Inbegriff von Glück ist? Wenn ich zum Glücklichsein keinen anderen Menschen brauche als mich selbst?«

»Ich glaube nicht, dass man ganz allein wirklich glücklich werden kann«, widersprach ich.

»Schön«, erwiderte sie. »Jeder hat ein Recht auf seine Meinung. Ich sehe das anders, und wenn du dich einmal gründlich umschaust, Sophie, wirst du bemerken, dass ein Leben frei von Familienbanden – findest du nicht, dass das Wort irgendwie nach Fesselung klingt? – oder einer festen Partnerschaft nicht unbedingt vergeudet sein muss. Oder unglücklich.«

»Tut mir leid«, sagte ich. »Ich wollte nicht so dogmatisch klingen.«

Eva lachte leise, offenbar um mir mitzuteilen, dass ich ihr zwar nicht so leicht davonkommen würde, sie mir jedoch nicht böse war.

»Nun, hast du aber. ›Single‹, was für ein dämlicher Ausdruck. Jeder Mensch ist im Grunde genommen allein. Durch eine Beziehung wird man nicht automatisch vom Einzelgänger zum Paarläufer.«

»Natürlich nicht. Ich wollte …«

»Ein Mensch, der entscheidet, sich nicht langfristig an einen anderen Menschen zu binden, kann dennoch ein wundervolles Leben führen. Er kann Freunde, eine Familie und einen Beruf haben und sich meinetwegen einer Gruppe Gleichgesinnter anschließen wie zum Beispiel einer Kirchengemeinde oder einem Literaturzirkel.«

»Ich weiß«, wiederholte ich. »Tut mir leid. Wirklich. Vergiss einfach, was ich gesagt habe.«

»Auch dein Versprechen, das Mittagessen zu bezahlen?«

Hatte ich das tatsächlich versprochen?

Eva lachte.

»Das war nur ein Scherz. Wir teilen die Rechnung, einverstanden?«

»Gut. Aber ich möchte vorher noch einen Nachtisch bestellen?«

Eva musterte mich von Kopf bis Fuß. »Aus welchem Grund führst du dir überflüssige Kalorien zu?«

Ich überlegte. »Aus Enttäuschung. Ich bin enttäuscht, weil Ben nicht gekommen ist, also werde ich meine Sorgen in«, ich warf einen Blick auf die Speisekarte, »alkoholfreiem Pfirsichcocktail ertränken.«

»Darf ich auch enttäuscht sein?«

Ich starrte Eva entgeistert an.

»Schau nicht so erschrocken«, meinte sie lässig. »Sogar ich sündige hin und wieder. Außerdem«, fügte sie hinzu, sah dabei aber nicht mich an, sondern in die Speisekarte, »macht Sündigen mit einer Freundin viel mehr Spaß.«

Ich bestellte den Pfirsichcocktail mit zwei Löffeln. Eva hatte mich ihre Freundin genannt.

77

Verzierungen lassen einen Rocksaum oder das Oberteil eines Kleides stets farbenfroher und interessanter erscheinen. Warum sie also auch nicht nutzen, um die eigene Lebensgeschichte ein wenig aufzuwerten?

– Die Kunst des Ausschmückens ist eine Kunst fürs Leben.

EVA

Sage mir, wer deine Freunde sind, und ich sage dir, wer du bist, lautet ein altes Sprichwort.

Wer waren meine Freunde, ehe Sophie und John wieder in mein Leben getreten waren? Kaum jemand. Eigentlich keiner. Wie hatte ich meine »freie« Zeit genutzt? (Warum »frei«? Warum war sie überzählig? War nicht jeder Moment im Leben eine Notwendigkeit?)

Mehr oder weniger wie folgt: Ich hatte mit verschiedenen Männern, von denen ich kaum mehr wusste als ihr ungefähres Gehalt und ihre gesellschaftliche Stellung, unverbindlichen Sex gehabt.

Natürlich hatte ich fünf Tage pro Woche in Gesellschaft meiner Kollegen verbracht, doch weder Jack Grossman, der künstlerische Leiter auf meiner Etage, noch Marcella Soundso vom Empfang hätten irgendetwas Persönliches über mich zu berichten gehabt.

Und dann war da Jake. Ihn sah ich außer meinen Kollegen, die in meinem Leben nur eine Nebenrolle spielten, am häufigsten. Und dennoch war ich gezwungen, unser Verhältnis den beiden Menschen zu verheimlichen, die mir am meisten bedeuteten. Den beiden Menschen, die unter dem Vorwand »alte

Freunde« zu sein, einfach in mein Leben eingebrochen waren und die offenbar glaubten, aus dieser Bezeichnung Rechte und Privilegien ableiten zu können.

Ich konnte Sophie und John nicht die Wahrheit sagen, weil sie mich dann gehasst hätten. Und ich wollte nicht, dass sie mich hassten.

Wenn ich das Geheimnis für mich behalte, könnten manche mich auch als Lügnerin bezeichnen.

Warum, so fragte ich mich, gab es überhaupt Leute, die mir freiwillig ihre Zeit opferten?

78

Liebe Kummerkastentante!

Ich möchte meiner Freundin einen Heiratsantrag machen. Das Problem ist nur, dass ich mich inzwischen über die Preise von Diamantringen informiert habe, die einfach astronomisch sind. Zufällig habe ich im Einkaufszentrum einen Laden entdeckt, der Ringe mit Zirkoniasteinen verkauft. Es ist erstaunlich, aber man bemerkt den Unterschied nicht! Nun überlege ich, ob ich einen dieser Ringe kaufen und meiner Freundin einfach nichts davon sagen soll. Doch wie kann ich verhindern, dass sie den Ring schätzen lässt oder ein Echtheitszertifikat sehen will?

Lieber Geizkragen!

Ein Diamant ist etwas für die Ewigkeit. Falls Sie Ihren dämlichen Plan tatsächlich in die Tat umsetzen, wird Ihre Ehe es sicher nicht sein. Nehmen Sie eine zweite Hypothek oder einen Kredit auf oder leihen Sie sich das Geld von einem Freund. Jedenfalls müssen Sie alles Menschenmögliche tun, damit diese Frau einen echten Diamanten bekommt – und zwar keinen allzu kleinen. Haben Sie mich verstanden? Ich weiß, wo Sie wohnen. (Hübsche Läden aus Holzimitat an den hinteren Fenstern. Wie viel haben Sie damit gespart? Zwanzig Dollar?)

SOPHIE

»Sophie, setz dich. Ich muss dir etwas sagen.«

Als Ben an diesem Abend zu mir kam, war seine Miene finster. Ich hatte schon vermutet, dass etwas im Argen lag. Nun war ich sicher.

Er will sich von mir trennen, dachte ich. Natürlich. Und es

würde überhaupt nichts nützen, die Hiobsbotschaft sitzend in Empfang zu nehmen. Woran liegt es nur, fragte ich mich, dass Männer damit rechnen, eine Frau könnte angesichts einer Krise in Ohnmacht fallen?

Ich war noch nie in Ohnmacht gefallen. Nicht einmal, als Jake mit vier Jahren vom Fahrrad stürzte und sich die niedlichen Milchzähnchen ausschlug. Überall war Blut, doch ich war ganz ruhig.

»Sophie?«

»Ich bleibe lieber stehen, danke«, erwiderte ich. Meine Stimme war ein wenig zu schrill.

»Wenn du meinst. Ich setze mich jedenfalls.« Schwer ließ er sich aufs Sofa fallen. »Ich weiß nicht, wie ich es dir sagen soll.«

»Heraus damit, Ben.«

Ben war aschfahl.

Oh, nein, dachte ich, er will sich nicht trennen, sondern wird mir gleich eröffnen, dass er Krebs hat.

Ich sank in den Lehnsessel ihm gegenüber. Vielleicht war es doch besser, wenn ich saß.

»Es geht um das Mittagessen heute.«

»Ja?«, hakte ich nach, wobei ich mich bemühte, aufmunternd und nicht vorwurfsvoll zu klingen.

»Es gab keinen Notfall.« Ben sah mir in die Augen. »Ich habe gelogen«, fuhr er fort. »Das tut mir leid.«

»Warum? Wolltest du Eva denn nicht kennenlernen? Sie ist meine Freundin. Es war mir sehr peinlich.«

Der letzte Satz entsprach zwar nicht der Wahrheit, doch wegen des Sitzens und Stehens und Jakes ausgeschlagener Zähne und Bens Krebs schien mir das verzeihlich.

»Es tut mir wirklich leid.« Ben seufzte, beugte sich vor und stützte die Ellenbogen auf die Knie. »Die Sache ist, Sophie, dass ich im Restaurant war und euch beide an deinem Lieblingstisch in der Ecke sitzen sah. Und, nun ja, ich konnte nicht dazukommen, ohne vorher mit dir zu reden.«

Das mulmige Gefühl in meinem Magen wurde schlimmer,

sodass ich schon befürchtete, gleich zur Toilette laufen zu müssen.

»Ben«, sagte ich, »ich verstehe kein Wort. Bitte drück dich etwas deutlicher aus.«

Ben hielt inne.

»Sophie, ich war früher einmal mit deiner Freundin Eva zusammen«, erwiderte er dann. »Etwa acht Monate lang. Ich habe die Beziehung beendet.«

»Was?«, fragte ich ungläubig. »Was soll das heißen?«

»Glaube mir, ich hatte keine Ahnung, dass deine Freundin Eva meine Ex ist.«

Ich sank noch tiefer in den Sessel und schlug die Hände vors Gesicht.

»Oh, mein Gott, Ben, das darf doch nicht wahr sein!«

Ben stand vom Sofa auf und kniete sich neben mir. Als er mir die Hand aufs Knie legen wollte, zog ich es unwillkürlich weg.

»Aber es ist wahr«, sagte er leise. »Als ich euch beide zusammen sah, war ich wie vor den Kopf geschlagen. Niemals wäre ich darauf gekommen, dass deine und meine Eva ein und dieselbe Person sind.«

Ich ließ die Hände auf den Schoß sinken.

Vielleicht stimmt es ja nicht, dachte ich. Vielleicht ist mein Ben nicht der schreckliche Mensch, der Eva das Herz gebrochen hat. Vielleicht war Ben mit Eva zusammen gewesen, bevor dieser schreckliche Mensch …

»Wann war das?«, erkundigte ich mich rasch. »Wann wart ihr beide ein Paar?«

Ben antwortete. Der Zeitpunkt passte genau.

»Dieser Mann. Ich hätte nie geglaubt, dass ausgerechnet du der Mann bist, der …«

Ein freudloses Lachen stieg in Bens Kehle auf.

»Was meinst du? Der Mann, der sie behandelt hat wie ein Stück Dreck?«

Ich setzte zu einer Antwort an, obwohl ich nicht wusste, was ich sagen sollte. Doch Ben kam mir zuvor.

»Schon gut«, meinte er, stand auf und ging ein paar Schritte. »Du brauchst mir nichts zu erklären. Ich kann mir denken, was sie dir über mich erzählt hat. Eva war immer gut darin, anderen den Schwarzen Peter zuzuschieben, wenn etwas nicht nach ihren Wünschen lief.«

Ich war zornig und wollte nichts Negatives über meine Freundin hören. Gleichzeitig sagte mich die Vernunft, dass jede Geschichte zwei Seiten hat. Also schwieg ich und hörte einfach nur zu, genau wie damals, als Eva mir ihre Version der Dinge geschildert hatte.

»Wenn ich sie anrief, hatte ich immer den Eindruck, dass ich störte. Sie zog über meinen Beruf und meine Freunde am College her, sodass ich es nach einem Monat aufgab, sie zu unseren Zusammenkünften einzuladen. Ihren Freunden stellte sie mich gar nicht erst vor, bis mir schließlich dämmerte, dass sie vielleicht gar keine Freunde hatte. Zu guter Letzt durfte ich sie nur noch einmal pro Woche sehen. Die Situation war absurd und untragbar. Und deshalb habe ich mich von ihr getrennt.«

»Ja«, erwiderte ich zögern. »Das sagtest du bereits.«

Es gab Tatsachen, mit denen ich mich würde abfinden müssen. Zum Beispiel, dass Ben mit Eva hatte zusammensein wollen. Er hatte mit ihr geschlafen, sie geliebt.

»Natürlich hätte ich die Dinge anders angehen können«, fuhr Ben plötzlich fort. Er lehnte am Esstisch und schien seine Worte an die gegenüberliegende Wand zu richten. »Wenn eine Beziehung scheitert, ist selten nur einer der beiden Partner schuld daran.«

»Ja«, murmelte ich.

Seufzend kehrte Ben zurück zum Sofa.

»Doch irgendwann«, sprach er weiter, »hatte ich einfach keine Lust mehr, mich zu bemühen. Ich brauchte eine Partnerin, keine Gegnerin.«

Schweigend saßen wir lange Zeit da.

»Vermutlich habe ich ein Bild von Eva, das sich nicht ganz mit der Wirklichkeit deckt«, meinte ich schließlich. »Aber immerhin ist sie meine Freundin, und ich lehne es ab, schlecht über meine Freunde zu reden.«

»Eines der Dinge, die ich an dir bewunderte, Sophie«, erwiderte Ben, »ist deine Treue zu deinen Freunden. Es tut mir leid, wenn es so klingt, als wollte ich Eva kritisieren. Ich möchte nur, dass du die Wahrheit kennst.«

Bens Wahrheit? Oder Evas?

»Was machen wir jetzt?«, fragte ich. »Wir können unsere Beziehung nicht vor Eva geheim halten. Allerdings wird es nicht leicht werden, ihr reinen Wein einzuschenken.«

»Wir haben nichts verbrochen, Sophie. Eva wird zwar nicht gerade Luftsprünge machen, aber sie wird es verkraften.«

Ich hatte da meine Zweifel. Außerdem verriet mir Bens Gesichtsausdruck, dass er ebenfalls unsicher war. Eva würde es bestimmt nicht so einfach hinnehmen, dass wir ein Paar waren.

»Ich glaube«, sagte ich, »dass ich heute Abend lieber allein sein möchte. Ich muss nachdenken.«

Ben machte Anstalten zu widersprechen, griff dann aber zu seiner Tasche und ging zur Tür.

»Ruf mich später an, wenn du reden willst«, meinte er. »Bitte!«

Ich nickte. Und Ben ging.

79

Eine eindringliche Befragung bei grellem Licht, durchgeführt in einem schlecht belüfteten und deutlich nach Katzenurin riechenden Raum, erbringt in nahezu allen Fällen das gewünschte Ergebnis.

– Reden wir nicht um den heißen Brei herum: Der Wahrheit muss man auf den Grund gehen, wenn es sein muss, unter Einsatz des eigenen Lebens.

SOPHIE

»Jake, ich muss dir etwas sagen.«

Wir saßen in der Küche. Jake war gekommen, um seine Wäsche abzuholen.

»Was ist los, Mom?«, fragte er.

Ich holte tief Luft.

»Jake, Ben war früher einmal mit Eva zusammen gewesen, und zwar etwa acht Monate lang. Es ist schon ein paar Jahre her, aber Eva denkt noch an ihn. Mir hat sie erzählt, er sei der Einzige, bei dem sie eine Ehe in Erwägung gezogen hätte. Und dann hat er ihr das Herz gebrochen.«

Jake wandte sich ab und nahm ein Glas vom Abtropfständer.

»Jake«, meinte ich, »hast du mir eben zugehört?«

Als er sich umdrehte, stellte ich fest, dass er ein wenig blass geworden war. Hoffentlich brütete er nichts aus. Wenn Jake sich eine Erkältung einfing, war er wochenlang außer Gefecht gesetzt.

»Sie hat es nie erwähnt – ich wollte sagen, du hast nie erwähnt, dass sie einmal eine große Liebe gehabt hat.«

»Nun«, erwiderte ich. »Evas Liebesleben geht dich eigentlich nichts an. Ebenso wenig wie mich. Nur, dass sich das jetzt geändert hat. Ach, ich wünschte, sie hätte nie über Ben gesprochen.«

Jake stellte das Glas weg.

»Wusstest du, dass Ben früher mit Eva zusammen war, als du ihn kennengelernt hast?«

»Nein!« Ich erklärte ihm, dass Ben Eva und mich im Restaurant beobachtet hatte. »Eva hat mir nie seinen Namen verraten, und selbst wenn, hätte ich nie vermutet, dass mein Ben und Evas Ex-Freund ein und dieselbe Person sind. Die beiden sind so grundverschieden. Ich kann sie mir gar nicht als Paar vorstellen.«

»Nein, ich auch nicht.«

»Was?«, wunderte ich mich.

Jake räusperte sich. »Nichts.«

»Oh, Jake, ich bin so durcheinander.«

»Aber warum denn? Sie hat doch nichts mehr mit ihm, richtig?«

»Richtig.«

»Und du vertraust Ben doch, oder?«

»Natürlich vertraue ich ihm«, antwortete ich ohne nachzudenken, obwohl ich nicht mehr ganz sicher war. Hatte Eva vielleicht recht? Hatte Ben sie wegen einer anderen Frau verlassen? Hatte er ihr tatsächlich das Herz gebrochen? Oder hatte Eva das ganz allein erledigt?

»Also wo liegt das Problem?«, erkundigte sich Jake. Ich stellte fest, dass seine normale Gesichtsfarbe zurückgekehrt war.

»Das Problem ist«, erwiderte ich, »dass ich ein schlechtes Gewissen habe, weil ich in Evas Ex-Freund verliebt bin.«

Jake lachte.

»Mom, das ist doch albern. Du hast nichts falsch gemacht. Du brauchst kein schlechtes Gewissen zu haben.«

»Ich habe aber eins. Außerdem fühle ich mich schuldig, weil ich Eva die Beziehung verschwiegen habe. Ich hasse Heimlichtuerei. Das war schon immer so. Damit handelt man sich nur Ärger ein.«

Ich dachte an die Dinge, die Brad mir in all den Jahren verheimlicht hatte. Wieder erhob sich für mich die Frage, ob es unsere kriselnde Beziehung gerettet oder ihr ein rascheres Ende bereitet hätte, wenn ich schon früher über seine Seitensprünge im Bilde gewesen wäre.

»Also«, sagte Jake, »erzähl es ihr einfach. Sie wird Verständnis haben.«

»Da bin ich nicht so sicher, Jake. Du hast nicht gehört, wie verletzt sie war, als Ben sich von ihr getrennt hat.«

»Mom, Eva ist«, er hielt inne und verschränkte die Arme, »ich meine, sie macht einen ziemlich harten Eindruck. Vielleicht wird es anfangs ein bisschen unangenehm, aber nach einer Weile beruhigt sie sich wieder. Davon bin ich überzeugt.«

»Vielleicht«, murmelte ich.

»Außerdem könnte Eva inzwischen einen neuen Freund und Ben deshalb längst vergessen haben.«

Ich schüttelte den Kopf.

»Nein, nein, Eva hat niemanden. Wenn sie jemanden kennengelernt hätte, hätte sie es mir sicher erzählt. Davon bin ich überzeugt.«

»Möglicherweise will sie es eine Zeit lang für sich behalten«, gab Jake zurück. »So wie du mit Ben.«

Ich musterte meinen Sohn argwöhnisch.

»Jake, gibt es da etwas, das ich wissen sollte?«

»Natürlich nicht«, protestierte er. »Woher könnte ich denn Informationen über Evas Privatleben haben?«

Ich seufzte auf.

»Nein, da hast du recht. Aber verrate Eva bitte nichts von Ben.«

»Warum sollte ich das tun?« Jake klang verärgert. »Ich weiß ja nicht einmal, wo sie wohnt, und spreche nicht regelmäßig mit ihr.«

Ich schüttelte den Kopf.

»Nein, natürlich nicht. Entschuldige, ich rede dummes Zeug.

Ich meinte selbstverständlich, falls du sie irgendwo zufällig auf der Straße triffst.«

Jake legte den Arm um mich und drückte mich beruhigend an sich.

»Ich werde schweigen wie ein Grab, Ehrenwort«, antwortete er. »Die Sache bleibt unser kleines Geheimnis.«

»Geheimnisse! Für mich gehen sie Hand in Hand mit Lügen!«

»Manchmal ist es besser, ein Geheimnis zu wahren, Mom«, wandte Jake ein. »Das weißt du genau. Zum Beispiel, wenn man jemanden unnötig kränken würde, indem man ihm die Wahrheit sagt.«

»Bedauerlicherweise«, widersprach ich, »bleibt mir in diesem Fall nichts anderes übrig. Eva muss von mir und Ben erfahren. Und ich bin sicher, dass sie außer sich sein wird.«

Seufzend streckte Jake die Hand nach der Obstschale aus. Ich war froh, dass er sich gesund ernährte.

»Jake?«, fragte ich unvermittelt. »Hast du Geheimnisse vor mir?«

Jake wäre fast ein einem Stück Banane erstickt.

»Selbstverständlich«, erwiderte er, als er wieder Luft bekam. »Jeder Mensch hat seine kleinen Geheimnisse.«

»Versprichst du mir, mir nie etwas Wichtiges zu verschweigen, damit ich dir helfen oder einen Rat geben kann, falls du in Schwierigkeiten steckst, oder die Möglichkeit habe, mich mit dir zu freuen?«

»Mom, wie soll ich …?«

»Bitte, Jake, versprich es mir.«

Seufzend warf Jake die Bananenschale ins Spülbecken. Wie sein Vater. Ich bin nicht sicher, ob Brad den Standort des Mülleimers überhaupt kannte.

»Okay, okay«, brummte er. »Ich verspreche, dir alles Wichtige zu sagen.«

Ich lächelte.

»Danke, Jake. Und danke, dass du mir zugehört hast.« Im

nächsten Moment fiel mir noch etwas ein. »Jake?«, begann ich. »Du findest Ben doch sympathisch, oder? Hältst du ihn für einen guten Menschen?«

»Ja, er gefällt mir. Aber du musst in diesen Dingen auf deine eigenen Instinkte vertrauen, Mom. Du kennst ihn besser als ich.«

»Ja«, entgegnete ich. »Vermutlich hast du recht.«

Allerdings fragte ich mich, ob Eva ihn nicht vielleicht besser kannte.

»Mom, ich muss jetzt abhauen. Ich habe um fünf ein Seminar.«

»Wann isst du zu Abend?«, erkundigte ich mich, als Jake nach seiner Tasche griff und auf die Tür zusteuerte.

Jake drehte sich um und küsste mich auf die Wange.

»Gleich nach der Uni, ich schwöre. Mach dir keine Sorgen. Stress kann tödlich sein.«

Mit diesen Worten war er verschwunden. Ich hatte ein schlechtes Gewissen, weil ich ihn in dieses Kuddelmuddel hineingezogen hatte. Früher hatte ich meine Probleme stets von Jake ferngehalten, doch seit der Scheidung war er für mich nicht mehr nur mein Sohn, sondern auch eine Art Freund geworden. Das war nicht richtig von mir, denn schließlich hatte Jake mit dem Studium, dem Baseball und seinen Freunden schon genug um die Ohren. Warum sollte sich ein Einundzwanzigjähriger für eine Dreiecksbeziehung, bestehend aus seiner Mutter, der Freundin seiner Mutter und dem Ex-Freund dieser Freundin interessieren?

Ich würde Jake anrufen und mich bei ihm entschuldigen. Oder noch besser: Ich würde ihn überraschen, indem ich seine Wohnung putzte und Schokokekse für ihn buk. Ein junger Mann sollte sich noch nicht den Kopf über seine Cholesterinwerte zerbrechen.

80

Liebe Kummerkastentante!

Ich bin ganz sicher, dass meine Frau mich betrügt. Fragen Sie mich nicht nach dem Grund, glauben Sie mir einfach, denn alle Anzeichen deuten darauf hin. Es ist genauso wie vor zwei Jahren, als ich ihr vorwarf, sie habe eine Affäre mit ihrem Chef. Selbstverständlich stritt sie alles ab. Als ich ihren Chef zur Rede stellte, gerieten die Dinge ein wenig außer Kontrolle, woraufhin er die Polizei verständigte und meiner Frau kündigte. Bis zum heutigen Tag leugnet sie den Seitensprung hartnäckig, wenn ich sie darauf anspreche, aber ich weiß es besser. Und jetzt ist es schon wieder passiert – diesmal mit ihrem neuen Chef! Das Problem ist, dass sie es sich nicht leisten kann, noch einmal die Stelle zu verlieren, da ich wegen eines an den Haaren herbeigezogenen Verstoßes gegen die Verhaltensregeln am Arbeitsplatz derzeit arbeitslos bin. Deshalb überlege ich mir, wie ich sie in flagranti erwischen kann. Sie kennen sich doch mit Ehebruch aus. Haben Sie vielleicht einen Vorschlag?

Lieber wahnhaft eifersüchtiger Ehemann!

Sie haben recht, ich kenne mich wirklich gut mit Ehebruch aus und rate Ihnen deshalb Folgendes: Hören Sie mir auch gut zu? Geben Sie endlich Ruhe. Ihre Frau hatte vor zwei Jahren keine Affäre, und sie hat auch heute keine. Falls Sie jedoch auf Ihrem Misstrauen beharren, wird sie Sie garantiert irgendwann betrügen. Und da wäre noch etwas. Sind Sie wirklich bei der Sache? Sie haben offenbar zu viel Freizeit. Nutzen Sie Ihre vorübergehende Arbeitslosigkeit, indem Sie ein Anti-Aggressions-Training besuchen oder sich Medikamente verschreiben lassen. Und zwar SOFORT!

»Das ist gar nicht gut«, sagte ich. »Überhaupt nicht.«

Plötzlich hatte es mir den Appetit verschlagen. Zum Glück hatten wir noch nicht bestellt.

Sophies Miene wurde noch verzweifelter.

»Ich weiß. Ich fühle mich deswegen auch schrecklich elend. Außerdem belastet es meine und Bens Beziehung.«

»Tut mir leid. Wahrscheinlich war meine Bemerkung nicht sehr hilfreich.«

»Du kannst eigentlich nicht viel tun, außer mir vielleicht einen Tipp zu geben, wie ich Eva erklären soll, dass ich mit dem Mann zusammen bin, der angeblich die Liebe ihres Lebens war.«

Angeblich die Liebe ihres Lebens war. Etwas an Evas Behauptung war mir stets – unglaubwürdig erschienen. Vielleicht nicht völlig gelogen, aber viel zu romantisch für Eva, ja, sogar für Eve, deren Vorstellungen von der Liebe meiner Erinnerung nach stets erdgebunden und realistisch gewesen waren.

»Gut, ich werde versuchen, mir etwas Passendes einfallen zu lassen«, erwiderte ich ausweichend.

»Ich habe Ben gebeten dazuzukommen. Hoffentlich stört es dich nicht.«

»Natürlich nicht«, antwortete ich. »Solange Eva nicht zufällig hier aufkreuzt.«

Kurz darauf erschien Ben. Er begrüßte Sophie mit einem Kuss auf die Wange und drückte ihr die Hand. Sie wirkte gleichzeitig erfreut und verlegen. Nachdem Ben sich gesetzt hatte, stellte Sophie uns einander vor. Sein kräftiger Händedruck passte nicht zu seiner zarten Erscheinung.

Ben drückte sich präzise aus und hatte eine angenehme Stimme. Er bewegte sich anmutig, ja fast elegant. Sein Verhalten war respektvoll, ohne unterwürfig zu sein. Kurz gesagt, es schien einfach lachhaft, sich Eva mit diesem Mann vorzustellen. Genauso gut hätte man den Dalai Lama mit Carmen

Electra oder Beverly Sills mit Pete Doherty verkuppeln können. Zugegeben, Ben und Eva unterschieden sich nicht derart drastisch, aber Sie verstehen sicher, was ich meine.

Ich war überzeugt, dass Eva einen Mann brauchte, der mehr Dynamik ausstrahlte, einen Mann wie – mich. Sie brauchte einen Mann, der ihr helfen würde, der Mensch zu werden, der sie früher einmal hatte sein wollen. Mich eben.

Da ich nicht völlig vernagelt bin, fragte ich mich beklommen, ob ich nicht wieder in Heldenfantasien schwelgte, in denen ich als weißer Ritter einer Dame in Not zur Hilfe eilte – auch wenn besagte Dame nie zugegeben hätte, dass sie in Not war. Allerdings gehörte zu diesem Tagtraum auch, die fragliche Dame davon zu überzeugen, dass sie von mir gerettet werden wollte.

»Schenk Eva so schnell wie möglich reinen Wein ein«, sagte ich und unterbrach damit Ben, der Sophie gerade etwas zuflüsterte.

Ben nickte.

»Ich stimme zu. Ich finde, wir müssen sofort mit ihr sprechen.«

»Und«, fügte Sophie bedrückt hinzu, »ich sollte diejenige sein, die es tut.«

81

In der gewissenlosen Welt von heute, in der sich starre Meinungen als Wahrheiten tarnen und die Bildberichte in den »Nachrichten« eher ein Ergebnis leistungsfähiger Software als die Wiedergabe tatsächlicher Ereignisse sind, wird es für anständige Menschen immer schwieriger, sich weltanschaulich zu orientieren. Studien aus jüngster Zeit verzeichnen einen drastischen Anstieg von Fällen schwerer Gleichgültigkeit und lähmender Depression bei ehemals sozial engagierten und im Privatleben verantwortungsvoll handelnden Personen.

– Stehen Sie zu Ihren Worten in einer Gesellschaft, die der Täuschung huldigt.

EVA

Ich kostete den Wein, einen wundervollen Cabernet Sauvignon. Das war etwas, das ich von Sophie gelernt hatte.

John wird er sicher schmecken, dachte ich.

John. Als ich meine »Rendezvous« mit Jake verschoben hatte, hatte ich ihm verschwiegen, dass ich mich mit John zum Abendessen traf. Inzwischen war Jake klug genug, mich nicht über mein Leben außerhalb seiner kleinen Wohnung auszufragen.

Nicht, dass das eine Rolle gespielt hätte. Ich würde mit Jake ohnehin Schluss machen, sobald der richtige Zeitpunkt gekommen war. Der unangenehme Umstand, dass ich die Affäre vor Sophie geheim halten musste, strengte mich an. Ich wollte die Sache endlich abhaken.

Und es gab einen weiteren Grund. Die Gefühle für John nahmen meine Zeit mehr und mehr in Anspruch. Das hieß nicht, dass ich mich in der Illusion gewiegt hätte, eine Beziehung mit ihm anfangen zu können. Ich war immer noch sicher, dass es sich bei diesen Gefühlen um etwas Vorübergehendes, handelte. Eine kleine Verirrung, eine Laune, ein Luftschloss.

Dennoch schien es an der Zeit zu sein, Jake den Laufpass zu geben. Er war noch jung. Sein Selbstbewusstsein erhielte zwar einen herben Dämpfer, aber er würde sich schon wieder erholen. Außerdem, so dachte ich, war er vielleicht sogar froh, mich los zu sein. Unsere eingeschränkte Situation gefiel ihm sicher nicht. Die Jugend mag keine Vorschriften.

Als ich bemerkte, dass John sich unserem Tisch näherte, lächelte ich.

»Du siehst gut aus«, sagte ich, als er Platz genommen hatte. »Ein toller Anzug.«

»Hältst du mir etwa keinen Vortrag, weil ich zu spät komme?«

Ich schaute auf die Uhr.

»Du bist zu spät dran. Das ist mir gar nicht aufgefallen.«

»Hast du dich so auf unser Treffen gefreut?« John grinste.

»Nein«, entgegnete ich. »Ich war geistesabwesend. Und wo bleibt das Dankeschön, weil ich deinen Anzug gelobt habe?«

»Ach ja. Danke. Und entschuldige die Verspätung. Keine Ahnung, warum ich die U-Bahn genommen habe. Ich hätte zu Fuß gehen sollen.«

»Kann passieren. Aber jetzt bist du ja hier.«

»Du bist heute so sanftmütig. Das soll keine Kritik sein.«

Ich zuckte die Achseln.

»Schon gut. Hier, du musst diesen Wein probieren. Sophie hat ihn mir empfohlen.«

John hob mein Glas an die Lippen und zögerte.

»Hast du keine Angst vor meinen Bazillen?«

»Ich bin gegen alles geimpft. Trink nur.«

John nahm einen Schluck.

»Spitze. Sollen wir eine ganze Flasche bestellen?«

»Gern. Allerdings ist er nicht ganz billig.«

»Wir Anwälte haben doch Geld wie Heu.« – »Heu?« – »Ich habe dich nur zitiert.«

Ich runzelte die Stirn. »Ich soll das gesagt haben?«

»Hast du.«

»Aha. Tja, wie dem auch sei. Wenn du dir so einen Anzug leisten kannst, ist der Wein ebenfalls im Budget.«

John zog die Augenbraue hoch.

»Etwa in meinem? Wollen wir die Rechnung nicht teilen?«

»So sanftmütig bin ich nun auch wieder nicht«, entgegnete ich grinsend.

John seufzte wie ein Märtyrer.

»Nun gut. Dann muss ich eben die restliche Woche von chinesischen Tüten-Nudelsuppen leben.«

»Bestell schon endlich den Wein, du bemitleidenswertes Opfer. Und wenn du schon dabei bist, besorg uns die Speisekarten. Ich verhungere.«

82

Liebe Kummerkastentante!

Ein Kumpel von mir heiratet und hat mich gebeten, sein Trauzeuge zu sein. Ich habe zugesagt. Wir beide sind schon seit der ersten Klasse befreundet. Das Problem ist nur, dass ich mich anscheinend in seine Verlobte verliebt habe. Die ganze Zeit denke ich nur an sie. Es treibt mich in den Wahnsinn. Am liebsten würde ich es ihr sagen, aber ich bin sicher, dass sie mich kaum wahrnimmt. Oder sollte ich mit meinem Freund reden? Was raten Sie mir?

Lieber Verlierer!

Ich finde, dass Sie Ihr großes Mundwerk halten und sich eine Frau suchen sollten, die Sie wahrnimmt. Und jetzt setzen Sie sich hin und arbeiten Sie an Ihrer Rede für die Hochzeit. Aber ein bisschen dalli!

JOHN

Eva hatte mein Anzug gefallen.

Eva war früher mit einem anderen Mann zusammen gewesen.

Den Großteil unseres gemeinsamen Abendessens verbrachte ich damit, meine Hoffnung, aus mir und Eva könnte etwas werden, im Keim zu ersticken. Es war sehr anstrengend, denn die Hoffnung setzte sich heftig zur Wehr.

Wiederholt hielt ich mir vor Augen, dass Eva mir keinerlei Hinweise gegeben hatte, sie könnte an einer Beziehung mit mir interessiert sein. Gut, sie verhielt sich nicht so gleichgültig und abweisend wie sonst. Außerdem hatte sie sich für ihr schlechtes Benehmen im Theater entschuldigt, und wir hatten seitdem einen vergnüglichen Abend miteinander verbracht. Und heute – ja, auch heute klappte alles wie am Schnürchen, auch wenn Eva ein wenig geistesabwesend wirkte. Offen gestanden, galt das vermutlich auch für mich.

Doch wie ich bereits erwähnt habe, bin ich nicht auf den Kopf gefallen, obwohl auch mir ab und zu Fehler unterlaufen. Also nahm ich mir vor, meine Gefühle vorerst für mich zu behalten, zumindest so lange, bis Eva – irgendwann in ferner Zukunft – von Sophies Geheimnis erfuhr.

Sophies Geheimnis. Ich fand es schrecklich, Eva gegenüberzusitzen, wohl wissend, dass ich ein Geheimnis kannte, das ihr – Sophies Worten nach – großen Schmerz zufügen würde, wenn sie davon erfuhr. Doch es war nicht meine Aufgabe, ihr die Wahrheit zu sagen.

Allerdings fragte ich mich, ob es Eva tatsächlich so sehr kränken würde, dass Sophie nun mit ihrem Ex zusammen war. Schließlich hatte sie ihren jungen Liebhaber. Aber ich kannte Eva, zumindest glaubte ich das. Aus ihrer früheren Großzügigkeit war Geiz geworden. Ihre vernünftige Art hatte sich in Impulsivität verwandelt. Also standen die Chancen schlecht, dass sie die Nachricht mit Gelassenheit aufnehmen würde.

Nach dem Essen verabschiedeten wir uns vor dem Restaurant. Ich winkte ein Taxi für sie heran.

»Ich kann mir selbst ein Taxi besorgen«, sagte sie. »Trotzdem vielen Dank.«

Ich hielt ihr die Wagentür auf.

»Ja«, antwortete ich. »Ich weiß, dass du auch selbst Türen öffnen kannst. Doch ich nehme es dir gern ab.«

Eva lachte. Und bevor sie einstieg, hauchte sie mir noch rasch einen Kuss auf den Mundwinkel. Allerdings machte sie den Fehler, einen Sekundenbruchteil zu lange dort zu verharren. Ich erwiderte den Kuss. Er fiel ein wenig unbeholfen aus, nicht gerade eine Meisterleistung. Mit einem erneuten Auflachen sprang Eva ins Taxi und war fort.

Ich hatte sie nicht küssen wollen. Aber ich bereute nichts.

83

Die Autorin hat es gründlich satt, dass die Kunst, sich zu drücken, inzwischen einen so schlechten Ruf genießt. Angefangen von Dickens' ›The Artful Dodger‹ bis hin zu den Männern, die nicht in den Vietnamkrieg ziehen wollten (Kriegsdienstverweigerer), gilt es als moralisch verwerflich, wenn sich jemand dem Gesetz oder einer sonstigen sogenannten Pflicht entzieht. In Wahrheit aber handelt es sich bei der Fähigkeit, erfolgreich Gefangennahme und Bestrafung zu vermeiden, um etwas höchst Löbliches.

– Vermeidung bereichert das Leben.

EVA

Ich fragte mich, warum ich mich überhaupt mit Jake traf, insbesondere nach Johns überraschendem Kuss, einem Kuss, der in mir die Sehnsucht nach mehr ausgelöst und nicht nur meinen Körper erschüttert hatte.

Ich schaute auf die Uhr.

Er kam schon wieder zu spät. Also griff ich zum Mobiltelefon, um meinen unpünktlichen zukünftigen Ex-Liebhaber anzurufen.

Das Telefon läutete erst ein, dann zwei Mal. Beim dritten Klingeln blickte ich mich ungeduldig um, in der Erwartung, dass Jake, eine Ausflucht auf den Lippen, auf mich zugehastet kommen würde.

Doch die Straße war menschenleer bis auf ein Paar, einen Mann und eine Frau. Etwas an ihnen erschien mir vertraut. Sie hielten sich an den Händen.

In der Nähe einer Straßenlaterne blieben sie stehen. Der

Mann zog die Frau an sich und küsste sie. Dann gingen sie im Lichtkegel der Laterne weiter.

Sophie. Und Ben.

»Hallo, Eva.«

Die Stimme, so dicht an meinem Ohr, ließ mich zusammenfahren.

»Hör zu, entschuldige die Verspätung, ich bin unterwegs.«

»Wir können uns heute Abend nicht treffen«, erwiderte ich automatisch.

»Nein, warte«, protestierte Jake. »Es tut mir wirklich leid, ich bin in zehn Minuten da.«

Ich unterbrach die Verbindung.

Dann duckte ich mich in den Schatten und sah zu, wie Ben und Sophie vorbeischlenderten.

84

Liebe Kummerkastentante!

Eine meiner Freundinnen hat viel weniger Geld als ich, was ziemlich lästig ist. Wenn wir zum Essen gehen, dann immer in Kettenrestaurants wie das Olive Garden. Auf einen Drink verabreden wir uns in einem Pub anstatt in einem angesagten Laden, wo die Barkeeper optisch etwas hermachen. Ich mag meine Freundin. Sie ist klug, humorvoll und vergisst auch nie meinen Geburtstag. Aber ich habe es allmählich satt, in Billiglokalen abzuhängen. Ist es denn meine Schuld, dass sie allein zwei Kinder ernähren muss, seit ihr Mann sie verlassen hat? Habe ich ihr etwa dazu geraten, diesen Versager zu heiraten? Was soll ich tun?

Liebes egoistisches Schwein!

Sie haben eine Freundin wie die, die Sie hier schildern, nicht verdient. Genau genommen verdienen Sie es überhaupt nicht, Freunde zu haben. Was Sie verdienen, ist ein kräftiger Tritt in den Hintern und ein Leben unter egoistischen Schweinen, wie Sie selbst eines sind. Viel Spaß beim Suhlen!

EVA

An diesem Abend rief Jake zweimal an. Ich ging nicht an den Apparat und löschte die Nachrichten, ohne sie abzuhören.

Ich fühlte mich verraten und verkauft. Sicher wusste Sophie, dass Ben einmal mir gehört hatte, als sie ihn kennenlernte. Und dennoch hatte sie sich ihm an den Hals geworfen, vielleicht sogar einzig und allein aus diesem Grund. Und als Ben die Wahrheit erfuhr, hatte er sich bestimmt halb totgelacht und die Gelegenheit genutzt, mir eins auszuwischen.

Eigentlich hätte ich schon vor Stunden zu Abend essen sollen, doch ich war sicher, dass jeder Bissen mir sofort wieder hochgekommen wäre. Da ich Kopfschmerzen hatte, versuchte ich, zwei Aspirin zu nehmen, konnte sie aber nicht schlucken.

Die Stunden vergingen, doch ich blieb leider hellwach. Um ein Uhr morgens war ich sicher, dass ich verrückt werden würde, wenn ich noch eine Minute allein in meiner fast leeren Wohnung blieb.

Sam. Ich griff zum Telefon. Dann ließ ich die Hand wieder sinken. Nein. Nicht diese Art von Trost. Nicht jetzt.

John. Das war ein Mann, dem ich mich anvertrauen konnte. Wieder griff ich nach dem Telefon. Und wieder zog ich die Hand zurück.

Ich war es nicht gewohnt, um Hilfe zu bitten, und ich hatte Angst davor. Was, wenn John mich in meinem Schmerz verspottete oder die Kränkung auf die leichte Schulter nahm? Gut, er war in letzter Zeit nett zu mir gewesen, aber das bewies noch lange nichts. Außerdem wusste ich nicht, wie ich mich in Johns Gegenwart verhalten würde. Nicht nach dem Kuss. Wenn etwas zwischen uns vorfiel, während ich mich so angreifbar fühlte, würden die keimenden Gefühle sicher Schaden nehmen. Vielleicht hatte ich in Herzensdingen ja dazugelernt. Es konnte allerdings auch sein, dass sich unter großem Druck der Selbsterhaltungstrieb meldete.

Ich ließ mich schwer in meinen einzigen Lehnsessel sinken und starrte an die bis auf den Anstrich kahle Wand. Keine verzweifelten Anrufe. Keine Risiken. Wie immer seit dem Tod meiner Eltern würde ich diese Krise allein meistern.

85

Überlegen Sie es sich gut, bevor Sie jemandem anvertrauen, dass Sie in Ihrer Firma Gelder unterschlagen. Können Sie sich wirklich auf Ihr Gegenüber verlassen? Haben Sie nicht mit eigenen Augen beobachtet, wie die Kollegin sich im Materiallager die Handtasche mit Kugelschreibern vollgestopft hat? Wollen Sie wirklich riskieren, dass sie droht, Sie zu verpetzen, falls Sie sie nicht finanziell beteiligen? Auch ehe Sie sich bereit erklären, ein Geheimnis zu wahren, sollten Sie sich den Betreffenden ganz genau ansehen. Hatte er im letzten Monat nicht zweimal Besuch von der Polizei, weil die Nachbarn die Hilfeschreie seiner Frau gehört haben? Was mag so ein Mensch Ihnen wohl anvertrauen wollen? Möchten Sie sich wirklich seinem Zorn aussetzen, falls Sie beschließen sollten, sein Geheimnis im Dienste von Sitte und Anstand preiszugeben?

– Schweigen wie ein Grab: Beherrschen Sie die hohe Kunst, Geheimnisse zu verraten und zu hüten.

SOPHIE

»Ich komme!«, rief ich. Es läutete Sturm. Ich spähte durch den Spion und öffnete rasch die Tür.

Ich hätte Eva nie für einen Menschen gehalten, der anderen Leuten Spontanbesuche abstattet. Doch da war sie, obwohl ich sie nicht eingeladen hatte, und sah ein wenig derangiert aus.

»Eva«, sagte ich. »Was machst du denn hier?«

Allerdings hatte ich das mulmige Gefühl, dass ich den Grund für ihren Besuch genau kannte.

»Ich weiß über dich und Ben Bescheid. Ich habe euch selbst gesehen. Also leugne nicht.«

Keine einleitenden Floskeln, nur die Worte, vor denen mir gegraut hatte: »Ich weiß über dich und Ben Bescheid.«

»Ich leugne doch gar nicht«, stieß ich atemlos hervor.

Eva starrte mich weiter finster an. Mir schoss der seltsame Gedanke durch den Kopf, dass ihr vor lauter Anspannung bestimmt das Gesicht wehtat.

Ich wich zurück in die Wohnung.

»Komm bitte herein. Ich erkläre dir alles.«

»Ich will deine Ausflüchte nicht hören«, zischte Eva.

»Da gibt es keine Ausflüchte«, erwiderte ich mit gespielter Ruhe. »Ich erzähle dir nur, wie es gewesen ist.«

Ich machte einen weiteren Schritt in die Wohnung. Eva folgte mir. Während ich die Tür hinter mir abschloss, fragte ich mich, ob es eine gute Idee gewesen war, sie hereinzubitten. Noch nie hatte ich Eva – oder überhaupt jemanden – so wütend erlebt.

»Möchtest du etwas trinken?«, fragte ich.

»Das ist kein Freundschaftsbesuch«, schleuderte sie mir entgegen.

»Eva, hör zu, ich schwöre dir, ich wusste nicht, dass Ben dein Ex war, als ich ihn kennenlernte. Bitte, du musst mir glauben!«

»Also gut«, entgegnete sie. »Und wie hast du es herausgefunden?«

Ich holte tief Luft, bevor ich antwortete.

»Erinnerst du dich an das Mittagessen, als Ben in letzter Minute abgesagt hat?«, begann ich.

»Natürlich erinnere ich mich«, erwiderte sie in einem Tonfall, der ausdrückte, wie dumm sie meine Frage fand. »Du hast mir nicht einmal seinen Namen verraten. Behaupte jetzt nicht, du hättest mich überraschen wollen!«

»Doch!«, rief ich aus. »Für wen hältst du mich denn?«

Eva fixierte mich mit einem hasserfüllten Blick. Sie sah aus wie vom Wahn besessen.

»Ich bin nicht sicher, ob du die Antwort hören willst.«

Mir wurde flau im Magen, und meine Knie zitterten. Noch

nie im Leben, nicht einmal während meiner Scheidung, hatte ich so einen Streit gehabt.

»Eva«, sagte ich mit zitternder Stimme. »Bitte hör mir einfach zu. Ben hat uns am Tisch sitzen sehen. Ihm war klar, dass die Wahrheit ans Licht kommen würde, sobald er sich zu uns setzte. Das wäre sehr peinlich gewesen …«

»Wie nett von ihm, deine Gefühle zu schonen«, zischte Eva. »Meine schienen ihn ja nicht zu kümmern, als er sich von mir getrennt hat!«

Oh, Gott, ich machte alles nur noch schlimmer.

»Eva, er ist weggeblieben, weil er wusste, dass es uns beiden unangenehm sein würde! Ben ist kein Ungeheuer, ganz gleich, was du von ihm hältst.«

Eva lachte höhnisch auf.

»Oh, vermutlich hat er dir seine Version unserer Beziehung erzählt, in der ich die Hauptrolle der kaltherzigen, verschrobenen Zicke spiele.«

»Nein, nein, natürlich nicht«, protestierte ich, obwohl es zum Teil stimmte. Allerdings hatte Ben nie das Z-Wort benutzt.

»Was hat er gesagt?«, fragte Eva. »Ich will es wissen. Lüg mich nicht an, Sophie. Lüg mich nicht an! Ich habe es satt, dass alle mich anlügen.«

»Ich habe dich nie angelogen, Eva! Ich wollte nur …«

»Du schläfst nur mit dem Mann, der mir das Herz gebrochen hat! Du hast mich verraten, Sophie! Du hast unsere Freundschaft verraten.«

»Eva, ich schwöre dir, ich habe die Wahrheit gesagt. Ich wusste nicht, dass Ben – dass er derjenige war, der …«

Der – was? Dein Leben ruiniert hat? Oder der versucht hat, das seine zu retten?

»Der sich von dir getrennt hat.«

»Und als du es erfahren hast?«, bohrte Eva weiter. »Als die Wahrheit ans Licht kam, was hast du dann getan? Hast du den Mistkerl, der deiner Freundin das Herz gebrochen hat, in die

Wüste geschickt? Nein, du hast dich für ihn und gegen mich entschieden!«

Das ist doch kein Wettbewerb, dachte ich. Was geht bloß in Evas Kopf vor?

»Er hat nicht …«

»Was hat er nicht? Mir das Herz gebrochen? Wolltest du das sagen? Du glaubst mir nicht? Etwa, weil Ben dir seine Version der Dinge erzählt hat?«

Was sollte ich darauf antworten? Der Hauch eines Zweifels ergriff mich. War ich vielleicht nur eine Schachfigur in Bens Spiel? Würde er mich mit einer faulen Ausrede sitzen lassen wie damals Eva? Was wusste ich eigentlich über Ben?

Doch eigentlich wusste ich über Eva auch nicht viel mehr.

86

Liebe Kummerkastentante!

Ich habe meinem Mitbewohner das letzte Stück Pizza weggegessen. Ich habe es zwar abgestritten, aber mein Mitbewohner weiß, dass sonst niemand in der Wohnung war. Ist es zu spät, zu beichten und mich zu entschuldigen?

Lieber Essgestörter!

Entschuldigen Sie sich auf der Stelle und melden Sie sich bei den Anonymen Esssüchtigen an.

EVA

Ich musste sie zur Rede stellen. Ich hatte gar keine andere Wahl. Also fuhr ich am nächsten Morgen sofort zu Sophie. Sie war noch im Morgenmantel.

»Weiß John Bescheid?«, fragte ich.

Sie hatte den Anstand, ein verlegenes Gesicht zu machen. »Ja.«

»Scheiße.«

»Eva«, widersprach sie. »Er ist mein Freund. Und auch deiner. Ich habe ihn um Rat gefragt, wie ich es dir beibringen soll.«

Ich konnte mir Johns Schadenfreude angesichts dieses Debakels gut vorstellen. »Und was hat er gesagt?«

»Dass du sofort die Wahrheit erfahren musst.«

»Sofort«, wiederholte ich.

War das wirklich Johns Empfehlung gewesen? Oder nahm Sophie ihn aus irgendeinem Grund in Schutz?

»Aber du hast mich weiter im Dunkeln tappen lassen«, stellte ich fest. »Wann genau wolltest du es mir denn beichten?«

»Bald, Eva. Ich schwöre. Wir haben – ich habe einfach nur auf den richtigen Zeitpunkt gewartet. Bitte glaube mir.«

Welchen Grund hatte ich, das zu tun? Wer wusste, was sie mir sonst noch verheimlichte?

»Ist dir klar, wie es für mich war, euch beide so zusammen zu sehen?«, erkundigte ich mich. »Einfach vor vollendete Tatsachen gestellt zu werden? Mitzuerleben, wie der Mann, den man einmal geliebt hat, die Frau küsst, die angeblich eine Freundin ist?«

Sophie schlug die Hand vors Herz und bedachte mich mit einem ihrer ärgerlichen flehentlichen Blicke.

»Es tut mir leid, Eva. Es tut mir ja so schrecklich leid.«

»Eine Entschuldigung genügt mir nicht«, zischte ich. »Was soll die mir nützen?«

»Was erwartest du von mir?«, gab Sophie zurück. »Dass ich mich von Ben trenne?«

Ich konnte nicht antworten, denn ich wusste nicht, was ich von Sophie erwartete. Auch nicht von Ben oder von mir selbst. Offenbar mit ihrem Latein am Ende, schüttelte Sophie den Kopf. Und ich ging. Das heißt, ich ging nicht einfach, sondern stolzierte aus Sophies stilvoll eingerichteter Wohnung und knallte, das Sinnbild der Empörung, die Tür hinter mir zu.

Was war ich bloß für eine Idiotin gewesen. Warum hatte ich nicht gleich Verdacht geschöpft, als Jake mir erzählt hatte, dass seine Mutter sich mit einem Mann namens Ben traf? Weil ich niemals auf den Gedanken gekommen wäre, dass ein Mann, der mich attraktiv fand, sich auch von Sophie Holmes angezogen fühlen könnte. Weil ich glaubte, dass ich Sophie überlegen, schöner, eleganter und erfolgreicher war.

Wie hatte ich nur eine so arrogante Närrin sein können? Und jetzt bekam ich die Quittung dafür.

Und John war Zeuge meiner Demütigung geworden. Alle meine Nerven prickelten, und ich bekam Herzrasen. Dieses übermächtige Gefühl von Zorn und Zerstörungswut machte mir Angst. Ich wollte zuschlagen und mich, koste es, was es wolle, vor zukünftigen Kränkungen schützen.

87

Die Unterdrückung der Wahrheit hat in jeder Staatsform, einschließlich der unsrigen, eine alte Tradition. Es handelt sich um eine Praxis, die sich nicht nur hervorragend zu Lenkung der Massen eignet, sondern auch dazu, die Menschen in unserem privaten Umfeld zu beeinflussen oder zu unterwerfen. Wer die Kunst, die Wahrheit zu unterdrücken, bis zur Vollendung beherrscht, kann für seine Bemühungen zumeist auch beachtliche materielle Erfolge vorweisen.

– Es gibt verschiedene Methoden, Schindluder mit der Wahrheit zu treiben.

JOHN

Die Tür zu meinem Büro war geschlossen, eine neue Angewohnheit von mir. Falls die anderen Partner Anstoß daran nahmen, dann offenbar nicht genug, um sich darüber zu beschweren.

Ellen meldete sich per Gegensprechanlage.

»John«, sagte sie in sachlichem Ton. »Eva Fitzpatrick möchte dich sehen.«

»Schick sie bitte herein.«

Bange Erwartung ergriff mich. Zumindest bis ich ihr Gesicht sah. Da wusste ich sofort, dass sie von Sophie und Ben erfahren hatte.

»Möchtest du etwas trinken?«, stellte ich die abgedroschene Frage. »Ich habe Wasser, Saft …«

»Warum hast du mir nicht erzählt, dass Sophie mit meinem Ex-Freund zusammen ist?« Eva baute sich in starrer Körperhaltung vor mir auf.

»Setz dich doch«, schlug ich vor. Eva reagierte nicht. Oh, Mann! »Wann«, gab ich zurück, »hat Sophie mit dir darüber gesprochen?«

»Gar nicht.« Eva lachte blechern auf. »Ich habe die beiden gestern Abend auf der Straße ertappt. Nach unserem Abendessen.«

Erstens: Evas Wortwahl – »ertappt« – war ziemlich unpassend. Ertappen konnte man nur Menschen beim Ehebruch, kein Paar, das zusammengehörte. Und zweitens: Weshalb, zum Teufel, hatte Sophie mich nicht gewarnt?

»Weiß Sophie, dass du sie gesehen hast?«, erkundigte ich mich. »Und Ben?«

Eva verschränkte die Arme vor der Brust. Aus unerklärlichen Gründen finde ich diese Geste bei Frauen merkwürdig.

»Oh ja. Ich war gerade bei bei ihr.«

Die arme Sophie. Ich nahm mir vor, mich bei ihr zu melden, sobald Eva – sobald Eva was? Sich beruhigt hatte? Das würde vermutlich eine Weile dauern.

»Ich habe es selbst erst vor Kurzem erfahren«, erwiderte ich so sanft und vernünftig ich konnte. »Und ich habe ihr versprochen, dir nichts zu sagen. Sophie war es wichtig, es dir selbst mitzuteilen.«

»Wahrscheinlich hast du dich gestern Abend königlich auf meine Kosten amüsiert. Du hast mir am Tisch gegenübergesessen und dich an meiner Ahnungslosigkeit geweidet!«

»Es ist mir sehr schwergefallen, nicht mit dir darüber zu reden«, entgegnete ich mit Nachdruck. »Du musst mir glauben, Eva.«

Wieder stieß Eva ein unangenehmes Lachen aus.

»Warum sollte ich das? Welchen Grund habe ich, überhaupt etwas zu glauben, was andere mir auf die Nase binden wollen? Du sagst doch selbst immer, dass alle lügen.«

»Hör zu«, versuchte ich es, der Verzweiflung nah. »Ich habe dein Geheimnis gewahrt. Sophie weiß nichts über deinen Liebhaber. Und genauso habe ich Sophies Geheimnis gehütet. Ich wollte euch beiden ein guter Freund sein.«

»Hast du überhaupt eine Vorstellung davon, was für ein Arschloch du bist?«

»Mag sein. Jetzt pass auf, Eva. Ich habe Sophie und Ben empfohlen, dir sofort reinen Wein einzuschenken. Was hätte ich denn sonst noch tun sollen, ohne Sophies Vertrauen zu missbrauchen?«

Eva blieb der Mund offen stehen. Ich weiß, dass das eine abgedroschene Phrase ist, doch es gibt einen Grund, warum Menschen dieses Sprachbild benutzen.

»Du hast Ben getroffen?«

Schloss mein Versprechen auch ein, dass ich Eva die Begegnung mit ihrem Ex verschwieg? Die Sache wurde mir allmählich zu verworren.

»Eva, lass uns später darüber reden, einverstanden?«, schlug ich vor. »Ich habe in fünf Minuten eine Sitzung. Danach rufe ich dich an, und wir verabreden uns, um …«

»Die Mühe kannst du dir sparen«, zischte Eva zornig. »Mir wäre es lieber, wenn wir uns nicht mehr sehen.«

Sie knallte die Bürotür hinter sich zu. Ich blieb verdattert zurück und fragte mich, ob sie das wirklich ernst gemeint hatte.

Kurz darauf klopfte es.

»Herein«, sagte ich bedrückt.

Ellen schloss die Tür leise hinter sich.

»Sie ist sehr attraktiv.«

»Sie ist unerträglich«, erwiderte ich.

»Wenn sie erträglich wäre, würdest du dich nicht für sie interessieren.«

War das so? Ein beunruhigender Gedanke.

»Hm«, meinte ich.

»Vielleicht«, stellte Ellen gelassen fest, »ist sie das Kreuz, das du tragen musst.«

Zweifelnd sah ich meine Sekretärin an.

»Soll das heißen, dass Eva mein Schicksal ist?«

»Möglicherweise. Jedenfalls bahnt sich da etwas Großes an. Das Knistern zwischen euch beiden drang sogar durch die Tür.«

»Ist es denn so auffällig?«, hakte ich nach. »Ich meine, was mich angeht.«

»Ja, aber ich vermute, dass sie sich ihrer Gefühle für dich noch nicht ganz klar ist.«

Ich kratzte mich an der Stirn.

»Denkst du, sie versteht es irgendwann?«, fragte ich.

Ellen zuckte die Achseln. »Schwer zu sagen. Vermutlich kannst du dir nicht vorstellen, reinen Tisch zu machen und es ihr einfach zu sagen.«

»Soll das ein Witz sein? Das wäre wahrscheinlich das Schlimmste, was ich tun könnte.«

»Ja, kann sein, dass du recht hast. Sie ist eine harte Nuss.«

Ich lachte traurig auf.

»Nun, Ellen, falls du einen Geistesblitz haben solltest, nur zu. Mir sind in Sachen Eva Fitzpatrick die Ideen ausgegangen.«

88

Liebe Kummerkastentante!

Ich bin nicht sicher, ob es überhaupt richtig ist, diesen Brief zu schreiben. Eine Freundin von mir unterrichtet Mathematik an einer Knabenschule. Vor Kurzem hat sie mir anvertraut, dass sie mit einigen der Jungs Affären hatte. Alle bis auf einen sind unter achtzehn, was, soweit ich weiß, das gesetzliche Mindestalter ist. Oder liegt das bei einundzwanzig? Jedenfalls wird meine Freundin große Schwierigkeiten bekommen, wenn man sie erwischt. Sie könnte ihre Stelle verlieren oder gar im Gefängnis landen. Ich habe ihr gesagt, dass sie aufhören muss, sich privat mit ihren Schülern zu treffen, aber sie hat nur gelacht und gemeint, keiner der Jungen würde sie verraten, weil sie so viel Spaß mit ihr hätten. Was soll ich tun?

Liebe Frau ohne Rückgrat!

Rufen Sie anonym bei der Polizei und auch beim Schuldirektor an und melden Sie das ungesetzliche und unmoralische Verhalten Ihrer Freundin. Dann schicken Sie Ihre Freundin in die Wüste, da sie Kinder missbraucht und außerdem versucht hat, Sie in eine Straftat zu verwickeln. Anschließend machen Sie eine Therapie, um Ihr Selbstbewusstsein zu stärken. Das ist ein Befehl.

SOPHIE

»Ich bin nur – ich fühle mich ziemlich elend wegen der Sache, Ben. Tut mir leid.«

Seit Eva heute Morgen nach unserem schrecklichen Streit hinausgestürmt war, empfand ich mein Wohnzimmer als beschmutzt. Es war, als könnte ich noch den schwachen Widerhall ihrer Wut hören. Inzwischen war Ben gekommen, und es herrschte eine unangenehme Atmosphäre.

»Du hast dir nichts vorzuwerfen«, meinte er mitfühlend.

»Doch, nämlich dass ich meine schlechte Stimmung auf dich übertrage.«

Ben seufzte, allerdings nicht ungeduldig, sondern eher bedrückt. »Sophie, ich möchte nicht, dass meine frühere Beziehung mit Eva unser Glück zerstört, und ich fürchte, genau das geschieht gerade.«

Mein Glück. Zerstört. Ich stand vom Sofa auf, ging ein paar Schritte und kehrte Ben den Rücken zu.

»Ich brauche nur Zeit«, sagte ich. »Dann wird alles wieder gut.«

Doch ich glaubte selbst nicht daran.

Als Ben näher kam und mir die Hand auf die Schulter legte, wich ich zurück.

»Entschuldige, Ben, nicht heute Abend.«

»Ich wollte dir nur die Schultern massieren. Vielleicht hilft das.«

Ich drehte mich zu ihm um, konnte ihm aber kaum in die Augen sehen.

»Nein, danke«, antwortete ich.

Während Ben nach Jacke und Tasche griff, starrte ich zu Boden. An der Tür blieb er stehen.

»Sophie«, meinte er. »Bitte schau mich an.«

Ich tat es, obwohl es mir schwerfiel. Tiefer Schmerz stand in seinen Augen. Doch er war kein Mann, der bettelte. Das würde er mir ersparen.

»Pass auf dich auf.«

Ich nickte.

»Ich rufe dich morgen an.«

Und dann war er fort. Ich hatte das schreckliche Gefühl, dass Ben und ich vielleicht nie wieder zusammen glücklich sein würden.

89

Wen kümmert es, dass Dante die Neutralen in einen Kreis der Hölle verbannt hat? Hören Sie auf, unpopuläre Meinungen zu vertreten. Lassen Sie die Finger von klaren Bekenntnissen zu einer bestimmten Weltanschauung. Verweigern Sie das Engagement für gesellschaftlich bedeutsame Anliegen. Das Leben wird um einiges leichter, wenn Sie sich aus der öffentlichen Debatte ausklinken.

– Das Fähnchen nach dem Wind hängen: So führen Sie ein angenehmes Leben, ohne sich festzulegen.

EVA

Bei den Anonymen Alkoholikern lernt man in einem Zwölf-Schritte-Programm, die Sucht zu überwinden. Vor vielen Jahren stieß ich in einem Zeitschriftenartikel im Wartezimmer eines Zahnarztes auf diese zwölf Schritte. Obwohl die religiöse Ausrichtung der Angelegenheit nichts für mich war, ergab doch so manche Anregung einen Sinn und konnte sich auch für einen Menschen, der nicht süchtig ist, als nützlich erweisen.

Also ließ ich die Zeitschrift in meiner Handtasche verschwinden – jetzt halten Sie mich bloß nicht für eine Diebin –, riss die Seite mit dem Artikel heraus, sobald ich zu Hause war, und vergaß ihn prompt.

Bis jetzt.

Obwohl die Zeitschriftenseite inzwischen unauffindbar war, konnte ich mich plötzlich an einen der Schritte erinnern. Es ging darum, sich bei Menschen, die man gekränkt hat, zu entschuldigen. Vielleicht wären die Anonymen Alkoholiker mit meiner Form der Wiedergutmachung nicht einverstanden gewesen, aber ich konnte es eben nicht besser.

Zuerst war da einmal Jake. Ich würde die Beziehung mit einer möglichst schonenden Begründung beenden und ihn außerdem vielleicht sogar um Verzeihung bitten. Schließlich hatte ich ihn zum Lügen ermutigt, indem ich auf seine Annäherungsversuche eingegangen war.

Als Nächstes war Sophie an der Reihe. Ich hatte ein schlechtes Gewissen, weil ich wegen der Beziehung mit Ben und des Geheimnisses, das sie darum gemacht hatte, über sie hergefallen war. Außerdem trug ich selbst ein unschönes Geheimnis mit mir herum.

Ben. Bei ihm musste ich mich ebenfalls entschuldigen. Zum ersten Mal war ich in der Lage, unsere Beziehung klar zu sehen. Warum ausgerechnet jetzt?, fragte ich mich. Aber egal. Zumindest hatte ich nun endlich begriffen, dass mein Zorn wegen der Trennung hauptsächlich verletzte Eitelkeit gewesen war.

Außerdem musste ich mir die Frage stellen, ob ich Ben je wirklich geliebt hatte.

Dass er nie die Stimme erhob, war mir auf die Nerven gefallen. Auf seine Katzen reagierte ich mit Niesanfällen. Und dass er jedes Stück Obst zuerst wusch, bevor er es schälte, trieb mich in den Wahnsinn.

Warum hatte ich überhaupt eine Beziehung mit ihm angefangen? Inzwischen war mir klar, dass Ben für mich eher ein Symbol als ein Individuum gewesen war. Er hatte mich angezogen, da er mich an meine Jugend und meine damaligen Träume erinnerte. Wäre ich so über Bens Eigenschaften hergezogen, wenn ich ihn als Mensch geliebt hätte? Weshalb hätte ich es ins Lächerliche ziehen sollen, dass er mich liebte? Ich hatte Ben als Mittel benutzt, um meine lange verdrängten Gefühle wie Enttäuschung, Ablehnung und Wut aufzuarbeiten.

Der arme Ben.

Ein Sandsack, kein Mensch.

Ich hatte ihm übel mitgespielt.

Ich war entsetzlich müde. Soweit ich mich erinnern konnte, war ich seit den ersten Wochen nach dem Tod meiner Eltern nicht mehr so müde gewesen. Aber es gab viel zu tun.

Da war John. Bei ihm musste ich mich für die Szene im Büro entschuldigen.

John hatte nichts verbrochen, sondern sich nur Gedanken um uns gemacht.

Was danach kommen würde, wusste ich nicht. Ich hoffte, dass er die Entschuldigung zumindest annehmen würde. Mehr hatte ich nicht verdient.

90

Liebe Kummerkastentante!

Ich bin zweiunddreißig Jahre alt, lesbisch und lebe seit fünf Jahren in einer festen Beziehung. Vor ein paar Monaten haben meine Lebensgefährtin und ich über das Thema Ehe gesprochen. Wir haben zwar noch keine konkreten Pläne, doch wir haben einige Hochzeitszeitschriften gekauft und darüber geredet, wie wir uns die Trauung vorstellen. Dann, vor etwa sechs Wochen, hat meine Lebensgefährtin einen Spinning-Kurs im Fitnessstudio angefangen und trifft sich seitdem öfter mit einem anderen Kursteilnehmer, einem Mann, den ich einmal »Bob« nennen möchte. Bob ist hetero, Single und, obwohl ich persönlich nicht auf ihn stehe, eindeutig sehr gut aussehend. Da meine Lebensgefährtin und ich uns seit dem ersten Tag unserer Beziehung hundertprozentig treu sind, hatte ich anfangs nicht den geringsten Verdacht, dass etwas zwischen ihr und Bob laufen könnte. Allerdings verhält sie sich seit einiger Zeit abweisend. Seit zwei Wochen will sie nicht mehr mit mir schlafen, und sie unterhält sich auch kaum noch mit mir. Daraus, dass Bob und sie zusammen zum Mittagessen und manchmal sogar zum Abendessen gehen, macht sie kein Geheimnis. Ich bin völlig ratlos und finde die Situation unerträglich. Soll ich meine Lebensgefährtin fragen, ob sie sich von Bob angezogen fühlt? Was, wenn sie ja sagt? Und wenn sie es verneint, sich aber dennoch weiter so merkwürdig benimmt?

Liebes armes Geschöpf!

Wie soll ich es Ihnen schonend beibringen? Die Wahrscheinlichkeit ist hoch, dass Ihre früher so liebevolle Lebensgefährtin es mit der Treue inzwischen nicht mehr so genau nimmt. Ich würde sogar so weit gehen, zu vermuten, dass sie bald mit diesem »Bob«

schlafen wird – wenn sie es nicht schon getan hat. Fassen Sie sich ein Herz. Möglicherweise lässt sich das Verhalten Ihrer Lebensgefährtin mit einem schweren Fall von kalten Füßen angesichts Ihrer Hochzeitspläne erklären. Dann ist noch nicht alles verloren, solange Sie bereit sind, ihr ihren stressbedingten Ausrutscher zu verzeihen und ihr zu helfen, ihre Ängste vor einer lebenslangen Bindung zu verarbeiten. Andererseits besteht auch die Möglichkeit, dass sie nach dem Beispiel der Schauspielerin Anne Heche bereits die Seiten gewechselt hat. Lassen Sie sich davon nicht entmutigen. Hat sich Ellen DeGeneres wegen dieser Überläuferin zermürbt? Haben Sie Portia de Rossi gesehen? Hören Sie auf meinen Rat: Sprechen Sie mit Ihrer Lebensgefährtin. Sie haben ein Recht zu erfahren, was zum Teufel sie im Schilde führt.

JOHN

»Deine Seelenverwandte auf Leitung eins.«

Verdattert sah ich Ellen an. Dann dämmerte es mir.

»Oh.«

»Ich mache die Tür zu«, sagte sie und schlüpfte aus meinem Büro.

Ich wusste nicht, was mich erwartete. Bei unserem letzten Gespräch hatte Eva verkündet, sie wolle mich nie mehr wiedersehen. Ich holte tief Luft und nahm den Anruf an.

»Hallo.«

»Hallo. Danke, dass du überhaupt noch mit mir sprichst.«

»Keine Ursache«, erwiderte ich.

»Ich möchte mich entschuldigen. Ich hätte dich nie so anfahren dürfen, weil du Sophies Geheimnis gehütet hast. Ich weiß, dass es nicht deine Schuld ist. Es tut mir leid.«

Die Worte sprudelten so schnell heraus, als hätte sie sie eingeübt, klangen aber dennoch aufrichtig.

»Danke, Eva«, antwortete ich. »Ich nehme die Entschuldigung an. Bestimmt war es ziemlich unschön, es herauszufinden, insbesondere auf diese Weise.«

»Ja«, meinte sie beinahe ungeduldig. »Aber da wäre noch etwas.«

»Ich höre.«

Eva holte tief Luft.

»Ich habe, was Bens wichtige Rolle in meinem Leben angeht, Sophie gegenüber übertrieben. Ich habe lange darüber nachgedacht, warum ich sie getäuscht habe, und inzwischen verstehe ich – einige Dinge ein bisschen besser.«

Also hatte ich Ben doch richtig eingeschätzt.

»Das freut mich«, sagte ich zögernd, »dass du zu einigen Erkenntnissen gelangt bist. Aber ich hoffe, du willst dich nicht dafür entschuldigen. Zumindest nicht bei mir.«

»Nein, ich dachte nur, das mit Ben und mir würde dich interessieren.«

Mein Herz – ja, mein Herz – machte einen Satz. Doch ich hielt mir vor Augen, dass ich vorsichtig sein musste.

»Pass auf, hast du Lust, einen Happen essen zu gehen?«, fragte ich. »Es ist noch ein bisschen früh fürs Abendessen, aber ...«

»Ja, gern.«

Wir verabredeten uns am Tresen im *Morgan's,* einem eher schlichten irisch-amerikanischen Pub. Mich wunderte, dass Eva in so ein Lokal wollte. Allerdings gab es so vieles, was ich nicht über sie wusste. Noch nicht.

An der Bar bestellte ich frittierte Mozzarellastangen. Wie ich gehofft hatte, brach ich damit das Eis, denn Eva tadelte mich sofort, ich behandle meinen Körper wie eine Mülltonne. Ich erwiderte, sie betrachte das zu verbissen, und forderte sie auf, eine davon zu essen.

»Es wird dich schon nicht umbringen«, meinte ich.

»Warte nur ein Weilchen. Wenn du weiter so viel Fett in dich hineinstopfst ...«

»Ich treibe Sport. Oder siehst du irgendwo auch nur ein Fettpölsterchen?«

Sie musterte mich von Kopf bis Fuß.

»Dein Schneider ist ein Meister darin, deine körperlichen Makel zu tarnen.«

»Ich habe dich auch schon ungesundes Zeug essen sehen.«

»Alles in Maßen. Ich sage ja nur, dass dein Fettkonsum ein wenig zu hoch ist.«

Ich seufzte dramatisch auf.

»Ein Vorschlag zur Güte. Was hältst du davon, mich in Ruhe diesen frittierten Käse essen zu lassen. Ab morgen mache ich dann eine fettarme Diät. Für ein paar Tage.«

Eva grinste.

»Abgemacht.«

Dann schnappte sie sich eine meiner Mozzarellastangen und biss genüsslich hinein.

Etwa eine Stunde verbrachten wir mit Geplänkel und plauderten über Belanglosigkeiten – also über alles, ausgenommen Sophie, Ben und die verworrene Vergangenheit.

»Ich muss nach Hause«, meinte Eva schließlich und schaute auf die Uhr (zum fünften Mal innerhalb einer Stunde). »Ich habe mir Arbeit aus dem Büro mitgenommen.«

»Klar.«

»Danke, dass du dieses Treffen vorgeschlagen hast. Es war nett.«

Ich lachte. »Nur, dass ich jetzt eine Diät machen muss.«

»Das ist zu deinem eigenen Besten«, erwiderte sie. »Aber ich kenne dich. Du wirst schummeln, noch ehe die Woche um ist.«

»Ich schummle nicht!«, protestierte ich. »Gut, du hast recht, wahrscheinlich doch.«

In heiterer Stimmung verließen wir das *Morgan's*. Ich begleitete Eva zu der viktorianischen Villa in der Marlborough Street, wo sie ihre Wohnung hatte. Ich fragte sie nicht, ob sie einverstanden war, sondern – trottete gewissermaßen einfach hinter ihr her.

»Danke«, sagte sie, als wir vor Nummer 40 angekommen waren.

»Wofür? Die Mozzarellastange?«

»Nein, du Blödmann. Dafür, dass du meine Entschuldigung angenommen hast.«

»Ach, das. Nun, deine Reaktion war absolut verständlich.«

Das war nicht ganz gelogen, dachte ich.

»Möchtest du meine Wohnung sehen?«, fragte sie plötzlich. »Sie ist nicht so besonders toll, aber …«

Ruhig Blut. »Äh, klar«, antwortete ich achselzuckend.

»Nur für eine Minute.«

Wenn ich nicht vorsichtig war, würde Eva es für uns beide sein. Sehr schlau.

Schweigend stiegen wir die Treppe in den zweiten Stock hinauf. Nachdem Eva die Tür geöffnet hatte – der Schlüsselanhänger war von Tiffany –, folgte ich ihr hinein.

»Also«, verkündete sie mit einem nervösen Auflachen. »Hier wären wir.«

Im ersten Moment verschlug es mir die Sprache. »Sie ist … äh …«, stammelte ich.

»Richtig.«

»Ich hätte nicht erwartet, dass sie so …«

Wieder lachte Eva, diesmal klang es lockerer.

» … so aussieht, als hätte ich gerade das College abgeschlossen und könnte mir kaum die Miete leisten.«

»Jetzt sag nicht, dass du auf einem Futon schläfst.«

»Natürlich nicht. Ich besitze eine Matratze und einen Lattenrost.«

Ratlos wies ich auf das fast leere Wohnzimmer.

»Eva, warum hast du dir keine Möbel gekauft und ein paar Bilder aufgehängt?«

Eva zögerte. »Keine Ahnung«, erwiderte sie schließlich. »Ich habe es ständig vor mir hergeschoben, und irgendwann war es mir egal. Warum die Mühe?«

»Zu viel Arbeit?«, fragte ich, obwohl ich ebenfalls zu viel arbeitete – so wie fast alle, die ich kannte. Trotzdem hatten wir ein Sofa im Wohnzimmer stehen und Bilder an den Wänden hängen.

»Könnte man so nennen«, antwortete sie. »Meistens bin ich während der Woche kaum zu Hause. Ich arbeite bis zehn und falle dann für ein paar Stunden ins Bett – gut, auf die Matratze. Morgens stehe ich dann auf und gehe wieder ins Büro. Also lohnt es sich nicht, die Wohnung einzurichten. Es sieht sowieso niemand.«

»Du siehst es«, wandte ich ein. »Die Wohnung an sich ist nämlich gut geschnitten. Groß, hell. Eine Katze hätte bestimmt Spaß daran, auf dem Fensterbrett zu sitzen und das Treiben auf der Straße zu beobachten.«

»Ich bin allergisch gegen Katzen. Außerdem bin ich, wie ich schon sagte, kaum zu Hause. Das wäre nicht fair gegenüber dem Tier.«

»Stimmt. Ist aber dennoch schade.« Dann betrachtete ich meine erfolgreiche, elegante und kratzbürstige Freundin. »Du könntest ein wenig Gesellschaft gebrauchen, Eva.«

Eine Reihe von Gefühlen war in ihrem Gesicht zu lesen. Nur eines davon war Zorn. »Los«, meinte ich. »Spring mir an die Gurgel. Entschuldigen werde ich mich trotzdem nicht.«

»Nein«, seufzte sie leise und ohne mich anzusehen und blickte stattdessen aus dem großen Wohnzimmerfenster. »Du hast recht. Ich könnte wirklich ein bisschen Gesellschaft gebrauchen.«

Kühner geworden, ging ich in die Richtung, in der ich die Küche vermutete.

»Was machst du da?«

»Ich schaue in deine Schränke. Und in den Kühlschrank.« Ich drehte mich zu Eva um, die mir gefolgt war. »Genau, wie ich vermutet habe. Keine nennenswerten Lebensmittel. Und«, ich sah mich nach der dazu gedachten Schublade um, »auch kein Besteck. Sag nicht, dass du Plastikgabeln benutzt.«

»Natürlich nicht«, empörte sie sich. »Mach die Schublade zu und sei nicht so neugierig.«

Ich lehnte mich an die Arbeitsfläche und verschränkte die Arme vor der Brust.

»Also trifft die Annahme zu, dass du nicht oft Besuch hast.«

»Richtig. Offen gestanden bist du der Erste seit langer Zeit.«

Der Erste? Was war mit dem jungen Mann, mit dem Eva ein Verhältnis hatte? Aber ich hakte nicht weiter nach. Schließlich war ich schon einige große Risiken eingegangen und durfte sie nicht unter Druck setzen.

»Oh«, sagte ich deshalb.

Eva lehnte sich an den Türrahmen.

»Ich weiß, dass das Zuhause der Spiegel der Persönlichkeit ist. Die Burg eines Menschen. Doch jedes Mal, wenn ich überlege, wie ich die Wohnung einrichten soll, fällt mir beim besten Willen nicht ein, wo ich anfangen soll.«

»Man fängt damit an«, erklärte ich, »dass man darüber nachdenkt, welche Farben beruhigend oder anregend auf einen wirken und welcher Stil, modern vielleicht, am besten zu einem passt.«

Eva verzog das Gesicht und hob die Hand.

»Hör auf, John. Ich habe dich nicht gebeten, mein Problem zu lösen. Außerdem hast du offenbar zu viele Einrichtungssendungen gesehen.«

»Offen gestanden«, erwiderte ich, »habe ich ein Händchen fürs Einrichten. Das würdest du wissen, wenn du je bei mir gewesen wärst.«

»Du hast mich noch nie eingeladen«, konterte sie in dem schnippischen Ton, für den sie so berüchtigt war.

»Doch, habe ich. Sogar zwei Mal. Einmal zum Abendessen mit Sophie und dann zu einer kleinen Weinprobe. Erinnerst du dich?«

»Oh«, antwortete sie, als sei es ihr tatsächlich erst in diesem Moment wieder eingefallen. »Aha. Dann war ich wohl zu beschäftigt.«

Eva fasste in ihr Haar, eine Geste, die ich seit dem College nicht mehr bei ihr gesehen hatte.

»Welchen Grund habe ich denn angegeben?«

»Gar keinen. Du hast nur ›Ich kann nicht‹ gemeint, was ich als Absage verstanden habe. Also habe ich es dabei belassen.«

Sie verzog nachdenklich die Lippen.

»Tja«, entgegnete sie schließlich. »Wenn du mich noch einmal einlädst, nehme ich an.«

»Aller guten Dinge sind drei?«

»Also lad mich schon ein.«

»Gut«, erwiderte ich, hielt mir jedoch gleichzeitig vor Augen, mit wem ich es zu tun hatte. »Eva, möchtest du morgen Abend zu mir zum Essen kommen?«

»Was gibt es denn?«

»Heißt das, du kommst?«

»Ich muss wissen, welchen Wein ich mitbringen soll«, gab sie zurück, als spräche sie mit einem Idioten.

»Ein dickes Steak. Um sieben.«

»Schon wieder rotes Fleisch. Was ist aus deiner Diät geworden?«

»Wir wussten doch beide, dass ich schummeln würde.«

»Gut, dann esse ich mittags nur einen kleinen Salat. Ach, noch etwas. Wo wohnst du eigentlich?«

Typisch Eva, die Adresse ihrer Freunde nicht zu kennen. Sie ging wieder ins Wohnzimmer. Ich folgte ihr.

»Gib mir ein Stück Papier, dann schreibe ich es dir auf.«

»Sag es mir einfach«, antwortete sie und griff in ihre große Handtasche. »Ich tippe es in mein Black Berry ein. Nicht zu fassen, dass du noch immer einen Terminkalender benutzt.«

»Papier und Bleistift sind viel zuverlässiger als die Elektronik.«

»Du hast doch auch einen Computer.«

»Ich behaupte ja nicht, dass ich ein Technikfeind bin«, wandte ich ein. »Und auf den Kopf gefallen bin ich auch nicht. Ich schreibe nur einfach gern mit der Hand. Bitte mich nicht um eine ausführliche Erklärung, sonst bekommst du sie noch.«

»Um Himmels willen.« Lächelnd klappte Eva ihr Black Berry auf. »Wie lautet die Adresse?«

91

Verworrene Begründungen, leere Phrasen, Zirkelschlüsse. Vergessen Sie die Klarheit! Wir leben im einundzwanzigsten Jahrhundert. Also weiter im Programm!

– Das Zeitalter der Verwirrung oder: Lassen Sie sich nicht von der Wahrheit ausbremsen.

EVA

»Hallo. Du bist pünktlich.«

John sah – gut aus.

»Ich bin immer pünktlich«, erwiderte ich.

John schloss die Tür hinter mir und drehte den Schlüssel um. »Kein Mensch ist immer pünktlich. Züge bleiben im Tunnel stecken, heftige Regenfälle führen zu Massenkarambolagen …«

»Ja«, sagte ich. »Schon verstanden. Was hältst du von ›Ich versuche, immer pünktlich zu sein.‹?«

»Einverstanden. Wie wäre es mit einer Besichtigungstour?«

Johns Wohnung war geschmackvoll und in einem männlichen Stil eingerichtet, ohne übertrieben zu sein. Nirgendwo stand ein ausgestopftes Tier. Alles wirkte einladend, aber dennoch makellos sauber. Die Zeitschriften auf dem Couchtisch waren ordentlich gestapelt, die Utensilien auf dem Schreibtisch kerzengerade ausgerichtet, genau wie in seinem Büro. (Das war mir trotz meiner Wut aufgefallen.) Das Bad blitzte vor Sauberkeit, das Schlafzimmer erwies sich als ein in Blau- und Grüntönen gehaltener Rückzugsort.

»Das hast du wirklich alles selbst gemacht?«, fragte ich ungläubig, als wir wieder im Wohnzimmer waren. »Keine Hilfe von deiner Mutter oder den zahlreichen alleinstehenden Frauen, die nur darauf gebrannt haben, hier ihre Spuren zu hinterlassen?«

»Eine Wohnung so einzurichten, dass sie auch bewohnt aussieht, ist keine Zauberei, Eva.«

»Nein«, entgegnete ich. »Vermutlich nicht. Jedenfalls finde ich das Sofa wunderschön. Und den Sessel. Und den Kunstdruck über dem Tisch.«

»Sophie sagt, er sei grässlich.«

Ich lachte. »Ich kann mir vorstellen, dass er nicht ihrem Stil entspricht. Zu deprimierend.«

John betrachtete das in Schwarz und Grau gehaltene Bild. »Findest du auch, dass es deprimierend ist?«

»Ich bin keine Künstlerin, John. Das hast du selbst gesagt. Und Kunstkritikerin bin ich auch nicht. Ein bisschen deprimierend sieht es schon aus, aber das bedeutet nicht, dass es mir nicht gefällt.«

»Sophie hat es sogar als hässlich bezeichnet. Allerdings erst, als ich darauf beharrt habe, ihre ehrliche Meinung zu hören.«

Ich folgte John in die Küche, wo es köstlich duftete. Er konnte kochen, er führte einen ordentlichen Haushalt, er wusste, wie man eine Wohnung einrichtete, und er hatte einen guten Posten.

Eines Tages, so dachte ich, würde er sicher einen wundervollen Ehemann abgeben. Jedoch sprach ich das nicht aus. Außerdem war ich neugierig, wie es mit seiner Suche nach der optimalen Ehefrau voranging. Aber auch diese Frage verkniff ich mir.

Während John letzte Hand an das Essen legte, ließ ich mich auf einem Hocker am Küchentresen mit Granitplatte nieder.

»Vielleicht sollte ich dich damit beauftragen, meine Wohnung auf Vordermann zu bringen«, meinte ich.

John blickte von dem Gemüse auf, das er gerade zerkleinerte, und runzelte die Stirn.

»Nein, im Ernst«, sagte ich. »Ich könnte Hilfe gebrauchen. Du hast ja selbst gesehen, wie ich hause.«

»Unter Freunden beauftragt man sich nicht oder so«, widersprach er. »Jedenfalls habe ich keine Lust, dein Angestellter zu sein.«

»Weil ich so eine schauderhafte Chefin wäre?«

Ich konnte seinen Blick nicht richtig deuten.

»Das waren deine eigenen Worte«, stellte er fest und widmete sich wieder dem Gemüse.

Ich beobachtete ihn bei der Arbeit. So sehr ich ihn auch wegen seiner ungesunden Essgewohnheiten aufgezogen hatte, musste ich zugeben, dass er großartig in Form war, insbesondere für einen Mann Anfang Vierzig, ein Alter, in dem viele seiner Geschlechtsgenossen, Fettpölsterchen ansetzen. Ich schlug die Beine übereinander, ein hilfloser Versuch meines Körpers, die lüsternen Gedanken an meinen Freund beiseitezuschieben.

»Kann ich dir helfen?«

»Weißt du, wie man Gemüse würfelt?«, erkundigte sich John, ohne aufzublicken.

»Nein.«

»Hackt? In feine Streifen schneidet?«

»Auch nicht.«

»Dann bleib einfach sitzen und trink deinen Wein.«

Bald stand das Essen auf dem Tisch: Steak, Salat, gebackene rote Kartoffeln mit Kräutern, alles nicht aufwendig, aber unglaublich lecker.

»Du und Sophie, ihr verwöhnt mich richtig«, sagte ich. »Bevor ihr beide wieder in mein Leben getreten seid, hatte ich jahrelang keine selbst gekochte Mahlzeit mehr gegessen.«

Lächelnd schenkte John einen süßen Dessertwein ein.

»So schwierig ist Kochen nun auch wieder nicht.«

»Ich weiß«, erwiderte ich. »Ich kann kochen. Nicht so wie du natürlich, aber einfache Gerichte kriege ich hin.«

Ich hielt inne und überlegte, ob ich mich nicht zu weit vorwagte, kam aber zu dem Schluss, dass es nur einen Weg gab, das herauszufinden.

»Ich musste es lernen«, fuhr ich fort. »Nach dem Tod meiner

Eltern. Maura war erst elf. Ich konnte sie ja schlecht von Broten mit Erdnussbutter und Marmelade ernähren.«

John stieß mit mir an. Ich bemerkte kleine Fältchen in seinen Augenwinkeln. Sie passten zu ihm.

»Manchmal«, antwortete er, »vergesse ich, dass du gleich nach dem College so viel Verantwortung übernehmen musstest. Es war sicher sehr schwierig für dich.«

Er warf mir nicht vor, dass ich mich selbst bemitleidete, sondern nahm einfach nur zur Kenntnis, wie mein Leben verlaufen war. Ich zuckte die Achseln, um zu überspielen, wie sehr ich mich über seine Reaktion gefreut hatte.

»Ja, ich war mehr oder weniger eine alleinerziehende, berufstätige Mutter. Anfangs gab es da noch eine entfernte Cousine, eine alte Dame namens Vivian. Sie kam etwa einmal im Monat und brachte uns ein Überlebenspaket. Doch nach etwa einem Jahr zog sie nach Florida. Maura war nicht traurig darüber«, fügte ich hinzu. »Sie mochte Vivian nicht, weil sie nach Mottenkugeln roch.«

»So alt war sie?«

»So gut konserviert.«

»Warum kochst du dir nicht selbst etwas, wenn du kochen kannst?«, erkundigte sich John nach einer Weile.

»Keine Ahnung«, erwiderte ich. »Vielleicht – vielleicht weil es mich an die ersten Jahre allein mit meiner Schwester erinnert, als ich mich von früh bis spät abmühte und trotzdem ständig das Gefühl hatte, ich täte nicht genug für sie und wäre eine Versagerin. Es könnte auch sein, dass ich mir – einfach zu einsam vorkäme. Außerdem lohnt die Mühe für eine Person nicht.«

»Drei Begründungen also.«

»Ja, wie dem auch sei«, sprach ich in fröhlichem Ton weiter, denn es hatte mich angestrengt, so viel von mir preiszugeben, weshalb ich lieber ein unverfänglicheres Thema anschneiden wollte. »Es ist nicht weiter wichtig. Jetzt kann ich mich ja von dir bekochen lassen.«

»Und von Sophie?«

Eine gute Frage. Wieder waren wir bei einem ernsten Thema. »Sie hat mich noch nicht zurückgerufen. Ich habe ihr eine Nachricht hinterlassen, ich wolle mich bei ihr für den verrückten Auftritt letztens am Morgen entschuldigen.«

»Sie meldet sich sicher«, antwortete John in dem beruhigenden Ton, den er auch schon gegenüber unserer Freundin angeschlagen hatte. »Es ist ja erst ein paar Tage her.«

Ich war zwar nicht überzeugt, lächelte aber, als ob ich es glaubte.

»Am besten fahre ich jetzt nach Hause«, meinte ich und stand auf. »Danke für das fantastische Essen, John.«

John erhob sich ebenfalls. »Obwohl es rotes Fleisch gab?«

»Hast du auf meinem Teller irgendwelche Reste gesehen?«

John holte meinen Mantel und meine Handtasche aus dem Garderobenschrank im Flur. »Du hast ordentlich reingehauen.«

»Ja«, sagte ich, nicht sicher, ob das ein Kompliment war.

»Soll ich dich nach Hause begleiten?«, fragte John an der Tür. »Oder dir ein Taxi rufen.«

Ich verdrehte die Augen. »John, ich bin kein Kind mehr.«

»Habe ich das behauptet? Du bist eine Frau, nachts allein auf den Straßen dieser Stadt. Da mache ich mir eben Sorgen.«

»Ich bin jede Nacht und jeden Tag eine Frau, allein auf den Straßen dieser Stadt. Möchtest du mich in Zukunft ins Büro bringen und wieder abholen? Mich in den Supermarkt eskortieren?«

»Schon verstanden.«

»Trotzdem danke«, meinte ich mit einem Lächeln, »dass du dir Sorgen um mich machst.«

Zum Abschied küsste ich ihn kurz und freundschaftlich auf die Wange, dicht am Mund, aber nicht darauf. Nicht wieder, noch nicht.

92

Liebe Kummerkastentante!

Im letzten Jahr bin ich in eine andere Stadt gezogen, um besser über die ziemlich unschöne Trennung von meiner langjährigen Lebensgefährtin hinwegzukommen. Nach etwa einem Monat habe ich einen sehr sympathischen Mann kennengelernt, und wir haben eine Beziehung miteinander begonnen. Ich hatte noch nie Sex mit einem Mann gehabt, denn ich wusste schon immer, dass ich lesbisch bin. Obwohl ich es sexuell nicht sehr aufregend fand, war er so nett zu mir, dass ich es immer wieder vor mir hergeschoben habe, ihm zu sagen, dass ich eigentlich lesbisch bin. Wenn er sich nach meiner Vergangenheit erkundigte, gab ich ausweichende Antworten oder erfand etwas. Jetzt hat er mir einen Heiratsantrag gemacht, und ich habe angenommen, weil er ein toller Typ ist und einen guten Job hat. Mein Problem ist, dass ich immer noch mit Frauen schlafen, aber meinen Verlobten trotzdem heiraten will.

Solange ich mein Leben als Lesbe vor ihm geheim halte, tut es ihm doch nicht weh, oder? Manchmal bringt Ehrlichkeit einen nicht weiter, richtig?

Liebe Betrügerin!

Schande über Sie, weil Sie unter falscher Flagge segeln! Nach allem, was Schwule und Lesben über sich ergehen lassen mussten, um sich wenigstens einige Rechte und ein bisschen gesellschaftliche Anerkennung zu erkämpfen, ist Ihr Verhalten feige und ein Schlag ins Gesicht dieser Menschen. Auch was ihren Umgang mit dem armen Teufel angeht, den Sie heiraten wollen, sollten Sie sich schämen! Hören Sie sofort auf mit dem Versteckspiel, aber ein bisschen dalli, und gestehen Sie Ihrem Verlobten alles. Falls er be-

reit ist, eine bekennende Lesbe zu heiraten, ist das seine Sache, aber lassen Sie sich von ihm bloß nicht mit der aufregenden neuen Yoga-Lehrerin namens Heidi im Bett erwischen.

EVA

Niemals.

Weil ich es nicht zulassen durfte. Ich durfte mich nicht verlieben. Nicht in John. Niemals. Ganz sicher würde er mich bedrängen, meine Fassade niederreißen und mich angreifbar machen. Er würde mich lieben, ganz gleich, wie heftig ich mich auch dagegen sträubte. Hatte er nicht bereits begonnen, das unter Beweis zu stellen?

Es hörte sich schrecklich an. Wundervoll. Schrecklich. Nähe würde mein Untergang sein. Sie würde mich retten.

Ich war noch nicht so weit.

Ich hatte Angst.

Eigentlich wollte ich nicht anrufen. Aber ich musste.

»Hallo, Sam.«

Schweigen entstand.

»Ach, hallo«, antwortete Sam schließlich. »Was gibt's?«

Was gibt's?

»Ich dachte«, erwiderte ich bemüht lässig, »dass du dich ein bisschen mehr freuen würdest, von mir zu hören.«

Wieder herrschte beunruhigendes Schweigen, bevor Sam meinte: »Oh, ja, natürlich. Ich hatte nur nicht mit dir gerechnet.«

»Also«, fuhr ich fort, obwohl ich mich selbst anwiderte. »Was hältst du davon, wenn wir uns diese Woche treffen?«

»Äh, meinetwegen. Lass mich kurz einen Blick in meinen Terminkalender werfen. » Schon wenige Sekunden später meldete er sich wieder. »Hm, tut mir leid, aber diese Woche sieht es gar nicht gut aus.«

»Aha. Was ist dann mit nächster Woche? Ich hätte Dienstagnachmittag oder Donnerstagabend Zeit.«

»Äh, nächste Woche.« Sam hüstelte. »Nächste Woche geht es auch nicht. Ich bin total ausgebucht.«

Ich holte tief Luft. »Sam«, sagte ich, »was ist los?«

Erneut unheilverkündendes Schweigen.

»Eva, ich kann mich nicht mehr mit dir treffen«, verkündete Sam schließlich.

»Entweder leidest du an einem Herpesanfall, oder es ist eine andere Frau im Spiel«, stellte ich fest.

»Eine Frau. Ich habe jemanden kennengelernt.« Sam klang entschuldigend.

»So?«

Bitte, Sam, du musst einfach, flehte ich im Geiste. Du musst mir helfen, ihn aus dem Kopf zu bekommen.

»Wo liegt das Problem?«

»Es gibt kein Problem, Eva. Ich werde ihr einen Heiratsantrag machen.« Inzwischen hörte er sich nicht mehr entschuldigend an, sondern eher stolz.

»Oh«, entgegnete ich ruhig. »Dann herzlichen Glückwunsch. Ich darf nicht vergessen, dir eine Flasche teuren Champagner zu schicken.«

»Das ist nicht nötig, Eva. Mir wäre es sogar lieber, wenn du es lässt.«

»Ich weiß. Das war nur ein Scherz.«

»Oh, tut mir leid.«

»Und wie lange läuft diese große Liebesgeschichte schon?«

»Willst du das wirklich wissen?«

Nein, aber Sam sollte den Eindruck erhalten, dass es mich nicht kümmerte.

»Natürlich«, erwiderte ich deshalb. »Eine Liebesgeschichte ist doch immer etwas fürs Herz.«

»Nun, offen gestanden, bin ich ihr etwa einen Monat, bevor du mir den Laufpass gegeben hast, begegnet. Als du mich wegen des anderen Typen nicht mehr sehen wolltest, hatte ich einen Grund, mehr Zeit mit ihr zu verbringen. Sie ist sehr nett. Du würdest sie sicher mögen.«

Warum redeten die Leute nur so einen Unsinn? Selbstverständlich würde ich sie nicht mögen, sondern ihr am liebsten die Augen auskratzen.

»Hm«, meinte ich. »Also hast du schon mit ihr geschlafen, als du mich vor ein paar Wochen angerufen und mich unbedingt treffen wolltest. Du erinnerst dich doch an diese Nacht, oder?«

»Ja, aber ich bereue es inzwischen. Ich hätte sie nicht betrügen dürfen. Ich meine, damals war es noch nichts Festes, aber trotzdem. Sie wäre sicher gekränkt, wenn sie es erführe.« Sam hielt inne. »Du willst es ihr doch nicht etwa sagen?«

»Natürlich nicht, Sam. Mach dich nicht lächerlich.«

Doch was ist mit mir?, dachte ich. Meine Gefühle schienen in dieser Ménage-à-trois keine Rolle zu spielen. Plötzlich musste ich die Tränen zurückdrängen.

»Danke«, antwortete Sam. »Ich wusste, dass du nie so gemein sein würdest, aber …«

»Also«, unterbrach ich ihn fröhlich und selbst erstaunt über mein schauspielerisches Talent.

»Wie heißt denn die Glückliche? Was ist sie von Beruf? Hat sie einen wichtigen Posten?«

Sam lachte. »Du bist ja so ein Snob, Eva. Sie heißt Alison, arbeitet in einer Galerie in der Newbury Street und macht gerade ihren Abschluss in Kunstgeschichte.«

»Dann ist sie offenbar ein paar Jahre jünger als ich.«

»Natürlich.« Sam geriet ins Stammeln. »Moment, das habe ich nicht so gemeint, die Sache ist nur, dass ich irgendwann Kinder haben möchte …«

»Keine Sorge, Sam, für mich warst du nie mehr als ein Bettgespiele.«

»Ich weiß.«

»Also, dann …«

»Und«, unterbrach er mich, »wie läuft es mit dem anderen Typen? Anscheinend nicht so gut, sonst würdest du mich nicht anrufen.«

»Oh, das ist vorbei«, entgegnete ich leichthin. »Es war auch nie auf Dauer angelegt. Außerdem hat er mir zu sehr geklammert, und du weißt ja, wie sehr ich anhängliche Männer hasse.«

Sam lachte wehmütig.

»Oh, das weiß ich nur allzu gut. Manchmal glaube ich, dass es dir kein Mann recht machen kann.«

»Sei nicht albern. Hör zu, ich denke, es bringt nichts, dieses Gespräch weiterzuführen. Ich gratuliere, Sam. Du wirst bestimmt ein guter Ehemann.«

»Danke, Eva. Ich werde mir Mühe geben«, erwiderte er.

»Ach, noch etwas, Sam. Ist sie genauso gut im Bett wie ich?« Als ob das eine Rolle gespielt hätte.

»Nein, Eva«, antwortete Sam in nachsichtigem Ton. »Aber wir können im Leben eben nicht alles haben, richtig?«

»Sprich nur für dich selbst.«

»Außerdem«, fuhr Sam fort, ohne auf meine schnippische Bemerkung einzugehen, »werde ich für das Weniger an Leidenschaft reich entschädigt. Alison lässt sich zum Beispiel gern mit mir in der Öffentlichkeit sehen.«

»Ein schlechter Scherz.«

»Tut mir leid«, sagte er. »Pass gut auf dich auf, Eva.«

»Selbstverständlich«, entgegnete ich, obwohl ich nicht die leiseste Ahnung hatte, wie ich das anstellen sollte.

93

Wenn Sie sich einfach damit abfinden, dass ein Schaden zu groß ist, um ihn zu beheben, werden Sie sich gleich viel besser fühlen. Anstatt Ihre Zeit mit Entschuldigungen zu vergeuden, weil Sie mit der Frau Ihres Bruders (oder mit dem Mann Ihrer Schwester) geschlafen haben, sollten Sie die Familienbande besser durchtrennen und nach vorn blicken. Der ansonsten unweigerlich einsetzende Reigen aus Versöhnungsanstrengungen und der Zurückweisung dieser Versuche wird nur Ihr seelisches Wohlbefinden beeinträchtigen.

– Reparieren, was irreparabel ist: Führen Sie eine Untersuchung zum Thema vergebliche Versöhnungsanstrengungen durch.

SOPHIE

Einen mit Alufolie bedeckten Teller voller Schokokekse und eine Plastiktüte mit Hemden – für Jake bei *Marshall's* gekauft – jonglierend, kramte ich den Schlüssel aus der Handtasche. Wer würde sich nicht freuen, bei der Rückkehr aus der Uni mit frisch gebackenen Keksen und neuer Kleidung empfangen zu werden?

Lächelnd öffnete ich die Tür und schloss sie leise hinter mir. Ich hasse laute Geräusche. Brad knallte stets die Schranktüren zu, ließ den Toilettendeckel fallen und machte den Fernseher lauter. Es trieb mich in den Wahnsinn. Jake ist ein viel ruhigerer Mensch und ähnelt darin eher mir als seinem Vater.

Nachdem ich die Kekse in der Küche abgestellt hatte, sah ich mich in dem winzigen Raum um. Geschirr im Spülbecken, eine offene Cornflakesschachtel auf der Arbeitsfläche, daneben eine halbleere Flasche Energiebrause. Nun, Jake mochte zwar still sein wie ich, hatte mein Putzteufel-Gen jedoch offenbar nicht geerbt.

Ich verschloss die Schachtel, schüttete den restlichen Flascheninhalt weg und ließ das Geschirr erst einmal stehen. Dann machte ich mich mit den Hemden auf den Weg zum Schlafzimmer.

Die Tür war nur angelehnt. Das ist auch etwas, das ich nicht leiden kann. Eine Wohnung sieht viel ordentlicher aus, wenn die Türen entweder ganz zu oder ganz offen sind. Mit der Handfläche schob ich sie auf.

»Ach, du Schande!« Eva schlug die Hand vors Gesicht, als wolle sie es vor Scham bedecken – als wäre sie überhaupt zu diesem Gefühl in der Lage.

Mein Junge, mein Sohn, lag, nackt bis auf ein Handtuch um die Taille, auf dem ungemachten Bett.

Die Tüte mit den Hemden fiel zu Boden.

»Mom!«, rief Jake und hielt krampfhaft das Handtuch fest. »Es ist nicht so, wie du denkst!«

»Oh, doch, das ist es«, stellte ich das Offensichtliche fest. »Es ist genau das, was ich denke.«

Eva war voll bekleidet und streckte flehend die Hände nach mir aus.

»Nein, nein, Sophie, du verstehst das alles ganz falsch. Ich wollte gerade mit ihm Schluss machen!«

»Was wolltest du?«, entsetzte sich Jake.

»Du solltest eigentlich in der Uni sein«, sagte ich.

»Ja, ja, deshalb bin ich ja heute Nachmittag gekommen, um mich von dir zu trennen.«

»Ich verstehe kein Wort.«

»Ich bezahle viel Geld für deine Studiengebühren«, beharrte ich. »Warum bist du nicht in der Uni?«

»Nicht jetzt, Jake!«

Eva machte einen Schritt auf mich zu. Panik stand in ihrem Gesicht. Zum ersten Mal bemerkte ich die Fältchen um ihre

Augen und eine kleine schrumpelige Stelle am Hals. »Sophie, bitte!«

»Du verkommenes altes Miststück«, meinte ich bemerkenswert ruhig.

Eva erstarrte. Sie hatte ihre lächerlich überdimensionale Handtasche geschultert. Ihre Augen weiteten sich. Im nächsten Moment stürmte sie an mir vorbei aus dem Zimmer und aus der Wohnung. Ich hörte die Tür knallen.

»Äh, Mom, könntest du dich bitte umdrehen, damit ich …«

»Oh je«, seufzte ich, wandte mich rasch zur Wand um und hielt mir die Augen zu.

Ein Quietschen ertönte, als Jake aufstand. Dann ein Murmeln, während er vermutlich seine Kleider zusammensuchte.

»Jetzt kannst du dich wieder umdrehen«, verkündete er nach einer schieren Ewigkeit.

»Nein«, erwiderte ich. »Ich glaube, das schaffe ich nicht.«

Mit diesen Worten rannte ich aus dem Schlafzimmer und durchs Wohnzimmer ins Treppenhaus.

Jake rief mir nach, aber ich machte nicht kehrt.

94

Liebe Kummerkastentante!

Ich weiß, dass ich jetzt klinge wie eine undankbare, nörglerische Querulantin, aber ich habe da ein Problem. Ich habe eine sehr, sehr nette Chefin. Da sie unverheiratet und kinderlos ist, betrachtet sie ihre Mitarbeiter gewissermaßen als ihre Familie. Jeden Mittwochvormittag veranstalten wir ein Gruppenfrühstück, ein informelles Mitarbeitertreffen, zu dem meine Chefin stets etwas Selbstgebackenes mitbringt. Da sie ständig erzählt, wie leidenschaftlich gern sie bäckt, fühlen wir uns alle verpflichtet, davon zu essen. Leider schmecken die Sachen, als hätte sie pfundweise Salz hineingekippt. Wir kriegen das Zeug kaum hinunter, weshalb ich beschlossen habe, sie darauf anzusprechen – natürlich freundlich.

Haben Sie vielleicht einen Vorschlag, wie ich das am besten anstellen soll?

Liebe nörglerische, undankbare Querulantin (Ihre Worte, nicht meine)!

Aus Ihrem Brief geht überdeutlich hervor, dass Sie sich der Wichtigkeit einer gelegentlichen Notlüge im gesellschaftlichen Miteinander nicht bewusst sind. Es gibt Situationen, in denen Sie die Ehrlichkeit über Bord werfen und Ihre schmeichlerische Seite, die Sie möglicherweise von irgendeinem entfernten Onkel geerbt haben, einsetzen müssen. Am nächsten Mittwoch überhäufen Sie das Backwerk Ihrer Chefin mit Lobeshymnen. Die Alternative wäre – vorausgesetzt, Sie haben bis jetzt den Mund gehalten –, dass Sie nach der Devise »Schweigen ist Gold« verfahren, ein weiterer wichtiger Ansatz, den Sie offenbar nicht begriffen haben. In der heutigen Zeit sind nette Chefinnen rar ge-

sät. Also setzen Sie Ihr Glück nicht aufs Spiel, nur weil sie keine Meisterbäckerin ist.

EVA

Jake hatte mich im Bett erwartet.

Ich hatte noch nicht einmal den Mantel ausgezogen, als Sophie plötzlich auftauchte und es zum großen Knall kam. Natürlich wusste sie sofort, was gespielt wurde.

Es war zwecklos, ihr klarmachen zu wollen, dass ich nicht vorgehabt hatte, mich zu ihrem Sohn ins Bett zu legen. Das war zwar die Wahrheit, doch sie hätte mir niemals geglaubt. Außerdem war der Schaden bereits geschehen.

John. Sophie würde es John erzählen, und dann würde ich wieder ganz allein sein. Ich schämte mich ja so sehr.

»Was stimmt bloß nicht mit mir?«, rief ich in meine leere Wohnung hinein. Ich hätte schwören können, dass die Worte von den kahlen Wänden widerhallten und auf mich einprasselten wie Schläge.

Als ich Sophie anrief, rechnete ich nicht damit, dass sie rangehen würde. Sie tat es auch nicht. »Ich bin es, Eva«, sagte ich mit zitternder Stimme ins Telefon. »Bitte, hör dir meine Entschuldigung an.«

Später rief ich noch einmal an und hinterließ die gleiche Nachricht. Als sich beim dritten Versuch wieder nur der Anrufbeantworter meldete, legte ich auf.

In meinem Leben herrschte dröhnendes Schweigen.

95

Nach Erfahrung der Autorin rettet man eine durch ein falsches Wort oder eine gedankenlose Bemerkung entstandene peinliche Situation am besten dadurch, dass man sich sofort zu seiner Schuld bekennt und seinem Gegenüber anbietet, einem einen Kinnhaken zu verpassen.

– So bekommen Sie den Fuß aus dem Fettnäpfchen.

SOPHIE

»Ich hätte nie gedacht – niemals wäre ich darauf gekommen, dass …«

»Wie hättest du auch auf etwas derart Abwegiges kommen sollen?«

»Ich fühle mich so dumm.«

»Du bist nicht dumm.«

»Außerdem fühle ich mich betrogen.« Ich sah Ben an, der mir am Küchentisch gegenübersaß.

Wir hatten beide den von ihm eingeschenkten Tee, nicht angerührt. Seit ich Eva am Vortag mit meinem Sohn ertappt hatte, hatte ich keinen Bissen gegessen.

»Ja«, erwiderte er. »Sie hat dich betrogen. Allerdings hatte sie sicher nicht die Absicht, dir wehzutun.«

»Es ist nicht Jakes Schuld«, rief ich, plötzlich verärgert, aus.

Was wusste dieser Mann schon, dieser Mann, der selbst mit der Frau, die meinen Sohn benutzt hatte, im Bett gewesen war!

»Er ist noch so jung. Man kann ihm keinen Vorwurf machen.«

Ben schwieg. Als ich aufstand, schabte mein Stuhl mit einem knirschenden Geräusch über den Boden. Doch der Lärm und der Kratzer auf dem Parkett kümmerten mich nicht. Eigentlich spielte nichts mehr eine Rolle.

»Ich kann nicht, Ben«, meinte ich und betrachtete den Mann, der mir auf einmal fremd erschien. »Tut mir leid. Die Situation ist einfach zu verfahren. Es kommt mir fast wie Inzest vor. Es geht nicht.«

Ben senkte den Kopf.

Oh, bitte, dachte ich, hoffentlich fängt er jetzt nicht zu weinen an, sonst schreie ich los. Doch als er wieder aufblickte, waren seine Augen trocken. Ein schmerzlicher, aber ruhiger Ausdruck malte sich darin, als sei er Hiobsbotschaften gewöhnt.

»Ich wünschte, es wäre nicht geschehen«, meinte er. »Ich wünschte, ich könnte etwas sagen oder tun, das dir weiterhilft.«

»Da gibt es nichts.« Ich konnte es mir beim besten Willen nicht vorstellen.

Nachdem Ben fort war, lag ich lange weinend im Bett. Irgendwann fiel ich in einen unruhigen Schlaf. Ich weiß nicht mehr, ob ich geträumt habe.

Am nächsten Morgen war ich benommen und hatte Kopfschmerzen. Erschöpft rappelte ich mich auf. Mein früher so gemütliches Schlafzimmer erschien mir trist. Ich brachte es nicht über mich, mich anzuziehen und zur Arbeit zu gehen. Also legte ich mich wieder hin und griff zum Telefon.

Der Anrufbeantworter meldete sich. Offenbar war John bereits im Büro. Mit tonloser Stimme teilte ich ihm mit, unsere Freundin habe seit unserer Wiedersehensfeier im *Marino's* eine Affäre mit meinem Sohn – seit dem Abend, an dem wir auf unsere Freundschaft angestoßen hatten.

»Da wäre noch etwas«, stammelte ich dann. »Zwischen Ben und mir ist es aus.«

96

Liebe Kummerkastentante!

Chet, der Ehemann von Lara, der Schwester meines Mannes Bob, ist trockener Alkoholiker, Seit fast zwei Jahren trinkt er nicht mehr, was meine Schwägerin sehr froh macht, da er sie häufig verprügelt hat, wenn er betrunken war. Jetzt habe ich folgendes Problem: Nächste Woche haben wir einige Freunde zum Essen eingeladen, und ich plane ein leckeres Gericht, zu dem man das Fleisch allerdings in Rotwein marinieren muss. Allerdings weiß ich, dass Chet Alkohol unter allen Umständen meiden muss. Ohne Wein schmeckt es aber nicht so gut. Außerdem wird der Großteil des Alkohols ja verkocht sein, wenn das Essen auf dem Tisch steht. Ist es in Ordnung, wenn ich das Gericht einfach so serviere, wie es ist, ohne etwas zu sagen?

Liebes Hohlköpfchen!

Ihr Egoismus schlägt dem Fass den Boden aus. Wollen Sie wirklich die Billigung Ihres Mannes, die Sicherheit Ihrer Schwägerin und die Gesundheit Ihres Schwagers wegen eines gelungenen Bratens aufs Spiel setzen? Kochen Sie einfach etwas anderes, zu dessen Zubereitung man keinen Alkohol benötigt, und beten Sie, dass Ihre Familie diesen Brief nie zu Gesicht bekommt. (PS: Ein kleiner Tipp für die Zukunft – nennen Sie nie die wirklichen Namen der Beteiligten.)

JOHN

Freunde in der Not, zwei Menschen, die eine enttäuschte Liebe zusammengeführt hat. So konnte man Ben und mich bezeichnen, als wir einige Tage, nachdem ich Sophies schockierende

Nachricht erhalten hatte, bedrückt vor unseren Kaffeetassen saßen.

»Ich bin in sie verliebt«, gab ich zu. »Ihr Verhalten lässt zwar einiges zu wünschen übrig, und ich bin mit ihren Entscheidungen oft nicht einverstanden. Aber ich liebe sie. Habe ich vielleicht den Verstand verloren?«

Ben lächelte wehmütig.

»Nein, hast du nicht. Eva hat das gewisse Etwas und noch viel mehr in sich, als sie ihren Mitmenschen verrät. Allerdings ...«

»Allerdings was? Meinst du, dass sich nur ein ausgeprägter Masochist diese Herausforderung antun würde?«

»So ungefähr.«

»Vorausgesetzt«, erwiderte ich, »dass Eva mir überhaupt eine Chance geben würde. Ist es nicht ein Armutszeugnis, wenn ein Mann in meinem Alter sich vor unerwiderter Liebe zu einer Frau verzehrt, die Männer roh zum Frühstück verschlingt und sich aus ihren Knochen mittags eine Suppe kocht?«

Ben sah mich tadelnd an.

»So schlimm ist sie nun auch wieder nicht, John. Ich glaube, sie ist eher ängstlich als furchterregend. Natürlich habe ich einen Sicherheitsabstand und deshalb leicht reden.«

»Ich weiß«, sagte ich, »dass sie Angst hat. Inzwischen ist mir das klar. Aber was hat sie sich nur dabei gedacht, eine Affäre mit Sophies Sohn anzufangen?«

»Ich glaube nicht, dass sie viel gedacht hat.«

»Ich möchte sie nicht verurteilen, doch sie zwingt einen ja regelrecht dazu. Allerdings neige ich ohnehin zur Kritikfreudigkeit. Ich bin zwar nicht stolz darauf, doch so ist es nun einmal.«

»Es war falsch von ihr«, meinte Ben, »daran besteht kein Zweifel. Aber auch Jake trägt einen Teil der Verantwortung, obwohl Sophie sich das nicht eingestehen will. Für sie ist ihr Sohn ohne Fehl und Tadel. Sie tut ihm keinen Gefallen damit, dass sie ihn so vergöttert.«

»Nur, dass keine Möglichkeit besteht, ihr das begreiflich zu machen«, fügte ich überflüssigerweise hinzu.

Ben lächelte bedrückt.

»Insbesondere seit ich der Ex-Freund bin.«

Wir verfielen in ein niedergeschlagenes, grüblerisches Schweigen, während wir unseren völlig überteuerten Kaffee tranken. Es war schön, nicht allein zu sein.

»Über wen hieß es noch mal, es sei ›Wahnsinn, schädlich und gefährlich, ihn zu kennen‹?«, fragte ich.

»Lord Byron. Der Ausspruch stammt von Lady Caroline Lamb, die später seine Geliebte wurde. Das Motto hätte auch auf sie gepasst.«

»Aha.«

Ben runzelte die Stirn.

»Moment. Du hast doch nicht etwa Eva gemeint?«

»Nun«, erwiderte ich traurig, »der Gedanke …«

»Dämonisiere sie nicht, John.«

»Nein, ich verhalte mich nur wie ein Idiot. Ich werde schon darüber hinwegkommen.«

Aber wann? Wann würde ich Eva wiedersehen können, ohne sie mir mit Jake im Bett vorzustellen, ohne sie gleichzeitig schütteln und küssen zu wollen?

»Ich hole uns noch einen Kaffee.« Als Ben aufstand und zur Theke des überkandidelten kleinen Cafés ging, fragte ich mich plötzlich, ob er von meiner kurzen Romanze mit Sophie damals auf dem College wusste. Wenn ja, schien es ihn nicht zu stören. Und wenn nicht, gab es keinen Grund, es ihm zu erzählen. Das war Sophies Aufgabe. Beziehungsweise sie war es gewesen, als sie noch eine Beziehung mit Ben hatte.

»Was willst du in Sachen Sophie unternehmen?«, erkundigte ich mich, als Ben mit dem Kaffee zurückkehrte. »Ich könnte mit ihr reden. Meinst du, das bringt was?«

Ben schüttelte den Kopf.

»Nein, trotzdem danke. Sophie muss einige Dinge allein verarbeiten. Doch sie bedeutet mir sehr viel, John. Ich werde versuchen, mit ihr zu sprechen, und sie bitten, ihre Entscheidung, was unsere Beziehung angeht, noch einmal zu überdenken. Ich muss einfach. Ich kann sie nicht aufgeben. Um manche Menschen muss man kämpfen.«

»Richtig. Und der Schlüssel zum Erfolg ist, dass man sich klug dabei anstellt und die richtige Strategie und den passenden Zeitpunkt wählt.«

»Ja«, erwiderte Ben mit einem schiefen Lächeln. »Das ist eine Herausforderung.«

»Vielleicht kommt Sophie von selbst wieder zur Vernunft«, sagte ich. »Durchaus möglich. Alles ist möglich.«

Unbeeindruckt von meinem Allgemeinplatz, zuckte Ben die Achseln.

»Ich finde, wir sollten etwas Stärkeres trinken als Kaffee.«

Ben sah auf die Uhr.

»Viertel nach sechs. Die Bar im *The Grille* hat gerade aufgemacht.«

»Gehen wir.«

97

Sehen wir den Tatsachen ins Gesicht: Hässliche Menschen sind zwar keine Augenweide, haben aber trotzdem ein Recht auf menschenwürdige Behandlung. Wenn Sie sich also in der Gegenwart einer solchen Person befinden, seien Sie so nett zu lügen. Machen Sie der Frau ein Kompliment zu ihrem schauderhaften Kostüm. (Merke: Viele hässliche Menschen haben von Geburt an einen schrecklichen Geschmack in Modedingen.) Schwören Sie dem Burschen, dass Sie für die Rostlaube, die er sein Auto nennt, einen Mord begehen würden. (Merke: Vielen hässlichen Menschen fehlt das Talent zum Geldverdienen.) Vermeiden Sie beim Sprechen unter allen Umständen den Augenkontakt. Hässliche Menschen sind Lügen gewohnt und werden sie an Ihrem Blick erkennen.

– Wann eine Lüge das Gnädigste ist.

JOHN

»John?«

Ich schaute von der Akte auf, die ich gerade las, und sah Ellen in der Tür stehen. Sie zog sie hinter sich zu.

»Was ist los?«, fragte ich. »Du machst so ein komisches Gesicht.«

»Äh, danke. Wir haben ein Problem: Genes Frau ist hier und möchte mit dir sprechen.«

»Was will sie denn?«

»Keine Ahnung. Hat sie nicht gesagt. Ich nehme an, dass sie – nein, ich weiß wirklich nicht, warum sie gekommen ist.«

»Gut, schick sie rein.«

»Wird gemacht.«

»Oh, und Ellen? Nicht lauschen. Ich erzähle dir später alles – wenn ich kann.«

Ellen senkte die Stimme zu einem Flüstern.

»Wäre es nicht toll, wenn sie dich als Scheidungsanwalt nimmt?«

»Abgesehen von dem Interessenskonflikt, ja, es wäre wirklich – toll. Nicht, dass ich eine schwangere Frau einem Rosenkrieg vor Gericht aussetzen möchte. Und eine Scheidung, bei der Gene eine Rolle spielt, wird sicher ziemlich unschön.«

»Vielleicht auch nicht. Typen wie er sind im Grunde genommen meistens Feiglinge. Nimm zur Kenntnis, dass ich nicht ›im Grunde ihres Herzens‹ gesagt habe, denn Kerle wie Gene haben kein Herz. Ich wette …«

»Ellen!«

»Oh, schon gut. Ich schicke sie rein.«

Das erste Wort, das mir beim Anblick von Marie Patton einfiel, war unscheinbar. Nichtssagend war das nächste. Das hieß nicht, dass sie hässlich gewesen wäre. Sie war einfach nur ein Mensch, der niemandem auffiel. Neben Gene wirkte sie mehr oder weniger unsichtbar, war also genau das Gegenstück, das er brauchte, um sein unersättliches Bedürfnis nach Aufmerksamkeit zu befriedigen.

Als ich ihr etwas zu trinken anbot, lehnte sie ab. Ich bat sie, auf einem der Besucherstühle Platz zu nehmen, worauf sie sich auf die Stuhlkante kauerte.

»Ich weiß, dass Gene heute Nachmittag nicht in der Kanzlei ist«, begann sie. »Er hat mir erzählt, er müsse zu Gericht.«

»Stimmt.« Ich war froh, dass Gene wenigstens diesmal nicht gelogen hatte. Denn ich hatte mehr als einmal mitgehört, wie er seiner Frau am Telefon sagte, er müsse länger arbeiten, obwohl ich wusste, dass er sich mit einer seiner Freundinnen traf – und Geld für Alkohol ausgab, das er eigentlich in die Einrichtung des Kinderzimmers hätte stecken sollen.

»Er soll nämlich nicht erfahren, dass ich mit Ihnen gesprochen habe.«

»Möchten Sie mir nicht erklären, warum Sie hier sind, Marie?«

»Mir ist eingefallen«, erwiderte sie, »wie nett Sie letztes Jahr auf der Weihnachtsfeier zu mir waren.«

»Oh«, antwortete ich. »Ja, es war mir ein Vergnügen, mich mit Ihnen zu unterhalten.«

»Mr Felitti …«

»Nennen Sie mich bitte John.«

»Gut, John – es fällt mir nicht leicht.«

Als sie mich flehend ansah, nickte ich auffordernd mit dem Kopf. »Mr Felitti … John … ich habe den Verdacht, dass mein Mann mich betrügt. Eigentlich vermute ich das schon seit einiger Zeit, aber, nun ja, ich habe es für mich behalten.«

Ach, Mist, dachte ich. Das konnte ja heiter werden.

»Sprechen Sie weiter«, meinte ich mit einem leichten Zittern in der Stimme.

»Ich – ich weiß, dass mein Privatleben Sie nichts angeht. Schließlich ist es nicht Ihre Aufgabe, sich mit den Familien Ihrer Mitarbeiter zu befassen.«

»Nur wenn private Probleme die Arbeitsleistung beeinträchtigen«, entgegnete ich, hauptsächlich um Zeit zu gewinnen.

»Ja, natürlich. Allerdings habe ich keine Ahnung, wie es um Genes Arbeitsleistung bestellt ist«, antwortete sie. »Er spricht nicht viel über die Arbeit.«

Marie wandte verlegen den Blick ab. »Wissen Sie, Mr Felitti, mein Mann hält mich nicht für sehr klug.«

Diesmal verbesserte ich sie nicht. Vielleicht erleichterte ihr die Förmlichkeit, mich mit dem Nachnamen anzusprechen, das unangenehme persönliche Thema überhaupt mit mir zu erörtern.

»Es tut mir leid, das zu hören«, gab ich zurück, obwohl ich ihr lieber anvertraut hätte, dass ich Gene für einen ausgemachten Idioten hielt. Aber ich verkniff es mir.

Als Marie aufseufzte, lag das gesamte Gewicht ihrer Trauer und Demütigung in diesem Geräusch.

»Ich frage mich«, fuhr sie fort, »oder vielmehr wollte ich sagen, dass – ich brauche Rat, denn ich weiß nicht mehr, was ich tun soll, Mr Felitti.«

»Haben Sie Gene schon zur Rede gestellt?«, fragte ich, obwohl ich die Antwort kannte.

Marie lachte beklommen.

»Oh, nein. Er ist viel schlagfertiger als ich. Er würde nur eine Minute brauchen, um mir zu beweisen, dass ich ein Dummerchen bin, weil ich an ihm zweifle. Wissen Sie, Mr Felitti, das war schon immer unser Problem.«

Reizend. Seelische Grausamkeit in der Ehe. Aber vielleicht war die Tatsache, dass Marie sich ihrer Lage bewusst war, ein Hinweis auf eine baldige Veränderung. Vielleicht. Ich hatte schon zu viele Opfer gesehen, die sich den Menschen, die sie quälten, nach einigen kühnen Befreiungsversuchen letztlich doch ergaben.

»Marie, wollen Sie sich scheiden lassen?«, packte ich den Stier bei den Hörnern.

»Nein! Absolut nicht. Meine Eltern – eine Scheidung käme nicht infrage.«

»Würden Sie zu einer Eheberatung gehen, wenn Gene einverstanden ist?«

»Ich müsste es meinen Eltern verheimlichen«, erwiderte sie. »Aber ja, eine Eheberatung wäre eine gute Idee, falls ich Gene dazu überreden könnte.« Marie sah mich forschend an. »Sie kennen doch Gene, Mr Felitti, und wissen, wie er sein kann.«

»Selbst Männer wie Gene sind manchmal bereit, eine Eheberatung aufzusuchen, wenn das Ende ihrer Ehe droht«, meinte ich.

»Da haben Sie größeres Vertrauen in ihn als ich«, entgegnete sie.

»Marie, ich muss Sie etwas Wichtiges fragen. Lieben Sie ihren Mann?«

»Trotz der Umstände«, antwortete sie wie aus der Pistole geschossen, »ja. Ich liebe ihn.«

»Doch Sie wollen, dass sich etwas ändert?«, hakte ich nach.
»Ja.« Maries Tonfall wurde drängend. »Es muss sich etwas ändern. Nicht meinetwegen, weil ich unglücklich wäre. »

Das, dachte ich, ist momentan dein größtes Problem. Es sollte dir nur um dich gehen.

»Sondern wegen unseres Babys. Ich möchte unser Kind nicht allein großziehen, Mr Felitti. Es soll stolz auf seinen Vater sein. Ich möchte, dass Gene aufhört, sich mit anderen Frauen zu treffen, und unsere Familie rettet. Falls er sich mit anderen Frauen trifft.«

»Zweifeln Sie etwa daran?«, gab ich ungläubig zurück.

Marie senkte den Blick, als sie antwortete.

»Ich bin machtlos gegen den Gedanken, dass ich mir das alles womöglich nur einbilde und dass all die kleinen Anzeichen nichts zu bedeuten haben.«

Ja, ich konnte gut nachvollziehen, dass eine ohnehin von mangelndem Selbstbewusstsein geplagte Frau nach so vielen Jahren mit Gene anfing, an ihrem Verstand zu zweifeln. Ich unterdrückte einen Seufzer.

»Was genau wollen Sie von mir?«, fragte ich.

Marie hob den Kopf.

»Dass Sie mir die Wahrheit sagen. Wenn Sie wissen, dass Gene sich mit anderen Frauen trifft, müssen Sie offen mit mir sein. Dann finde ich vielleicht den Mut, ihn darauf anzusprechen. Falls ich Beweise hätte, könnte er mir nicht mehr einreden, dass ich mich irre.«

»Mein Wort«, entgegnete ich zögernd, »wäre kein Beweis. Gene könnte behaupten, dass ich lüge. Dann würde der Schuss nach hinten losgehen.«

»Oh.« Unvermittelt stand Marie auf. »Nun, dann danke ich Ihnen, dass Sie mir Ihre Zeit geopfert haben, Mr Felitti. Entschuldigen Sie die Störung.«

Das ist doch lächerlich, dachte ich. Warum nehme ich diesen Mistkerl in Schutz und lasse seine Frau in dem Glauben, dass sie Gespenster sieht?

»Warten Sie, Marie.« Ich nahm ein Stück Papier und notierte den Namen von Genes Lieblingsbar. »Dienstag um sieben. Gene wird aller Wahrscheinlichkeit dort sein. Und das vermutlich nicht allein. Dann haben Sie Ihren Beweis.«

Marie nahm das Blatt mit erstaunlich ruhiger Hand entgegen.

»Wie kann ich Ihnen danken, Mr Felitti?«

»Das brauchen Sie nicht«, erwiderte ich. »Ich wünschte, ich könnte mehr für Sie tun. In Zukunft …«

»Ich möchte es aber.«

An der Tür drehte Marie sich noch einmal um.

»Noch etwas«, sagte sie. »Gene braucht doch nichts von unserem Gespräch zu erfahren?«

»Absolut nicht. Es bleibt unser kleines Geheimnis.«

»Unser kleines Geheimnis.«

»Passen Sie gut auf sich auf, Marie.«

Marie lächelte traurig. »Ich werde es versuchen.«

Nachdem sie fort war, bekam ich ein schlechtes Gewissen, weil ich einen Kollegen angeschwärzt hatte. Allerdings war es mir ein Vergnügen, der bedauernswerten Frau dieses Kollegen geholfen zu haben.

»Du hast dich eingemischt, richtig?«

Ich blickte auf. Ellen.

»Du könntest dich als Einbrecherin versuchen«, meinte ich.

»Lautlosigkeit kann sehr nützlich sein. Was ist hier gerade gelaufen?«

Ich erzählte ihr, was Marie gesagt und was ich getan hatte.

»Also hast du dich tatsächlich eingemischt«, warf sie mir vor.

»Ich musste es tun«, antwortete ich.

»Ich verstehe. Hoffentlich gerät Mrs Patton wegen deiner guten Absichten nicht in Schwierigkeiten.«

»Dürfte ich mich wenigstens einen Moment daran erfreuen, dass ich Gene eins ausgewischt habe?«

»Aber wirklich nur einen Moment. Danach fängst du besser an zu beten, dass keine Katastrophe geschieht.«

98

Liebe Kummerkastentante!

Meine beste Freundin hat mir ein Geheimnis anvertraut und das Versprechen abgenommen, es niemandem zu verraten. Doch schon am nächsten Tag habe ich es einer gemeinsamen Freundin erzählt! Ich weiß nicht, warum. Die Worte sind einfach so aus mir herausgesprudelt. Jetzt habe ich ein schlechtes Gewissen. Ich kann weder essen noch schlafen und bin völlig ratlos. Können Sie mir helfen?

Liebes Plappermäulchen!

Bekämpfen Sie Ihre Schuldgefühle mit einer ausgiebigen Selbstgeißelung. Anschließend schleppen Sie Ihren blutigen Hintern zu Ihrer besten Freundin, beichten ihr alles und bitten sie, Ihnen nie wieder ein Geheimnis anzuvertrauen, da Sie eindeutig unzuverlässig sind. Wahrscheinlich wird sie nie mehr ein Wort mit Ihnen wechseln. Aber wenigstens können Sie dann wieder essen.

SOPHIE

Das Telefon läutete sechsmal, bevor sich eine schläfrige Männerstimme meldete.

»Brad«, sagte ich. »Ich bin es, Sophie.«

»Ich weiß. Ich habe eine Rufnummernerkennung.«

Es war sinnlos, Zeit mit Höflichkeitsfloskeln zu vergeuden.

»Ich habe schlechte Nachrichten, Brad.«

»Was ist los?«, wollte er wissen. »Hatte Jake einen Unfall?«

»Jemand hat ihm das Herz gebrochen.«

Eine Weile herrschte Schweigen. Dann lachte Brad.

»War das alles? Mein Gott, Sophie. Ich habe schon befürchtet, ihm könnte etwas zugestoßen sein. Ein Beinbruch oder so.«

»Brad! Wie kannst du nur so kaltschnäuzig sein? Ein gebrochenes Herz ist viel schlimmer als ein Beinbruch.«

Wieder Schweigen, bevor Brad meinte: »Sophie, bitte. Jake tut mir zwar leid, aber realistisch betrachtet ist ein gebrochenes Herz kein Weltuntergang, sondern ein Stück Lebenserfahrung, aus dem er etwas lernen kann.«

»Was?«

»Jake hat bis jetzt noch nicht viele Enttäuschungen mitmachen müssen«, antwortete Brad sachlich. »Er muss lernen, dass es im Leben auch Niederlagen gibt. Außerdem ist er noch jung. Er wird darüber hinwegkommen.«

»Diesmal nicht«, beharrte ich. »Zumindest nicht für eine lange Zeit.«

Brad seufzte theatralisch auf. »Könntest du dich bitte etwas weniger geheimnisvoll ausdrücken? Ich hatte noch nicht einmal eine Tasse Kaffee. Hast du vergessen, dass zwischen Kalifornien und Massachusetts ein Zeitunterschied besteht?«

»Selbstverständlich nicht. Ich warte schon seit Stunden darauf, dich anzurufen. Es ist«, ich warf einen Blick auf die Uhr über der Spüle, »jetzt an der Westküste genau fünf nach sieben. Normalerweise stehst du um halb sieben auf.«

Brad seufzte wieder.

»Sophie, wir leben seit über einem Jahr nicht mehr zusammen. Menschen ändern ihre Gewohnheiten. Merke dir bitte für die Zukunft, dass ich inzwischen erst um acht aufstehe.«

»Oh«, sagte ich.

Ich wäre nie auf den Gedanken gekommen, dass Brad seine Gewohnheiten ändern könnte. Warum denn auch?

»Carly arbeitet im Restaurant die Spätschicht und kommt erst um Mitternacht nach Hause. Also habe ich meinen Tagesablauf ein wenig an ihren angepasst. Danke, Schatz«, hörte ich Brad murmeln. »Ah, der erste Schluck. Ein Zaubermittel. So, jetzt funktioniert mein Verstand wieder.«

Ich fragte mich, ob Carly wohl mit Brad am Küchentisch saß, das Gespräch belauschte und wegen der lästigen Ex-Frau die Augen verdrehte. Was hatte sie wohl an? Schlief sie auch in einem langen Baumwollnachthemd wie ich damals?

»Sophie, bist du noch dran?«

»Brad«, erwiderte ich. »Jake hatte – eine Affäre mit meiner Freundin Eva. Meiner Freundin aus dem College, bei der ich mich wieder gemeldet habe, als ich an die Ostküste zog.«

Ich hörte, wie Brad noch einen großen Schluck Kaffee trank, bevor er antwortete.

»Hoppla, das ist ja ein Hammer. Wie bist du dahintergekommen? Hat Jake es dir erzählt?«

»Nein«, sagte ich, »hat er nicht. Ich – habe die beiden in Jakes Wohnung ertappt. Ich besitze einen Schlüssel.«

Brad pfiff durch die Zähne.

»Erste Frage: Warum bist du in die Wohnung deines Sohnes eingebrochen?«

»Ich bin nicht eingebrochen. Ich sagte doch, ich habe einen Schlüssel!« Brad konnte einen wirklich auf die Palme bringen. »Jedenfalls«, fuhr ich fort, »war es entsetzlich. Die schlimmste Erfahrung meines Lebens.«

»Das kann ich mir denken.«

»Diese – Affäre ist absolut empörend.«

»Nun, ich stimme dir darin zu, dass Jake und Eva sich nicht sehr klug verhalten haben. Aber empörend kann ich es nicht finden.«

»Sie ist zwanzig Jahre älter als Jake«, protestierte ich. »Mein Gott, was ist, wenn er einen psychischen und emotionalen Schaden erlitten hat?«

»Sophie, beruhige dich. Erstens ist Jake nicht mehr zwölf, sondern einundzwanzig, und zweitens …«

»Was?«, hakte ich nach. »Was ist zweitens?«

»Hör zu, Sophie. Eva ist nicht die erste ältere Frau, mit der Jake etwas hatte.«

»Was soll das heißen?«

»Dass Jake auf ältere Frauen steht. Er hatte schon mehrere Beziehungen mit Frauen, die mindestens zehn Jahre älter waren als er.«

Ich starrte auf die Kühlschrankecke, bis ich beinahe zu schielen begann.

»Sophie? Ist alles in Ordnung?«

»Nein«, entgegnete ich. »Gar nichts ist in Ordnung. Warum hast du mir das nicht schon früher erzählt?«

»Ich wollte nicht, dass du dich aufregst«, antwortete Brad sachlich. »Schau, jetzt weißt du es und regst dich auf. Manchmal ist es besser, Dinge für sich zu behalten. Jake und ich haben vor einiger Zeit abgesprochen, dass diese Sache unter uns bleibt.«

Mein Mann und mein Sohn hatten sich gegen mich verschworen. Ich fühlte mich betrogen und gedemütigt.

»Warum glauben alle, ich könnte die Wahrheit nicht ertragen?«, fragte ich. »Haltet ihr mich für ein Kind?«

Ich hörte Brad am anderen Ende der Leitung etwas murmeln – vielleicht ging Carly ja gerade duschen –, dann seufzte er.

»Pass auf, Sophie«, meinte er. »Sei doch vernünftig. Wenn Jake dir von Anfang an reinen Wein eingeschenkt und dir gesagt hätte, dass er mit deiner Freundin schläft, hätte das auch nichts an deinen Gefühlen geändert. Ganz sicher nicht. Sie wollten dich mit ihrem Schweigen nur schonen.«

»Eva hat meinen Sohn benutzt«, protestierte ich. »Sie hat mir eine Nachricht auf dem Anrufbeantworter hinterlassen, in der sie behauptet, Jake habe den ersten Schritt gemacht, aber ich glaube ihr kein Wort. Sie will nur die Verantwortung für ihr abstoßendes Verhalten auf ihn abwälzen.«

»Was sagt Jake dazu?«, erkundigte sich Brad.

»Jake bestätigt die Geschichte«, gab ich zu. »Er erzählt, er habe sie einfach in ihrem Bürogebäude abgepasst und sie auf einen Drink eingeladen.«

»Siehst du? Jake wusste genau, was er wollte. Ihm ist nichts passiert.« Brads selbstzufriedener und triumphierender Tonfall ärgerte mich.

»Aber es ist doch klar, dass er das sagt«, widersprach ich. »Schließlich will er nicht von seiner Mutter bemitleidet werden. Außerdem möchte er vor seinem Vater, einem Mann, der mit einem Mädchen zusammen ist, das besser zu ihm passen würde, nicht als Versager dastehen.«

Brad schwieg eine Weile. Ich wusste, dass er bis zehn zählte. Er mag zwar viele Fehler haben, aber Unbeherrschtheit gehört nicht dazu.

»Carly ist nicht Jakes Typ«, meinte er schließlich ruhig. »Sie liebt Kriminalromane, und du weißt ja, was Jake davon hält.«

Ich musste ihm zwar insgeheim recht geben, war aber nicht bereit, mich zu entschuldigen.

»Du weißt genau, was ich meine, Brad. Sie entspricht ihm altersmäßig mehr als dir.«

Diesmal zählte Brad nur bis fünf.

»Wenn wir schon beim Thema romantische Verwicklungen sind«, entgegnete er, »wie läuft es denn mit Ben?«

»Prima«, log ich.

»Nicht, wenn man Jake glauben kann. Er hat mir erzählt, du hättest dich von ihm getrennt.«

Jake mochte ein Meister darin sein, seine eigenen Geheimnisse zu hüten – allerdings nicht die anderer Leute. Gut, ich hatte ihn nicht gebeten, seinem Vater nichts davon zu verraten, aber trotzdem.

»Ben war früher Evas Freund«, erklärte ich. »Er hat mit ihr geschlafen. Ich – komme darüber nicht hinweg.«

»Hör zu, Sophie, ich weiß, dass du mich in Herzensangelegenheiten nicht für einen guten Ratgeber hältst, aber …«

»Ganz richtig.«

»Doch ich möchte dir dennoch etwas sagen. Laut Jake soll dieser Ben ein netter Kerl sein. Er findet, dass ihr sehr ungezwungen miteinander umgeht. Meiner Ansicht nach wäre es ein Jammer, dass du dir die Chance, glücklich zu werden, entgehen lässt – wegen einer Sache, die Ben getan hat, bevor ihr beide euch kanntet.«

Ich antwortete nicht und ließ Brad schmoren.

»Sophie«, hakte er schließlich nach. »Hast du mich verstanden?«

»Ja. Ich habe mich nur gefragt, ob du mit deinen weisen Reden fertig bist.«

»Ich kenne dich, Sophie. Eine gute Ehe würde dich glücklich machen. Jeder Mensch hat eine Vergangenheit, mit der du dich abfinden musst.«

»Eva war erst mit Ben zusammen und dann mit Jake«, fiel ich ihm zornig ins Wort. »Und dann war ich mit Ben zusammen. Für mich ist das wie Inzest!«

»Dass du an Evas Ex-Freund geraten bist, ist reiner Zufall«, erwiderte Brad. »Und hat überhaupt nichts mit der Sache zwischen Jake und Eva zu tun.«

Ich hatte versucht, die beiden Dinge voneinander zu trennen. Oder? Nein. Seit ich hinter Evas Affäre mit meinem Sohn gekommen war, konnte ich nicht mehr klar denken.

»Hm«, meinte ich, nicht bereit, Brads Rat anzunehmen.

»Übrigens«, fuhr er fort, »wenn du schon dabei bist, sauer auf Eva zu sein. Warum richtest du nicht einen Teil deiner Wut gegen deinen Sohn. Immerhin hat er dich auch angelogen.«

Meine Antwort kam ganz spontan. Es war die Reaktion einer Mutter, die ihr Kind von jeglicher Verantwortung oder Schuld freispricht.

»Er wollte mich vor der Wahrheit schützen«, entgegnete ich.

»Ich dachte, du hasst es, wenn andere dich vor der Wahrheit schützen wollen.«

»Stimmt. Es ist nur …«

»Hat Jake sich bei dir entschuldigt?«

»Nein. Warum sollte er?«

»Vielleicht solltest du ihn dazu auffordern. Er ist kein Kind mehr, Sophie, und muss zu seinen Handlungen stehen. Das soll nicht heißen, dass es ein Fehler von ihm war, sich mit deiner Freundin einzulassen. Aber er muss begreifen, dass seine Entscheidung Folgen hatte.«

Interessant, dachte ich. Plötzlich verteilte Brad Tipps zum Thema Kindererziehung, einem Bereich, den er früher fast ausschließlich mir überlassen hatte.

»Tschüss, Brad«, sagte ich.

»Du verwöhnst ihn, Sophie. Du lässt ihm zu viel durchgehen. Das war schon immer so.«

»Ich habe keine Lust mehr auf dieses Gespräch, Brad. Ich muss Schluss machen.«

»Wie du meinst. Ich bin sicher, dass Jake nichts fehlt, aber ich melde mich später bei ihm.«

Oh, dachte ich. Ich bin sicher, dass ein Anruf von dir alles in Ordnung bringen wird.

»Tschüss, Brad.«

»Tschüss, Sophie«, erwiderte er und legte auf, vermutlich, um Carly unter der Dusche Gesellschaft zu leisten.

99

Wer davon ausgeht, dass jeder Mensch etwas auf dem Kerbholz hat, wird bald aufhören, sich für die schmutzigen Details zu interessieren. Spielt der Name der Frau, mit der Ihr Mann auf seiner letzten Geschäftsreise im Bett war, wirklich eine Rolle? Werden Sie sich tatsächlich besser fühlen, wenn Sie wissen, dass sie nicht Gail, sondern Karen hieß?

– Ahnungslosigkeit kann ein Segen sein: Besorgen Sie sich nur die Informationen, die Sie wirklich brauchen.

EVA

»Ich war nicht sicher, ob du meinen Anruf annehmen wirst«, sagte er. Ich hörte einen Hauch von Selbstmitleid in seinem Tonfall.

Ich war auch nicht sicher, warum ich an den Apparat gegangen war. Vermutlich aus einem bohrenden Schuldgefühl heraus.

»Was willst du, Jake?«, erkundigte ich mich ruhig.

»Ich glaube, ich habe – ich meinte, ich glaube, du hast eine CD bei mir vergessen.«

»Ich habe nie eine CD zu dir mitgenommen, Jake. Sie kann nicht von mir sein.«

»Oh. Dann gehört sie wahrscheinlich Phil oder sonst jemandem.«

»Ja«, sagte ich. »Ich bin vollkommen überzeugt, dass sie irgend jemandem gehört. War das alles, Jake? Ich muss jetzt nämlich wirklich …«

»Wusstest du«, fiel er mir ins Wort, »dass Mom etwas mit John hatte, als ihr damals auf dem College wart?«

Im ersten Moment verstand ich nicht ganz. Im zweiten schon.

»Ich nehme an, dass du mit ›etwas‹ eine sexuelle Beziehung meinst«, hakte ich vorsichtig nach.

»Ja. Ich glaube, es dauerte nur ein paar Wochen.«

»Nein«, erwiderte ich, »das wusste ich nicht. Und offen gestanden wäre es mir damals ebenso gleichgültig gewesen wie heute.«

Jake schnaubte ungläubig.

»Warum erzählst du mir das?«, fragte ich.

»Ich dachte, es könnte dich interessieren.«

»Nun«, entgegnete ich, »da hast du falsch gedacht. Tschüss, Jake.«

Jake schwieg.

Ich legte auf.

»Idiot!«, zischte ich die Wand meines Büros an.

Allerdings war ich nicht wütend auf Jake. Jake war nur ein Junge, der gerade einen Schuss vor den Bug bekommen hatte und nun seinem Selbstbewusstsein auf die Sprünge helfen wollte, indem er es der Täterin heimzahlte.

Nein, ich ärgerte mich über Sophie und John. All die Jahre hatten sie mir die Beziehung verheimlicht. Das Zurückhalten von Informationen ist zwar nicht das Gleiche wie lügen, aber nahe daran, das musste ich wohl am besten wissen. Ich fühlte mich betrogen, vermutlich genauso wie Sophie.

Oh.

Genauso wie Sophie, als sie ihre Freundin im Schlafzimmer ihres Sohnes ertappt hatte.

Natürlich.

Sophie war so tief gekränkt wegen unserer Affäre, weil sie Jake und vielleicht auch mich liebte. Zumindest bedeutete ich ihr etwas, wodurch unsere Heimlichkeiten ihr nur umso mehr wehtaten.

Sophie hatte mich gern, genauso wie ich sie gern hatte oder vielleicht sogar liebte.

Ich holte ein paarmal tief Luft, um einen klaren Kopf zu bekommen. Sophie hatte mit John geschlafen. Gut. Ihre kurze Beziehung lag in der Vergangenheit, die keine Rolle spielte, wie ich mir oft sagte.

Mit Ausnahme der Situationen, in denen sie es eben doch tat.

Wie naiv war ich gewesen – und das auch noch so viele Jahre lang. In diesem Augenblick hasste ich mich für meine Sturheit, Dummheit und meinen mangelnden Mut in Gefühlsdingen.

Jake würde nie erfahren, wie wirkungsvoll sein Vergeltungsanruf gewesen war.

100

Liebe Kummerkastentante!

Vor etwa einem Monat ist in das Haus neben dem, in dem mein Mann und ich seit zwanzig Jahren wohnen, eine Familie eingezogen. Die Eltern machen einen netten Eindruck. (Auch wenn ich immer noch auf den Dank für den Korb mit Muffins warte, den ich ihnen als Willkommensgeschenk überreicht habe.) Allerdings haben sie eine fünfzehnjährige Tochter, die – ich wage kaum, es niederzuschreiben – mit meinem Mann flirtet, wenn er zur Arbeit geht, nach Hause kommt oder die Post hereinholt. Sie scheint ihm regelrecht aufzulauern! Wenn ich sie beim Einkaufen treffe – was so oft passiert, dass ich mich schon beinahe verfolgt fühle –, grinst sie mich herausfordernd an, sodass ich errötend den Blick abwenden muss. Ich weiß nicht, was ich tun soll. Könnten Sie mir bitte helfen?

Liebes Häufchen Elend!

Die Wahrheit über ihre verkommene Nachbarstochter ist ebenso offensichtlich wie das Fettpolster an Ihrer Taille, das vermutlich die Schuld an Ihrem mangelnden Selbstbewusstsein trägt. Nun aber zurück zu Lolita und ihren schamlosen Versuchen, ihren ahnungslosen Mann zu einer schäbigen Affäre zu verführen – und Sie dabei zu demütigen. Wehren Sie sich. Und zwar sofort. Wenn sie Lolita das nächste Mal »zufällig« begegnen, sagen Sie ihr klipp und klar – und ohne wegzuschauen –, dass Sie ihr die Augen auskratzen und an Princess, Ihre geliebte Katze (nur eine Vermutung), verfüttern werden, sofern sie von dem Projekt, Ihren Mann zu vögeln und Ihre Ehe kaputtzumachen, nicht Abstand nimmt. Glauben Sie mir, eine Konfrontation ist sicher das Letzte, was diese verwöhnte Göre erwartet.

Anschließend rufen Sie mich an. Ich kenne da eine wunderbare Diät, die Sie unbedingt ausprobieren sollten.

SOPHIE

Als die Tage ohne Ben und ohne Eva vergingen, begann ich allmählich, Jakes Rolle in diesem Durcheinander mit anderen Augen zu sehen. Vielleicht hatte Brad ja doch recht. Jake war ein Mann, kein Junge mehr, und sollte erfahren, dass sein egoistisches und gedankenloses Verhalten Folgen hatte.

Seit dem schrecklichen Moment in seinem Schlafzimmer hatte ich nur zwei Mal mit ihm gesprochen. Zum ersten Mal später am selben Abend, als er mich anrief und mir erklärte, ich hätte es nie erfahren sollen. Ein wenig rechtfertigend fügte er hinzu, sie hätten ja niemandem geschadet. Nach einigen Tagen rief er wieder an und brüstete sich damit, er habe in der Beziehung mit Eva den ersten Schritt gemacht. Dann fragte er, ob er irgendwann in dieser Woche zum Abendessen kommen könne.

Einfach so. Als hätte ich nichts Traumatisches erlebt. Das war der Moment, der meinen Sinneswandel herbeiführte.

Jake erschien um sieben. Unser Kuss auf die Wange war der Verlegenheit geschuldet. Eigentlich wollte ich ihn umarmen wie immer, konnte es aber nicht.

Vielleicht später, dachte ich. Vielleicht, nachdem er sich bei mir entschuldigt hat.

Jake folgte mir in die Küche.

»Das duftet ja lecker«, meinte er und öffnete die Kühlschranktür. »Kein Bier?«

»Nein«, erwiderte ich. »Muss ich vergessen haben.«

Das war eine Lüge. Ich hatte schon die Hand nach dem Sechserpack mit dem teuren Bier ausgestreckt, das Jake so gern trank, sie jedoch wieder zurückgezogen. Zum ersten Mal im Leben hatte ich keine Lust, meinem Sohn jeden Wunsch von den Augen abzulesen.

Jake runzelte die Stirn.

»Ich glaube, dann nehme ich ein Glas Wein.« Ich wies mit dem Kopf auf die Flasche, die auf der Anrichte stand.

»Der Korkenzieher ist in der Schublade«, sagte ich.

Können Sie sich vorstellen, wie viel Kraft es mich kostete, reglos zu verharren anstatt die Flasche für ihn zu öffnen?

Sicher ahnte Jake, dass ich ihn zur Rede stellen würde. Vielleicht aber war er auch gar nicht auf diesen Gedanken gekommen.

»Ich möchte«, begann ich, »über das sprechen, was letztens vorgefallen ist.«

Jake seufzte.

»Mom, es ist aus zwischen Eva und mir. Also lass es.«

Mir entfuhr ein spöttisches Auflachen.

»Nein, Jake, ich lasse es nicht. Dazu ist es noch zu früh.«

Jake entkorkte die Weinflasche und seufzte wieder.

»Was gibt es dazu noch zu sagen?«, fragte er.

»Du hast meine Beziehung mit Ben zerstört«, entgegnete ich ruhig und selbst erstaunt über meinen Mut. »Ich war so durcheinander, als ich hörte, dass er früher mit Eva gegangen ist und dann«, ich überlegte, wie ich mich am besten ausdrücken sollte, »von Eva und dir erfuhr.«

Jake machte ein verdutztes Gesicht.

»Das war deine freie Entscheidung, Mom. Du warst es doch, die sich von Ben getrennt hat.«

Hatte er wirklich so wenig Verständnis?

»Aber dein Verhalten hat es für mich noch schlimmer gemacht«, antwortete ich. »Nun habe ich Ben und Eva verloren.«

Nein, dachte ich, Eva hatte ich nie gehabt. Sie war nur nett zu mir gewesen, um an meinen Sohn heranzukommen.

»Es ist nicht allein deine Schuld«, fuhr ich fort, »aber ich finde, eine Entschuldigung wäre angebracht.«

Jake schwieg.

»Was hast du dir dabei gedacht, mit meiner Freundin anzubändeln?«, bohrte ich weiter. »Hattest du überhaupt eine Vorstellung davon, was du damit anrichten könntest?«

»Niemand hat sie gezwungen.« Jakes Tonfall war trotzig. Er trank einen großen Schluck Wein – Wein, den ich gekauft hatte – und stellte das Glas zu laut auf die Anrichte.

»Nein, das ist richtig«, stimmte ich zu. »Sie hat sich egoistisch verhalten. Ihr alle beide.«

Jake verschränkte die Arme vor der Brust. Ein Schmollen schlich sich in sein Gesicht. Ich kannte diesen Ausdruck gut, auch wenn ich ihn schon lange nicht mehr gesehen hatte.

»Ich bin einundzwanzig, Mom«, erwiderte er. »Ich kann gehen, mit wem ich will.«

»Natürlich«, gab ich zurück. »Aber verstehst du wirklich nicht, was du falsch gemacht hast?«

Wieder Schweigen, während Jake überlegte, wie er dieses Gespräch am besten beenden sollte.

Ich wartete. Ich musste nirgendwo hin und war mit niemandem verabredet. In diesem Moment fühlte ich mich sehr allein.

Schließlich ließ er die Arme sinken und steckte die Hände in die Hosentaschen.

»Ja«, sagte er. »Okay, es tut mir leid. Ich … Wahrscheinlich war es nur Lust.«

In diesem Augenblick war ich von Jake tief enttäuscht. Die Katastrophe, die er und Eva angerichtet hatten, machte mich so zornig, dass mir beinahe übel wurde.

»Lust!«, rief ich aus. »Das Thema kotzt mich allmählich an. Ich habe es so satt, dass Männer ihre Frauen betrügen, dass Frauen unverbindlichen Sex haben und dass Männer mittleren Alters Mädchen heiraten, die ihre Töchter sein könnten.«

»So was passiert eben.« Jake zuckte die Achseln. »Kein Mensch ist vollkommen.«

Seine vorgespielte Gleichgültigkeit machte mich zornig.

»Da könntest du recht haben«, gab ich zurück. »Und was ist mit dir? Wann wirst du endlich normal und triffst dich mit Frauen in deinem Alter?«

Noch nie hatte ich Jake angeschrien, nicht einmal als er klein war. Außerdem hatte ich weder ihm noch sonst jemandem jemals eine derart gehässige Bemerkung an den Kopf geworfen.

»Du vergreifst dich im Ton«, erwiderte er mit zitternder Stimme. »Ich bin absolut normal und lasse mir von dir nichts anderes einreden.«

Ich bat ihn nicht um Verzeihung. Das sah ich überhaupt nicht ein.

»Kann sein«, antwortete ich, »dass dein Vater recht hat. Vielleicht ist das alles meine Schuld, weil ich dich verwöhnt und übertrieben bemuttert habe. Möglicherweise bist du deshalb auf ältere Frauen fixiert.«

»Ich gehe.« Jake nahm seine Tasche vom Küchentisch und wandte sich zur Tür.

»Gut«, entgegnete ich, an seinen Rücken gewandt. »Ich habe nichts mehr zu sagen.«

Die Tür fiel krachend ins Schloss.

101

Ganz gleich, wie sorgfältig Sie Ihre Spuren verwischen und wie tief Sie Ihr Geheimnis auch vergraben, Sie dürfen eines nicht vergessen: Irgendwann kommt die Wahrheit ans Licht. Dann können Sie Reue zeigen, so viel Sie wollen, für Gott den Herrn wird das keine Rolle spielen, wenn er am Tag des Jüngsten Gerichts die Spreu vom Weizen trennt.

– Denken Sie an die ewige Verdammnis und Ihre unsterbliche Seele.

SOPHIE

Ich wartete mit dem Anruf einige Tage, nur um sicherzugehen, dass ich mir, was meine eigene Widerstandsfähigkeit anging, nichts vormachte. Ich wollte mich vergewissern, dass ich nicht auf meinen undankbaren Sohn angewiesen war, um meinem Leben einen Sinn zu geben. Außerdem brauchte ich die Bestätigung, dass ich für Ben noch immer dasselbe empfand wie zuvor, ehe Eva und Jake auf meinem Glück herumgetrampelt waren.

Es dauerte eine Weile, bis er sich meldete.

»Ben, ich bin es, Sophie.«

»Ach, hallo«, sagte er. »Beinahe hätte ich deinen Anruf verpasst. Ich komme gerade aus einem Seminar. Gut, dass es geklappt hat.«

»Ben, ich würde gern noch einmal von vorn anfangen. Ich möchte, dass wir nur noch an uns denken und zusammen sind.«

»So ganz ohne Einleitung?«, neckte er mich schmunzelnd. Man konnte es hören, wie er schmunzelte!

»Richtig. Ich habe keine Lust mehr, Zeit zu verschwenden. Du fehlst mir. Ich liebe dich. Wir sollten keinen Augenblick länger warten, als unbedingt nötig.«

»Ich liebe dich auch, Sophie. Schade, dass du jetzt mein Lächeln nicht sehen kannst. Ich bin ganz sicher, es würde dir ausnehmend gut gefallen.«

»Komm vorbei«, erwiderte ich. »Ich koche uns etwas. Und dann kannst du mir dein Lächeln zeigen. Ich bin auch sicher, dass es mir gefällt.«

»Bin schon unterwegs.«

102

Liebe Kummerkastentante!

Ich verabscheue die beste Freundin meiner Frau, seit wir uns vor neun Jahren zum ersten Mal begegnet sind. Keine Ahnung, warum. Jedenfalls hat sie mich letztens am Abend mit einer Kollegin von auswärts gesehen. Wir (die Kollegin und ich) waren ziemlich betrunken und haben herumgeknutscht. Sobald ich die Freundin meiner Frau bemerkte, habe ich die Kollegin von meinem Schoß geschubst. (Es ist ihr nichts weiter passiert; nur ein verstauchter Knöchel). Doch als ich zur ihr (der Freundin) hinüberlaufen wollte, rannte sie aus dem Restaurant. Soll ich mich mit der Freundin meiner Frau in Verbindung setzen und ihr Geld anbieten, damit sie meiner Frau nicht erzählt, was sie beobachtet hat? Schließlich hat sie meine Frau sehr gern und möchte sicher verhindern, dass sie gekränkt wird. Gibt es eine Möglichkeit, diese Angelegenheit geheim zu halten?

Lieber Dreckskerl!

Ich habe Ihre Frau bereits angerufen. (Zerbrechen Sie sich nicht den Kopf darüber, woher ich weiß, wer Sie wirklich sind, ich habe da meine Methoden.) Noch heute Nachmittag werden Ihnen die Scheidungspapiere ins Büro zugestellt. Übrigens habe ich Ihre verwundete Kollegin dazu ermutigt, Anzeige wegen Körperverletzung zu erstatten. Vielen Dank für Ihren Brief.

JOHN

»Herr Anwalt?« Gene stand auf der Schwelle meines Büros.

Ich muss mir angewöhnen, die Tür geschlossen zu halten, dachte ich. Und wo zum Teufel steckt Ellen?

»Du siehst ziemlich elend aus«, meinte ich unverblümt. Er hatte dunkle Ringe unter den Augen und war schlampig rasiert. »Ist es gestern spät geworden?«

»Ja.« Als Gene mit einer Handbewegung darum bat, eintreten zu dürfen, nickte ich.

»Allerdings nicht so, wie du glaubst«, meinte er und ließ sich auf einen Besucherstuhl fallen.

»Du meinst, du warst nicht bis in die Puppen mit einer fremden Frau unterwegs?«

Gene schüttelte den Kopf wie ein Mann, der aus einem bösen Traum aufwacht.

»Sie ist dahintergekommen«, sagte er. »Irgendwie hat sie erfahren, dass ich gestern Abend ins *Muse* wollte. Sie hat mich in flagranti erwischt, Mann. Es war schrecklich.«

»Das kann ich mir vorstellen«, erwiderte ich ohne einen Hauch von Mitgefühl.

Ein Anflug von Argwohn huschte über Genes Gesicht, worauf ich beschloss, mir meine Worte sorgfältiger zurechtzulegen. Gene brauchte schließlich nicht zu wissen, dass Marie den Tipp von mir hatte.

»Nein«, entgegnete Gene. »Ich denke nicht, dass du dir das vorstellen kannst. Weißt du, wie peinlich es ist, mit einer tollen verführerischen Frau auszugehen und plötzlich vor seiner schwangeren Alten zu stehen?«

»Du hast recht, Gene, ich kann es mir wirklich nicht vorstellen. Was ist dann passiert?«

»Nicht viel. Marie sah mich einfach nur an. Ich glaube, ich habe mich nicht einmal von Heather verabschiedet, sondern bin Marie einfach hinaus auf den Parkplatz gefolgt. Sie ist in ihr Auto gestiegen und ich in meins. Erst als wir zu Hause waren, kam die große Szene.«

Bravo, Marie, dachte ich.

»Irgendwoher wusste sie, wo sie mich finden würde«, fuhr Gene fort. »Aber woher?«

»Vielleicht ist Marie nicht so blöd, wie du immer behauptest«, antwortete ich. »Oder du hältst dich für schlauer, als du bist.«

»Meinst du, ich bin nachlässig geworden?«

»Ja«, entgegnete ich. »Könnte sein.«

»Ich habe geglaubt, ich hätte alles sorgfältig geplant. Niemals wäre ich auf den Gedanken gekommen, dass sie mich des Ehebruchs verdächtigen könnte. Und selbst wenn, hätte ich ihr nicht den Mut zugetraut, mich zur Rede zu stellen. Mann, sie muss mit jemandem gesprochen haben, der ihr Flausen in den Kopf gesetzt hat.«

»Hm«, brummte ich.

»Meine Schwiegereltern sind ein Riesenproblem. Du kennst diese Leute nicht. Sie behandeln Marie und ihre Schwester, als wären sie immer noch elf. Wenn sie von der Ehekrise erfahren – und davon, dass ich schuld daran bin –, steht mir einiges bevor.«

»Ich nehme an«, sagte ich, »dass du Maries Entdeckung nicht dazu nutzen willst, die Scheidung einzureichen.«

Gene machte ein verdattertes Gesicht.

»Auf gar keinen Fall! Maries Familie ist vermögend. Und außerdem ist es zu Hause ja gar nicht so schlimm, nur – langweilig. Marie ist eine ausgezeichnete Köchin. Ich schwöre, wenn ich nicht jeden Tag ins Fitnessstudio ginge, wäre ich schon total verfettet. Welcher Mann kann sich heute noch darauf verlassen, dass seine Frau ihm jeden Abend pünktlich das Essen auf den Tisch stellt?«

»Da bist du bei mir an den Falschen geraten, Gene. Ich predige dir schon seit Jahren, dass du deine Frau vernachlässigst. Sie ist klug, treu und offenbar viel zäher, als sie scheint. Du hast sie nicht verdient, und vielleicht kapierst du es jetzt allmählich.«

Aber wirklich nur vielleicht, dachte ich. Allerdings bezweifelte ich es. Meiner Erfahrung nach können Männer wie Gene sich nicht so sehr zum Besseren verändern, dass es die Mühe wert wäre, mit ihnen verheiratet zu bleiben.

Genes Antwort auf meine letzte Bemerkung klang fast, als spräche er mit sich selbst.

»Ich werde mich wohl für eine Weile zusammenreißen müssen, zumindest, bis das Baby da ist. Das wird ganz schön schwierig werden.« Gene hielt inne. Seine Hände umklammerten die Armlehnen des Stuhls. »Doch ich kenne Marie. Sobald sie das Baby hat, wird sie Tag und Nacht damit beschäftigt sein und sich nicht mehr darum kümmern, ob ich später nach Hause komme. Alles wird sein wie zuvor. Ich muss einfach nur Geduld haben.«

Genes Worte zeugten zwar von Hoffnung, doch seine Miene war die eines verzweifelten und verwirrten Mannes. Fast hatte ich Mitleid mit ihm.

»In ein paar Minuten habe ich einen Mandantentermin«, sagte ich.

Im ersten Moment blieb Gene sitzen und umfasste weiter die Armlehnen. Schließlich stand er auf.

»Ob ich Marie heute Abend Blumen mitbringen sollte?«, meinte er.

Als klebe man ein Pflaster auf ein Krebsgeschwür. »Schaden wird es sicher nicht«, erwiderte ich. »Ach, Gene, und mach bitte die Tür hinter dir zu.«

103

Verschleierung ist sexy. Die Menschen fühlen sich vom Geheimnisvollen stärker angezogen als vom Offensichtlichen. Also überlegen Sie es sich zweimal, ob Sie schon bei der ersten Verabredung Ihre ganze Lebensgeschichte erzählen sollen. Antworten Sie auf einige Fragen lieber nur ausweichend, während Sie auf andere mysteriöse Andeutungen fallen lassen. Die zweite Verabredung ist Ihnen gewiss.

– So überwinden Sie den steinigen Weg zur Ehe.

EVA

Knapp zwei Wochen, nachdem Sophie mich in Jakes Schlafzimmer ertappt hatte, fand ich endlich den Mut, John anzurufen.

Ich wusste, dass er mich zum Teufel schicken würde. Alles, was er je für mich empfunden haben mochte, war vermutlich tot, seit er von meinem verabscheuungswürdigen Verhalten wusste. Ich konnte nur hoffen, dass er mein Freund bleiben würde, mehr nicht. Allerdings hatte ich eine Todesangst davor, dass nicht einmal das möglich wäre.

Er war mit einem Abendessen im *Marino's* einverstanden, dem Lokal, in dem wir unser verhängnisvolles Wiedersehen gefeiert hatten. Beinahe hätte ich geweint, als er ins Restaurant kam, so erleichtert war ich, dass er tatsächlich erschienen war, so froh, sein vertrautes Gesicht zu sehen.

»Danke, dass du Zeit für mich hattest«, begann ich, nachdem wir an dem Ecktisch saßen, um den ich gebeten hatte, damit wir uns ungestört unterhalten konnten.

»Warum auch nicht?«, gab er lässig zurück. Doch seine Miene war argwöhnisch.

Ich zitterte vor Furcht, ich könnte ihn verloren haben. »Bitte tu nicht so, als wüsstest du von nichts. Sophie hat dir bestimmt alles erzählt. Und du hast dich nicht bei mir gemeldet. Also bist du mir sicher böse.«

»Oh«, sagte er. »Das.«

»Ja, das. Ich möchte die Dinge zwischen uns klären, John. Es ist mir sehr wichtig.«

»Einverstanden.«

»Du hast mir sicher einiges mitzuteilen. Ich verspreche, nicht wütend zu werden.« Ich zwang mich zu einem Lächeln. »Zumindest verspreche ich, dich nicht auf die Nase zu hauen.«

»Gut«, meinte er, ebenfalls mit einem schwachen Lächeln. »Also Folgendes: Erstens bin ich dir nicht böse, sondern eher – enttäuscht. Und angerufen habe ich nicht, weil ich glaubte, dass du vielleicht eine Weile allein sein willst. Möglicherweise war das ein Irrtum.«

»Ich wusste nicht, was ich wollte«, antwortete ich. »Ich war völlig fertig. War das alles?«

»Es hat mich von Anfang an gestört, dass du dich mit jemandem triffst, der so viel jünger ist.«

»Jünger als ich oder jünger als du? Das habe ich nicht als Beleidigung gemeint.«

John zögerte.

»Jünger als ich«, erwiderte er schließlich. »Es hat mich wahnsinnig gemacht.«

»Da sollte ich mich wohl geschmeichelt fühlen«, entgegnete ich aus alter Gewohnheit spitz.

John zuckte zusammen.

»Entschuldige. Ich wollte nicht schnippisch klingen. Es ist nur – vermutlich bin ich noch immer nicht auf dem Damm.«

»Schon gut. Vergiss es.«

Eine Weile herrschte beklommenes Schweigen. John starrte auf seine Gabel, ich beobachtete ihn verstohlen.

»Hattest du keine Angst, dass mir in dieser Affäre wehgetan werden könnte?«, erkundigte ich mich schließlich.

John blickte auf. »Wenn wir ganz ehrlich miteinander reden wollen und du mich versprichst, mich nicht zu schlagen, nein«, antwortete er. »Ich habe mir überhaupt keine Sorgen um deine Gefühle gemacht. Wahrscheinlich habe ich angenommen, dass du gegen Herzschmerz immun bist.«

»Eine kaltherzige, egoistische Zicke?«, schlug ich vor.

John schmunzelte. Sein Gesichtsausdruck war offener geworden.

»Das waren deine Worte«, erwiderte er, »nicht meine. Pass auf, es scheint dumm von mir gewesen zu sein, dich für emotional unangreifbar zu halten, aber so war es eben. Ich war überzeugt, dass du auf dich selbst aufpassen kannst und genau weißt, was du tust. Natürlich fand ich auch, dass du deine Zeit vergeudest, wenn du mit einem Knaben herummachst.«

»Das hast du mir klipp und klar gesagt«, erinnerte ich ihn.

»Tut mir leid, ich bin zwar Anwalt, doch trotzdem nicht besonders gut darin, anderen Leuten Honig um den Mund zu schmieren.«

Nein, und das war eines der Dinge, die ich inzwischen an John schätzte.

»Findest du, dass ich ein schlechter Mensch bin, weil ich mit dem Sohn meiner Freundin geschlafen habe?«, fragte ich. »Denn mir geht es nämlich so. Ich halte mich für einen schlechten Menschen.«

»Nein«, entgegnete er wie aus der Pistole geschossen. »Für mich bist du kein schlechter Mensch.«

»Was dann?«, hakte ich nach. »Was bin ich dann? Wie nennt man Menschen, die sich so verhalten wie ich?«

»Niemand ist gegen Fehler gefeit. Jeder begeht einmal eine große Dummheit. Ich möchte kein Urteil über dich fällen, Eva, wirklich nicht. Wir alle, zumindest die meisten von uns, sind in Sachen Sex ziemlich hilflos. Nicht immer, aber ab und zu.«

»Es war nicht nur Sex«, erwiderte ich ehrlich. »Wenigstens nach einer Weile nicht mehr. Falls das die Sache verbessert.«

John lächelte.

»Du brauchst es mir nicht zu erleichtern, Eva. Ich bin ein großer Junge und kann einiges wegstecken.«

»Ich weiß, dass es falsch von mir war, John. Außerdem habe ich mir wirklich Gedanken um Sophies Gefühle gemacht. Und trotzdem – ich habe mich von Jake überzeugen lassen, weil ich überzeugt werden wollte. Wahrscheinlich …«

Woher soll ich nur den Mut nehmen, das Ausmaß meiner Eitelkeit zu gestehen?, fragte ich mich.

»Wahrscheinlich was?«, erkundigte sich John. »Wir wollten doch ehrlich sein, oder? Und bis jetzt haben wir noch nicht angefangen, uns Beleidigungen an den Kopf zu werfen.«

Nun wusste ich, woher der Mut kam – von Johns Bereitschaft, mir zuzuhören.

»Ich habe mich geschmeichelt gefühlt«, gab ich zu. »Ich weiß, wie albern das ist. Viele Männer meines Alters finden mich attraktiv. Und trotzdem hat das Interesse dieses Jungen an mir …« Ich schüttelte den Kopf. »Mein Gott, was war ich blöd! Meine Eitelkeit war mir wichtiger als der Respekt vor meiner Freundin.«

»Zermürbe dich nicht mit Selbstvorwürfen, Eva«, widersprach John ruhig. »Es ist vorbei und vergessen.«

»Nein, ist es nicht, John«, protestierte ich. »Nicht wirklich. Glaubst du, Sophie wird mir je verzeihen, dass ich mit ihrem Sohn geschlafen habe? Bestimmt noch lange nicht, vielleicht auch nie. Und solange dieser – Betrug für sie ihm Raum steht, ist unsere Freundschaft zu Ende.«

Ich spürte, wie Tränen in mir hochstiegen. Der Ablenkung halber trank ich einen Schluck Wasser und verschüttete etwas davon auf mein Kinn. John reichte mir eine Serviette, die ich auf meinen Schoß legte, ohne sie auseinanderzufalten.

»Gut«, meinte er geduldig, »dein Verhalten hatte Konsequenzen. Aber versuche, die Angelegenheit nicht zu dramatisieren, Eva. Einverstanden? Schließlich hast du kein Verbrechen begangen und formal gesehen auch kein Versprechen gebrochen.«

»Warum bist du so nett zu mir?«, fragte ich mit einem traurigen Auflachen. »Formalien interessieren mich nicht. In letzter Zeit denke ich nur noch über die Folgen meiner falschen Entscheidung nach. Ich finde es schrecklich, dass Sophie mich hasst.«

»Sie hasst dich nicht.«

»Woher weißt du das?«

»Weil Sophie gar nicht in der Lage ist, jemanden zu hassen, jedenfalls nicht so, wie du es meinst. Sie ist wütend und gekränkt, aber sie wird darüber hinwegkommen.«

Ich hoffte, dass John recht hatte.

Und was wird aus mir?, fragte ich mich.

Dank der Affäre mit dem Sohn meiner Freundin hatte mein Leben eindeutig eine andere Wendung genommen. Allerdings hatte ich keine Ahnung, wohin dieser Weg mich führen würde. Mein Dasein würde sich nun für immer in zwei Phasen teilen: *vor* Jake und *nach* Jake. Genauso wie es sich in die Zeit vor dem Tod meiner Eltern und die Zeit danach aufgespalten hatte. Nur mit dem Unterschied, dass ich den ersten Wendepunkt nicht verschuldet, den zweiten jedoch selbst über mich heraufbeschworen hatte.

»Danke«, sagte ich mit zitternder Stimme, »dass du mich so – unterstützt.«

»Freunde sind dazu da, dass sie einander in Krisenzeiten beistehen.« Freunde. Zum Glück hatte ich Johns Freundschaft nicht verloren. Alles, was er mir sonst noch anbieten mochte, war das sprichwörtliche Sahnehäubchen.

»Ach«, meinte er plötzlich. »Diese Nachricht wird dich sicher aufmuntern. Ben hat mich gestern Abend angerufen. Er und Sophie sind wieder zusammen.«

»Ich wusste gar nicht, dass sie sich getrennt hatten!«

»Sophie hatte beschlossen, die Beziehung zu beenden. Sie hatte Schwierigkeiten sich – mit der Situation abzufinden.«

»Oh«, erwiderte ich bedrückt. »Ich verstehe.«

»Aber Ende gut, alles gut, richtig?«

Johns Versuch, mich aufzuheitern, nachdem ich Sophies Leben so schrecklich auf den Kopf gestellt hatte, brachte mich ein wenig zum Lächeln.

»Hallo«, sagte er. »Wollen wir endlich bestellen? Der Kellner schleicht schon um unseren Tisch.«

Das war mir gar nicht aufgefallen. Zum ersten Mal seit dem schrecklichen Tag in Jakes Schlafzimmer hatte ich wieder Appetit.

»Ja«, antwortete ich. »Wollen wir zuerst ein paar Vorspeisen nehmen?«

Eine Stunde später standen wir vor dem Lokal.

»Noch einmal danke«, meinte ich.

»Dafür, dass ich bezahlt habe?«

»Fürs Zuhören. Und natürlich auch fürs Bezahlen. Das nächste Mal übernehme ich die Rechnung.«

»Abgemacht«, entgegnete ich. Und ehe ich mich versah, schloss er mich in die Arme.

»Du musst die Umarmung erwidern«, murmelte er in mein Haar.

Ich legte die Arme um ihn. Es war meine erste Umarmung seit sehr langer Zeit.

John machte sich als Erster los. Ich hatte das Gefühl, etwas zu verlieren, und sehnte mich danach, von ihm geküsst zu werden. Doch ich wusste, dass ich zu viel verlangte.

»Freunde?«, fragte er mit einem Lächeln.

»Ja«, sagte ich. »Freunde.«

104

Liebe Kummerkastentante!

Vor Kurzem bin ich in einem Lokal mit einem Mann ins Gespräch geraten, der mir ein profitables Geschäft vorgeschlagen hat. Wir haben einige Wochen darüber geredet – ich glaube, wir haben uns sechs- oder siebenmal getroffen –, und schließlich war ich einverstanden, mit zehntausend Dollar bei ihm einzusteigen. Die Einzelheiten möchte ich Ihnen ersparen, doch die Sache endete damit, dass sich der Kerl mit meinem Geld aus dem Staub gemacht hat. Die Telefonnummer und die E-Mail-Adresse, die er mir gegeben hatte, entpuppten sich als falsch, und niemand im Lokal weiß, wo er steckt. Ich werde das Gefühl nicht los, dass ich mich aus eigener Dummheit habe reinlegen lassen. Muss ich mir Vorwürfe machen?

Lieber Besser-zu-spät-als-nie!

Sie müssen lernen, die Wahrheit zu erkennen, bevor es ein böses Erwachen gibt. Halten Sie in Zukunft Ausschau nach den hässlichen Anzeichen für Betrug, spitzen Sie die Ohren nach dem dumpfen Grollen der Täuschung und wittern Sie den abstoßenden Gestank der Korruption. Wenn Sie das nächste Mal über den Tisch gezogen werden sollen, werden Sie auf diese Weise verhindern können, dass man Sie zum Narren macht. Ach, und noch etwas: Man schließt in Kneipen keine Geschäfte ab, Sie Dummerchen.

EVA

Bitte keine Kekse. Das war mein erster Gedanke, als ich das Paket von meiner Schwester in die Wohnung trug. Als kleines

Mädchen hatte Maura begeistert, aber miserabel gebacken. Und soweit ich wusste, hatte sich daran nichts geändert.

Ich griff nach dem Teppichmesser und setzte mich auf einen seit meinem Einzug in diese Wohnung ungeöffneten Umzugskarton. Zum Glück enthielt Mauras Paket keinen einzigen Keks.

Mir wurde schwindelig, und ich befürchtete fast, in Ohnmacht zu fallen. Also legte ich das Teppichmesser auf ein hohes Regal hinter mir, damit ich nicht noch hineinstürzte. Dann holte ich tief Luft und griff nach dem zusammengefalteten Stück Papier, auf dem in ungelenker Kinderhandschrift und in Druckbuchstaben »Tante Eve« stand.

Ich entfaltete den Brief. Mauras Handschrift war genauso unleserlich wie die unserer Mutter:

Liebe Eve,

kurz nach Moms und Dads Tod, als wir – eigentlich eher du – das Haus ausräumten, um es verkaufen zu können, fand ich diese Notizbücher im Müll. Ich weiß noch, dass ich mich fragte, warum du sie weggeworfen hast, denn du hast doch so gern geschrieben. Jedenfalls habe ich sie aus dem Mülleimer gefischt und bis jetzt aufbewahrt. Sie haben sich im Laufe der Jahre ein bisschen gewellt, tut mir leid.

Ich nahm eines der Notizbücher. Es sah aus, als hätte es draußen im Regen gelegen, doch die Handschrift (meine) war noch gut zu erkennen.

Erinnerst du dich, dass Mom immer meinte, sie habe übersinnliche Kräfte? Nun, keine Ahnung, aber vielleicht habe ich etwas davon mitbekommen. Seit deinem letzten Anruf denke ich oft an dich, und letztens hatte ich das seltsame Gefühl, dass du die Notizbücher möglicherweise zurückhaben möchtest und dass jetzt der richtige Zeitpunkt dafür ist. Jedenfalls gehören sie dir, und du kannst damit machen, was du willst.

Ach, dich freut sicher zu hören, dass Brooke nach dir geraten ist. Ständig schreibt sie Geschichten. Ihre Lehrerin sagt, sie hätte Talent. Von mir hat sie es bestimmt nicht! Ruf mich an, wenn du Zeit hast.

Liebe Grüße von uns allen,
Maura

Ich faltete den Brief wieder zusammen und legte ihn auf den Tisch neben meine alten Notizbücher. Vorsichtig nahm ich eines davon zur Hand und schlug es auf. Aha, dachte ich. Meine Zeichnungen waren wirklich schauderhaft. Aber die Texte …

Plötzlich ertrug ich es keine Sekunde länger mehr, allein zu sein.

Ich holte mein Mobiltelefon aus der Tasche und drückte die Schnellwahltaste. Er meldete sich nach dem zweiten Läuten.

»Ich bin es«, sagte ich.

»Eva, ist alles in Ordnung? Du klingst so atemlos.«

»Mir geht es prima«, log ich. »Es ist nur – könntest du vorbeikommen? Jetzt gleich? Ich möchte dir etwas zeigen.«

»Bin schon unterwegs.«

Ich schaltete das Mobiltelefon ab und wartete auf John.

Ich brauchte nicht lange zu warten. Erst stand er an der Tür, dann in meinem Wohnzimmer. In diesem Moment brach ich in Tränen aus. Es war eine wahre Tränenflut, als hätten sie sich jahrelang hinter einem Damm gestaut, in den nun jemand ein Loch gebohrt hatte.

Als John die Hand nach mir ausstreckte, drehte ich mich um und wies auf den Stapel alter Notizbücher. Er ging zum Tisch und sah mich dann an.

»Wo hast du sie her?«, fragte er.

»Von meiner Schwester.«

Ich beobachtete, wie John eines der Notizbücher nahm und vorsichtig erst eine und dann noch eine Seite aufschlug. Anschließend legte er es zurück auf den Tisch und griff nach dem nächsten. Ich trat auf ihn zu und berührte seine Hand.

Fragend blickte er mich an. Im nächsten Moment kannte er die Antwort.

»Eva«, flüsterte er und schloss mich in die Arme.

Ich schmiegte den Kopf an seine Schulter und kuschelte mich an ihn.

Ich war so müde.

»Eva«, meinte John leise. »Hoffentlich ist das nicht der falsche Zeitpunkt, aber ich bin machtlos dagegen. Ich liebe dich, Eva. Ich liebe dich.«

Das waren die Worte, auf die ich gewartet hatte.

»Gut, dass du es gesagt hast« flüsterte ich.

Wir küssten uns verzweifelt und leidenschaftlich. Dabei flossen immer weiter die Tränen. Schließlich zog John mich auf den Boden – weil ich mir nie ein Sofa gekauft hatte – und hielt mich fest. Ich weiß nicht, wie lange wir dort saßen. Wahrscheinlich schlief ich ein oder träumte sogar ein bisschen, denn ich sagte unvermittelt: »Wenn ich müde bin, ziehe ich den linken Fuß nach.«

»Und ich hole mir leicht Fußpilz.«

Als meine Schultern zu beben begannen, umarmte John mich fester. Aber ich schob ihn weg und fing laut zu lachen an.

John verzog das Gesicht.

»Was ist denn so komisch?«

»Keine Ahnung«, keuchte ich und wischte mir die Lachtränen aus den Augen. »Nur wie du das gerade ausgedrückt hast – mit dem Fußpilz. Es war so niedlich.«

»Niedlich?« John grinste. »Gut, das lasse ich gelten. Besser, als wenn man als Egomane beschimpft wird.«

»Ich habe dich oft beschimpft, oder?«

»Ja, meistens. Aber du hast mich auch deinen Freund genannt.«

Ja, mein Freund. »Ich liebe dich, John. So. Jetzt ist es heraus. Mein Gott, das hat ganz schön Mut gekostet.«

»Danke, Eve, ich meine, Eva. Mist, ich mache das wirklich nicht mit Absicht.«

Wieder musste ich lachen. »Zur Abwechslung. Früher wolltest du mich damit ärgern, stimmt's?«

»Ja. Aber mit dem Ärgern ist jetzt Schluss. Zumindest werde ich es nicht mehr absichtlich tun.«

»Meine Zeichnungen waren wirklich schauderhaft. Sie sind eine Katastrophe.«

»Wenigstens hast du es versucht. Vielleicht belegst du ja einen Zeichenkurs.«

»Vielleicht«, erwiderte ich. »Aber lass uns später reden, einverstanden? Jetzt …«

Also war es endlich Zeit. Ein bester Freund mit Zusatzbonus.

105

Ist es wirklich nötig, dass Sie Ihre Zulassung als Arzt verlieren, weil Sie nicht die vorgeschriebenen jährlichen Fortbildungslehrgänge besucht haben? Schließlich hatten Sie ja fest vor, die Kurse zu belegen. Es fehlte einfach nur die nötige Zeit. Was also ist so schlimm daran, wenn Sie schriftlich bestätigen, Sie hätten den Kurs besucht. Sie wissen ja, dass Sie sich anmelden werden, sobald sich die Gelegenheit ergibt. Der Geist der Wahrheit ist es, der zählt, nicht die schnöde Wirklichkeit.

– Wahrheit ist immer relativ: Ihre eigenen Ziele haben Vorrang.

SOPHIE

Ich vermisse Eva. Ich wünschte, das alles wäre nie geschehen. Aber was meine ich nur mit »das alles«? Ich wünschte, Ben wäre Eva nie begegnet; ich wünschte, ich hätte nie Kontakt zu Eva aufgenommen; ich wünschte, ich hätte nie erfahren, dass Ben und Eva einmal zusammen waren – was sage ich da? Soll das wirklich heißen, dass ich lieber in Ahnungslosigkeit mit Ben gelebt hätte; dass es besser gewesen wäre, wenn er und Eva ein gemeinsames Geheimnis hatten, das sie weiterhin miteinander verband?

Ich wünschte, Eva hätte keine Affäre mit meinem Sohn gehabt. Da bin ich ganz sicher. Ich werde nie vergessen, was Eva getan hat, und ich frage mich, ob ich je in der Lage sein werde, ihr zu verzeihen.

Seltsamerweise trifft mich Evas Vertrauensbruch viel härter als die Tatsache, dass Brad unser Eheversprechen gebrochen hat. Vielleicht liegt es daran, dass Eva meine erste wirkliche

Freundin war. Und obwohl sie sich seit dem College so verändert hat, liebte ich sie immer noch – selbst in den Momenten, in denen ich sie verabscheute. Ich wollte sie immer noch um mich haben, als Zeugin meiner Vergangenheit, als Teilhaberin an meiner Gegenwart und hoffentlich auch an meiner Zukunft.

Doch das ist jetzt alles vorbei.

Ben und ich heiraten im nächsten Herbst. Da das mitten im Semester ist, verschieben wir die Flitterwochen auf den kommenden Sommer.

Natürlich lade ich Jake zur Hochzeit ein. Doch nach allem, was vorgefallen ist, erscheint mir seine Anwesenheit nicht mehr so wichtig. Es tut zwar weh, sich das einzugestehen, aber es ist die Wahrheit. Obwohl ich ihn liebe, mag ich ihn zurzeit nicht sehr. Ich hoffe, dass sich unsere Beziehung im Laufe der Zeit verbessern und wieder enger werden wird.

Aber im Moment möchte ich nur an mich selbst denken.

106

Liebe Kummerkastentante!

Eine Kollegin hat sich gleichzeitig mit mir um dieselbe Beförderung beworben. Da ich sie immer mochte, hatte ich nichts dagegen, ihr zu helfen, als sie mich letzte Woche um einen Gefallen bat. Ich sollte mich außerhalb des Büros mit einem unserer weniger wichtigen Kunden treffen. (Sie konnte nicht, weil sie an diesem Nachmittag dringend mit ihrer Tochter zum Arzt musste.) Als ich bei dem Kunden eintraf, stellte sich heraus, dass er mich gar nicht erwartet, sondern nur geplant hatte, eine Urkunde an unser Büro zu schicken. Da ich schon einmal dort war, nahm ich die Urkunde mit und kehrte ins Büro zurück, wo ich feststellte, dass meine Kollegin eine wichtige Besprechung mit einem potenziellen Großkunden angesetzt hatte. Mein Fehlen war unangenehm aufgefallen. Es erübrigt sich zu sagen, dass sie die Beförderung bekommen hat, während ich von unserem Chef abgemahnt wurde. Ich könnte vor Wut platzen. Diese Frau hat mich unter Vortäuschung falscher Tatsachen durch die halbe Stadt geschickt. Am liebsten würde ich sie melden, doch dann würde das ganze Büro erfahren, dass ich auf ihren dummen Trick hereingefallen bin.

Was soll ich tun?

Liebe Hereingelegte!

Was andere über Sie denken, ist viel wichtiger, als Sie glauben. Wenn Sie jemals befördert werden wollen, halten Sie den Mund, damit Ihre Kollegen den Glauben an Ihre Intelligenz nicht verlieren. Sollte Sie noch einmal jemand um einen Gefallen bitten, lehnen Sie ab.

Es ist viel leichter, als Sie glauben.

EVA

Ich liebe John.

Und ich werde ihm nie von Sam und den anderen bedeutungslosen Affären erzählen, die ich im Laufe der Jahre hatte. John ist nicht auf den Kopf gefallen. Er hat sicher so seine Vermutungen, wie ich die letzten Jahre meines Lebens verbracht habe. Warum also die hässlichen Wahrheiten auch noch bestätigen?

Angeblich hat ein schlechtes Gewissen keinen Ankläger nötig. Ich habe zwar nicht gegen Gesetze verstoßen oder mich in irgendeinem Sinne strafbar gemacht, doch einige meiner Aktionen – zum Beispiel Sex mit verheirateten Männern – waren alles andere als moralisch vertretbar. Ich habe Menschen verletzt und fühle mich deshalb elend. Ich weiß, dass ich Sam gekränkt habe, und obwohl er sich offenbar gut davon erholt hat – er ist inzwischen verheiratet –, ändert das nichts an der Tatsache, dass ich ihn menschenunwürdig behandelt habe.

Eigentlich sollte mein altbewährter selektiver Gedächtnisschwund einsetzen, wenn die Schuldgefühle übermächtig werden. Denn Verbrechen aus der Vergangenheit zu beichten vertreibt das schlechte Gewissen nicht, sondern führt nur zu Misstrauen, das einen bis ans Ende seiner Tage verfolgen wird, ganz gleich, wie mustergültig man sich auch beträgt.

Einige mögen einwenden, dass ein Paar sich alles anvertrauen muss, um die Beziehung zu stärken. Ich teile die Auffassung nicht. Deshalb habe ich auch beschlossen, John nicht zu sagen, dass ich über seine kurze Affäre mit Sophie Bescheid weiß. Auf diese Weise lasse ich John seine Privatsphäre und hüte meine eigene. Obwohl ich gelernt habe zu lieben, bin ich im Grunde meines Herzens ein ausgesprochen misstrauischer und argwöhnischer Mensch. Ich werde mein Bestes tun, um die Tür zu mir offen zu halten.

Allerdings nur einen Spalt weit.

Hoffentlich hat John Verständnis dafür.

107

Anstatt sich darüber zu streiten, was in Wahrheit geschehen ist, bevor Sie Ihrem Freund die Champagnerflasche über den Schädel gezogen haben, sollten Sie sich besser darauf einigen, dass Sie beide sturzbetrunken waren, und dem Alkohol die Schuld an allem geben. Auf diese Weise sind Sie beide Gewinner.

– Die hohe Kunst, den schwarzen Peter weiterzuschieben, oder: Es ist nicht meine Schuld!

JOHN

Ich liebe Eva.

Wie ich mich erinnere, hat Ellen einmal gesagt, dass Eva vielleicht das Kreuz ist, das ich tragen muss, und dass ich sie nicht so gern hätte, wenn sie nicht so unerträglich wäre.

Eva zwingt mich, mich zu bessern, indem sie meine Fehler genau erkennt, die mich zu einer Landplage machen – zu einem voreingenommenen Besserwisser.

Ich hoffe, dass ich ihr ebenfalls helfe, wenn nicht ein besserer Mensch, dann wenigstens ein glücklicherer und erfüllterer zu werden. Die Zeit wird es zeigen.

Nachdem Eva das Paket von ihrer Schwester erhalten hatte, hat sie sich für ein Aufbaustudium angemeldet und arbeitet jetzt an ihrem Abschluss in kreativem Schreiben. Da sie nie halbe Sachen macht, hat sie sich nicht erst probeweise umgesehen, um festzustellen, ob ihr das Studieren noch liegt. Nein, sie ist sofort ins kalte Wasser gesprungen und scheint wirklich glücklich damit zu sein. Oder wenigstens zufrieden. Obwohl sie jetzt so beschäftigt ist wie nie zuvor, hat sie genug Zeit für mich und beschwert sich auch nicht, ich würde mich in ihr Leben einmischen oder sie an wichtigeren Dingen hindern. Evas Verwandlung ist für mich so etwas wie ein Wunder, auch wenn sie nicht viel anders ist als die Frau, mit der ich vor ein paar Monaten beim Abendessen war.

Doch das stört mich nicht. Ich liebe sie, so wie sie ist, nicht wegen des Bildes, das ich von ihr hatte, oder weil sie so geworden wäre, wie ich es mir gewünscht habe. Oder so ähnlich. Für mich ist die Liebe – eine wirkliche, echte Liebe – etwas völlig Neues. Da ich nicht weiß, wie ich das in Worte fassen soll, halte ich wohl besser den Mund und mache mich an die Arbeit. Eva kommt zum Abendessen. Hoffentlich kann ich sie überzeugen, bei mir zu übernachten. Die Chancen stehen ziemlich gut. Meine Wohnung ist so viel gemütlicher als ihre, weshalb keine großen Überredungskünste nötig sind, damit sie bis morgen bleibt. Letztens habe ich sogar eine Zahnbürste im Schränkchen unter dem Waschbecken entdeckt. Ich musste schmunzeln, als ich sah, wie sie zulässt, dass unsere Leben ganz langsam miteinander verschmelzen.

Jetzt muss ich sie nur noch dazu bringen, meine Familie kennenzulernen. Alle elf Mitglieder. Aber ich werde geduldig sein. Außerdem klammere ich mich an den Glauben, dass alle guten Dinge eben ihre Zeit brauchen – unsere Hochzeit zum Beispiel.

108

Liebe Leser!

Nach reiflicher Überlegung und drei gescheiterten Selbstmordversuchen hat die Kummerkastentante beschlossen, in den Ruhestand zu gehen. Versuchen Sie nicht, mich zu finden. Ich werde mich in die Einöde zurückziehen und mir alle erdenkliche Mühe geben, meine schrecklichen Erfahrungen mit Ihnen, meiner Leserschaft, aus meinem Gedächtnis zu streichen. Es ist an der Zeit, dass Idioten wie Sie anfangen, Ihre Probleme selbst in den Griff zu bekommen. Oder auch nicht. Nur zu, lügen, betrügen und stehlen Sie. Was geht es mich noch an? Ich bin nicht mehr für Sie verantwortlich. Au revoir!

EVA

Seit ich das letzte Mal versucht habe, mit Sophie über meine Affäre mit Jake zu sprechen, war einige Zeit vergangen. Vielleicht wäre es einfacher gewesen, die Sache zu vergessen, aber ich konnte es nicht. Ich wollte mich entschuldigen und hoffte, dass Sophie endlich bereit sein würde, mich anzuhören.

Als ich sie eines Abends unter der Woche anrief, wurde mir klar, dass möglicherweise Ben oder Jake bei ihr in der Wohnung waren. Zum Glück ging keiner von beiden ans Telefon.

»Hallo?« Es war Sophies angenehme Stimme.

»Sophie«, sagte ich. »Ich bin es, Eva.«

Sie antwortete nicht sofort, und ich dachte schon, sie würde auflegen.

»Oh, hallo«, erwiderte sie jedoch nach einer Weile.

»Hast du einen Moment Zeit?«, fragte ich.

»Ich glaube schon.«

Die Reaktion war nicht sehr ermutigend. Doch ich hatte auch nicht mit offenen Armen gerechnet.

»Sophie«, begann ich meine eingeübte Ansprache. »Es tut mir leid, was mit Jake passiert ist. Ich hätte mich nie mit ihm einlassen dürfen. Ich habe dich damit gekränkt. Und ich bedaure auch, dass ich dir wegen Ben eine Szene gemacht habe. Es war nicht dein Fehler. Vermutlich habe ich mich nur – überrumpelt gefühlt.«

»Danke für die Entschuldigung«, erwiderte sie ruhig.

Vielleicht hätte ich das Telefonat an dieser Stelle beenden sollen.

»Kannst du mir verzeihen?«, fragte ich stattdessen.

»Ich weiß nicht.«

»Gut.« Was gab es sonst darauf zu sagen? Man kann niemanden zwingen, einem zu verzeihen, sondern ihn nur dazu bringen, dass er lügt, damit man endlich Ruhe gibt.

»Das mit Ben ist, denke ich, in Ordnung«, sagte Sophie plötzlich. »Ich wollte wirklich nicht, dass du es auf diese Weise erfährst, und hatte deshalb ein schlechtes Gewissen.«

»Danke, ich weiß dein Verständnis zu schätzen. Und was ist mit Jake?«, fügte ich hinzu.

»Du hast meinen Sohn benutzt.«

Ich und mein loses Mundwerk. Ich konnte einfach nicht locker lassen.

»Er hat den ersten Schritt gemacht«, wandte ich ein. »Wir waren beide erwachsen und wussten, was wir taten.«

»Aber du hast ihm etwas bedeutet«, widersprach Sophie.

»Das hat er geglaubt. Doch in Wirklichkeit war es nicht so.«

»Woher weißt du das?«, gab sie zurück.

Wie sollte ich ihr meine Erfahrungen mit Jake erklären?

»Ich habe ihm in die Augen gesehen«, erwiderte ich schließlich.

Sophie lachte höhnisch. »Als ob man die Gefühle eines Menschen an seinen Augen erkennen könnte! Du hast keine Ahnung, was Nähe wirklich bedeutet.«

Ihre heftige Reaktion erschreckte mich. Schließlich stritt ich nicht ab, dass an meinem Leben einiges verbesserungswürdig war.

»Ich bin kein schlechter Mensch, Sophie«, meinte ich nach einer bedeutungsschwangeren Pause. »Ich musste nur lernen, mich selbst zu schützen. In Jakes Alter war ich ganz auf mich allein gestellt. Ich hatte praktisch keine Familie. Damals habe ich erkannt, dass ich das Talent besaß, mich durchzubeißen. Also habe ich es getan. Ich bereue einiges, aber ich bin auch stolz auf meine Leistungen. Auch wenn du mich noch so sehr verurteilst, kann ich Geschehenes nicht rückgängig machen.«

»Ich verurteile dich nicht«, protestierte Sophie.

Ich erkundigte mich nach Jakes Befinden.

»Es geht ihm gut«, antwortete Sophie, fast als nähme sie ihrem Sohn übel, dass er wohlauf war. Hatte sie wirklich aus mir unverständlichen Gründen gehofft, Jake würde an unserer Trennung zerbrechen? »Er hat jetzt eine Freundin namens Lisa.« Nach einer Weile fügte sie hinzu: »Sie ist ein wenig älter als er.«

Natürlich. Ein wenig älter, aber im gebärfähigen Alter. Vorzeigbar in allen Situationen.

»Schön, dass er glücklich ist«, meinte ich.

»Ben und ich heiraten.«

Ich wartete darauf, dass Neid oder Schmerz sich meldeten, aber nichts geschah.

»Glückwunsch«, sagte ich. »Das ist eine tolle Nachricht.«

Eine Anmerkung am Rande: John fand, dass es helfen könnte, die Kluft zu überbrücken, wenn ich Sophie erzählte, dass wir beide ein Paar waren, da es mich in ihren Augen menschlicher würde wirken lassen. Aber ich teilte seine Auffassung nicht. Ich dachte, Sophie würde sich durch unsere Beziehung erneut verraten fühlen, und ich fürchtete mich vor ihrem Zorn. John widersprach, meine Weigerung, Sophie reinen Wein einzuschenken, zwänge auch ihn zur Heimlichtuerei. Ich hatte zwar Verständnis für seine Lage, ließ mich jedoch nicht umstimmen.

»Tja«, sagte Sophie. »Ich muss jetzt los.«

»Gut. Danke, dass du mich angehört hast. Ich bin sehr froh darüber.«

»Schön.« Sie hielt inne. »Vielleicht sollten wir in nächster Zeit einmal zusammen zum Mittagessen gehen.«

»Klar«, erwiderte ich. »Das wäre klasse. Ruf mich irgendwann an.«

Es war leichter, wenn wir einander etwas vormachten. Wir beide wussten, dass unsere Freundschaft den Todesstoß erhalten hatte. Wenn wir einander je wiedersahen, dann nur durch Zufall.

»Tschüss, Eva.«

»Tschüss, Sophie«, antwortete ich.

Ein weiteres Kapitel meines Lebens war abgeschlossen.

109

Öffentliche Bekanntmachung: Das Polidori-Verlagshaus, langjähriger Herausgeber von Selbsthilfebüchern, hat Insolvenz angemeldet. Anlass ist, dass die Gründerin und Leiterin des Verlages sich mit dem gesamten Unternehmensvermögen aus dem Staub gemacht hat. Freunde von Titeln wie »Vergiss, dass es je geschehen ist: Wie man unangenehme Wahrheiten verdrängt«, »Es ist die Wahrheit, wenn man nur selbst daran glaubt« oder »Ein Leben als aufrichtiger Lügner« können diese Bücher für kurze Zeit zu stark ermäßigten Preisen im Buchhandel oder auf dem Gehweg vor dem Verlagsgebäude erwerben.

EVA

»Wie geht es ihr?«, fragte ich. »War es sehr peinlich?«

Etwa sechs Monate nach meinem Telefonat mit Sophie hatte ich mich endlich einverstanden erklärt, ihr mitzuteilen, dass John und ich ein Paar waren. Da John per Telefon und E-Mail Kontakt mit Sophie und Ben gehalten hatte, auch wenn er sie nur selten persönlich sah, fiel ihm die Aufgabe zu, es ihnen zu erzählen.

John zog den Mantel aus und ließ sich auf das bequeme weiche Sofa sinken. Ich setzte mich zu ihm.

»Lass es mich einmal so ausdrücken: Ich denke nicht, dass wir in nächster Zeit oft von den beiden hören werden.«

»Das tut mir leid«, sagte ich und nahm Johns Hand. »Ich weiß, wie viel dir Sophies Freundschaft bedeutet.«

»Du hattest die ganze Zeit recht. Sie hat es zwar nicht laut ausgesprochen, doch sie betrachtet unsere Beziehung offenbar als eine weitere in einer langen Reihe von Täuschungen und sieht ihren Plan, unsere Freundschaft wiederaufleben zu lassen, als gescheitert an.«

»Aber wir konnten es nicht länger geheim halten«, wandte ich ein. »Was, wenn Sophie uns eines Abends zufällig getroffen hätte, so wie ich sie und Ben?«

John nahm meine Hand und küsste sie.

»Ja, wir hatten recht, es ihr zu sagen. Außerdem ist unsere Beziehung derzeit ihr geringstes Problem.«

»Was soll das heißen? Ist sie krank?«

John schmunzelte.

»Immer musst du alles dramatisieren. Nein, sie ist nicht krank. Es geht um Jake, deinen früheren Liebhabern und Gespielen.«

Ich entzog ihm meine Hand, blieb allerdings ruhig.

»John, ich bitte dich noch einmal, mich – und uns – nicht an das zu erinnern, was zwischen mir und Jake vorgefallen ist. Bitte, es ist wichtig für mich, dass du es nicht immer wieder erwähnst. Es ist ohnehin schon peinlich genug.«

»Entschuldige, tut mir leid, Eva, das war dämlich von mir. Ich verspreche, nicht mehr darüber zu reden.«

Ich konnte ihm einfach nicht lange böse sein. Eines Tages würde ich es vielleicht schaffen, tagelang zu grollen und zu schmollen. Aber jetzt noch nicht.

»Ich nehme dich beim Wort, John«, sagte ich und griff wieder nach seiner Hand. »Wirklich. Und was ist mit Jake?«

»Er hat sich mit einer siebenundzwanzigjährigen Anthropologiestudentin verlobt. Offenbar ist sie gerade auf Forschungsreise in Afrika. Aber wenn sie zurück ist, wird geheiratet.«

»Er kann sie doch erst seit ein paar Monaten kennen«, wandte ich ein.

»Was soll ich sagen?« John zuckte die Achseln. »Sophie ist auch nicht begeistert, aber Jake schwört, es sei die Liebe seines Lebens. Da er erwachsen ist, kann sie die Ehe nicht verhindern.«

»Und wie steht Brad dazu, dass Jake heiratet?«

»Laut Sophie hat Brad die Nachricht kaum zur Kenntnis genommen. Er ist mit einer fünfundzwanzigjährigen Möchtegern-Schauspielerin verlobt, die sicher ein paar Monate nach der Hochzeit schwanger wird. Darauf würde ich jede Wette eingehen.«

»Die arme Sophie.«

»Sie wird es verkraften.«

»Sie hat Ben«, räumte ich ein. »Und einen Beruf. Wenn sie dabei bleibt.« Da fiel mir etwas ein. »John, vielleicht kannst du Jake ja Vernunft beibringen.«

John runzelte die Stirn. »Warum ist dir das so wichtig?«

»Weil ich den Verdacht nicht loswerde, dass ich schuld daran bin, dass er sich Hals über Kopf in eine Ehe stürzt. Sophie hat mir erzählt, ich hätte ihm das Herz gebrochen. Damals habe ich gedacht, das wäre eben typisch Sophie. Aber vielleicht habe ich ihn durch die Trennung doch gekränkt.«

»Vielleicht. Aber wehe, wenn du jetzt zu ihm fährst, um dich zu entschuldigen.«

Ich musste lachen. »Keine Sorge. Das wäre ein Riesenfehler.«

»Ja, wäre es. Jake ist selbst für sein Leben verantwortlich. Außerdem hat die Scheidung seiner Eltern ihn sicher mehr geprägt als das kurze Techtelmechtel mit dir. Das war nicht als Beleidigung gemeint.«

»Ich weiß. Hoffentlich hast du recht. Es ist nicht schön, zu glauben, dass man jemandem geschadet hat.«

»Willkommen in der Menschheit. Sich dauernd entschuldigen zu müssen, ist Voraussetzung für die Mitgliedschaft.«

»Muss ein schauderhafter Verein sein.«

»Kennst du irgendwelche Alternativen?«

»Nein.« Ich kuschelte mich enger an John und legte ihm den Arm um die Schulter. »Ich mag es, wie Menschen küssen. Darauf würde ich nie verzichten wollen.«

»Ach ja, die Küsse. Die sind eine gute Erfindung. Und noch besser ist das, wozu sie führen.«

Ich rutschte von John weg und stand vom Sofa auf. »Die besseren Dinge werden aber warten müssen«, sagte ich.

»Was? Warum denn?«

Der arme John. Er sah so verwirrt aus.

»Deine Schwestern kommen zu Besuch. Schon vergessen? Ein Mädchenabend zu Hause. Poker, Wein und keine Männer. Erzähl mir jetzt bloß nicht, du wüsstest es nicht mehr.«

John rappelte sich mit einem Aufstöhnen hoch.

»Wie ich annehme, muss ich diese Veranstaltung kulinarisch betreuen.«

»Natürlich. An die Arbeit. In einer halben Stunde sind sie da.«

Ich blickte ihm nach, als er den Raum verließ, wohl wissend, dass es ihm überhaupt nichts ausmachte, die Frauen in seinem Leben zu bekochen. Sein Jammern und mein Befehlston gehörten zu unserem Spiel, unserem Alltag, den Dingen, die ein Paar zusammenhalten. Wer hätte je gedacht, dass das Banale so wertvoll und nützlich sein konnte?

»Eva?«, rief John aus der Küche. »Wo ist der große Löffel?«

Ich verdrehte die Augen.

»Da, wo er immer ist«, antwortete ich.

»Ich sehe ihn aber nicht.«

»Ich komme!«

Mit diesen Worten eilte ich in die Küche, um für meinen Verlobten den großen Löffel zu suchen.

Weltbild Buchverlag – Originalausgaben –
Deutsche Erstausgabe

Published by Kensington Books, Kensington Publishing Group Corp.,
850 Third Avenue, New York, NY 10022

Projektleitung: Dr. Ulrike Strerath-Bolz
Übersetzung: Karin Dufner
Redaktion: Claudia Krader
Umschlaggestaltung: Zeichenpool, München
Umschlagabbildung: Jan Greune/Getty Images (Menschen auf Bank),
Sebastien Windal/Shutterstock (Meer mit Schiff)
Satz: avak Publikationsdesign, München
Gesetzt aus der Adobe Garamond 11,2/12,5 pt
Druck und Bindung: CPI Moravia Books s.r.o., Pohorelice

Gedruckt auf chlorfrei gebleichtem Papier

Printed in the EU

ISBN 978-3-86800-180-8